无酒对酌

文学评论选（二）

肖云儒 著

云儒文汇 — 陕西师范大学出版总社

图书代号　SK20N1575

图书在版编目（CIP）数据

无酒对酌 / 肖云儒著. —西安：陕西师范大学出版总社有限公司，2020.8
（云儒文汇）
ISBN 978-7-5695-1708-8

Ⅰ.①无… Ⅱ.①肖… Ⅲ.①中国文学—当代文学—文学评论—文集 Ⅳ.①I206.7-53

中国版本图书馆CIP数据核字（2020）第101563号

无酒对酌
WU JIU DUI ZHUO
肖云儒　著

出 版 人	刘东风
责任编辑	梁　菲
责任校对	王文翠
出版发行	陕西师范大学出版总社
	（西安市长安南路199号　邮编 710062）
网　　址	http://www.snupg.com
印　　刷	陕西龙山海天艺术印务有限公司
开　　本	680mm×1000mm　1/16
印　　张	23.25
插　　页	4
字　　数	305千
版　　次	2020年8月第1版
印　　次	2020年8月第1次印刷
书　　号	ISBN 978-7-5695-1708-8
定　　价	98.00元

读者购书、书店添货或发现印刷装订问题，请与本公司营销部联系、调换。
电话：（029）85307864　85303635　传真：（029）85303879

肖云儒

目录 CONTENTS

王宝成披沙拣金谈 / 1

独秀一枝的《夏夏在学校》/ 11

"最后现象"的艺术再现
　　——评长篇小说《最后那个父亲》/ 13

写了命运,又不止于命运
　　——读《心祭》/ 18

谈《取经》的艺术特色 / 20

西安女作家群雕 / 25

一部起点较高的新作
　　——读长篇小说《西府游击队》/ 27

爱河徜徉录 / 32

历史和道德的错位 / 37

改革的变奏与杂音
　　——《32盒黑磁带》三人谈 / 40

生命的胜利 / 46

执着和挚爱
　　——序《特殊使命》/ 49

结构的艺术
　　——读《七天与一个世纪》/ 53

论80年代初陕西小说创作形势 / 56

窗口吹来清新的风 / 69

新春里,几片嫩叶 / 78

世纪小橘灯 / 82

一本关于人生和艺术的书 / 86

几缕馨香

  ——读《丁玲散文近作选》／ 96

李健吾《雨中登泰山》的独得之美 ／ 106

若冰散文有新变 ／ 109

她在抢救一种精神

  ——读《炮火中的女记者》／ 114

戈锋锐兮焰灿烂

  ——读《绿竹集》／ 117

张守仁《林中速写》评点 ／ 119

向西突围

  ——《冰恋》的文化感悟和生命渴求 ／ 121

放舟生命河

  ——序《孤帆》／ 125

散文"信天游" ／ 129

散文《伟哉纽约》点评 ／ 132

红孩怎样谈散文

  ——序《散文是说我的世界》／ 134

散漫的思索

  ——就陕西散文创作致友人书 ／ 139

《碑林拾梦》读后通信 ／ 144

骞作印象 ／ 147

从他的散文读他

  ——序散文集《白瀑布》／ 150

终南山下的朱鸿 ／ 152

你在黄天厚土中 / 156

绝响 / 159

怪球手方英文 / 162

一位散文家的此岸与彼岸 / 163

散谈邢小利 / 165

以民俗风情浸渍生活 / 167

他的真挚点燃了我

　　——读《还是那红月亮》 / 170

红叶一片，三个四十年

　　——读《长安红叶》 / 172

来自第一线的战斗报告 / 175

大京九，一个象征

　　——读莫伸长篇报告文学《大京九纪实》 / 182

《群山》之气 / 186

高原境界

　　——序《通向世界屋脊之路》 / 190

日渐深沉的塞上笛音

　　——报告文学集《弯弯曲曲的山路》致作者 / 194

有温度的思考和表达

　　——序陈正奇《散评诗赋记序跋》 / 204

《唐古拉之梦》：柔的刚化和梦的实在 / 207

朗日可鉴

　　——序《未尽的颂歌》 / 211

奉献·燃烧 / 217

序《夕阳英雄路》/ 221

一叠精神档案

  ——"今日老三届"征文读后 / 223

人生和艺术转移的记录 / 227

世纪之交的一份馈赠

  ——序《西部牛仔故事》/ 229

温馨的冬雪

  ——序《多雪的冬日》/ 234

陈作顺其人其文 / 237

开采心中的黄金

  ——序《金色丰碑》/ 241

魂系西部

  ——序《漫漫天山路》/ 246

以史笔诗情为改革造像

  ——序报告文学集《冲浪》/ 249

创作,摘星者的事业

  ——序《摘星峰》/ 254

以真朴之笔写实干之人

  ——《为了中国的"哈佛"》读后 / 257

弄潮者的缩影 / 261

此志常作狮子吼 / 264

哲人的精神苦旅 / 271

你的生命里结晶着他的心灵 / 277

美源和力量

　　——序《崛起的个性》/ 283

反映生活中的异化现象

　　——谈政治抒情诗《请举起森林一般的手，制止！》/ 286

秋水长天般淳淡 / 291

疏松的密度 / 293

历史回声的个人记录 / 295

《撒拉尔的传人》序 / 300

心窗

　　——读诗集《进程》/ 304

心影 / 306

诗情在社会操作中飞扬

　　——读《枫山一砾》/ 308

以断裂焊接断裂

　　——序《晓小诗词选》/ 311

诗是心之烛

　　——宋伯航《心烛》读后 / 314

追梦

　　——序《贝壳梦》/ 316

从长安飞向远方的大雁 / 318

对人生的二度把握 / 320

《回家》序 / 323

浩然蔚蕃

　　——序《正气集》/ 325

白发绿荫

　　——序《感受生命》/ 327

笔记沣河

　　——《沣河笔记》序 / 330

《碑林故事》序 / 332

邢小俊的土地审美 / 334

花开长安

　　——评长篇小说《花落长安》/ 337

养玉于心　乃成大器

　　——《薛养玉新闻作品集》序 / 341

室雅何须大

　　——贺《星期天》四百期 / 345

絮语《周末版》/ 347

一朵小烛花

　　——写给《陕西日报·周末版》二百期 / 350

上林有华章　《西岳》笔如椽 / 353

大思路　宽领域　多信息 / 356

用"套中人"写窒息的时代 / 359

王宝成披沙拣金谈

我是在一次出差途中，读完了王宝成发表在《收获》1983年第4期上的中篇小说《海中金》的，而且又从头至尾温习了一遍，禁不住想对作者说几句话。

一

真是一幅道德风情图，地道的乡土道德风情图。

好好地写一写关中农村的道德风情，看来是你在这个中篇里立下的志愿。你的主要人物田海生，事实上是一位乡土"道学家"。他善思而诚拙，能干却不逾矩，是能人，是哲人，又是老实人。这样的农民形象，在我国农村的每一个生活群体中，都有那么一个两个，他们在农村传统的道德生活中处于比较高的境界，对农民群众的精神生活产生着比较大的影响，有的甚至成为一个生活群体中实际上的精神领袖、行动楷模。生活中有，而作品中写得不多，你写了，好！自然，田海生这位乡土道学家的"道"，不是统治阶级之道，不是封建之道。我们民族劳动者的勤朴坚毅、淳厚诚笃、兼爱共济的品质，长者的胸怀和责任，劳动人民对于义务、良心、幸福、荣誉这些基本道德范畴的思考和实践，等等，构成了田海生精神世界最主要的内涵和特异的光彩。正是这些东西，使他成了人海中的金子。

主要的人物关系，是人伦关系：父子、婆媳、舅甥、老亲旧友。在展开这些关系时，你着重从伦理道德的角度落笔。家庭生活中的亲养育教、婚丧嫁娶、生老病死，构成小说的主要情节。在这些情节的进展中，你始终把描写的注意力放在人物的道德面貌和道德感觉上，以对事件不同的道德态度及其相应的行动定善恶,以善恶定美丑。道德的差异和冲突,人物思想性格在这种冲突中的变化发展,成为情节发展的内在推动力。孝敬老人、赡养父母是贯穿全篇的可见的事件线索,双亲的棺木问题被你选择为家庭道德冲突的爆发点和情节的转折点,等等,恐怕都是为了更好地蕴含这个主旨吧?

主要的矛盾冲突在情节中是以丰富的生活形态表现出来的,但发展到最后,几乎无不归结到一点上,即当前社会种种错误的道德观念和不正风气对劳动人民优良道德风气的侵袭,以及劳动人民为了维护自己精神上的纯洁所做的斗争。你的意图隐藏在家务事、儿女情后面,却从全篇各类矛盾由散而聚的这种大势中流露了出来。原谅我说得简单化一点——田海生,还有爱爱,忙儿夫妇身上小生产者道德观中自私、落后的历史惰力的斗争,以及冬儿夫妇以及鱼儿身上时风影响的斗争,不就属于这种性质吗?

环境描写上,你用大量的伦理道德方面的民俗、民风、民理、民情,构造了一座道德舞台,舞台上流布着浓郁的氛围。而且你为田海生专意设置了"乡土论坛"(这是一个小节的题目)和"广场论坛"(他在西安新城广场和外国人交谈,向世界发布中国农民的人生宣言)两个重点场面。成败姑且毋论,用心可谓良苦。语言,无论叙述还是对话,你使用了相当不少的道德方面的民谚,又执意要把俗语和新词调合成自己特有的语言色彩,透出乡风的质朴和哲理的光泽。请看,"世界……变得多么阳火。是啊,从古到今,人间千变万化,更衍无穷,而一个人的一生,不过几十个岁月……"偏偏将"阳火"和"更衍"组接在一句之中,恐怕是有你的追求的。

对现实情况和故事性较强的事件做真切、生动的描绘,你已经不满足了。你力图用自己的笔把看不见的精神领域变成实实在在的图画。这是一个新境界,达到这个境界不光凭眼睛,还要凭思考,凭感受,凭一些新的笔墨。你力图这样做了,力图用你的形象把读者牵引到这个境界里,触发他们去思考。

应该说,你对农村生活的烂熟于心,在《海中金》中得到了较好的发挥。

譬如，我实在佩服你有胆量用中近景、特写，正面去展开一位老农的内心世界。他思维的褶皱、感情的波纹，你用工笔细细描出，逼真而细致（譬如第三、四、十一节），是那样地打动我。只有和生活"不隔"的人，才能写出这种"不隔"的画面。你有潜力对关中农村生活做更丰富的、更综合的把握和表现，这是可以看出来的。也许过分注意了道德主题的发掘和道德面貌的展现吧，有的地方未能避免用主题净化生活的遗憾。对道德问题的执意开掘，多少抑制了对社会整体的恢宏展现。如何侧面或暗场点出农家道德生活之外更阔大的生活场面，不能说你没有注意到。你有了一个多么好的构思：年青的儿女们像导线一样，将当前生活的各种信息传到田海生的院落里。田家的各种矛盾，无一不折射出当前社会各类思潮之间的冲突。比起这么好的构思基础来，你对社会生活整体的表现恐怕欠一点火。生活中无处不有道德现象，但道德并不是生活的全部。人的道德面貌、社会的道德冲突，受着整个社会思潮、政治观点的制约，归根结底反映了经济生活的变动。给自己笔下的乡土道德图画提供更广阔的社会背景，开掘出更深刻的历史动因，既是真实地再现生活的需要，也是深化道德主题的需要。这一点，你考虑到了，在作品里也有了表现，但不能算充分，不能算深刻。

二

田海生老汉几十年来，物质生活也许不很富足，内心却是充实而平衡的。他把四个儿女拉扯大，给儿子们娶上了"豆芽菜媳妇"，一大家人在他的调理下，无冻饿之苦，有天伦之乐。在家里，儿女听话，老伴顺从，婆媳、兄弟、妯娌之间没有大的扭捏；在村里，是受人敬重的长者，干部有事自愿找他商量，谁家闹事少不了请他调解。这一切，他靠的是自己的勤劳和智慧，靠的是自己的德行和声誉。

他奉行"忍为高，亏是福"的生活哲学，遇到利害冲突，总像坐席一样，往后让半步。他黎明即起,辛勤劳作一天,在吃那顿二十年如一日的晚饭时,消消停停地对一天的事做个总结,然后满足地睡去。现在,只需把小儿小女的婚事一办,就功德圆满了。勤苦的农家生活对老人来说像田园诗那般美好。这是小说第一节的题目,象征着开始时他心情的宁静、平衡。

但是,儿女们的变化破坏了他和他家庭的宁静。这变化中,既有新旧交替时期新生活的冲击波,又有不仁不孝的传统惯性力。他认为只有父母才能为儿女的婚事找到最佳方案,而一向听话的爱爱却公然背着老人自作主张谈起恋爱来了。他用自己的行动和哲言教育村里人:"钱财是人身上的垢土,名誉是人的灵魂",而鱼儿竟然跟着别人去偷盗,还有脸讲出那么一套歪道理。向忙儿要一点钱,像是要抽他的血。冬儿呢?竟可以自己在城里胡吃浪花,置二老双亲于不顾!在一个堪称道德楷模的家庭里,出现了这么多悖逆老人道德信条的事情,他愤懑愧疚,又迷惘不解。到爆发了棺木事件,这个家,各人怀里都揣着一本账,大家都拉着脸过日子,道德上的裂痕眼看要引起伦常纽带的断裂,田海生从此失去了内心的平衡。虽然他在阴沉的脸上尽量保持镇静,眼里的血丝却泄露了内心的难忍和熬煎。他脸色苍老,腰背弓下,再也不能在晚饭时,边咀嚼边有滋有味、有条有理地总结自己一天的起居行止了。你将农村传统道德观上的裂痕,偏偏安排在一位乡土道学家的院落里,真是饶有深意。情节的进展暗示出:田海生原有的道德信条在今天农村新出现的善善恶恶、美美丑丑的道德思潮面前,已经暴露出自己软弱的一面了。这个暗示含纳的意义,你也许还没有很明确地意识到,还没有很自觉地表现在作品之中,但你严谨的现实主义态度,透露出了农村生活深层次中的这个新信息。我们和田海生一样着急,寻找着、期待着生活中出现一种新的道德力量,一种能够惩恶扬善、足以使田家的道德裂痕在新基础上再度弥合统一起来的强大的精神力量。我们急切地读下去。

面对各种道德观的挑战,开始,田海生老人是以一个能人的办法来对付的，这就是他的第一个行动：向马局长借钱，先把自己和老伴的棺木买回来，看你当儿女的出钱不出钱。儿女们用符合各自身份和性格的不文明的态度抵制了他。这个抵制可以说是顽强的。他有点心慌意乱起来。他到野地里闲转，去西村求教另一位乡土哲人、妻兄张福堂，然后又做了一次古城漫游。他在西安碑林思考历史，在新城广场向外国记者发表自己的人生宣言。于是老人原有的道德信念重又恢复，并且从历史和世界的风云际会中补充了营养，显得更为坚定。他想明白了：自己向儿子们索要的，只不过是几十块钱和两副棺板，丢掉的却是一个和睦家庭的欢乐、温暖，一个庄稼人、一个父亲难得的为人品格——勤劳、宽厚、无私。后者，才是人生最可贵的东西啊。

  这以后，他便不再以一个能人，而以一个哲人的方式开始了新的行动。他退了棺板，准备火葬；他决心以自己的老迈之躯，再到前台去唱一出"豆腐谣"，为鱼儿挣个"豆腐媳妇"。他以更大的宽容忍让和自我牺牲，感动了儿女们；又以做豆腐的实践，使小儿小女多学到一种谋生本领。在坚定的道德观念指导下的这一连串行为，弥合了家庭的精神裂痕，也使他的内心生活重又得到平衡。田海生在辛劳中，在忍让中，在宁静和满足中，告别了人世。

  你以现代农村生活做背景，对乡土哲人精神上所经历的这个不封闭的圆圈做了详尽、生动的描写。把这个形象、这种描写放在当前时代和当前创作中来考察，有几点值得注意的地方。

  第一，当前探索人生价值的作品不少，但大多是探索青年知识分子的价值观的，探索农民群众特别是老一代农民人生价值的作品不多。你的作品可说是开拓了一个新的生活领域。

  第二，当前这些探索人生价值的作品，有的写得很好，有的则表现出这样那样的偏颇。其中之一，便是离开社会责任和社会需要来谈人生价值，把人生价值变成抽象的、纯粹的个人价值、自我价值。由此出发，有的作品有意无意宣扬自我选择和个人奋斗，将为我、利己合法化。这种情况多表现在一部分写青年知识分子的题材中。你的作品则宣扬另一种价值观，忍辱负重、自我牺牲的利他主义的价值观。这是我国劳动人民千百年来在改造自然、改造社会的实践中凝练而成的道德精粹。你以田海生和儿子们道德面貌的对比，以老人精神平衡的丧失和恢复，肯定地告诉读者：这样活着的人是有价值的，是人海中的金子。但对这种人生观的局限性，则表现不够。

第三，在有些写农村和涉及农村生活的作品中，以悲天悯人的态度把农民群众特别是老一代农民群众写成保守、落后、偏执、停滞的群氓，这并非绝无仅有。我国劳动人民优秀的道德传统在这些作者眼中是一片虚无。个别偏激者笔下，似乎这些人落后到只有生命而无生活，没有对自我的意识，没有有价值的人生。你的《海中金》则着力解剖了一位老农的内心世界，它让我们看到，中国的农民群众有着丰富的精神生活和深厚的道德传统。你了解他们，你真正写出了他们。你是农家子弟，你在感情上是和他们相通的、平等的，没有那种优越感和孤傲气。

第四，进一步，你的作品还提出了一个有深度的、需要思考的问题：在社会主义建设的新时期，我们应该怎样评价劳动人民优秀的传统道德？这种优秀的传统道德，在新时期的精神生活中，具有怎样的地位和作用？你在作品里的回答是：这些优良传统，不但是我们应该批判继承的，而且，在新的历史时期，仍然可以起到调节人与人的关系、改善社会风尚的积极作用。这里，我想为你补充一句：这种作用，只是在发挥共产主义道德主导作用的基础上的一种辅助作用。在各种错误风气的影响下，当田家的几个儿子、媳妇不同程度地丧失了固有的道德能力，有点摇摇晃晃的时候，只有站在深厚道德传统之上的老汉保持了精神上的洁净。这些年，人们社会地位的升降浮沉，最容易慨叹人生之无常；思想理论千变万化，令人眼花缭乱；道德标准今是昨非，使人无所适从；各种事物的急剧变化，简直让人来不及思考和消化。这都提供了相对主义人生观滋生的土壤。有的人对善的行为没有道德上的满足感，反而认为是"傻瓜"，对恶的行为没有道德上的批判力，反而觉得"合理"。在这种社会思潮的背景下，你充分描写了一位普通的中国老农的道德能力。劳动者的优秀道德传统使他在精神上变得强大而充实。这是对的，好的。

老实说，我对作品感受、思考到这一步的时候，内心出现了矛盾和迷惘。一方面，我觉得你在肯定田海生的道德观时，是有分寸的，是力图写出它和共产主义道德的区别的。比如，你没有从国家、集体和个人利益的矛盾中来写田老汉的道德面貌，你把他的思想水平大致控制在家的范围内，很少贸然拔高到国的水平上。你写了他脑子里不少旧的道德语言，甚至如女人的衣服不能在院子里过夜这类带有迷信色彩的东西，而且他的一些新思想也习惯以旧的语言来表达，还写了他最后对鱼儿那明显含着新见解的道理不能理解，等等，都表明你对传统道德在一定程度上的保留，表明你没有像当前有些作品那样，把劳动者优秀的道德传统和民主主义的生活要求当作最高境界来讴歌。这一点你是清醒的。但是，另一方面，从主要情节的发展看，小说最后，并没有引进新的社会力量和新的思想因素，矛盾却轻易解决了。这样，小说前半部提出的问题：在新的生活形势下，传统道德已经无法维系这个家庭在感情上的和睦了，实际上并没有得到真正的解决。后半部在原地回旋，最后仍然是借助田老汉身上的传统道德来解决他原先无法解决的家庭精神危机。小说前半部曾经描写过田海生这样的内心活动："这个独家院以往是保持着一团和气，但那是以他们老两口无休无止的自我牺牲和宽宏大量为基础的；如今，当他们对儿子们的为人感到失望，不愿继续忍受那牺牲，要求他们承担义务的时候，他们就变声变调了。"但小说最后，仍然只是以老夫妻的更大牺牲去感动他们，而没有触动他们的错误思想，感动可能是觉悟的契机、开端，并不是觉悟本身。田海生新的家庭和睦如果仍然只建立在单方面无止境忍让的基础上，那是不稳固的。要不你通过主要情节的设置，以某种方式引进集体主义的道德力量，要不真实地表现出田老汉在自己原有的基础上有了符合逻辑的提高，否则就无法解决前面提出的问题。当然，也可以不在作品中解决这个问题。那你最好暗示出新的和睦中仍然存在着潜在的不稳固性，让生活逻辑本身去呼唤更强大的道德力量。现在这样，完全用田老汉原有的道德能力去解决生活中的新问题，容易让人感到你对劳动者的传统道德在新时期的作用看得过高，而对新的道德因素，即以集体主义为核心的共产主义道德因素，在当前农村的地位和影响估计不足。不能要求你抛开现在的基本构想另起炉灶，但在作品中更有意识地暗示和描写这种新的道德力量，是完全可以做到的。

也许你已经意识到了这一点，只是艺术表现上不够充分。比如，你点到了责任制，但只是从做豆腐上，从经济制度上一带而过，没有写生产关系的改革在人们精神世界引起的波澜。你也写了老汉在新城广场对国和家关系的思考，但又显得勉强和匆忙。生活的逻辑未到，作者的意图大露，可信性便受到一定影响。恕我不能把这个问题说得很清楚。我想，这些我说不太清楚的地方，也许正是你也不很清楚，因而写得不够的地方呢？话说回来，即便我们能把问题想得很清楚，要在艺术上表现出来，那又是谈何容易的啊！——我真担心自己有些求之过苛了。

三

我记得，你好像是从1980年开始发表作品的。不多的短篇之后，便是引人注目的中篇《喜鹊泪》；继之不久，又是《海中金》。除去短篇不谈，从《喜鹊泪》到《海中金》，可以说是变化中有不变。

最明显的变化，是题材的选择上，你由寄情于"泪"，写生活中的悲剧，转而着意于"金"，写正面力量胜利的光彩。这种题材上的不同，我以为既是现实生活这几年前进步伐的反映，也是你自己在生活中审美感受的变化。在客体和主体双重意义上，这都是可喜的。

艺术上也有了变化。《喜鹊泪》是铺陈一桩突发性事件，戏剧因素强，节奏步步紧迫，语言短促明快。这怕是改成电视剧后深受欢迎的重要原因。《海中金》则在散板节奏的日常生活中来展开故事，更多地靠思想性格的力量取胜，语言也老成练达多了。

这些不同之处，表明你在有意识地锻炼自己从多方面捕捉生活诗意的能力，用多种笔墨描写多种题材和人物的能力。

但从内在气质上讲，从《喜鹊泪》到《海中金》，更多的是不变，是一脉相承。前者虽然写的是"泪"，要告诉读者的却不是"泪"，而是泪中之金，是喜鹊身上凝结的劳动人民思想道德中闪光的金子。喜鹊的自尽，不是柔弱者的逃逸，而是强悍者的进击。为了实现爱情、维护尊严，她用尽了一个二十多岁农村姑娘的浑身解数，和紧紧缠身的旧道德、旧思想、旧势力做殊死斗争。只是在十八般武艺都无效之后，才以死抗争。她是被旧思想的乱箭穿身而亡的，是战士的死。从这个意义上说，喜鹊身上的光彩毫不比田海生逊色。她也是一位百分之百的"海中金"。在生活中披沙沥金，执着地讴歌劳动人民身上的美善，这是你作品中不变的稳定因素。

在艺术构思和表现上，你总是力图把人物和事件放置在社会的矛盾冲突中去表现，通过道德、爱情等问题去反映社会的变迁，这也是你执着追求而没有改变的。《喜鹊泪》哪里是个单纯的爱情悲剧哟！喜鹊面对的不是情敌，不是作为纯粹品质上的单个坏人，她面对的是一股社会的落后势力。这股势力像毒菌一样扎根在封建残余思想的湿地上，阴雨连绵的极左思潮又为它提供了生长环境。在喜鹊和田海生身上，我们可以看到有许多辐射线和社会的变迁、社会的斗争联结着。这也是你执着追求的。

我的印象里，这两个中篇，似乎也反映出共同的弱点。比如，开掘主题和塑造人物，大都采取正面强攻的办法。你是认真扎实的，却少了一点巧劲，少了一点灵动，少了一点新鲜感。你的作品继承发扬了陕西老一代作家的严谨写实风格,这是好的,但文学也是忌讳太"实心"的。在结构和文字中留出一定的空间,在客观的生活画面中浸润更多的感情,运用一些意到笔不到的写法,等等,未尝不可以多做尝试。这些,也许会有助于你的创作由生活的实向艺术的虚转化。

门外谈艺,难免班门弄斧,怕又要贻笑大方了,就此打住吧。有空切盼深谈,不当处还望包涵。

1984年1月,西安岚楼

独秀一枝的《夏夏在学校》

《夏夏在学校》是作者李沙铃六一节献给孩子们的一份礼物。

《夏夏在学校》写法很新鲜,不能以一般的小说来要求它。沙铃的老友刘绍棠在序中这样概述了它的特点:"《夏夏在学校》是一个总题目。小说围绕着一个名叫夏夏的孩子在校内、校外、家庭等各方面的接触和行为,分为若干章,每章又分为若干节。章节之间既是连贯的,又各自独立说明一个共产主义道德方面的问题。"这个概括可谓精当而准确。

《夏夏在学校》明确地从孩子的共产主义思想道德教育入手,来反映小学生的生活。这个目的性,从结构、选材、描写各方面体现出来。我们可以说,它并不是一部严格意义上的艺术小说,而是一部通过记叙孩子自己的生活向孩子们进行品德教育的形象性的综合性的读物。它带着日记体的特色,既是孩子(夏夏)的日记,又可以说是老师和家长的日记,叫人想起苏联早期教育家马卡连柯的《教育诗》和《塔上旗》,写法却又别出心裁。作者似乎在有意尝试一种介乎文艺读物和社会读物之间的边缘文体,以形象的生活画面和有意味的形式向孩子们进行思想的、社会的、审美的启蒙教育。

《夏夏在学校》采用双重辐射的方法来表现生活。它以夏夏的生活和心理为中心,第一层,辐射到同学和学校生活:爱画画的红红,助人为乐的艺艺,海外归来爱唱歌的茜茜,有嫉妒心的委委;考试、做作业、阅览、少年宫、谈理想、晚会、救灾捐款……第二层,辐射到成人和社会生活:和蔼可亲的省委书记爷爷,烧开水的宋大爷,善于教育人的汤师傅,草原上的扎西大爷;拾金不昧、去少管所和工读学校参观,帮助老大娘盖煤棚以及在农村和草原上的难忘的日子,等等。其中穿插着夏夏、妈妈和杨老师的日记、信,便于在一幅幅生活图画之外，集中地展示人物的思想感情。

　　作者在反映学校生活和社会生活时，没有回避缺点和问题，就连孩子们身上的毛病也有所反映，但着重描绘的是孩子们的天真、淳朴、向上、爱集体、重友谊、有理想和我们时代社会生活的健康明丽。这看出了作者对表现生活主流的热情，也感到了作者对下一代的责任。不妨读读作者在后记中的一段话："对这样的作品，我不敢粗心大意，一直是在边写边想，边征求意见，唯恐把不健康的东西，哪怕是一星一点，带给我们的小读者。因为这种精神产品的犯罪，比起经济犯罪，其后果更为严重。"对新生活负责，对小读者负责，用心何其良苦。

　　《夏夏在学校》分二十章，由一百个相对独立的小故事组成。在结构上，没有采用中长篇小说通常采用的办法，即用完整的情节和贯穿始终的人物熔铸全篇，而是用几个主要人物，如夏夏、妈妈、杨老师对全篇做松散的缀连。不少地方，上篇的结尾常常为下篇引个由头，埋个伏线，构成行文与阅读中的韵脚。这让人想起《一千零一夜》的结构——实在说，《夏夏在学校》不也是可以给孩子们一段一段讲的么？

1987年6月，西安岚楼

"最后现象"的艺术再现

——评长篇小说《最后那个父亲》

蒋金彦的长篇小说《最后那个父亲》，开始进入有点慢，有点淡，过半之后，逐渐浓郁凝重，越往后越精彩。人物关系的交织显出了深度，升华出一种象征感，诱发着你在欣赏中感情的投入，人生感悟和心理经验的投入。你似乎感觉到有一种什么东西深深地牵着你，重重地敲着你，便不由得确认了这部书的分量。

两代父亲的死写得浓墨重彩，极富感情冲击力。母亲的十月怀胎，采用陕南民歌做咏叹调式的处理，一唱三叠，新颖别致。浓郁的陕南风情和民俗描绘以及和陕南地域文化相匹配，并作为其文化表征的语言，那种经过艺术提炼、可以普遍传播的陕南基调的文学语言，使全书弥漫着一种乡土气息，等等，这些地方可以说是全书的华彩段落。

这也许不是一部很新颖的书，却是一部创作准备比较充分的书，一部生活底子比较厚实的书，一部写得认真、切实的书。现实生活中并没有"最后的父亲"，人类繁衍总要诞生一代又一代新的父亲，社会生活总要将担子压在一代又一代新的父亲肩上。"最后的父亲"，其实指的是父亲肩上所承载的最后的家族文化和农业文明。父亲不但常常成为家族权力甚至社会权力的当然继承者，而且常常成为家族主流文化、社会主流文化当然的代表者，成为一个时代特定时期文明的代表者。这样，世世代代无法避免的父与子的冲突，便都无一例外地跳出了两代人的冲突，而成为两种道德伦理、两种人生价值、两种生命追求的冲突。对个人来说，这是两种活法的冲突；对社会来说，这是两种文明的冲突。父与子的冲突和在冲突中的换位，既然是社会发展、文明发展重要的心灵感情印迹，也就成为历代作家艺术家反复表现的一个领域。

《最后那个父亲》，采用了第一人称，即主人公之一的"儿子"，也是"孙子"，以"我"的人称来叙述整个故事。作者和"儿子"在人称上的重叠，意味着作家明确地站在新一代的视角来描写、审视父辈。此外，在叙述过程中，儿子始终不称"爸爸"而称"父亲"，避开昵称，采用这种稍稍冷静的称呼，也暗示出作家希望对父辈的审视有相当的距离感。这种人物、称呼和视角，可以说使小说天然地具有一种"审父意识"。评论界有人指出了这一点，做了分析。这是不错的。不过我以为，这个话题也有它复杂的一面。

"审父意识"，就其一般意义来说，当然包含审视父辈的历史局限和精神缺失，也包含通过审视肯定父辈在社会和人生进程中的历史业绩和精神建树。"审父"本来应该是历史主义的、辩证的。"父亲"作为一个群体、一代人，在社会和精神发展的长链中，从来都是功过并存的。有创造有发展使父辈能否定祖辈并超越祖辈，有局限有缺失又使父辈被子辈否定并被子辈超越。历史便在这种否定之否定中发展——本来这些都应该是"审父"的题中应有之义。但是，"审父意识"作为近年来流行的一个特指概念，却主要指在现代思潮背景下的某种当代青年，由父辈文化阴影中走出来，以精神叛逆者的姿态打碎儿童化的崇父心理，对父辈做否定性审视甚至批判。王朔和莫言的一部分作品，可以说是这种"审父意识"的典型。《最后那个父亲》显然不属于这种情况。

小说中，作家虽然通过"我"这个第一人称，明确无误地宣告了自己站在儿子一代叙写父辈的精神立场和文化坐标。但仔细寻味全书，这个"我"也好，作家自身也好，对父辈的精神传承远多于精神叛逆。我甚至感到，文本深层透露出来的作家主体角色的文化定位，并不是从儿子的角度写父亲，而是以父辈写父辈，确切地说，是从"知识人的父亲"坐标去写"农业人的父亲"存在。精英文化和农业文化的差异,使作家对"最后的父亲"有着批判、审视,为这位农业文明的父亲唱了一曲挽歌;而同样的"父亲"角色(知识人父亲),又使作家和最后的父亲之间,有着许多精神的认同。这使他又不由得为这位最后的父亲唱了一曲赞歌。半是挽歌,半是赞歌,半是遗憾,半是依恋,创作主体在角色定位和感情倾向上表现出一种深刻的复杂性。这种复杂性构成了小说特有的悲剧美。作品在审视父辈时,不像现代审父意识那样,表现出一种犀利到残酷的嘲讽和幽默,更多的是那种温情的、温厚的、温爱的剖析。把这说成是"审父",自然也未尝不可,那是别一种"审父",是不同于青年一代的中老年一代的"审父"。这里面,不只有审视方式的区别,也包含审视内容的、审视感情的区别。

我以为这样看比较符合作品和作家的实际。

小说的后半部,相继对爷爷和父亲的死做了细致而又精彩的描写。读到爷爷和父亲以最后的目光留恋而遗憾地环顾他们终生为之奋斗、最后终于无法维系的家族,感受到那种生命距离造成的生离死别和时代发展造成的既定生活秩序的分崩离析,我激动了。这种激动深沉而又丰富,为着他们最后一搏的失落,为着道德和历史的矛盾,也为着远处隐隐可感的新时代的文化、经济、价值观正在出现的潮音。父辈为家族文化、农业文明所做的最后努力,因其"最后"而壮烈,也因其"最后"而悲哀。壮烈激发我们,悲哀启迪我们。

小说的这种悲剧美,不只浓缩了处在经济、社会、文化转型期的传统农业文明中心地带,一代农民父亲的命运和心态,而且在相当程度上浓缩了农业社会向现代社会转化整个历史时代,老一代人沉郁而复杂的心态。其中有不少心理和感情的片断甚至会引起今天的父亲和今后的父亲共鸣,也许可以说,这种悲剧算是小说最成功、最典型之所在,是小说在意义世界的价值。

在历史转型的关节点上,描写社会的、文化的、情绪的"最后"现象,塑造"最后"人物、"最后"性格,为近年来许多作家作品所关注。拿陕西的作家来说，记得在1993年《白鹿原》讨论会的发言和其后的文章中，我就谈到这部小说"塑造了最后一位好族长，最后一位好长工，最后一位好先生"。这部作品对中国农村社会舞台的历史主角做了新的确认，以白嘉轩丰满的艺术形象提出了一个重要命题：世俗儒教领袖、村社文明成熟的代表人物，应该是中国历史的重要主角。他们和他们所代表的文明，以极为强大的实践力量和精神力量，统摄了中国底层社会各方面的冲突，和谐着各方面的关系，熔接了多层次的时空，维持着传统社会缓慢而又匀和的演进，也在精神上稳定着浮躁的现代社会。同时，《白鹿原》又用各类"最后"的生活现象和文化心理，深刻地揭示出，所有这些不过是中国古典农业文明最后的光环，不过是中国古典农业社会的终结，中国古典农民的终结。

与此同时，我们读到了又一部写"最后"的长篇——《最后一个匈奴》。那是写一种种族的、地域的精神在闪射出最后的强悍和野性，在纳入现代社会斗争和政治文化冲突之后，如何逐渐走向委顿的。英雄死去了，雄强精神轰然崩塌。这是对"最后"现象的另一种写法。其实《废都》也从另一个时空、另一个角度触及了"最后"现象。作者告白过他要在此书中表现一种"世纪末"情绪。"末"者，最后也。这不是别的，就是历史转型时期或两种文化的交汇时期，部分文化人在"别旧"和"惧新"的剧烈冲突中出现的精神断裂，这是一种"最后"的焦灼和苦闷，是社会和历史"更年期"的精神综合征。所不同的是，在《废都》中，几乎寻觅不到"最新"和"最先"的踪影，整个儿浸渍在"最后"的悲凉之中。

《最后那个父亲》采用的是现实主义方法。这是作者的文化背景和多年创作经历决定的。但在现实主义基础上，作者又汲收融会了近年来一些新的艺术营养。前者表现了这位老作家对自身认识的切实，后者表现出老作家对自己的突破和超越，表现出年过知命的作家艺术思维的开放和创造生命的活跃。小说的现实主义精神主要体现在两方面：一方面是在情节的进行中展开人物命运，描绘人物性格，在社会（社区）生活的推进和人物关系的交织中展示矛盾冲突。另一方面，小说采用了提炼、浓缩、升华生活，将生活典型化的方法，全书在历史土壤（社会）、文化土壤（家庭）、艺术个性（人物）三个梯次上交叉递进，层层敷色，在典型环境中展现了典型性格。

1996年1月初，西安岚楼

写了命运，又不止于命运

——读《心祭》

这是一篇深沉感人的小说，载于《当代》1982年第2期，为我省女作者所写。她的作品不多，这一篇有了大跨度的提高。

"心祭"，是指一位中年妇女追念自己的母亲。母亲已经辞世十几个年头，悲痛像冷却的铁，压在"我"的心头。这感情，早已不纯然是悲哀和思念，更有被这种悲哀和思念激起的对人生的思考和感受。在这默默的"心祭"中，母亲苦难而又平凡的一生，在"我"心灵的屏幕上映过，许多极珍贵的生活见解和感情经验，浸润进读者的心田。

小说写了命运，又不止于命运。年轻守寡，这是带有一定特殊性的命运，小说将这种特殊的人物命运放在女儿的回忆中去展现，有利于将那些最富感情色彩的生活画面和最能表现个性的生活细节缀连到一起，写出了人物，又折射出造成人物命运转折的两种社会、两个时代。特殊性的人物命运就这样反映出了带普遍性的生活趋势和时代流向。

小说写了母亲命运可见的变化，更写了母亲在精神、感情需求上那看不见的变化。年轻守寡给母亲命运造成的坎坷，并没有泯灭她在感情生活中对幸福的追求。她心间暗暗地萌发了爱情，这种爱在旧社会只能被重重的精神镣铐（社会的、家庭的，也有自己心间的）闭锁在幽暗的心房深处。她的痛苦是双重的：命运的坎坷加之感情的压抑。这才更深地控诉了那个社会。

新中国成立后，家境变了，精神舒畅了，儿女们一个个长大成人，在幸福之途上迈步。母亲的命运有了根本性的转折。如果仅从生活的浮面掠过，"大团圆"的结局无疑是必然的了。而女作者却以自己细致的感情触角，发现了母亲生活中新的不平衡：物质与精神的不平衡，命运与感情的不平衡，天伦之乐与爱恋之情的不平衡。生活的变化，儿女的欢乐，触发着母亲内心深处感情的萌动。两代人在爱情生活上的难于交流，使她感到隐隐的孤独。这是母亲对于人生幸福更高的追求，这种追求只有在新社会的条件下才可能产生。只有新社会才可能唤醒她对过早被扼杀了的青春的眷恋。而无论从客观上（儿女们的不理解），还是主观上（她也不可能有更大的勇气），她又只能将这种重新萌发的爱，化为一种对幸福生活的追忆和遗憾，重又藏在心中。这里，深刻地歌颂了我们的时代，同样深刻地揭示了现实的两代人在生活上的和睦与在情感上的距离，以这种距离造成的新问题写进小说，有耐人咀嚼的哲理，有诱人回味的诗情。

强烈而含蓄的生活激情融化在一幅幅习见的、有特色的生活画面之中，真切的细节传达着真挚的心灵，疏淡的散文笔调给时代的变迁、命运的转折敷上如水的月色——这些艺术上的追求，都实在是不容易的。

1982 年 6 月 27 日，西安岚楼

谈《取经》的艺术特色

  河北省青年作家贾大山同志的短篇小说《取经》，发表于《河北文艺》1977年第4期，是粉碎"四人帮"后，在思想艺术上较早有所突破的好作品。四年之后我们重新读它，虽然可以看到当时政治生活和文艺观点中极左思潮的一些痕迹，如作品描写的政治夜校、文艺批判会和太着重形式的现场会等生活现象，今天的评价有了改变；在情节的整体结构和某些对话中，还有图解概念的现象；对所描写的生活画面中包含的思想哲理的挖掘，还没有由一般的社会问题深入人生问题等。但是，在十年浩劫刚刚结束时，这篇作品能在思想上冲破假、大、空，艺术上冲破高、大、全的禁锢，打破了文化专制主义造成的沉闷空气，是难能可贵的。《取经》发表之后引起了较大反响，《人民文学》及时转载，并获得当年全国优秀短篇小说奖。

  这篇小说，用戏剧手法结构全篇，用对比方法表现主题，用人物自己的言行显示性格，对我们学习和采用民族化、群众化的艺术手法，使自己的作品为广大群众所喜闻乐见，是有其借鉴作用的。

  中国古典小说和民间故事、评话、戏曲有着亲缘关系，因而看重故事情节，带有某种戏剧性，构成了我国小说创作的一个传统特色。《取经》在情节的结构和组织上，是体现了这个特色的。"我"和王庄支部书记王清智去李庄参加现场会，向李庄支部书记李黑牛取经，不料李黑牛的经，恰巧原是从王庄学来的。只是在"四人帮"批判唯生产力论时，王清智随风倒，丢掉了自己的真经去念歪经，而李黑牛却能顶着风把这个发展生产的真经念到底。于是，随着时代的变化和生活的发展，这两位支书就在不知不觉间戏剧性地对调了位置。这是情节发展中的巧合。

《取经》在结构情节时设置了悬念。第一节，王清智伶牙俐齿地总结了李庄这几年的经验之后，说了一句："谁知人家又有了什么鲜招儿？莫非……"李黑牛在介绍经验时也有这么一句："去年，俺们从……从兄弟大队学来一手……"一开始从这两位主角嘴里说出来的两个省略号，便是悬念的埋伏。细心的读者会想，为什么他俩谈到这里都打了个顿呢？"莫非"什么？李黑牛的经验又是从哪个"兄弟大队"学来的？有什么难言之隐？到了这一节最后，作者正式提出了悬念：

> 会场上响起一片热烈的掌声、笑声。我使劲拍着巴掌，扭头一看，咦，老王呢？四下找寻，只见他呆呆地蹲在人群的最后面，脸上红一块儿、白一块儿的。什么原因呢？

紧接着第二节的题目就是"王清智为什么脸红"，开始边解悬念，边介绍故事，展现王清智和李黑牛的不同性格。最后，人物形象和主题思想，便在悬念的解答中一起完成了。

在《取经》的结尾处，情节的发展出现了读者意料之外的突然转折。王清智学习了李黑牛实干的经验，浅淡的眉毛向上一挑，得出了"我这个人善于务虚，人家黑牛善于务实"的结论，并表示马上要采取措施赶上去。什么措施呢？"一，统一部署，层层动员；二，全力以赴，投入会战；三，凡与会战无关的一切活动，什么政治夜校哇，俱乐部哇，是不是先（停下）……"想不到这时，老饲养员赵满喜却告诉他们，李庄今天提前吃晚饭，是因为黑夜要开批判"四人帮"文艺大评比会，各队都出节目。另外，李黑牛昨天还检查了各队的政治夜校。且不论这些做法现在看来是不是完全对，从艺术上看，这出人意料的突然转折，不但造成了小说的跌宕起伏，而且在读者脑子里深深烙下李黑牛既能实干，又注意政治思想工作的精神风貌；也把王清智的取经，由取具体生产安排之经，深化到取唯物辩证法的思想方法和扎扎实实的工作作风之经。因此，当我们看到在回去的路上，一向能敏捷而轻易得出结论的王清智，这次竟然"慢悠悠地骑着自行车，走了二三里路程，一言不发"，并且最后念出两句比较深沉的诗文"要学参天白杨树，不做墙头毛毛草"时，我们也不由得沉思起来，感觉到作者对主题的挖掘是比较深刻的，王清智的转变也是自然可信的。

巧合、悬念、突然转折，都是戏剧常用的艺术手法。我们在小说创作中运用时，只要不脱离生活实际和人物性格的可能性去故弄玄虚，而是在情节和人物性格发展的内在必然性基础上适当运用，对深化主题、凸显性格、吸引读者，都大有好处。应该说，《取经》在这方面做得不错。

贾大山同志曾经表示他服膺于赵树理同志的"问题小说"的提法和成就。作为县文化馆的干部，他熟悉和热爱农村生活，了解并关切群众生活、生产和思想感情上的问题，因此，他的艺术构思，常常和他对生活中"问题"的思考一起进行。这样的"问题小说"，在艺术上常常采用对比手法，从正、反两方面来形象地表现作者对生活的一段思索，即所谓"问题"吧。我们并不主张或提倡这样构思作品，但也不能说这样构思出来的作品就一定是概念化的。关键不在你具体构思作品时的思维程序，而在于你有没有丰厚的生活基础。赵树理同志自称为"问题小说"的那些作品，之所以那么形象、生动、毫无图解之感，便在于生活的丰厚。《取经》也是这样构思出来的。在《写作〈取经〉的体会》（载《河北文艺》1978年第1期）一文中，作者曾谈到，是粉碎"四人帮"之后发生巨大变化的生活，"暗示"给他这个主题，王清智其实真有其人（自然名字变了），作者本来认为他是好干部，"有水平"，可是日子一长，却觉得他的"水平"高得令人生气。毛泽东同志《论十大关系》发表后，他读到"有些人对任何事物都不加分析，完全以'风'为准"那段话，感到"好像探照灯，照亮了我记忆中的许多人物，使我比较清晰地看见了他们的面目、特征和意义"。因为《取经》有这样一个孕育过程，所以很自然便采用了对比的手法来显示主题。

全篇的基本情节线是对比着安排的。一条是李黑牛领导下的李庄，1975年以来顶着"四人帮"批判唯生产力论的邪风，扎扎实实在九百亩河滩地上"开膛破肚，淘沙换土"，经过重新治理获得了丰收。一条是王清智领导下的王庄，虽然最早开始改造河滩地的战斗，后来却以"风"为准，中断了这项活动，反过来在报上发表文章现身说法，批判自己是唯生产力论。粉碎"四人帮"之后，又不得不反转过来去李庄取经。这两条对比的线索，围绕着主题，又凸显了主题。

人物的思想和性格是对比着刻画的。小说的两个主要人物——李黑牛和王清智，一个重实干，一个爱虚荣；一个顶风上，一个随风倒；一个唯实，善于思考，联系群众有主见，一个唯上，腿快嘴快，脑子灵活转得快。为了表现他们这种有对比关系的思想性格，作者在刻画两个人物的外貌和言行方式时，也都采用了对比手法。请看两个人的不同出场：

王清智——"（在李庄现场会上）倒剪双手，漫地里兜着圈子"，"两道浅淡的眉毛向上一挑，演讲似的说：'我说人家李黑牛真有两下子！一，开工的时机抓得好，有它特殊的意义。二，开工的声势造得大，有它典型的意义……'说着，两手一背，又迈开那两条有力的长腿……"

李黑牛呢？正相反——"（当要他介绍经验时）在一片热烈的掌声中，李黑牛站起来了。我踮起脚尖一看，他有五十多岁年纪，小矬个，瘦巴脸，身穿粗布小棉袄，头扎一条旧手巾，是个土眉土眼的庄稼人。只见他手提一把明晃晃大镐，笑眯眯地朝人群里走去。人们莫名其妙地向后闪开，好像看变戏法儿似的，围了个大圈儿。他照手心吐了口唾沫，把手一搓，抡圆大镐，呼哧呼哧刨了个大坑，然后捧起一捧沙子，高高举过头顶，让沙子从手缝里慢慢流着，厚嘴一张，说：'各位领导，各位同志！大伙看见了吧，这就是俺村的差距……'。"这才从差距开始介绍起经验来。

不光出场，全篇都贯穿了这种对比写法。比如王清智的一切行动、思想，都由他自己说出来，而李黑牛的一切，却都安排为由别人介绍出来。这就反映了两人性格上的一浮一实。

对初学写作者来说，对比是一种很值得学习的艺术手法。一切事物的个性特征，包括人物的思想、性格、感情和生活画面，在对比中最容易显露。宋代画家郭熙在《林泉高致》中说："山欲高，尽出之则不高，烟霞锁其腰则高矣。水欲远，尽出之则不远，掩映断其派则远矣。"这里的"高山"和"烟霞"，"远水"和"断派"，谈的就是烘托、对比。用对比手法，常常可以以很经济的笔墨得到比较鲜明的效果。在短篇创作中，在表现比较单纯明朗的主题和人物时，这种手法更显得有力。

此外，《取经》用第一人称，笔墨紧随"我"和王清智的走访，且行且问，且问且写，将情节自自然然地铺展开来；采用类似章回体的标题分段方式，显得明快简洁；全篇主要通过人物的言行，表现人物性格；无论对话或叙述语言，都富有生活气息，生动传神；等等。这都为我国人民所喜闻乐见。

1981年5月，西安西楼

西安女作家群雕

第一,这项"海龙王杯"女作家奖评选活动,就我的记忆,在陕西文学史上是第一次,国内也不多见。出了一个新点子,办了一件新事但并不完全只有标新立异的作用。它是近年来的西安地区女性文学创作日渐繁盛,日渐有了气氛,有了力度,有了质感的真实反映。可以说,它不是举办者标新立异的结果,而是西安地区女作家力作迭出、影响渐大的必然反映。

西安地区的女作家会感谢市文联等主办单位的"海龙王杯",它给了她们展示自己风采的舞台。市文联也会感谢西安地区的女作家,是她们使这个舞台有了精彩的节目和主角。

第二,作为评委,我感到这次评选是认真而严肃的。这从请公证机关列席可以看出来,从组委会委员不参加评委会可以看出来,从每个参选作家的推荐材料可以看出来,也从评委们在投票前的议论可以看出来。有的评委从奖项的权威性出发,主张严一点;有的评委从奖掖青年出发,主张稍宽一点。无论宽或严,都是从西安女作家较厚实的基础出发,都是从有利于促进女性作家、女性文学的发展出发。思路不同,殊途同归。

从评选出的七名女作家看,年龄上体现了老、中、青结合,身份上体现了职业作家和非职业作家的结合。作品体现了小说、诗歌、散文和纪实文学各类体裁的结合,也体现了各种不同艺术追求和创作风格的结合。评委们在计票时,可能主要是依据作家们的综合水平和整体成就,也许并没有想得这样周到。选出来后,却有这样多方面的代表性,这使我感到意外惊喜。这不是偶合,而是西安地区女作家实际状况的反映。它反映了我们的女作家在各个年龄段,各类体裁样式上,各种风格追求上,都有相当的实力。这是更大的惊喜。

第三，评委会定的是当选作家必须票数过半，但从结果看，七位女作家的票数都过了三分之二。票数的相对集中，表明评委们的看法相对一致。但艺术的成就不是票数可以判定的，因而遗珠之憾在所难免。获奖者的荣誉实际是所有女作家的荣誉。

让我们向所有获奖的女作家祝贺。

让我们向所有暂时没有获奖却在伏案劳作的女作家、女文学工作者祝贺。我还想提出几位已经入围而没有入选的女作家的名字，比如秋乡、婉承、杨小敏、张晓梅、张国俊、雁子、阿眉等等。我想特别向她们表示祝贺。引弓待发之势，是力的最高凝聚。

第四，龙应台对作家头上冠一个"女"字十分反感，这隐隐地流露出对竞技场上弱者的照顾。她是有道理的。近年来，在文学的竞技场中，女性已经不是稀有之物，不是弱者。在许多地区、许多领域，不但与男性作者并驾齐驱，还大有超越之势。文学不像体育，应该没有男女之别。相反，女人是水做的，气质上更趋近于感情、感性艺术和美。泥巴捏的男人，倒更趋近于实践性的操作，有时候，艺术倒是他们的短处。

总有一天，女作家头上这顶"女性"的帽子会被摘掉。也许还会有一天，男作家倒要戴上"男性"的帽子，甚至或许要由女作家来评选"男作家奖"。那时候，我们会有那么一点尴尬，更多的则一定是欣慰。

1995年春，西安岚楼

一部起点较高的新作

——读长篇小说《西府游击队》

杨岩同志：

  近好！

  很对不起，您的长篇小说《西府游击队》的打印稿送来已经很久，因各种事务缠身，一直没有拜读。直至今冬第一场大雪下来，这个大礼拜天，才决心放下手头的事，静心打开书稿。昨天整整读了一天，今天又读了一个上午，才合上案头这一厚叠稿子。它能让我一口气读下来，让我手不释卷。

  读完便给您写这封信，想趁热打铁将我阅读的印象告诉您，将我欣赏的喜悦告诉您。

  我想，一部作品能够抓住人，能够激起读者，特别像我这样以读作品为职业而多少有点欣赏疲劳的读者一种与人言说、和人交流的愿望，这本身就说明作品的成功，说明作品有相当的欣赏感染力和思考启动力。

  小说开头就很不错，第一是从几条情节线的网结上开笔，驾轻就熟地引出全书几乎所有的主要人物近二十个。作为几条情节线的一个交织点，常云景和县城四大绅士在牌桌上的会面，未来的西府游击队队长柳汉周在被追击中误入孙士鹏院宅，并在未来的西府游击队指导员、大小姐孙桂芳闺房里躲过灾难。这个开头，不但自然地引出了主要人物，而且暗示了主要人物关系日后的发展，预告了全书主要情节（战争与爱情）的大致脉络。看来你有较强的结构意识和结构能力。

  如果说这还只是艺术能力的表现，那么，第二，开始几章对小城生活风情的描绘和文化氛围的布设，便更看出了你深一层的追求——力图跳出对西府游击队建立、成长、壮大的线性展示。哪怕这种展示是曲折惊险、引人入胜的，也容易落入一般情节性小说的套路。你追求的是对那个时代更广阔的展现和更深邃的开掘。你不满足于形象地记录某地某个重大事件，而是力图通过游击队的成长，写出事件发生的时代环境和人物成长的社会土壤，以及其中蕴含的各种历史契机。你想告诉读者的，是一段复杂而鲜活的、可供寻味的生活。这就高了一筹。

再往下读，一些人物开始凸现出来。全书的人物中，当然也有平面的，也有似曾相识的，却有几个很是丰满和独特。其中，比如国民党县长袁德兴和开明士绅孙士鹏，甚至可以说是文学画廊中不多见的形象。

县长袁德兴，原来参加过革命，是中共地下党员，后来叛变成为国民党步卒。你没有简单地写这个叛徒，而是将叛变这一行动沉淀为人物一种特定的"心病"，一种畸形的心理阴影。写他既被共产党抛弃又不被国民党信任的尴尬处境，揭示他在这种处境中，既仇视革命，害怕游击队，又挖空心思设计圈套，"创造"政绩，收买民心，取宠国民党上司，以巩固自己的存在，抚慰叛变对心灵的折磨。他有狡诈阴毒的一面，又有空虚惶恐的另一面。他有励精图治的想法和能力，这种想法甚至在一定程度上是真实的。但这种能力由于附着在一个腐烂的政治肌体上，附着在一个叛徒的丑恶心灵上，非但不能挽救那个政权的覆灭、挽救自身，反而使这个两面人更深地陷入历史和心灵的夹击，最后只好假遁空门逃之夭夭。你敢于写而且真实地写出一个叛徒、一个伪县长的心理状态，能够剥开叛变这种政治行为外壳，去写他内心的分裂苦闷。在写这种内心苦闷时，又丝毫不掩盖，倒是更深地揭示了他的灵魂。现实主义的倾向性和真实性得到了较好的统一。这个形象我以为对于当代文学画廊是有意义的。

开明士绅的形象，在当代小说中已经不少了，而孙士鹏却有自己的独特性。你写了他开明的一面，如慷慨陈情、执笔告倒上一任县长，如无可奈何地默认了大女儿营救柳汉周、参加革命的行动。但不像其他小说中常常写的那样，这种开明仅仅是一种政治态度——他是为了自己的利益、自己生意的发展，来干这些事的。这是他本性的一种反映。孙士鹏行动的背景，是国民党夕阳西下、即将改朝换代的一个特定时期，是西府国共两党势力交错的一个特定地域。这样，孙士鹏客观上的"进步"便又恰恰是主观上投机的表现。从道德评价看，他是自私的；从经济评价看，又有一定的进步性。这是个在经济评价和道德评价上矛盾的人物。正是这种矛盾，深刻地反映了国民党的腐败性。这种腐败不只表现在政治上，更表现在不能容纳起码的有利于国计民生的经济活动，严重地阻碍社会发展上。也正是从这个意义上，我们看到了西府游击队所代表的那个新社会、新制度的历史进步性和道德进步性。孙士鹏在身陷囹圄赴死前的心理活动，惟妙惟肖地活画出人物内心的自私和外观的浩气之间的错位，深刻准确地揭示出这一类人的历史状态。和袁德兴一样，你既写出了孙士鹏的复杂性，写出了他所处的那个社会的复杂性，又丝毫没有模糊阶级利益、阶级心态在他身上的明晰性。在当代文学的同类人物中，孙士鹏是不可忽视的一个。

  柳汉周、孙桂芳这一对男女主人公，总的看也写得不错。如果要挑剔，那便是这类形象在写现代史生活的作品中较多，写出新意当然不那么容易。而小说开始，柳汉周由有怨气到有觉悟，孙桂芳由文弱小姐到有出神入化的武功和百发百中的本领，都稍稍显得有点突兀。但他们仍有成功之处。从艺术上看，这种成功之处很重要的一点，是将他们在感情上的靠近过程和走向无产阶级战士的过程结合得较好。一个革命者由原先各自的生活道路和精神面貌成长为无产阶级战士，首先是思想觉悟的升华（这一点，很多作品都写过，而且写得很好），其次还有感情、气质的转变（这点以前就写得不够）。你注重在两人的关系中来写人物，写他们在爱情进程中，一个的气质由"粗"变"细"，一个的气质由"细"变"粗"；写他们在思想觉悟上，一个由朴素到深沉，一个由激情到切实。两人的爱情和思想双线交织着发展，同步走向成熟。他们在感情、气质上融汇之时，也正是他们思想上的升华之日。这个过程写得自然而令人信服。小说最后，柳汉周和孙桂芳在月夜下诗意地结合和在葫芦沟殊死的奋战，可以说是这两条线、两个生命交织而成的彩虹。这两段文字写得细腻、明快、富有感情，给我们极大的感染和震撼，显示出现实主义艺术精神的生命力。

掩卷而思，我感到你在艺术上已经显示出来的明显长处，一是心理活动描写得细腻准确，一是叙述语言的明快精湛。如第七十八页，二小姐孙桂英在大姐去陕北之后觉得自己一夜之间长大了；第九十七页，柳汉周看着孙桂芳，思忖着眼前这位心爱的女性；第一百五十七页，柳汉周回顾自己的人生道路和成长过程；第一百七十八页，柳汉周在戒毒过程中忍不住又吸了毒，违反了游击队纪律被孙桂芳当众鞭打时的内心状态；第二百八十四页，柳汉周背孙桂芳过河时两人感情的交流；还有对袁德兴和孙士鹏的几段心理描写；都十分精彩，堪称美文。人物和作者的双重感情，交融在字里行间，对刻画人物的内心世界和增加作品的艺术魅力起了很大作用。

这部作品表现出你在驾驭叙述语言上是有功力的。交代事件、展开场面、描绘人物都很简明清晰，且有一种内在的动感和跳荡的节奏，使传统现实主义叙述具有了某种现代感。特别是最后大战场面的描写，有宏观形势的介绍，有大全景的鸟瞰，有敌我双方和我方各路兵马的穿插，更有给人印象极为强烈的近景和特写，视点视角变换有序，大小远近章法得当，多层面地调动着读者的欣赏心理。一个青年作者能将繁复交杂的战争场面写到这个程度，实在难能可贵。

还有，我想加意指出，小说始终坚持用历史唯物主义来观照复杂的社会、复杂的人生、复杂的性格，包括前面提到的很难把握的伪县长和开明士绅的形象。小说较准确地写了共产党的领导如何推动了现代历史的前进，革命斗争如何主宰了各类人物的命运，对群众、阶级、政党的关系也表现得较为准确。孙桂英忍辱负重为父复仇，终因是个人行动而失败；孙桂芳则将家仇融于国恨，从大局出发，通过有组织的行动取得了革命的胜利，也为个人雪了耻。这都可以看到历史唯物主义对你创作的深刻影响。这本是社会主义文学的一个老话题，但放在当前各种文艺思潮莺飞草长的文学现实中，作为一个青年作者，能恪守历史唯物主义的指导思想而且熔铸到艺术构思和艺术表现中去，难道不是焕发出了新的意义么？

我略感不足的是，跳出游击队写社会全景，这一追求，你还没有能够贯穿到底。你的设想还稍显拘谨，通篇仍有局限于游击队活动的遗憾。这不能不影响到作品对社会生活更广阔的描写和深层的文化开掘，影响到作品的容量和深度。如果笔墨放得更开些，效果可能会更好。而你是有这个能力的。

比起叙述语言，你的对话语言显出了差距；比起简洁明快，你的细节描绘和对生活丰富性的展示又有所局限。此外，还有一些地方需要进一步推敲，如第一百二十三页袁德兴为何能一下逮捕六十多名地下党；第一百九十二页，女共产党员打扮成村妇，手指却涂着蔻丹；柳汉周那样的莽汉子化妆成女性，竟能在大天白日骗过市人和军警；等等。这都需要写得更合理。

此刻已是深夜一点，明天还要上班。杨岩，我得结束这封信了。最后我想告诉你的是，你要有自信。你在小城默默劳作，处女作能达到这个水平，表明你的生活准备、思想准备、艺术准备都是足够的。眼下还不能说你写出了惊人之作，起点却是高的。来日方长，你在创作上当会有更大的发展，只是需要加倍的努力，加倍的执着。希望你注意节劳，注意调节自己的生物钟以适应也许是终生的艺术劳动。

我相信你，我希望你也相信自己。

遥问

冬安

肖云儒

1994年11月15日，西安谷斋

爱河徜徉录

《爱河》这部小说写了一群以水为魂、盼水如命的人。他们用超人的劳作，给家乡干渴的土地引来甘泉，而自己的生命、自己的感情也在其中得到浇灌，得到净化。那个严峻而又荒诞的年代留在关中西部大地上的宝鸡峡灌溉工程，进入这部艺术作品，对象化为一条流淌着秦人之爱的河。其中汇聚着世代秦人河似的爱，深挚的爱，苦痛的爱，堵抑终而畅达的爱。有歌的翻飞，有泪的浮沉，有人生和命运的回流。

作者梦萌，自称是干裂土地上长大的瘦麻麻的男儿，极像那"晒了花"的枯涩的玉米秆儿，大半生却一直做着两个湿漉漉的梦——水的梦和文学的梦。也许还有一个梦——关于湿漉漉的土地的梦。一开篇他就描绘了一个惊心动魄的场面：主人公沈平，为了逃避厄运，深夜藏在大坝上的拖拉机链轨下，进入了梦乡。他暂时忘却了这个世界，这个世界也暂时忘却了他。凌晨上工时，碾压黄土垫层的拖拉机开动了，这个二十四岁的青年被几十吨重的大碌碡压进大坝之中，血肉横飞，骨架碎裂，青春、生命从此永远和大坝粘连、构筑在一起，在巍巍的黄土大坝中，在潋滟的水库波光中涅槃。作者无限悲怆地慨叹："水有魂吗？""如果有，它就不该忘记他。"小说的最后，作者的笔又一次回锋写到这个场面。

毋宁说这是西秦旱塬世世代代人民的象征——他们是愿意用自己的血汗将土地和水搅拌黏合在一起的啊！也毋宁说这是作者的一种自喻——梦和他的父老乡亲们一样，也是愿意用自己的血汗将土地和水，再加上文学，搅拌黏合在一起的啊！

《爱河》写了宝鸡峡水利工程建设的艰难曲折，写了那个不幸年代激荡人心的生活和斗争，写了几对男女青年的命运和爱情故事，又不止于此。小说中分明可以感受到作者生命的投入，真性的投入，真情的投入。那流贯在生活故事之中的对生活理想和人格理想的追求，对生命的热情和诚挚，对美的营造和对艺术的探索，虽不能说深刻地震撼着你，却常常使你怦然心动。就连作者的语言，在乡土味中，也常常浸渍着一种感情，那是一般人在说到自己亲人时情不自禁流露出来的感情。

梦萌和许多作者不同的是，他自己就是宝鸡峡水利工程的直接参与者，不是三两个月的参与，是整个青春的投入，是整个生命与水利事业的熔铸。当他执笔为文，他是在写人民的事业，也是在写自己的事业，在写那一代人的悲欢，也是在写自己的悲欢。他是西秦大地历史实践主体中结结实实的一员，又是长篇小说《爱河》的艺术创作主体。这两个主体在梦萌身上的结合，含纳着极大的历史信息。它是马克思、恩格斯在预言中早已向往的，劳动人民不但在历史实践中，而且在精神劳动中确立自己的形象、书写自己的历史的新境界；也是毛泽东反复号召的，文艺工作者要和人民群众长期的（对他来说是终生的）、无条件的、全身心的结合。这种命运和感情的熔接，使得《爱河》中所描写的生活场景、生活故事、人物性格、感情世界，已经不是一般所指的作家的"生活积累"。因为"积累"两个字，多少还带有一点外在生活在作家心中沉淀的意思。而是作家自身命运的烙印，是较完全意义上的内在生活在作家感情世界的印痕。因而，生活故事从一开始，就伴和着作者心灵的震颤，感情的共振。在《爱河》作者的心里，生活故事是和感受一道萌生、发育、完善起来的。正因为如此，我们掀开小说的章节，才能不仅看到对生活气氛、生活细节、各具个性的人物的娴熟而精细的描绘，而且能感受到流贯其中的作者自身生命活泼泼的跃动。间或这种生命的跃动会受到阻隔，心灵感受和生活素材也会显得不那么浑然一体，那不是因为作者的命运、感情和他描绘的人民群众的形象有多大的隔阂，而是由于作者艺术创造功力还稍欠火色，不能解构、表述得更好。

在《爱河》中，一方面人的形象和水的意象构成饶有深意的对应关系。另一方面，"文革"时代干渴的心灵、干涩的社会气氛和干裂的土地，又构成饶有深意的对应关系。这两个序列的对应关系，使小说透过表层的生活开掘出了深层的意蕴。人民群众作为历史进步的力量，在社会实践中显示出河水般的灵动，在人际关系和社会气氛的营构中显示出雨水般的清凉湿润。但是在那个特定的时代，人民生命的活力像土地一样为干旱的社会气候所板结。这构成了小说故事情节和各种冲突矛盾最深刻的动力、动因、动律。

王淼这个复杂的形象最典型地说明了青年人如水般的真情真性，在遭到当时社会的压抑和恶势力的凌辱后，如何发生轻度的畸变。她冒充黄永胜的亲戚，为抢救被围的水利民工调飞机搞空投，给工地调钢材，最后暴亡于泄洪洞的湍流之中，用错误的做法，宣泄了自己对水利工程的热爱。而在她对沈平的爱中，却依然闪烁着自己心灵中美好的感情。男主人公沈平在"文革"中曾经干过一些亲痛仇快的事，但在投入水利事业，不息地追求"水"中，逐步校正了自己的人生坐标，最后将血肉之躯筑进了大坝中，完成了人格理想。诸山猫、张狗团虽然流露出些许流氓无产者的习性，但都在水利工地的实践中，淘汰了杂质，显露出劳动者纯真的精神质地。潘雨生、潘欣生兄弟的丑恶，是被流动的"水"流灌出来的，又是那一丝未被完全泯灭的"水"的真性使潘欣生陷于精神分裂。珍珍等人，则几代人忠贞于水的事业，他们不但以切实的劳作使水的事业获得成功，也因此获得了自己心灵的晶莹……

我们可以说，小说每一个人物性格的形成，几乎都能够勘探到隐藏在其深处的"水因"，每一个人物命运的转折，也几乎都可以归结为"水力"所致。水的意象便这样浸润到了生活和心灵的深处。

由于作者以水为人物的精魂，以水为小说的文眼，在创作的精神和风格上，相应地追求现实主义基础的浪漫色彩。

小说严峻的现实主义精神主要体现在两方面：一是直面人生世相，不回避矛盾冲突，着力在矛盾冲突中写出人物性格的复杂性，很少有那个时代虚假的理想主义的影响。另一方面，还尝试着对生产活动、水文化知识的诸多细节做精致入微和丝丝入扣的描写，对一个地域、一个时代、一个行业的各种生活、生产细节起了文化保存的作用，这使作品不但具有社会历史的信息量，而且具有一定的文化、文献的信息价值。你能感觉到新现实小说对作者的某种影响。

小说的浪漫色彩和浪漫气质，当然与"水"不无关系。从全书"水魂"的意蕴，"水魂"的意象，到生活风情（民歌对唱）、人物性格（诸山猫）、人物命运（两个主人公的"水葬"与"坝葬"）的浪漫色彩，从跌宕奇诡的故事、幽默跳荡的语言和最后亦真亦幻的想象，都可以看到一条隐约的浪漫色彩的线索在小说中绵延。

《爱河》严峻的现实主义和浪漫色彩的结合不完全是20世纪50年代末所提倡的革命现实主义和革命浪漫主义的"两结合"。在当时特定的历史背景下，"两结合"常常和虚假的理想主义联系在一起。这部小说严峻的现实主义和浪漫色彩中，则常常浸透着对荒诞岁月中荒诞人生的揶揄和忧患。这在气质上又带出一点现代感来。

对"文革"生活的反映，小说有令人注目的探索。第一，作者从历史唯物主义出发，能够将当时"左"的社会政治气氛和大轰大嗡的群众运动方式等"左"的东西，从人民群众改变家乡面貌、改变生存条件的创造性历史活动中剥离出来，既不回避前者，又敢于放开笔墨写后者，显示出一种科学的态度。第二，能够将群众性的水利工程实践放到历史文化的延长线上来展开，水魂-民魂的历史文化线和时代-政治的现实斗争线，虽然在空间上交织，却在时间上拉开距离，这在客观上对当时的"左"的政治路线是一种淡化。第三，作者对"文革"中"左"的东西，一般不正面批判，大多做客观的生活呈示。但是，通过人物关系的变化和人物命运的设置，作者的感情指向却是明确无误的。沈平先是在"左"的雾霭中迷失，继而在切实的劳动中得到了拯救，把握了自己的命运。潘欣生乍看是"左"的获利者，而灵魂的拷问终使自己精神失常，成为"左"的牺牲品。这一切，都传达了作者正确的政治道德判断。

《爱河》使我感到的遗憾，最主要的一点是艺术提炼不足。对芜杂生活的描绘，如果不在艺术构思、主旨开掘、人物塑造（特别是人物精神世界的丰富展开）、艺术语言和文化感、历史感的总体把握上下更大的功夫，做更艰苦精到的努力，作品的芜杂也就难于避免。

1992年1月29日，西安岚楼

历史和道德的错位

《舅舅外甥》给我的印象是：朴朴实实的，挺耐嚼，挺有味道，而且是那种三两句话不好说清楚的味道。

作者看来熟悉生活也尊重生活，故而有倾向却善于控制倾向，溢于言表者少，一味从生活画面中来显示。对共生于人物身上的对立的精神因子，能够尽量如实地写出来。作者不想用形象的提纯来给某些生活现象做鉴定，而想用人物的原汤原汁去牵引、启动读者对生活的思考。

小说前半写的是农村经济改革中的事，作者要说的则是经济改革过程中道德观的变异、倾斜，以及所引起的冲突。小说后半写的是守法违法范围内的事，作者要说的则是法律解决不了的道德的美丑。思想道德评价——小说的核心。

外甥的勤苦、孝顺、老实、善良中无疑有金子在闪光，那是我们这块土地上劳动者的优秀精神传统。这种传统融进了中华民族的精神。当时间的长河流进一个新的历史阶段，它们便会自然地（而不是自发地）和社会主义精神文明衔接起来。从这里，外甥和历史的进步联系在一起。只是，小说又明白无误地点出，他的这些优良的质地，都又莫不和愚昧无知相连："拴狗知道的事儿少得可怜；他只知道，干活儿—挣钱—养儿育女—孝敬父母。"他老实到缺乏新的、更高的知识追求。他孝顺到可以听母亲的话违心地去偷舅舅的辣椒。而当自己的善良遭到愚弄，他不知世界上还有经济法庭、道德法庭，还有晓之以理、动之以情，只会用自己抡了半辈子的锄头和铁锹，去做直线的、原始的、也是违法的报复。这些，又明明和那沉缓而潜在的历史情节联系在一起。

舅舅的能干、精明、铁石心肠、铁腕手段，由于无一不明显地和自己口袋里的钱、心里的"私"字有瓜葛，自是惹人厌恶。作品侧重从思想意识上揭了他一点底，交代他如何在搞活农村经济中拐骗坑人。这种品质上的强调，寄寓了作者的倾向。这个倾向的正确是没有疑义的。只是字里行间又叫人依稀感到，舅舅的精明能干，有时竟超出作品对这个人物思想设计上的倾向性，显示出一种活力，一种生气来。这也许是作者始料未及的，也许是复杂而又有生命的人物对作者构思的一次小小的胜利。

耐人寻味的是，小说并没有缠住舅舅的品格问题一直往下深挖，而是用几乎和写外甥对称的文字，点出了他的愚昧无知。"他见识的尽管很多，可是知道的事儿比拴狗多不了多少斤两，他只知道：赚钱，大把大把地赚钱，先盖楼房，再买摩托。还有，喝啤酒，青岛的最好；穿牛仔裤，听流行歌曲，人生在世，就是这样，本该这样。"这就使我想到，揭示农村新的经济生活背景下的道德贬值，恐怕只是小说部分的意图，更深的意图，是不是想揭示：愚昧无知如何从两个方面（扩而言之，各个方面）阻碍着社会的进步。愚昧无知是历史留在中国农民身上的阴影，它既使得外甥这样勤劳厚道的人赶不上改革步伐，又使得舅舅这样精明强干的人在时代新潮之中私心膨胀。小说最后描写到外甥和舅舅的值夜者大打出手时，推出这样一个评价："黑夜间，一场愚蠢的混打开始了。""一场愚蠢的混打！"这说明作者不想简单地站在哪个人物一边，而是站在新的生活所要求的新的文明一边，呼唤经济改革和道德建设同步，物质文明和精神文明共建。要不然，就会出现道德和历史在多重意义上的错位。这才是小说更深一层的题旨！

作者机智地把这个可以说是严肃的问题，安排在舅舅比外甥小四岁而且从小由外甥带大的特定关系中，给强化人物性格提供了条件——小舅舅在大外甥面前的颐指气使，和大外甥在小舅舅面前的毕恭毕敬，比正常的舅甥关系更有利于表现他俩性格的强烈反差。而且通过童年时舅甥之间纯真的感情，反衬了成年后心灵的疏远和陌生，动人，也融进了作者的意图。自然，这种特定的人物关系，也增加了生活情趣和可读性。

我是喜欢这篇小说的。也有不满足，也感到它的一些不足，请原谅我这里有意不谈了。

1985 年 10 月，西安岚楼

改革的变奏与杂音

——《32盒黑磁带》三人谈[①]

A：我们都读了文兰的长篇小说《32盒黑磁带》，凑在一起谈谈好不?

B：这本书写了改革的变奏与杂音。改革是一部交响曲，虽然时代的节奏宏伟壮丽，却不可避免地存在着变奏和杂音。这个长篇以通俗的形式，纪实的风格，真实地记录了这些不和谐的音响，反映了在经济改革刚刚起步，各种法律还不健全时，一些不法分子利用腐败的官僚体制大发不义之财，坑害国家和人民的现象，揭示了它得以产生的历史、现实、心理以及体制方面的原因，引发我们对改革进行更为深入的思考，帮助我们正确地认识改革大潮中的回流。

A：写改革交响乐的变奏与杂音，你这个想法挺有意思，能不能展开来谈谈?

C：我接着谈吧。20世纪70年代末兴起的改革浪潮波及和深入了中国社会的各个层面，改革无可怀疑地推动了时代的巨轮，但也不是一帆风顺的。改革大潮中，有的鱼目混珠，有的沉渣泛起。像《32盒黑磁带》中的主人公刘光胜这样的诈骗犯，就是混珠的鱼目；A城的大小官僚，就是泛起的沉渣。改革在今天，已经不单纯是用赞歌开锣鸣道的时代了，而是对十年改革的得失进行反思和剖析的时代了。

文兰正是在A城这个聚焦点上，追踪、扫描并捕捉到了整个时代所关注的问题，从而展示了这个小城市里所发生特大诈骗案的内幕和刘光胜的犯

[①] 本文系与王治明、李昺作。

罪过程，并且把犀利的笔锋直接插入这块仍滋生着社会病毒的现实土壤，使我们痛切地感觉到，改革在 A 城的阻力，不单是个别像刘光胜那样罪恶缠身的人，也不单是某一种因素，而是诸多的社会因素所构成的复杂的障碍网。它的严重性不仅在于现行体制的腐败与"阳痿"，而且还在于对改革抱有良好愿望的普通民众不知不觉地成了改革的"电阻"，致使本来就很艰难的改革中途"短路"。

虽然刘光胜之流利用人性的弱点，以金钱、美色等手段实现自己罪恶目的的卑鄙行径，令人痛恨，但并不使人惊诧；相反在 A 城，上至市长、局长等领导干部，下至科长、股长等基层干部，都被刘光胜轻易收买，不顾国家和人民利益，为刘光胜的犯罪推波助澜，却更值得人们深思。它说明，现有体制中，那些以权谋私、贪图金钱和色欲的官僚，正像蛀虫和催腐剂一样，一步一步地侵蚀着我们国家的肌体；更说明，改革首先是政治体制的改革。政治体制改革的成败，直接关系到经济体制改革的命运，如果没有政治体制改革作为保障，那么在经济体制改革中，还将继续滋生和繁衍更多的社会食腐动物，还将有新的"刘光胜"似的"大黄蜂"出现。

A：以刘光胜——改革大潮中的泥沙为长篇的主要人物，为全书的焦点，在同类长篇中好像也不多见。

B：是这样。刘光胜到底是什么样的人呢——企业家？改革者？流氓诈骗犯？都是，又都不是。作为"企业家"，他是一个"皮包"企业家；作为"改革者"，他是一个投机改革的诈骗犯。凭他的才干和能力，他本来可以成为一个有开拓性、创造性的新型农民的代表，一个新时代的农民企业家。然而遗憾的是，他却走上了另一条道路，成了新型农民中的败类和个体户群体中的渣滓。

话再说回来，他是个体户吗？是；他是诈骗犯吗？也是。这种双重身份并不仅仅体现在刘光胜身上，而是当代中国为数不少的个体户中普遍存在着的一种特点，即一种独特的社会现象——我们称之为"个体户现象"。

A："个体户现象"，你提出了一个引人思考的社会现象。但恐怕不能把诈骗犯和个体户的双重身份作为普遍特点。确切一点说，公有制背景下的个体劳动者心理和平均主义背景下的暴发户心理，是个体户现象中最具历史文化价值的部分。个体户现象的复杂性是怎样产生的呢？

C：因为社会主义条件下的个体户，不是一种整一的社会构成，而是一个鱼龙混杂的群体。他们的前者为社会做出了贡献，而后者却给国家带来了灾难，或者在为国家做贡献的同时，危害社会。国家鼓励个体户发家致富，但个体户中的社会渣滓、地痞流氓等不法分子却借改革之机，投机倒把，敲诈勒索，弄虚作假，牟取不义之财。当然，应该承认，个体户中真正有胆识、有魄力、有能力、值得信赖者还是多数，但刘光胜之流也不是个别的。

A：这种社会现象，便把问题引向了人本身，引向了人本身的改革。

B：人，作为社会的最基本的构成，决定着社会的政治形态和经济形态，因此，改革最重要的，或者说最根本的在于人的改革。人的改革与政体改革和经济改革是相辅相成的，没有前者作为后者的保障，任何改革都是不能成功的。而人的改革主要是人的生存观念、生命理想、思维方式、价值取向等社会文化形态的进化与净化。A城所发生的特大诈骗案，正说明了这一点。刘光胜之流能猖獗一时，其中重要的原因在于普遍的社会心态与改革自身所要求的距离太大，以致造成了现实与理想的明显反差。

C：从A城民众的普遍心理来看，A城民众无论在理智上还是情感上，都决不会容忍刘光胜的行为，但是事实上，他们有意无意帮了他的忙，合情合理地成了刘光胜之流的牺牲品。刘光胜在光天化日之下进行"胜利大分配"的同时，不能不说是我们民族的劣根性和奴性心理的大曝光。作者在这里写道："整个A城所有受了刘光胜恩惠的人无不心里欢呼：刘光胜万岁，刘光胜万寿无疆！"这种令人痛惜的荒唐和麻木不仁，正是我们的改革所面临的最大障碍，无怪乎我们这个民族总是有着那么多灾难深重的历史。

A：刘光胜这类人的心灵贫瘠而空虚，动机肮脏而丑恶。刘光胜办公司的直接动机并不是为了改革，而是利用改革之便不择手段地牟取暴利。他们从私利出发拥护改革，便走向反面，成为改革最危险的敌人。改革的"空档位"使他们发了财，他们的发财却使改革"滑坡"。他们左手为改革鸣锣开道，右手对改革釜底抽薪。这种在中国汪洋大海般的小生产经济观念温床上膨胀起来的"暴发户心理"和个体户现象构成一个"二项式"，正是现阶段的改革所面临的一种独特的畸形社会现实。因此，无论从普通民众的心理现实看，还是从刘光胜之流的心理现实看，无论改革以什么方式进行，向什么方向发展，人的改革都是首先要进行的。

另外，文兰同志的《32盒黑磁带》，不仅在对改革中党风问题、社会风气问题以及人的问题的关注和思考中切近了时代的主脉，而且在艺术追求中力求走出一条尽量贴近时代审美趣味的路子。这方面，二位有何高见？

B：首先，我感到是通俗性与严肃性的结合。作者虽然追求通俗性，但同时又更多地注意了严肃性，并努力使通俗的情节结构与严肃的思想意蕴相互渗透、融合，极力做到通俗而不庸俗，严肃而不艰涩。

虽然小说以三十二盘录音带为结构线索和情节动力，调动和运用侦探小说的结构方法和技巧，使作品波澜起伏，跌宕多变，并以明快、流畅的语言展示了正义与邪恶的搏斗过程。但是，作品又不是一部通俗的侦探小说，它所触及的更多是社会生活中的真实存在，并且以严肃的态度把一般通俗小说中作为背景处理的社会问题，作为作品的主要对象加以描叙。这也正是当前严肃文学作家与纯文学作家大量进入通俗文学圈子的新趋向，因此，很值得引起人们的重视。

C：纪实性与文学性的混融，恐怕是作品的又一特色。——老B，恕我套用您的句子结构了。近一两年来，纪实文学以它的种种分化形式——新闻小说、报告小说、写实小说等——而日益形成热潮。《32盒黑磁带》的最大特点是既具有纪实性，又具有文学性。虽然是小说，但在内容上却有报告文学的纪实感。小说以曾经发生在中国西部的一件真实诈骗案为原型，在具体情节和细节描写中，特别是对刘光胜主要犯罪手段和过程的展示上，以纪实的风格使作品具有了新闻的接近性和针砭时弊的意义。

A：我插一句。纪实文学的兴起，作为一种城市文化现象，是当今人们普遍关注人自身的社会形态和现实心态的必然产物，也是新闻与文艺在时代场和审美场中碰撞的必然产物。在这个意义上，纪实文学可能至少在一定的时期内，将促使我们重新认识文学，调整文学。也许我们的纪实文学还没有找到更为成熟的表现方式或负载形式，包括《32盒黑磁带》在内，也还有许多有待探讨的问题，但这种样式本身，应该被给予更多的研究。

B：作品的第三个特色是不是表现在，现实主义与现代主义的多维渗透和散点互补。《32盒黑磁带》在创作方法上，主要立足于现实主义的人物塑造、情节结构和故事叙述原则；与此同时，又大量运用现代主义的象征、跳跃、形象转换、意念隐喻、视点近移等技巧与方法。在语言上，或重墨铺叙，或轻描淡写，或充满激情，或冷静客观，或严肃深沉，或轻松幽默。并通过这种冷与热、轻与重的笔调对人物进行评价。如对刘光胜，作者竭力保持一种中性客观的叙述态度，把他作为一种客观的社会现象来描叙，但对A城窃取权力的大小蛀虫，却冷嘲热讽，嬉笑怒骂。在叙述上，作者通过录音带的变换，来改变叙述角度和人称变化，使多重第一人称的出现顺理成章，从而获得了更大的时空自由，也使多重第一人称既作为叙述者又作为当事人的直接介入，加强了作品的紧张、真切和惊险的程度。

A：作为文兰的一种新尝试，《32盒黑磁带》在艺术上的不足也是显而易见的。如后半部人为痕迹过重，结局收场仓促，个别地方欠精当。通过场面和细节来简洁地勾画次要人物剪影的能力尚嫌不足。

B：那群腐败官僚的形象还有些粗糙化和漫画化，他们缺少一个完整的"面貌"。人物构置上也略显烦琐。人物关系还不够清晰。

C：严格地说，由于文兰同志新的艺术追求还不够自觉，所以多多少少影响了整个作品思想内容的深度和广度。

1989 年春

生命的胜利

这是写一个女人的生命力如何冲破种种桎梏而迸发出光彩的故事，是生命力的颂歌，是健康生命延续的颂歌。

生而为人，一是要维持生命，这就有了温饱问题；二是要发扬生命，这就有了创造的欲望，就有了增长才智和实现才智的问题；三是要延续生命，这就有了婚爱的要求，就有了选择健康和优良的生命基因的问题。但是，这三大要求和它的实现之间，那重重的阻力简直是层峦叠嶂，由是便演化出多少跌宕起伏的故事和多少复杂隽永的感情。

裴积荣笔下的桃三春，虽然只是西部远村中的一介草民，她的人生故事却含蕴了上述各类生命要求。她在贫困中活得轻松愉快，给自己、也给别人略显沉滞的生活抹上了一缕灵动的彩光；命运没有给她提供展现才智的机会，她可以不知顾忌地"插手"他人的工作、生活，使自己的创造能力得到实现；命运只可能给她一个"小白兔"式的畸形孩子，她却冲破各种传统的习俗和现实的条令，获得了一个健康美丽的女儿，挣得了一个美好的生命前景。桃三春不甘于自己已有的现实命运，执着地甚至有点放肆地，确切地说应该是兴高采烈地为自己所憧憬的理想命运搏斗。

这个搏斗从中国社会历史进程的背景上看，是两种文化观的搏斗，是张扬生命的搏斗，本应是充满悲剧感的，正像许多作品所写的那样。然而桃三春们却可以使这场悲怆的搏斗变为柔美的夜曲和喜悦的欢歌。桃三春轻盈的脚片子和历史老人沉重的步履在三边的黄土地上叠印。作者力图把历史性的矛盾熔铸为人物性格冲突，把历史进程演化为独特的个性命运，这也许是艺术构思的举重若轻；但作品又分明让你在夜曲和欢歌的深处时时听见那历史悲声的回响，显示出具有独特个性色彩的历史内涵，这却是主题开掘上的举轻若重了。

《西部女性》启示我们，历史悲剧有时可以通过性格喜剧得到呈示，重要的是，要让读者在喜剧的深处看到历史的悲剧，进一步又在历史悲剧的更深处看到历史的喜剧。这篇小说的构思暗示读者，劳动者为正常的生存需要和生命欲求所做的斗争，一定能取得最后的胜利。作品从两个方面暗示了这一点。一是桃三春的乐观性格中所表现出来的朴素的历史自信；一是整个山村对桃三春母女两代"偷种子"的默认和首肯。在近亲繁殖的山区，面临种群的弱化，常常有两种道德观和风俗文化。一种是共性的，整个社会、整个时代的文化风俗，这种文化风俗，开始常常以意识形态出现，经过若干年的灌输沉淀，才在一定程度上成为社会文化心理，成为集体无意识中的意识。另一种是个性的，即特定地区为了人类的生存健康繁衍而产生的亚文化形态的道德风俗。比如小说中的"偷种子"，实质是一个地区的人为自己的后代选择健康基因的一种异常的方式，它有利于生产力的发展和社区的繁荣，因而能得到社会的默许和长辈的支持。当事人的心理也能自足和平衡，没有其他地方的那种自罪感。小说对山区两种文化的展示，不但具有社会的、文化的认识价值，而且揭示了人类生命的强固博大，以及由于这种强固博大产生的人类文化观念的自变性，揭示了人类文化观在吸收社会信息中不断建构的过程。这也就昭示出：小说所写的历史悲剧，终究会有喜剧的结束。将悲剧做喜剧的处理，又在喜剧的深处感受到悲剧的力量，再在悲剧的终极让你看到喜剧的前途，这样立足于历史乐观主义来写历史悲剧，是有特色且有分量的。

作者在构思中，用的是将人物推到矛盾冲突的极致，让人物在生命和道德的阴阳界上选择、挣扎，从而迸发出性格光彩的办法。第一个阴阳界是动物与人间的生命抉择，是让后代成为畸形的"小白兔"还是健康人？是努力争取还是听任失去自己和后代在社会生活中起码的正常人的待遇？第二个阴阳界，则是好女人和臭妹子之间道德的证明。她与田建勋好，是真情还是欲火？她要田"帮忙"，是生命的责任还是肉欲的放纵？作者把人物推到事物的边界上，推到悬崖上，是很需要胆识的。稍一处理不好，便会掉下悬崖，改变人物的思想性格面貌，但处理好了却能产生强烈的艺术效果。只是特别需要对分寸感的细致把握。作者给自己出了一道难题，又以自己的思想艺术能力通过了考验。我们看到，作品的思想冲击力和艺术感染力正是在细致的分寸感的把握中酣畅淋漓地表现出来。

小说的结尾，实际上是以两种文化的妥协并存结束的。桃三春（以及三春妈、黄干大）从他们西部远村的亚文化观念出发，本来就认为在田建勋给予了月爱这个新生命之后，他完全应该另有爱情和家庭，这是当然合理的、道德的。他只需像黄干大一样，当孩子的干大就行了。而曹茹茹则以儒家文化的宽容默认、原宥了田建勋突破文化限制的非道德行为，并承认了月爱生的权利。只有在两个文化圈中来去的田建勋，内心有一种对双方的负疚感。这种负疚感，在另一种环境下，可能演化为主人公心理的断裂，而在小说特定的文化交汇环境中，却受了来自两边的抚慰。在儒家文化和西部文化的双重宽容之中，田建勋的负疚被融解为一种略带惆怅的甚至是略带温馨的眷恋、失落和茫然。应该说这是符合中国黄土地上的实际的，耐人寻味的。

1989 年 10 月 23 日，西安岚楼

执着和挚爱

——序《特殊使命》

一

在纪念抗日战争胜利五十周年的时候，我有幸读到了孙宗礼、孙贻华父子合著的长篇传奇章回小说《特殊使命》，很是欣慰。半个世纪前那场使中华大地蒙受了巨大苦难而又使中华儿女经受了重大考验的战争，在一个新的题材领域里得到了艺术再现。那些赢得了这场民族革命战争胜利的英雄儿女和革命先辈，又一次在我们的文艺作品中闪现出生命光彩和人格力量，又一次得以通过群众喜闻乐见的文艺形式在社会上广泛传播，给改革开放时代的民族精神输氧，输钙，输进新的活力。

我与二位作者素昧平生。因为读的是打印的原稿，也不知后面有后记。我一页一页读着，渐次感受着书中新四军敌工战士身上那种高度的革命责任感、强烈的民族自尊心。同时，透过全书对英雄人物充满激情、崇敬和爱意的描绘，感受着二位作者高度的文学责任和强烈的人文精神。读到最后，我才见到了后记，才知道主人公张超是以真人张良清的命运，以他的长篇外调、回忆录和录音带为蓝本创作的。才知道张良清在小说所描绘的抗日时代之后，又受命于李先念司令，打进国民党部队，为解放战争搞地下工作。新中国成立后，又打进国民党潜伏的特务集团，为侦破武汉、广州特务网立了大功。卧敌十年、建功立业之后，张良清重新学习技术，投入了西北边疆的社会主义建设。但是，在极左时代，他遭受近二十年的冤屈和迫害，戴上了大汉奸、大叛徒、大土匪的黑帽子，被劳教、被专政，直到十年浩劫结束后才得以平反。平反不久,老伴积冤成疾而逝,自己又惨死于车祸之中。临终时嘱托作者一定要将他的回忆写成书,以励后人。

我明白了两位学美术、搞美术的作者为什么要拿起笔从事他们所陌生的长篇小说创作,明白了他们为什么从1985年到1994年,耗费两代人近十年漫长的生命,一次又一次修改这部作品。那艰难可想而知,那执着可想而知,那严肃的态度可想而知,那崇高的责任可想而知,那和笔下的英雄相呼应的人格力度可想而知。

在受到金钱腐蚀的当下社会,主人公张超的精神何其可贵。在受到金钱腐蚀的当下文坛,作者的精神又何其可贵。

二

《特殊使命》采用了一种特殊的写法,这便是中国传统话本小说的写法。不仅在结构上采用了章回体,而且行文是评话体。有时候还大段大段地在白话中输进韵脚,可看,可念,可听。看时流畅,念起上口,听来有板有眼。口语化、评话化使作者与读者拉近了距离,平易亲切。不经意中的韵脚又使读者在接受作品内容的时候感受到一种不经意的节奏美。

近年来,传奇章回体小说随着通俗文艺大潮而兴起。但这种为中国平民百姓所喜爱的文学形式,却大多用来表现武打、侦破、言情一类的题材内容。褒贬臧否,自然要具体分析,不可一概而论。我们的革命文学中早就成功地尝试过用传统的章回评话体来表现现代革命斗争生活,来表现新时代人民的新生活,例如几十年中久传不衰、脍炙人口的《新儿女英雄传》《吕梁英雄传》。如何继承发扬这一传统文学形式,更好地反映新时期的生活,反映革命历史题材,应该引起我们的重视。

《特殊使命》在这方面做了可贵的探求。这种探求使它和当下流行于书摊的各种通俗文艺在本质上区别开来,并为传统章回体小说反映新的生活提供了经验。

三

《特殊使命》反映了一个特殊的题材领域，写了一个特殊的人，一种特殊的经历和命运。

特工生活是特殊的生活。它那异乎寻常的隐蔽、神奇，它所需要的过人的英勇、机智，它可能承受的误解、冤屈，不但使这一题材能很好地将思想性、艺术性、可读性结合起来，更重要的是，它给英雄人物提供了一种能充分表现英雄品格、智慧和思想感情的环境和氛围。这是张超形象能塑造好的一个重要基础。在这个基础上，应该探索张超在自己的独特经历中所形成的个性和与这种个性相应的生活细节。现在看来，这方面表现得还不够充分。

《特殊使命》还有一"特"，即反映了以前革命历史题材作品很少反映的新四军李先念部的革命活动，为文学全面反映党领导下的革命活动开了新生面。如果能够对李先念所部、对整个根据地的面貌花一点笔墨，做一点宏观再现，可能作品的背景会更宽阔。

小说的第三个"特"，是写了抗日民族解放战争中，日寇掠夺我国文物的强盗嘴脸和我们利用假文物诱敌上当的情节。这在同类作品中是少见的，既反映了当时的生活真实，又有新鲜感。

总的说，作品有特色，但自觉地抓住这些特色延展深化，则稍显不足。

四

《特殊使命》情节复杂，多头交织，环环相扣，很吸引人。也许有的地方稍显芜杂，缺乏提炼，但作者还是能够在繁复的情节中抓住几个重点较为集中地展开。比如敌巢打击魏仁义、韩顺，在武汉连闯七关，率领二十名战士假投日军，抢救边区供给部长宋义铭，去敌人的扬子江油库为新四军买油，策反熊德运投诚，等等。

  这几段情节的细致展开，使全书内容显得厚实。如果再能够从情节的细致交代中腾出一些笔墨，对主要人物的性格、命运特别是内心世界做更充分的展示，艺术冲击力当会更大。再者，如果能进一步加强结构意识，将几个主要情节前后勾连起来，分开，重点故事能独立成章，合起来，又构成几个主要人物的命运轨迹，当会更有深度。自然，目前这种段落组合的写法，也是可以的，中国古典长篇小说常常采用，如《水浒传》的"宋十回""鲁十回""武十回"。我们希望的是，作者在古典的写法中更注意融进一些新的营养。

  从后记所介绍的张良清老人的一生看，我感到还可以写出精彩的第二部、第三部。"特殊使命"朝后发展，将是"特殊命运""特殊人生"。我预感，作者有写下去的打算，我也企盼作者写下去。写好一个贯穿了三个时代的人物，将会凝聚、辐射三个时代的精神光彩。更精彩、更深刻的，也许在后面。我等待着。

1995 年 6 月 20 日，西安谷斋

结构的艺术

——读《七天与一个世纪》

二十六岁的郑贞，说话很快。舌头跟不上脑子，后半句常常叠压着前半句往出冒，有时还一口吃掉半截前面的话。怕你听不明白，便辅之以手势和眼神。嘿，这姑娘性子挺急，思维快于说话，激情丰于语言。

二十六岁的郑贞，工科大学上了个开头，便由着性子弃工从文，当起了自由撰稿人。十六岁出版了中篇小说《天之吻》，得了西安市的文学创作奖。后来开始写《跨越世纪的悲哀》系列小说。其中三十万字的《墨渊》已经完稿，在海内外几家出版社的竞争中待价而沽；这个系列的另一个短篇《七天与一个世纪》，不及万字，一举获得今年香港《亚洲周刊》第三届短篇创作比赛冠军，《五月》杂志和《中国文学》相继转载，介绍到海内外，新加坡华星公司和西影正在将它搬上银幕。《天之吻》，显示出一位纯真善感的少女对青春世界的种种价值判断和浪漫构想。《七天与一个世纪》，文字仍然清纯晓畅，却初露出一位女性作家把握大题材的气魄和针砭时弊的责任，初露出在深层历史沉积中开掘时代生活底蕴的可贵能力。眼见一滴明净的水珠变为能够分解七色的三棱镜，水彩成了油画。十年辰光，郑贞依然青春，却增添了一种忧患，一种凝重。

现在来说《七天与一个世纪》。

契机本是一个真实的故事。她的祖籍河南巩县——我们记得那是杜少陵的家乡，有个农民富裕起来后，把过世的父亲挖出来重新安葬，大事铺张炫耀。就这么一件事，在构思中，被作者扩充、延展、组合，固化为一种艺术结构：四代同堂的世纪老人魏德死了，他遍布八方、有钱有权有势的九个儿子（除去出国的第七个儿子）和三十七个孙子、三十二个重孙子（除去他死后五分钟出世的第三十三个重孙），在七天的丧事中，极尽奢华以光宗耀祖。办二百多桌酒席；买彩电、冰箱、录放机陪葬；以收丧礼为名大要各类关系户的钱财物品；在新坟四周架上高压电网防贼盗墓；受了贿赂的风水先生为了显示神妙和讨好魏家，竟看定小学校为坟址，在另有所图的村长支持下，魏家花重金拆迁了学校，最后闹得在废弃多年谷仓中上课的孩子被砸死。也有另一股力量：留学国外的魏老七只托人给父亲买一个花圈，却将五千美金捐给学校盖校舍；小学老校长抵死反对迁校而被村长撤职；张老汉挖药材协助刘寡妇儿子上学，但他们遭到的是嘲弄、围攻、电击。浩浩荡荡的出殡队伍终于在如血的夕阳中朝墓地走去。"魏家文化"大获全胜，胜利的结果却是在夕阳中走向墓地。

明显的戏剧结构和荒诞色彩，加上对生活场景和人物性格掠影式的简单描绘，作为小说艺术，很容易被认为是一种遗憾，恐怕也的确是此篇的不足。但当你强烈地感受到这种戏剧结构对社会生活的宏大辐射，感受到闹剧深处的悲凉和荒诞尽头的严峻，你对作品的象外之旨、弦外之音不能不震撼，对作者的艺术追求不能不由遗憾转而认同。

在这篇作品中，郑贞的艺术创造能力突出表现在，善于寻找和创造一个艺术结构，将自己对社会生活、历史文化的总体感受熔铸到小小的、独特的生活故事中来。故事的时间只有七天，却浓重地弥散着何止一个世纪的传统文化心态。而从旧生命的死去和新生命的啼号中，从和那些愚昧的精神和行为规范对应着的渴求文明（孩子们）、维护文明（老校长、张老汉）、实践文明（魏老七）的人中，我们又看到绿色正在旧文化积淀层的裂缝中生长。

故事的空间只是黄土高原的一个村镇，而文明和愚昧、美和丑的冲撞却在家族生活、贫富悬殊、传统积习、现实风气中，在权力与利益的交换、小镇与世界的勾连等等多层空间中展现出来。这多层空间又紧紧扭结着轰毁或支持学校这个"情节核"。因此,魏家在夕阳中的胜利和胜利后向墓地的进发,便由一个老人的死暗示了一种文明的将死,由一个老人死后的肆虐告白了一种文明死前的挣扎。小说的主旨在广阔的时空中拓展,这种拓展又正是开掘。欣赏者的再创造由是有了启动力。

写到这里,我们便有了一个新的猜测:在城市长大的郑贞,意识到自己的优势不在对村镇生活做细腻铺陈,她谈到过自己更倾向于西方的简洁和单纯,而不善烦冗的描绘,她有意选择了简化生活和心态的路子,着力去显示社会现象各种因素之间的关系,并将这种关系演化为艺术结构,亦即将内容(社会关系)转化为形式(艺术结构)。简化其生活而繁复其形式,正是小说的追求。舍弃具体的生活内容之后,小说提供给我们的是这样一个结构——在愚昧的阴湿地上,苔藓般生长权力、金钱和传统劣根性的恶性循环。这种循环因为有老校长、魏老七、张老汉与小学生,出现了一丝裂痕,被置于夕阳西斜的大背景中,又显示出些许希望。这是小说的结构,也是小说的主旨。这是小说事件的结构,也是当前许多社会事件的结构。

我不想说这便是结构主义的方法。因为郑贞并没有完全抛弃现实主义的描绘,她考虑到了国人的欣赏习惯。只是想特别指出,作者结构意识之强烈,作品结构功能发挥之充分,很值得文坛注意。

郑贞还年轻,正策划云游四方;郑贞很勤奋,常在每日万字的速度中写作。郑贞有戏。

1994年6月23日,西安岚楼

论 80 年代初陕西小说创作形势

集中读了一些陕西小说作者的近作，不由得想起了陈子昂《度荆门望楚》一诗中的两句："巴国山川尽，荆门烟雾开"，好像由青峰可数的巴中，来到了江横渡阔的楚地。

在陕西的文艺事业中，小说创作一直被公认为是成绩卓著的一个部门。20世纪50年代和60年代，陕西产生了像柳青、杜鹏程、王汶石这样的著名小说艺术家，西安被誉为"中国文学的重镇"。不过那时候队伍小了些，是李白说的"三峰却立如欲摧"的峻峭景致。今天不一样了。论思想艺术成就虽然还没有达到"文革"前的高度，却也如李白形容的，有一种"涛似连山喷雪来"的壮阔风光。

不少人议论，我省的小说作者初步形成了三个梯队。

第一梯队，我想是指杜鹏程、王汶石、李若冰、魏钢焰、贺抒玉等老作家。他们和老诗人戈壁舟、玉杲一道，仍然活跃在精神生产的第一线。

1980年春天在一篇全省小说述评中，有人提出"第二梯队"这个概念。接着，《延河》《长安》和《陕西日报》陆续对这个梯队中的佼佼者进行了评论介绍。到夏天，在作协西安分会和《延河》编辑部召开的"太白会议"上，近十位写农村生活的中青年小说家济济一堂，接受了文学界的检阅。再加上描写工业战线的一些同志，第二梯队便以自己思想和艺术上的实际成绩被文学舆论承认。他们主要是：陈忠实、贾平凹、莫伸、邹志安、峭石、李小巴、王晓新、蒋金彦、徐岳、路遥、赵熙、京夫、李凤杰、王蓬等二十来位同志。

到了秋天，又召开了一次很别致的小说创作会议——刚发表作品的作者座谈会，便是大家称呼的"户县会议"。一批近两年成长起来的青年作者崭露头角，引起了会议的注意。大家议论着，这可不可以算作我省小说创作的第三梯队呢？

做这样的分类也许并不科学，只是为了反映小说创作后浪推前浪的好形势。笔者做了一个极不完全的统计，1980年我省作者在中央和省外省级以上文艺刊物以及本省《延河》《长安》《绿原》和《陕西日报》发表的小说有一百五十五篇之多。其中，《小说月报》转载了五篇（《手杖》《立身篇》《月夜》《幸存者》《上李村》），有六篇在外地刊物发了头条。

一年来，第一梯队的老作家坚持抱病写作。第三梯队则"一起步就迅跑"，有的在处女作中就脱颖而出，显示了自己的特点。

第二梯队是我省小说创作的主力军。他们中间不少人近一两年来已经陆续进入了艺术创作境界，水平比较稳定了。其中有的同志正在进行艰苦的探索，学习前辈，发现自己，逐渐形成风格特色。他们大都长期生活在基层，担任着工、农、商、文的实际工作，有写自己目睹身受的生活和人物的本钱，有开拓更深更广的艺术领域的余地。他们勤于思考，勤于写作，勤于生活。陈忠实、邹志安、峭石有对现实生活做细致解剖的习惯，蒋金彦、王晓新、路遥有从历史高度理解生活的尝试，贾平凹、张虹有善于感应人世感情脉冲的气质，都难能可贵。他们长年累月灯下疾书、鸡鸣而眠，硬是在生活和艺术实践的磨石上，一下一下打磨自己。

在旧中国和新中国的交界线上，站立起了我省第一代小说艺术家。在十年浩劫和社会主义新时期的交界线上必将诞生第二代小说家。革命在实践中的坎坷曲折，加深了整整一代人对社会主义的思考和认识。十年浩劫将散见在、隐伏在生活中的各种社会矛盾、人生聚散、感情波澜激化了，浓缩了，凝聚了。而社会主义在经历了浩劫之后，更加青春焕发，显示出强大的生命力。对党和人民有分量的赞歌，对心灵创伤、社会弊病深刻的剖析，对新时代新生活热情的探索,必然要在文艺中以典型的性格、心理、情节和画面反映出来。这个历史责任,主要落在备受磨难却又得天独厚的第二代小说家身上。

"最伟大的作家和艺术家却恰恰出现在社会危机尖锐的时代,即是在各种互相矛盾的强大社会潮流影响之下,俗语叫做'灵魂'的那个东西分裂成为两半或好几部分的时代。正是那时候,人才能跳出老一套的生活方式。他充满着强烈的印象和痛苦,极力要表现他的感受,从而变成了跟自己类似的人们的喉舌。"① 卢那察尔斯基的这段话也许不无片面,但是,我们对陕西小说创作的昨天、今天、明天,却因此而倍有信心。

在我省小说近作中,可以明显感觉到,被十年浩劫破坏净尽的革命现实主义传统,不但得到了较好的恢复和继承,而且在一些方面有了深化。这表现在:

第一,许多作品写出了生活的复杂性和严峻性,那种粉饰生活、将生活简单化的现象越来越少了。

现实主义作品以变化着的现实作为描写的唯一对象,这就需要作者勇于正视现实,形象地揭示社会生活的真实矛盾,用积极进取的态度提炼、突显生活中的真善美,解剖、批判生活中的假丑恶。以前,特别是十年浩劫时期,在不少作品展示的横剖面里,现实生活常常流于简单化、理想化。人物按照一定的思想梯级来划分类型,然后再镀上性格。作品的真实性、人物的可信性因此受到极大损伤。这种用既定观念来筛选、净化生活的作品,不能说是充分现实主义的。

现在,很多作品在把握现实生活的复杂和严峻方面,有了长足的进步。不少作者都注意到,生活矛盾和性格冲突的双方,既有斗争性的一面,也有同一性的一面。现实的人物在思想性格、感情上,总是接受正光、侧光、顶

---

① 卢那察尔斯基:《论文学》,蒋路译,人民文学出版社1978年版,第198页。

光、反光等多种光源的照明，而呈现出十分复杂丰富的色彩。这是真正的现实主义艺术不可缺少的色彩。在《信任》中，罗坤得知儿子报复打人之后"脸色大变"，像"挨了一闷棍"，忍不住抽了儿子一耳光，"烦躁的心情急忙稳定不下来"。作者并没有回避他对贫协主任梦田老汉的"怨恨"，反而用了整整一段来描绘这种内心活动。这非但没"损伤"，恰恰是加强了罗坤的先进色彩——先进人物和普通人一样有怨恨，有感情冲动，才可信；他能够用正确的思想来排解个人的私怨，才显得先进。这里，由于写得真，才显示出善的力量！杨惕的《一叶知秋》把两位普通的、孤独的妇女推到了和爱女生离死别的感情风暴之中，要人物经受她们很难经受得起、也不应该由她们经受的精神重负和感情考验。作者放开笔墨写人物内心真实的痛苦，打动了读者，让读者能原谅她们对爱女的争夺了。这时笔锋一转，却让这两位妇女在感情上挺了起来：忍受牺牲，将女儿让给对方！高贵的精神品质便蓦然在反衬中得到升华。这里，由于写得真，美才迸发出光彩。

马克思曾经说过，共产主义是"历史的谜语得到解答"。也就是说，在共产主义之前，许多社会问题并不是那么轻易就能解决的。社会主义能够解决资本主义、封建主义遗留的许多重大社会问题，不过需要长期、艰巨的历史过程，而且也并不能使所有的"历史谜语"都迎刃而解。由于对这点认识不足，以前不少作品在展示生活发展的纵线时，好像有不成文的规定：提出的矛盾一定要在收篇之前予以解决。如果作品的尾巴不光明，就很有丑化社会主义现实之嫌。为了要顺利地、迅速地解决作品提出的矛盾，只好把"谜语"编得浅而又浅，再不然就请"尊神"下凡来解答，革命现实主义的精神不能不受到损伤。

拿克服官僚主义的题材来说，作品矛盾的解决，就既不是搞掉几个贪官，也不是调来几个清官可以立即奏效的。人不过是一定社会关系的总和。在各种社会关系（包括政治、经济体制、社会思潮、群众觉悟和生产力发展水平）

没有根本改变之前,希望靠清官个人的觉悟、作风和良知良能来克服官僚主义,那是天真善良的愿望。如果作品停留在表达这种善良的愿望上,是缺乏现实主义严峻性的表现。有的作者认识到了克服官僚主义的艰巨性,又常常走向另一个极端,将它作为不可救药的绝症,一味搞消极的展览,使人感觉不到党和人民群众同官僚主义做斗争的积极力量。因为这并不符合当前生活的真实面貌,同样也损伤了作品的现实主义精神。在这样两种不足中,我省一些作品显示出了自己的可贵处。

蒋金彦的《西门虎新传》,一方面描写了县委书记西门虎这个"清官"发挥党的政策威力,在自己力所能及的范围内,为人民办事,"救民于水火"的英雄行动,另一方面又通过对支持"奴隶总管"宁洪启的错综复杂的社会势力的点染,和受害者郭连老汉跪在他面前"谢恩"的描绘,表达了一个更深的思想:有了"清官",要纠正一两起冤错假案也许不很难,而要将像蜘蛛网似的笼罩在人民头顶上的丑恶势力清除干净,特别是将农民群众从几千年封建传统观念的束缚下解放出来,却是非常艰巨、困难的。在生活的新课题面前,西门书记觉悟到:真正共产党人的责任,并不是去充当拯救群众的救世主,而是帮助群众在精神上站立起来,自己救自己。这就充分显示了作者严峻地开掘生活底蕴的现实主义勇气。

在贾平凹迥然不同的笔调中,显示出同样的勇气。作者用《山镇夜店》和《夏家老太》两幅风俗画,揭示了官僚主义深刻的社会根源,显示出劳动人民精神解放的无比艰巨。那些山民,以能够为书记腾房而睡到露天去为荣,张着嘴伸着头像瞻仰菩萨那样看书记。那位夏家老太,在被人歧视的大半生中,倒还保持着独立的人格尊严,一旦和公社书记攀上了亲,便很快在羡慕和奉承中麻木,忘记了独子离开自己的孤寂和伤感。作者通过这两幅令人心酸的风俗画透视出:在社会主义社会里,人民群众如果不能从封建的小生产者的精神枷锁中解放出来,官僚主义、市侩哲学等各种剥削阶级的阴毒可能再度把他们拖入黑暗。

第二，不少作品能够从历史潮流中提炼主题，凝聚形象，选取情节和细节，跳出了就事论事、就人写人的局限，使作品具有了一定的历史感。

路遥的中篇《惊心动魄的一幕》，六万来字的篇幅，却要在一个县城的广阔范围里正面展开"文化大革命"两派武斗的描写，任务是很艰巨的。作者之所以能完成得较好，在于他为主人公、县委书记马延雄设计了一个举足轻重的行动——冒死从一派的私狱中逃出，赶到已经宣判他死刑的另一派武斗誓师大会上去，用个人的牺牲制止武斗，挽救群众的生命。小说以主要篇幅细致入微地描绘了马延雄奔向死亡，也就是奔向永生的行动、心理和感情。马延雄的每一步、每一个念头都牵动着全县人民的安危，这样人物便被放置到一个巨大的社会共鸣箱内。读者从他的一举手、一投足中能听见历史的回音。年青的作者在革命现实主义作品中糅进了雨果式的浪漫主义手法，造成一种宏大的气势。

京夫的《手杖》和贺抒玉的《女友》则另辟蹊径，通过对一种具有典型意义的情绪的描绘，来显示历史感。《手杖》中的"我"，在复职回京后，感情上对山区人民稍有游离即重新融合、倍加思念的精神轨迹，对"文化大革命"后复职的许多下放老干部来说，是有概括性的。而作品通过这段思绪提出的永远依靠"手杖"、不离开"牛心"的问题，又是多么切中时宜。《女友》用清淡深沉的笔触来写艾米霞淡淡的惆怅悔恨之情。由于这种情绪再现了十年浩劫中许多"潜在的受害者"的感受，便有了较丰富的社会内容。作品提出的几代人被极左思潮伤害和欺骗了的感情，该由谁给平反的问题，使我们对史无前例的十年有了更深的认识。

在农村题材作品里，具有历史感的作品就更多了。正如有的同志指出的，作家们在展示农民命运的时候，由于比较清醒地把农民问题与中国革命问题深入地联系起来思考，把农民应有的历史地位与他们在现实生活中的实际地位的不相称状况加以对比描写，从而造成一股对这种不公正和历史大颠倒现象制造者政治上、道义上的巨大谴责力量。启示读者去思索产生这种社会病态的根源，并防止这种历史悲剧的重演，作品也就有了意识到的历史内容。①

第三，一些作品已经敢于开拓人的内心世界，有的还记录了社会主义条件下人的精神从异化到复归的深刻历程。

本来，感情、情绪是流动在艺术形象中的血液，内心世界是艺术形象的灵魂。可在极左思潮禁锢下，文艺界一直谈"情"色变，把对人的内心感情和心理画面的正确表露当作资产阶级人性论肆意挞伐。党性和人性，革命和感情，成了绝对对立的东西。许多作品把人物写成了"人干"。没有灵魂和血液的人物形象，在行动、语言、肖像上下再大的功夫，也是无补于事的。

我省小说近作在这方面有了较大突破，在表现人与人之间的关系（如干群关系、同志关系和敌我关系）时，笔触由政治思想领域突进到了感情领域。不少作品直接以劳动人民和无产阶级的人伦关系作为题材，交织着纷纭的社会生活，大胆而真切地正面描写了性爱、夫妻之爱、父母之爱和兄弟之谊。人的内心感情和情绪，也不仅仅局限在十年浩劫时经常表现的狂热、愤怒、恐惧、仇恨等极端的方面。人情的各种形态，如喜悦、欢乐、怨恨、悔悟、惆怅、哀愁、悲痛、伤感、压抑、慌乱、怯弱、宁静、恬淡、满足、向往、追念、激动、偏狭、孤独、开朗、宽厚等等，都在特定的人物思想和性格中，得到了越来越宽阔的展现。读着京夫、贾平凹、贺抒玉、杨惕、文兰、张虹等同志的作品，以及《没有绣完的小白兔》（白描）、《乡情》（邹志安）、《欢乐的梦》（峭石）、《娟娟》（莫伸）、《正是早晨》（李小巴）、《夏》（路遥）等篇章，读者眼前不但展现了可见的生活画面，而且展现了原先不多见的心灵画面。人的内心形象更深刻、更丰富地进入了我省小说领域，为

---

①参见陈深：《生活的波涛与艺术的足迹》，载《延河》1980年第10期。

创作开辟了一个新的天地。

更不容易的是，有些作品的笔锋还从一般地描写人物的生活历程，突进到深入地反映人物的心灵历程，初步触及了社会主义条件下，劳动人民的人性和人情在十年浩劫中发生的异化，和在新的历史时期正在逐渐复归的深刻的精神现象。

在私有制社会里，生产资料为少数人占有，劳动者不是所有者，整个劳动过程表现为一种异化过程。"劳动者生产愈多，供他消耗就愈少；他创造的价值愈多，他自己就愈无价值，愈下贱；他的产品造得愈美好，他自己就变得愈残废丑陋；他的对象愈文明，他自己就变得愈野蛮；劳动愈有威力，劳动者就愈无权；劳动愈精巧，劳动者就愈呆笨，愈变成自然的奴隶。"① 这种劳动的异化在私有制社会的政治、经济、精神生活的各方面表现出来，使得劳动者"作为人，不成其为人"。社会主义时代会不会出现异化呢？实践证明，还会出现。社会主义还带着资本主义、封建主义母胎的印痕，还存在着许多非社会主义的体制、规定、作风、思想和感情。在这些东西的影响下，异化现象就不可避免了。

粉碎"四人帮"之后，反映无产阶级和劳动人民人情美和人性美的丧失和寻找、异化和复归，已经成为当代文学的一个重要主题。读着最近发表的《诗圣阁大头》（王晓新）以及《阿K》（郭肃）、《老革外传》（徐岳）、《上任》（贾平凹）、《爱的浩劫》（流华）等许多作品，仿佛来到了十年浩劫制造的精神异物展览会，对受害者揪心的痛惜，对害人者狂飙般的愤怒，冲击着我们的胸腔。

当读到另外一些作品，看到在新的历史时期，思想理论上的拨乱反正和

---

① 中国社会科学院哲学研究所美学研究室、上海文艺出版社文艺理论编辑部合编：《美学》（第二期），上海文艺出版社1980年版，第3页。

政策制度上的厉行改革怎样给国家命运和民族精神带来了转机，异化了的性格、思想、心理、心情正在复归，心中又是何等振奋和喜悦。

1980年第7期的《延河》同时有三篇小说，反映了这种由异化到复归的不同历程。邹志安、郭策的《分组》，写了一个不劳动、光背语录的农村干部郭香。他以空头支票向农民支取物质实利，用嘴里不断吐出的"香话"换来不断进嘴的"香食"，也算得是等价交换了。一个农民，不干农民的活，不说农民的话，也不与农民说话，就变成了农民阶级肌体上的异物。这种特殊历史阶段的异化现象，在新的农村政策实行之后，无法再存在下去了。三个联产责任小组一分，只剩下不爱劳动的郭香和不能劳动的老破驴没人要。他的身价眨眼间来了个大贬值。不要责怪作者的辛辣吧，这正是对郭香复归的一种策励。不过，郭香离队比较远了，小说没有篇幅正面写他的归队，只通过他女儿表示了归队的愿望。

在侯钺、齐飞的《归队》中，卜树源的步子比郭香快点，已经走到归队的中途。这是一位从工人阶级队伍中离异出去的人。多年脱离生产，在执行极左路线的政治部门工作，使他丢失了不少工人的感情和语言。位置在本阶级之上，思想则在本阶级之外。"急风暴雨"的年代一过，"打扫战场"的工作也结束了，游子要归队了。他苦闷，忧郁，带着几分悔恨怯惧。但是，师傅师母已经将他的工作服补好，"慈母手中线，游子身上衣"，阶级的温暖和召唤给了他大步归队的力量。

陈忠实在《枣林曲》中，则让玉蝉儿完成了这个复归过程。这位农村姑娘原是爱农村、爱农民的，有着劳动人民的人情美，她虽被别人连推带拉地进了城，感情上却是一步一回头的。劳动者的情操和小市民的习气争夺着姑娘的心。终于因为新的政策给农村带来的美好前景给了她力量，她才连人带心回到了农村。玉蝉儿的归队反映了时代前进的力量。

王晓新的《春晓》（《长安》1980年9月号）更进了一步，着力去写劳动人民精神复归之后的行动和心理。原先衣衫褴褛、在精神上缩脚蜷腰的鲁志明老汉，在新的农村经济政策实行后，不但腰包充实起来，腰杆也挺了起来。他重新有了劳动者的尊严、主人翁的自豪，竟然反过来给一直救济他的公社书记"放了六十元账"。这不是示威，而是出于劳动者固有的胸怀。只是这种胸怀原先被不断膨胀的贫困压缩得无从显现而已。

通过人们精神世界的变化来折射历史的曲折和前进，应该说我们作者的现实主义的笔锋是敏锐而日见深刻的了。

一个时代，一个阶级，艺术的路子是很宽广的。我们忘不了李白杜甫交相辉映、鲁迅郭沫若并驾齐驱的时代。只是由于二十多年来我们没有认真贯彻"双百"方针、实行艺术民主，人为地把路子搞狭窄了。即使如此，我国现实主义文艺在实践中仍然踏倒荆棘走出了一条较宽广的道路，形成了丰富多彩的风格特色。

"文化大革命"前，陕西小说家的风格特色并不相同，总的看，柳青的作品深伏着哲人的思考，杜鹏程的作品洋溢着诗人的激情，王汶石的作品闪烁着智者的机巧。他们在不同的风格上都达到了很高水平。但是应该说，从总体看，柳、杜、王都属于理想色彩较浓的革命现实主义范畴。我省小说近作有所不同了，大致出现了三类风格。

一类如陈忠实、蒋金彦、路遥的作品，以及莫伸、邹志安、王晓新的一部分作品，主要是学习继承了我省老作家的优良传统，大多正面反映社会斗争，塑造先进人物形象；主要以故事为线索结构作品，用行动和对话刻画人物，有较大气势。他们有时也写别样的人物，用别样的艺术手法，但总的看是为了丰富发展这个主要特色。

一类如贾平凹、张虹的作品和王蓬的一部分作品。重感受，常常写自己心中的现实。重情绪，往往没有故事情节，或在情节叙述上明断暗续，而是抓住一种有社会内容的情绪加以含蓄、充分描写，以此贯穿作品、表现主题。

重意境，喜欢将自己的立意蕴含在景物的描绘之中，心、景交融，意、境相生。有时干脆采取象征的手法，直接以景物来寓情意（如贾平凹的《竹子和含羞草》、张虹的《藤》），文字纤巧而清丽，是类似诗体和散文体小说的那种东西。也要防止过分的空灵，注意"我"和时代的共鸣。

还有一类如第三梯队中城市青年作者的一些作品，处处显示出自己思想的敏锐和对这一代青年生活的熟悉，艺术上不算成熟，特色也不固定，却没有框框，能大胆吸收各种表现手法。我们希望的，是能够将指责丑恶和创建美好结合得更好。

其实，艺术风格和特色从来就不是固定不变的。笔者虽然提出这个问题，却不愿意作者用风格的框子来束缚自己，也束缚不住——莫伸的近作《人》和《雪花飘飘》就更注意通过人物的心理描写和氛围的渲染来展示一切积极的人生哲理和性格光彩，从而将《窗口》和《娟娟》两种写法糅合起来了。而邹志安、王晓新的近作和王蓬的一些作品，又使人感到，他们正在逐渐靠拢。邹志安、峭石、王晓新近作中理想的色彩减弱了，和生活贴得更紧。身为农民的王蓬发挥了自己的优势，乡土味正在加浓。笔者曾经猜测，将来我省小说创作是不是还会出现第四类作品——乡土小说？邹志安最近给笔者的来信中有这么一段文字："我准备认真地实践写真实的主张了。假如谁想通过你的作品研究某个时期人民的真实的喜怒哀乐和生活状态而办不到，假如谁想通过你的作品了解下情而感到不是清晰而是糊涂，那是文艺家的失职。因此，我想尝试一下，努力写真切的人物，真切的生活。"读了他在《上海文学》1980年第11期的《仲夏夜》和《延河》1981年第1期的《喜悦》，感到作者不是随便说说，已经开始实践了。

是可以对第二梯队的一些同志提出追求风格特色的时候了。提出这个问题，能够促进他们更自觉地在艺术实践中感受自己、发现自己、设计自己，帮助他们以更高的视角、更宽的视野来估价、认识和展望自己的创作道路，这是无害而有益的。

对我省小说创作的喜人形势粗略地勾勒了一个轮廓之后，笔者的心情急切多于喜悦。如何通过踏实的工作来推动我省小说创作的发展，使之在短时期内有新的突破，任务紧迫而又艰辛。

和兄弟省市比，陕西的这支队伍不能算大，在全国产生影响的作品不能说多。拙文所谈在现实主义发展方面的一些成绩，也仅是一些优秀作品达到的水平；如何使先进水平变成大面积的丰收，还需要出好几身汗。就全省文学界的现状看，思想还不能说很活跃；在理论和实践中，艺术观念也不能说很宽阔。加强评论研究，加强交流探讨，有计划地认真总结老作家的艺术思想和新作家的艺术实践，则做得更差。这些工作跟不上去，势必直接影响创作的进一步提高，甚至使一些已经取得的成绩丧失掉。

从小说创作本身看，当前最重要的是在作者，特别是在中青年作者中进一步解决好生活与艺术的关系。在思想上，不少同志应该更重视深入生活，积累生活；领导上应尽快采取切实措施，使一些同志能够回到他们熟悉的生活中去。深入生活之后，要防止用既定的政策、理论去肢解、拔高生活，或反过来用生活去印证观念、政策的现象。在创作中，要进一步克服净化生活的现象。有的作者生活态度端正，底子也算厚，他们创作的契机常常来自生活，但进入构思、写作过程之后，却又很容易按照流行的理论，用主题思想反过来筛选、净化生活，轻率地将富有个性的情节、细节、场景和性格心理，强扭到主题规定的轨道上来。主题倒是"集中突出"了，生活的实感却不见了。

我们应该有气魄去追求典型的创造。要写出典型，就当前的情况看，一是要注意在生活中更多地研究时代精神、时代情绪的各种形象表现，收集和解剖典型心理和有典型意义的生活细节，而不要完全陷在具体可见的生活事件和人物形象的观察积累上。二是要更加重视对独特个性的观察和描写。个性是典型形象的具体形态，只有通过真切的个性描写才能达到典型高度。以前在典型问题上,共性谈得过多,对创作实践是有不良影响的。以为人物越"高大全",典型意义就越大,就是一例。第三点,要加强作者的文化素养,在学习社会的同时,重视学习理论,了解各类社会知识,帮助自己更深刻、更准确地思考历史,思考时代,思考自己的人物。典型形象的艺术概括能力从来都是和作者的生活积累、理论文化素养以及思想深度分不开的。

1986 年春

窗口吹来清新的风

一

　　接到《长安》第9期"大学生作品专号",一面拆封一面想,现在大学生眼里的生活、现在的大学生活,是怎样的呢?离开大学校园匆匆二十余载,这些年来很少读大学生的作品,一起相处的机会更少。每每听一些朋友(倒大都不是大学里的),为目下一些时尚的哲学或美学申辩,常常凌厉地说,社会何等不了解当代青年,而在当代青年特别是大学生中,这些时尚又是何等风靡,我只有缄口的份儿。久而久之——譬如到了这次拿起大学生作品专号来,也就不由得犯疑:我将看到怎样的生活观点和表现技巧呢?很陌生?很时髦?惊世骇俗,还是朦胧艰涩?这些猜测,道是无据却有据,说到底反映了两个字:距离。

　　及至读下来,便发现这些原不过是多虑。生活的衔接,艺术的连续,很快产生了交流,驱散了各种疑云。大学生作品专号描写的大学生活,和二十年前比,发展了,又联结着,变化了,却有着共同的一个基础。它时时复活我对那一段远去的生活的忆念。大学生作者解释生活的观点和表现生活的手法,同别的作者比,同老作家、中年作家比,有不同处,更有相同处。这里的异,是同中之异。距离在交流中缩短。心和心之间的毛玻璃变得透明些了,今后,会更透明的,我想。

　　实在应该感谢编辑同志,为社会打开了一扇了解当代大学生心灵的窗口,为大学生提供了一个向时代袒露自己心胸的屏幕。不多的页码中,小说、诗歌、译作、评论、美术作品,样样齐全,大学生的思想、生活和艺术上最主要的东西，在这里得到了多方面的展现。

二

《公路旁的茶场》《父亲》，好似两幅以时代年轮为底纹的农村风俗版画，其间有作者鲜明的脚印和心迹。看得出，两位作者有着较长期的农村生活经历。

前一篇的可贵处在于提炼主题、选择细节和驾驭语言的能力。一位因残丧失了劳动能力的农村老汉孙五，不愿坐吃闲饭，到西兰公路旁搭了个茶棚卖茶，为路人解渴。这样一类生活事件，不同的作者可以从中发掘出不同的生活哲理。从老汉体贴路人的艰辛、助人为乐这种具体的动机落笔，是一种写法，它主要表现的是人物具体的思想性格。这一篇却从更深的层次，从孙五老汉执着地实现自己一度被迫中断的人生追求——活着的意义就是劳动，去开掘这个事件。写他不能劳动的痛苦，对可以尽情劳动的张三的眼馋。写他有了卖茶这个活儿，终于又可以在世界上有所为的幸福；而把这活儿干得越细致、越精心，这幸福在心头的感受也就越浓郁，还写了别人不能理解的、他所特有的占有这幸福的方式——以六万个镍币计算自己为之服务的人数。这些，都由对人物具体品格的刻画，进入对人物根本生活观念的显示。孙五老汉的形象也就不止于思想的高尚和性格的生动，他有了一种魅力，引导你去思考人生的意义，思考怎样活着更有价值这样一些大问题。

这个能引人思考人生大问题的形象，却全然没有用大情节去刻画，用的是一连串"小"的生活细节——眼馋张三干活时那美滋滋的劲头，认真地谛听自己的心还在不在跳动，牲口走过茶坊时自动停下，用镍币计算精神财富，等等。这些细节，一是新颖独特，很少见过，真正是作者自己在生活中的发现；二是结构进作品以后，几乎都有了双重的作用，既刻画了老人独特的性格，又独特地显示出主题的哲理。行文在不动声色中蕴含着幽默热情的赞颂，在有选择的自如中看出思考的深度和分寸感。看来，作者从生活整体来把握生活细节，从人生的根本处来处理人物言行，是有能力的，思想艺术较为平衡。

《父亲》自如地运用地方语言，款款地铺叙乡土风情，在读者心里造成一个天地，一种氛围。革命斗争的刚劲之音是融化在这个天地之中的。许是因为通过"我"幼稚的眼光来看父亲的缘故，人物不如前一篇逼真活脱，思索也还可以更深些。不过孩子的特殊视角却给全篇带来了新意。将革命斗争（这是孩子不可能知道得很清楚的）像柱子一样隐在墙里，集中笔墨表现劳动人民家庭父子之间的人情世态，可以舍弃许多具体情节上的交代和联结，集中展现主人公的内心画面和感情波澜。

观察和描写角度在现代小说中是很有讲究的。一个陈旧的题材，引进一个新的角度重新处理，思想艺术常常都会出现新意。第一人称的角度，由于通过一定人物的眼睛（主体）去观察、思考生活（客体），以我写景、写事、写物，主客体两种色彩便叠印、调合成一种既非主体亦非客体的新的复杂色彩。难是难些，却更容易调动创作和欣赏的能动性，更耐人寻思咀嚼。《父亲》有许多地方是把握得好的。只是"我"对母亲的怨尤之情，还可以适度些。在孩子眼睛里，当然看不出红军战士家属的觉悟，对此可以不做直接的表现。但陕南革命根据地真实的情况是，他们中的大部分还是有觉悟的。因而红军家属一齐涌到"我"家，哭闹着向父亲要人的场面，似乎还可以有另外的处理方法。

这里所说的角度，当然不仅仅指人称，也不仅仅指观察描写事物具体的空间角度，俯、仰、侧、正之类。内在的观察生活的角度，有更为广阔的驰骋天地。同样一个题材，侧重从政治思想的，或者道德的、心理的，或者感情的角度（当然只是侧重，绝大部分情况是综合的）来处理，有时会写出完全不同的作品。

三

经过《送》（已有评论，不再谈），作者和主人公一道，由社会走进了学校。于是，《未发出的信》《重又相逢》《消逝了的月光》《五月和风》等篇章，在我们眼前揭开了大学生活。

这四篇都在大学生活背景上接触了青年人的爱情。在不同程度上，它们有一个共同的好处，就是力图透过爱情去写某一个社会问题或社会思潮；但在不同程度上，它们又有个共同的弱点，就是多少还有点用形象图解问题的味道。比起前面提到的两篇，可不可以说，在创作中，作者的思考能力发挥得比较好，而生活和艺术的功力则流露出稚嫩的地方。

《未发出的信》在这几篇中最值得注意。信件是沟通人与人心灵的一个渠道，这几封信却未能发出，而又大都在"你"面前议论对"他"的看法，心灵之间信息的这种堵塞，这种不必要的迂回，本身就表现了主题——"打倒一切"的政治浩劫，在青年中引起的是"怀疑一切"的精神后遗症。对革命信仰某种程度的动摇，导致了对和这种信仰联系着的一切高尚美好情绪的怀疑。怀疑真善美的存在，在这怀疑的阴影下，便是丑的滋生，一对大学生的爱情的红线，终于在黏黏湿湿的怀疑中腐烂。爱情本是了解和信任的一种极致，竟也布上了怀疑的迷雾，信任感在青年中的危机便赫然在目了。这种危机波及一对情侣，动摇的是爱情；波及个人与社会、与党、与理想，动摇的便是信仰。作品通过一段爱情的变故提出这个问题，开启了我们理解当前社会一些畸形精神现象的思路，是有深度的。可能是为了使读者产生悬念，大卫要求去边疆这一行动及其动机都写得不够清楚，使人颇费猜测。这在客观上容易使作品产生一种肯定瑞芬猜疑的情势，不利于主题的展现。另外，几封信都直接围绕作品提出的问题来行文，对生活和感情的丰富性展示不够，也不是不需要注意的。

《重又相逢》写了少年时代的梦幻使一个青年（谷冰）产生了感情视觉的误差，冷淡了纯洁、真挚（方薇），而去追求矫情、庸俗（云霞）。现实生活的严峻使他醒悟过来，他明白了：生活造就了许多人，也会毁坏一些人，从而自诫、自励，可以为失落的梦幻而遗憾，却需要跟随着生活的发展去追求新的高度。表现这些人生的哲理，也许不是作者的初衷，但我读着小说，随着谷冰在爱情上的憧憬、幻灭和思索，便自然地产生了如上远远超出爱情范围的感想。这也就是作品价值所在。不能要求作者把这个潜伏在爱情故事中的人生主题表现得更明确、集中——难道要作品"直奔主题"吗？——却有理由希望作者对这个潜伏的主题有更清醒的自觉意识，而表现得更深沉、更准确。艺术上可以含蓄，却不能含混。就思考能力看，略逊于上篇。

《消逝了的月光》，两千来字，以其短而引人注目。作者在追求艺术上的凝练。他的笔，力图抓住人物形象最鲜明的部分，传达出自己心中要说的话。用间断、跳脱的行文来表达连贯的内在意向，以不动声色的叙事，寄寓对黎平那乍然消逝的热情的嘲弄，以"我"对"他"的宽容来激化读者对"他"的谴责。这一篇，与其说是在写黎平势利的爱情观，不如说在写他自私的人生观，写在当前还广有市场的实用主义哲学。正是这种哲学，使一部分青年心头明净的月光消逝了，或者自己步入了黑暗（如黎平），或者心头增添了阴冷（如婷婷）。我们多么希望生活中的"婷婷"，心头有比她更多的光亮。黎平的消逝，说穿了，不过是在真正爱情面前的一次叛逃，对于已经经受过一些生活磨炼的婷婷来说，心头的月光不应被他完全带走，也不应该自我完成式的，只是再去站在生活的路旁等待。用"我还有文学"来替代对生活更积极的追求是无力的。对丑恶的过分宽容，在一个青年，常常是内心缺乏热力的表现。——但愿我说的这些是题外话。

比较起来，《五月和风》文笔显得不够经济。作品在反映大学生活上，较别篇具体，也宽阔，这是好的，但缺乏提炼。作者对素材还没有吃得更透，因而在挖掘与重组素材时，意向有时就不够清楚。林伟、南晴的思想解放以及在此基础上萌动的爱，只局限在对诗歌和墙报可见的态度上，似嫌不够，还可以开拓得更深沉丰满。作者想把李忠祥写成一个在春深季节思想还封冻着的人，这样，他对林、南关系的干预，就带有更多社会斗争的色彩。可惜在具体篇幅中这一点表现得不充分、不准确，他更多的言行属于品质问题。表现社会主题时有被局限在爱情三角中的危险。

四

《第九十九次投稿》《"最近"消息》《生命交响乐》《友谊中的友谊》四篇小说，大体上是写从学校进入社会之后，一些青年的生活反映了大学生对未来工作与生活的设想与追求。这些追求积极向上，可以看出年轻的作者希望像笔下的主人公那样成为热爱人民（《生命交响乐》）、热爱祖国（《友谊中的友谊》）、坚持原则（《第九十九次投稿》）、勤恳工作为四化做贡献又能勇于改正自身缺点（《"最近"消息》）的革命者。字里行间搏动着当代青年强烈的使命感。

不过，也许是大多属于作者对未来生活设想的缘故，它们又或多或少显露出这样那样的稚嫩，或是展示生活的复杂性不够，有些单薄（如前两篇），或者描绘生活的真切程度较差，有编故事的痕迹（如后两篇）。

《第九十九次投稿》生动感人。作者会刻画人物。对人物熟悉，有感情，又能用有个性的语言使人物从稿纸上立起来。王编辑是写得成功的。只是有些就事论事，缺乏更深层次的挖掘和拓展，引人思考的力量不足。作者思考生活的能力赶不上他表现生活的能力，造成了如上的遗憾。

《"最近"消息》的拿人处，得力于最后那个"欧·亨利"式的结尾。巧妙的结构如果能和对内容更深的思考、对人物场景更细致的描绘结合起来，当会有更大的艺术力量，读者从对新闻报道的缓慢过时所造成的啼笑皆非中，会联想到更宽阔深广的东西。

《生命交响乐》以散文的笔调表现音乐和人民的关系，色影是抒情的，有的地方，如对音乐形象的描写，也颇不容易。要注意避免以原始的、平缓的结构来印证一个思想意念，因为那样的作品一般不容易感人。

《友谊中的友谊》题材新，立意也好，但过多地陷于编织故事（且不说这故事中还有一些不合理的地方），就很干巴了。故事和情节，是两个概念。故事是指那些带有戏剧性的生活事件，情节则是性格的历史。不能表现人物性格的故事，是不好作为情节大量进入小说艺术的，此篇人物外在行动的幅度很大（空间——国内外，时间——二十年），政治思想也是鲜明的，性格，特别是内心画面，却有点模糊。这恐怕和缺乏可以表现性格的情节、细节不无关系。

五

大学生作品专号的诗给我的印象并不比小说逊色。这也许是青年人多激情、善思考，对诗歌这种体裁得天独厚的缘故吧。

且不说放在诗歌头条的《人民英雄纪念碑断想》，以一连串贴切鲜明的象征和比喻，从人人熟知的形象中翻出新颖深刻的哲理，何等难为作者；就是放在下面的《孩子和树》，将孩子天真的眼光和活跃的思路，写得那么传神，而含蕴的意念却远远超出了孩子的世界，使成人为之沉思，也叫人把玩不已。

笔者爱读诗，却不敢妄言诗。加上篇幅有限，不去细说也罢。

六

以上所说不免零碎拉杂，还需要概括起来再说几句。

一点是，几篇描写大学生活的作品，集中在展现爱情、学习（主要又是中文系的业余写作）、生活上，而其中的人物又大都是在个人的生活领域内，通过个人的活动得到表现的,生活和思想的领域不够开阔,关心、介入社会生活、社会矛盾不够,党团组织和人民群众与这一代大学生的关系还可以表现得更充分。就这些作品看,人物更多的是作为"学生"在生活、思考,而较少作为当代社会年轻的主人在生活、思考。这也许首先暴露出当前大学生活本身的一些弱点,比如忽视加强学校与社会的联系,引导同学更加关注国家大事不够,学生中党团组织和政治思想工作的作用也需要进一步发挥,部分学生在学业精进的同时,对社会人生的无知却在加剧,等等。这些问题已经引起了广泛的注意。近期来,大学生活正在这方面出现可喜的转机,为我们描写大学生活的转机奠定了很好的基础。

描写大学生活的作品,是写成"校园文学"还是仍然要写成"社会文学"?哪一种写法更高更深?近几年我们工业题材、农村题材、军事题材突破性发展的一个标志,就是走出"车间文学""地头文学""战斗文学"的狭小范围,把车间、农村、部队作为社会生活的一个部分、一个阶段来表现。这样,人物便从生产、战斗过程中得到大幅度的解放,能够面对社会冲突,思考社会问题,裹挟进一定时期的社会思潮和感情风暴中去行动。这样的人物比之那些被职业圈子拘禁了的人物来,社会容量、思想深度和美学价值都是不可同日而语的。蒋子龙、高晓声、徐怀中的功劳恐怕正在这里,我们应该从中受到启发。我感到这是当前提高学校题材创作很关键的一环。

还有一点,便是要注意在加强生活积累的基础上,注意生活、思想、艺术的并重。以上各篇,在这三方面各有所长,也有所短。这是作者实际水平的反映,不能苛求。问题是可以明显感到,有的作者在具体创作中,常常更多地关注艺术和哲理上的问题,而对生活则挖掘、消化不够,自觉地扩大自己生活的领域自然更须加强。有的作品思想大于形象,有的作品生动而不深刻,根本原因恐怕要从这里去找。每位作者的生活积累都有自己的局限性,对大学生来说,这种局限性就更大。在先天不足的情况下,更要重视后天调养。要更充分地挖掘自己童年、少年经历过的，以及现在正在直接间接经历着的社会生活。要学会从学校与社会的联系中、从青年和其他人群的交往中获得题材和描写角度，要学会从社会生活的整体和历史的发展中来理解、改造、运用学校生活、青年生活的素材。对手头局部的生活素材有了这种整体感和历史感，常常能够在新的角度或新的层次上有所发现，使作品焕发出与众不同的光彩。

1982 年 9 月，西安西楼

新春里，几片嫩叶

一

又一个春天里，生活的大树以自己新的年轮记录着历史的步伐。你们摘下几片葱绿的嫩叶，让春天的气息润泽着、温馨着我们的眼，我们的心。你们捉笔于时代的春天，我们读着，更深地进入了这个春天的时代。

你们写得何其短，给予读者的却不少。你们将生活的短笛录制成了艺术的密纹唱片。在十来篇作品中，我们几乎看到了改革生活的全过程：这里有惰力和阻力（《烦不胜烦》《花科长》），有从事业出发的无私举荐（《太阳从地平线上升起》），上任伊始的信心和魄力（《开拓》），上任期间的责任和业绩（《六家院轶事》《渴》），调任前的坚定和执着（《调动》）。各种类型的有改革精神的厂长，不约而同地成为你们注目的中心，构成了这次征文小说共同塑造的主体形象。我以为这既反映了工业战线改革生活的实际，又寄托着工人群众，以及你们自己心中的厚望。不过改革生活是丰富多彩的，如果题材过分集中在厂长身上，难免狭隘。所幸的是，我们在"厂长"这一主体形象的旁边，也看到了知识分子和工人群众在活动（《拼搏者》《工程师，你的手为什么发抖》《老陈头》）。这便构成了三位一体的当前工业战线改革者、开拓者的群像。

你们都是工业战线的一员，你们执笔为文，在自己的报纸上反映自己正在经历着的改革生活，叫人忍不住叫好。生活实践与艺术实践在作者身上的统一，使得改革的生活、开拓者的业绩、硬汉子的性格这三者，构成了许多篇章的内在气质。这对新时期的物质文明和精神文明，无疑都会是一个促进。

二

在你们的作品中，不少是可以成组的，像套曲一样。我想分四组来谈谈这十篇作品。

《太阳从地平线上升起》《开拓》《调动》可以说是一组。头一篇写老厂长铁匠王在冤案平反后，谢绝了上级任命而举荐中年女工程师董婷任厂长。虽嫌简单了一点，人物的胸怀还是写出来了。疏漏之处是，仅仅点出女工程师的技术才能而看不出她的管理才能，这就解决不了老厂长开始所顾虑的问题：不懂现代管理（不是不懂技术），不宜当厂长。笼统地用文化技术水平代替管理水平，是此篇的不足，也是生活中偏颇看法的反映。中一篇，以短短的文字却敢于正面描写新厂长上任时的一场遭遇战——发表就职演说，回答各式各样职工提出来的各式各样的问题。选材和写法虽不新鲜，但笔力集中地反映了工人各方面人物的思想，有一定的辐射力。最后回答那老工人的问题，几句话掷地有声，议论也极富感情，于面的展示中见了一点深度。《调动》虽然也是正面出击的写法，由于将厂长的严格，放置在调动之前告别的特殊情势之中，这严格也就由优秀的品质转化为动人的性格。最后，这位厂长的"眼圈有些微红"和"一个九十多度的鞠躬"，使改革者的两面——威严和人情都得到了表现。小小说而能注意性格色调的丰富，殊为不易。

《六家院轶事》和《渴》是另一组套曲，写的是厂长如何以身作则、爱护群众。前一篇情节组织得有悬念、有波澜，由于事先积蓄了力量，后面厂长"毁家纾难"的行为便有了一定的震动力。整个构思不无落套的地方，文字注意了生动，也没有堆砌造作之处。《渴》采用了集中描写人物心理活动的方法，使读者对"渴"的感受具体真切，这对于突现厂长在生命重危时将水让给他人的品质是有力的。但人物整个心理流程有点平，有点简单，也就容易削弱感人的力量。

第三组套曲：《烦不胜烦》和《花科长》。这两篇写了官僚主义和不正之风的危害以及群众和它们的斗争。和上述具有开拓精神的那些硬汉子不同，这两篇中抵制不正之风的人物都机敏而乐观，虽不正面出击，却能获得胜利。这反映了生活的真实：邪不压正，也显示了生活的问题：阻力很大。他们的斗争中处处爆发着智慧的火花，显示了正面的社会力量和社会风气不仅在思想上，而且在心理上所占的优势，显示出一种必胜的信心。看来两位作者对此都是自觉的，都不约而同地选择了带有喜剧色彩的情节，都采用嘲弄和幽默的语言来表达主题，严肃的内容、鲜明的性格、生动的情趣得到了较好的结合，可读性强。濒危的社会现象在笑声中痉挛，正义、正气、真理、真情在笑声中舒展。两篇都好，《烦不胜烦》似乎更胜一筹。它在"我"的特定视角中融进了富有生活情趣的人物关系，对话和叙述含而不露，常常弦外有音，人物复杂的心情表现得丰富而又明朗。关切穿上了嗔怪的外衣，酸辛常在幽默中探头，声色未扬而褒贬鲜明。主要情节（分三级传达新交通法规）特点鲜明，表现力强，从侧面切入，既点出了主题，又揭示了更宽阔的生活面。人物关系放到最后才说清，文章有了跌宕，也给全篇的艺术格调从内容上提供了解释。

第四组套曲，是两位知识分子和一位退休老工人的协奏。《拼搏者》采用双线对位的写法，将工程师对待事业和家务的不同态度和结果清晰地展现出来。《工程师，你的手为什么发抖》，描绘了工程师在质量验收中坚持原则的精神，小小篇幅，写来却能那么细致，恐是得力于镜头的集中。这两篇立意不错，但不能说很新颖，要注意避免"露"和"硬"两方面。《老陈头》抓住一位退休老工人对车间、对工作拳拳的眷恋，淡淡的笔调勾出了人物的精神状态。此篇要注意明朗和流畅。

三

　　小小说在篇幅上的局限，逼出了它在艺术上的许多特点。构思要新奇，结构要紧巧，虽要求开门见山，也忌讳一目了然。既要明快俭省，用三两个人物、一两个场面，用高度凝练而有表现力的情节、细节、场面解决问题，也要有疏密，有起伏，有悬念，有意料外的转折。要用快速的艺术节奏去表现多变的内在层次。

　　小小说以其"小"，获得了迅速反映现实生活的优势，获得了便于广大业余作者驾驭的优势，获得了发行量大的报纸喜欢刊登的优势，获得了广大社会读者可以利用零碎时间随时随地阅读的优势。

　　小小说虽冠以两个"小"，却有四个"优"。广大业余作者，应该成为它热心的作者。

1984 年 4 月，西安岚楼

世纪小橘灯

　　1980年10月5日,是冰心的八十寿辰。在她所住的中央民族学院那幢灰色的小楼里,一批一批红领巾络绎不绝来向她祝寿。《儿童文学》杂志特地送来的贺礼是一幅画,画的是一个扛着大寿桃的胖娃娃。病中的冰心高兴地说:"自从我二十三岁写《寄小读者》以来,断断续续写了近六十年;是这些小读者,使我永远觉得年轻!"这一年,她还给全国小朋友们写了一封信,说:"欧洲有一句谚语:生命从四十岁开始。我想从1981年起,病好后再好好练习写字,练习走路;生命从八十岁开始,努力和小朋友一同前进!"

　　谢冰心是20世纪同龄人,今年已是九十七岁高龄。她患脑血管病,又不慎摔折右膀骨,开过刀,不能出家门,但一直没有脱离文学事业。她身影纤巧,面容清瘦,目光慈爱而包孕着智慧,端正地坐在轮椅上,和来访的友人、读者、记者谈创作,谈生活。1985年,她的老伴、著名学者吴文藻去世,冰心在深沉的悼念中,坚强地握起笔来,写《关于男人》系列散文,写读作品的感想,思路清晰,笔力老到。

　　冰心在20世纪穿越了九十年,在中国文坛上活跃了近七十年。她是一首庄严的人生诗篇,让人感到人生的一个至高的境界。巴金老称她为"五四文学运动最后一位元老"。当年迷醉于《寄小读者》的孩子,而今大都年过半百。"冰心"这两个字像一盏温柔的灯亮在他们心头。散文家秦牧在冰心大姐从事创作六十年时写道:"五十年前,当我还是一个小孩子的时候,就读过她的《寄小读者》,没想到自己长大之后,会有和她认识,以至一起开会、共同进餐的机缘。每次见到她的时候,我都感到很亲切,拨动了儿童时代回忆的琴弦,像是遇到熟悉的长辈似的。"

冰心原名谢婉莹，出生于福建省福州，原籍长乐县。父亲是清朝海军军官，曾经作为"威远"舰上的枪炮二副英勇地参加过中日甲午海战。她从小是个孤寂的孩子，随父生活在芝罘东山的海边。七岁时，开始囫囵吞枣看《三国演义》《水浒传》，从此爱上了书。常常从《孝女耐儿传》等书后面的"说部丛书"目录里，挑一些便宜的小说，每天送信的马夫下山时，便托他到芝罘唯一的新书店明善书局去买。那时只要她的造句和短文做得好，先生便批上"赏小洋一角"。她为了多看书，便努力作好文。她读书读得入迷，不梳头，不洗脸，不出门，伴着书中的人物嬉笑、流泪。母亲多次劝她少读不听，有次急了，将她手里的《聊斋志异》卷一，夺过去撕成两段。她还没有从迷醉中惊醒，趁趔着走过去，拾起地上半截《聊斋志异》又看起来，逗得母亲反而笑了。八九岁时，私塾老师教作诗，先学对对子。老师写了三个字"鸡唱晓"，她不假思索对了个"鸟鸣春"。老师以为她读过韩愈的《送孟东野序》，其实她是在一张香烟画的背面看到"以鸟鸣春，以雷鸣夏，以虫鸣秋，以风鸣冬"这几句话的。

1913年，随家移居北京，先在贝满女中上学，后改入协和女子大学理科，她学的是生物，打算将来当一名医生。冰心思想开朗，接受新潮快，担任了学生自治会的文书宣传工作。后来协和女大和燕京大学合并，便转到文学系。她参加了五四运动，是北京女学界联合会宣传组成员，出席旁听北洋军阀政府审问火烧赵家楼的学生的会议，并做记录，后写成《听审记》送到表兄担任编辑的《晨报》副刊上发表。这是她发表的第一篇作品。不久，她写了第一个短篇小说《两个家庭》，第一次用"冰心"的笔名在《晨报》副刊发表作品。她谈到用"冰心"做笔名的想法时说，"一来是因为冰心两个字，笔画简单好写，而且是莹字的含义；二来是我太胆小，怕人家笑话批评，冰心这两个字，人家……不会想到和谢婉莹有什么关系"。"从那时起，我就断断续续地一直写到现在……我只用这支笔，写我的随时随地的思想和感情。"这自然是她的自谦。其实冰心是中国新文学史上第一代杰出的女作家之一，她作品的思想和艺术都有相当的影响。

　　使冰心蜚声海内外的，主要是她的散文。她自己也说："我知道我的笔力，宜散文而不宜诗。"《往事》《寄小读者》《山中杂记》等作品，从纯真的童心中，流淌出无邪天真话，"我要栽下平凡的小小的花，给平凡的小小的人看！"冰心的这些作品在以新的文学形式代替旧形式这一点上，有历史贡献。但有时过执于"满蕴着温柔，微带着忧愁"的母爱，显出了些许的空虚和苦闷，和整个时代生活的进展也相距较远。新中国的诞生在她超然的心中激起了时代的感奋。她于1951年秋从日本回国，投身到人民生活的广阔天地中。这以后，代之以吟诵虚幻的"爱的哲学"的，是描画社会主义新生活的图景。她仍然以散文的渠道和孩子们交流，写了《再寄小读者》。新中国成立后出版散文集《归来以后》《我们把春天吵醒了》《拾穗小札》《樱花赞》及《小橘灯》等多种。"文革"以后，她以耄耋之年活跃于文坛，先后写了《我站在毛主席纪念堂前》《等待》《腊八粥》《三寄小读者》《关于男人》等有影响的作品。冰心散文中贯穿着一位抒情主人公的形象和心态，这是作者本人率真的袒露。她是重感情的，她的感情在作品中不是浓墨重彩地涂抹出来，而像她自己说的，如一股细细的流水，流啊，流啊，缓缓地溶入无边的"伟大"之中。她爱自己的祖国，爱自己的家庭，爱孩子，热烈地向往自由，对弱小的贫病者充满同情。她的感情又是有个性的，性格的端庄，文化的涵养，使她不是那种感情外露而不羁的女性，温柔、细腻、含蓄是她特有的形态。她也不同于同时代其他女作家，如庐隐、淦女士，爱情的旋律往往表现得强劲有力。冰心羞于咏唱爱情之歌，只倾诉对母亲、弟弟的挚爱，没有狂放的热情与越轨的笔致。郁达夫说："我以为读了冰心女士的作品，就能够了解中国一切历史上才女的心情。"这道出了冰心感情的个性。

　　冰心爱海。她的诗文与海结下了不解之缘。她往往将海当作一个活生生的人，与之倾心交谈。一腔柔情、满腹块垒向海倾诉，欢乐时与海共享，痛苦时与海分担，孤寂时海来陪伴，郁闷时海来安慰。其他作家笔下的海，多半是伟力无穷的巨人或狂暴肆虐的恶煞，冰心笔下的海则温柔、宽容而博大。海的严肃博大像父亲，海的温柔慈爱像母亲。海更是她自己的精魂。这正如歌德在读书札记里写的："自然造人，人造自然，人从广阔的世界里给自己划出一个小天地，这个小天地就贴满了他自己的形象。"

她的散文率真，不以巧思取胜，而以直白自己的思想性灵见长。"我平日总想以'真'为写作的唯一条件"，无讳饰地将事、将心录在纸上。她把童心理解为一种至高无上的真实境界，是"梦中的真，真中的梦"。她的散文甜柔，追求一种带着"温柔"的微笑和"忧愁"的泪水的抒情基调，或从主观抒情出发，糅合叙事、描写、议论，甜中有柔，柔中有甜；或在抒情的基础上，运用浓淡、悲喜、抑扬各种手法，创造出柔和流转的抒情节奏。她的散文简练。在多年的写作中，形成了自己独有的"意描"艺术描写方式，不同于穷其状貌以形取胜的文章，也不同于粗笔勾勒、以形传神的白描，而是轻笔淡墨、以意取胜。她把景物描写当成抒写"自我"的一种手段，我哀景哀，我乐景乐，随物赋情，物着我色。

冰心的语言清丽、淳净。她主张"白话文言化""中文西文化"，即"能无形中融会古文和西文，拿来应用于新文学"。阿英在《现代中国女作家》一书中，曾称冰心作品的风格为"冰心体"，率真、甜柔、简练、淳净大约是主要的内涵。这是一种真挚温柔、清新俊逸之美。

冰心散文的风格处在不断的发展变化之中。20年代带着伤感忧愁的格调；抗战时期则在清健的笔致中包含着些许的怅惘；新中国成立后，在新生活的温馨中，代之以忧伤和怅惘的是对祖国对时代的爱，她唱出了一支支光明的、欢乐的歌，慈祥和挚爱的歌，升华起明朗、洒脱的格调。

1998年2月

一本关于人生和艺术的书

丁玲和 20 世纪几乎是同龄的。当我们的世纪进入 1984 年的时候，她也开始了自己的第八十个年头。

丁玲和 20 世纪共同着命运。黑暗中摸索，坎坷中颠簸，奋斗中探求，她和她的世纪一道在曲折的旅途中艰难前行，终于来到了一个新的境界。已经是暮色苍茫的时分，而衰老被沧海桑田洗灌，生命在社会风浪的挤压中迸出火花。一直被扼抑着又一直在蕴集着创造力，在阳光下发生了井喷。文学界对她的一生，特别是她的复出，还来不及做更深层次的认识，丁玲却离开人世去做冥冥之旅了。

复出的几年里，丁玲越过高龄和病痛的险峰，做了多少工作！写作长篇、短篇、散文作品，评论老年、中年、青年作家，修订、整理、校阅卷宗浩繁的旧作，会议、讲话、旅行于国内国外。老迈蹒跚的步态，完全按照青年人的日程表在行动。纺锤纹缠绕的深处，仍然是那双为人熟知的年轻、明亮的眼睛。她的活力，她的锐气，她的激情，她的胸怀，多少次使我们惊于前而思于后。

丁玲是一本厚厚的关于人生、关于艺术的书，里面有说不尽的为人为文的道理。这是一本启示录。

她像多难的祖国，出生在衰败的封建家庭。父亲的早逝自然远不只是鸦片的亏害，他精神上深深地沉淀着那个阶级的毒素。母亲领着她从旧的阴罩下走出来，新的精神力量开始温暖着她幼稚的心。辛亥革命，她用滚烫的泪为牺牲的校长举哀。五四运动，她决然剪去辫子以示和旧传统的决绝。在我们这个世纪的第一次思想解放的热潮中，她飞向广阔的天空，先是家乡贫民夜校的教师，后则为陈独秀、李达创办的上海平民女大的学生，在京沪之间追求真理、萌发爱情，最后两者都引导她日胜一日地接近了正在兴起的无产阶级革命运动。

在浩浩荡荡向旧社会冲击的人流中，她找到了自己的武器——文学，从此终生与之相伴。1922年开始写小说。1927年的《梦珂》受到各方面的注意，接着《莎菲女士日记》引起轰动。这一时期的作品，大都以大革命失败后女性的精神苦闷为中心题材，往往流露出虚无主义色彩的感伤情绪，但厌恶黑暗的现实，追求光明的力量仍在暗中潜伏着……挥起笔来，第一个回合便是杀回马枪，挑开了自己从中走出来的厚重的封建铁幕的一角，让人们窥见内里稠漆般的晦暗。也有那么一刻，她心中浮现出资产阶级个性解放的海市蜃楼，却又很快地在时代前进的步子中感到了它在中国的虚幻和无可依傍，终至完全失望。她有幸受惠于鲁迅。这位年轻的夜行者一度感到，鲁迅"成了唯一安慰我的人"。于是她移动镜头，调整焦距，写《韦护》，写《水》，让生活中新的力量——革命者的劳苦大众在心灵里感光。这些作品不能说成熟，却是作者当时实际的反映，也是当时生活实际的反映。

20世纪30年代初，反动派在围剿红色政权的同时，对革命文化进行了非文化的镇压。在上海龙华，胡也频等五位左翼青年作家被国民党秘密杀害。罪恶的枪弹，代表着一个罪恶的政权。年轻的丁玲失去了丈夫，孩子失去了父亲。但射击战士的后坐力给了屠夫沉重的一击：丁玲投向了中国共产党的怀抱。从此，她走完了背叛本阶级的道路，成为一名革命的先锋战士。她走的是那一条知识分子奔向革命的典型的道路，每一步几乎都和时代的脚步叠印。

以后就是大家熟知的了。丁玲一直在历史发展和社会进步的心脏中活动。被捕，坐牢，去陕北。受到党的热情欢迎，"洞中开宴会，招待出牢人"。顷刻间，一支纤笔化为三千毛瑟兵，"昨日文小姐，今日武将军"。她带笔从戎，描绘着根据地的战斗生活、社会状况和群众心理，给将军和百姓留下历史性的速写。她参加土地改革，又参加变革土地私有制的农业合作化运动。在1955年和1957年扩大化了的政治运动中，在"文化大革命"中，她无一不处在社会斗争的闹市和灾区。而后，又和我们的党、我们的人民一道从极左路线的弯道上走出来，来到一个新的天地。

她被历史和社会潮流一会儿抛到峰顶，马上又埋进深深的波谷。不论在什么情况下，身边总是风云际会，总是处在社会运动当事者的地位。作为文学家，在如此长的时间里，如此深刻的程度上卷进社会生活，个人命运如此清晰地描摹出"五四"以来中国革命史和革命文艺史波浪形前进的曲线，极为罕见。丁玲命运的历史凝聚力，从根本上决定了她的分量。她对自己命运的历史内容有着清醒的意识。这使她在饱尝各种不公正的对待之后，少有个人的怨愤。

创作需要才能，造就作家的则是生活。古今中外历史人物的命运，常常都有巨大的凝聚力。这种命运一旦放到作家艺术家身上，来自历史深处的新的思想信息和新的生活信息，就会在性格和感情世界引起自然共鸣，并通过一定的艺术形式，转化为具有审美内容的作品。因而，当作家在选择自己的生活道路时，事实上他就从根本上选择了自己未来的面貌。作家的经验、阅历、思考、感受、感情以及其他种种精神状态，在怎样的幅度和深度上凝聚了社会生活，常常从根本上决定了作家艺术家的成败高低，决定了他的政治的、哲学的、美学的和艺术的追求。一个从历史风暴中走过来的作家，和只满足于经历杯水风波的作家是难于同日而语的。想想屈原、司马迁、鲁迅吧，这些具有民族魂的文学家，肩上都承受着整个时代的负荷。他们用时代和民族的精神质地来熔铸自己的胸臆、情怀、气魄、格调，他们的作品怎么能不成为那个时代的生活拷贝和精神呼号，成为一个民族历史文化的结晶呢？就是卡夫卡那样变形的形式能够被社会接受，不也因为它们传达了许多人可以感受到的变态的社会生活和社会心理内容吗？

一段缩写了社会生活的人生经历，一颗全息着时代情绪的艺术心灵——对文学艺术家来说，其非比寻常的重要性难道用得着多说吗？

只是谈何容易，真是谈何容易！

一位作家不能选择自己生活的时代，却可以选择自己的生活道路。时代给所有的人提供了相同的舞台，演什么戏，扮演什么角色，则取决于自己。回想我们年轻的时候，谁个不是"一囊书三尺剑满腔热血"，义无反顾地投身于生活之河，去中流击水？并不是人人都游到了彼岸的啊！有的刚呛一口水，还没有离岸便退了出来；一个大浪打来，更是应有尽有那羸弱者的退缩，灵智者的改道，力乏者的落伍，以及勇毅者的弄潮于水天之间、殉身于搏斗之中的万千景象。

在漫长的岁月中，生活的浪会使我们的精神世界像铁块那样锈蚀净尽，也可能将它打磨得铮铮有光。丁玲当之无愧属于后者。她完全不是李清照，她是个无产阶级革命者。丁玲让我们看到了，一个艺术型的、感情型的女性，当她将自己的生命和事业熔铸进一种推动历史前进的伟大斗争之后，会产生出怎样的力的裂变！

无妨在这里摘引一些例子，这是在生活速变前丁玲做出的回答，对于揭示老作家昂奋的精神状态和进击的思想性格具有很强的表现力。

1931年春，丈夫胡也频牺牲。在足以折倒硬汉子的打击面前，丁玲，二十七岁的女子，做了这样的回答：入党，接替胡也频空出的岗位。并且用笔记录下这个风搅血的暗夜，发表了《某夜》。

1933年被捕，七部著作全部被国民党查禁，社会上流传着她的死讯和其他流言。曾将丁玲列为中国新文学运动重要作家的鲁迅先生，也作了一首《悼丁君》的诗纪念她：

> 如磐夜气压重楼，
>
> 剪柳春风导九秋。
>
> 瑶瑟凝尘清怨绝，
>
> 可怜无女耀高丘。

而出狱后她的回答是：去陕北！在党中央身边，在和革命民众的共同实践中，"开始来认识自己，正视自己，纠正自己，改造自己"。"从无知到有些明白，从一些感想性到稍稍有了些理论，从不稳到安定，从脆弱到刚强，从沉重到轻松"。

1955年，就在得知马上要向全国文艺界党内传达所谓"丁玲反党集团"的材料时，她要求去京郊农村深入生活。在那里，给守旧的老农做思想工作，和青年男女一起劳动，听区乡干部介绍情况，与劳动模范座谈经验。

1958年，谪居北大荒，她对王震同志说："我今年五十四岁，再活二十年大约是可以的，现在我就把自己看成是三十岁，以前什么都不算。"她要像契诃夫那样再写二十年。话虽有些书卷气，昂奋执着的精神状态却从中透出消息。尔后，她便在那里立志搞好养鸡，搞好扫盲，搞好家属工作。"我饲养的种鸡又肥又壮，谁走来看了都说好"。她的家属工作成为省里的标兵，登了报。

"文化大革命"中被关进监狱达五年。她以捧起《马克思恩格斯全集》作为回答。从第一卷到第三十卷通读下来，像恩格斯谈的那样，不害怕思想宫殿所在密林，敢冲进这块充满了乔木伟杆的绿岭中，去寻找真理的殿堂。"我简直以为我坐这个牢是幸运的。"

1979年，她患了乳腺瘤，在七十五岁的高龄有勇气开刀，战胜了开始癌变的疾病。在那前后，我去看望过丁玲。我感到，她像经历了一次大的风暴之后，在船坞检修的舰船。她是宁静、充实而乐观的。大家不约而同地从她的眼睛里看到了美和力量……

丁玲以一个又一个这样的回答，在难以想象的折磨中，在绝不会好的生活条件下，将年轻人对生活的思考力、记忆力、感受力，将女作家特有的丰满而细腻的感情，将丝毫没有被世故包裹的爱憎，将活跃的文思，流畅、轻灵、圆熟而又渗透着深沉的文笔，将勤奋的劳动习惯，保持下来，今天重又奉献于读者之前。在和愉快无缘的遭遇中保持乐观，在不允许思考、不堪于回首、唯恐有真情而笔墨纸砚又只能和交代检讨为伴的岁月中，保持革命家、思想家、艺术家的全部能力，这一切不都是生命力和创造力奇迹般的胜利吗？必有她的原因，必有她的奥秘。

"生命力超人的旺盛"——一般人直观的印象不能解释本质问题。那么，"马克思主义的世界观、人生观和与此相适应的待人接物处世察事的方法"无疑起着决定作用——却也需要结合对象做更具体、更有特点的说明。我试着谈谈如下的感觉：

个人遭遇的历史必然性，是丁玲笃信的。人是社会关系的总和，人的命运归根到底不过是历史进程中各种力量在不同环境中的不同形态的组合。虽然个人因素也起作用，她的个人遭遇，从授动到受动，都不能说是真正个人的。一切既是必然，也就达观通畅，以平顺对应坎坷，借适应导向征服。也正是这样的笃信，使丁玲对社会理想的信仰，对历史方向的执着，很少受到个人命运的干扰。她借助于历史唯物主义，如实地看清了在极左思潮之下，祖国和自己一道在受难。她复出后一再说：这些年，真正受到损失的是我们党，以我个人只是损失了时间。既看到具体人物和事件的历史动因，又不以个人感受来代替对社会历史的评价，马克思主义化成了性格力量，化成了真挚的情感！——丁玲的境界，是许多搞文艺的人所终生向往的啊！

人的思想、性格、感情的后天性，或者说社会实践性，也是丁玲笃信的。遭遇成了最好的老师，生活的磨难则和人生的磨石同义。艰难的遭遇在人的肉体和心灵里烙下了痛苦，同时给予我们身体和情操上无尽的财富。前者人人可以感受到，后者却有许多人不识珍宝，不知聚敛，以致在付出一段以生命为代价的磨难后，从宝山空手而还，只带回来满腹怨尤。而在生活中敢于面对压力和阻力，并且将压力和阻力转化为动力，在一位女性作家身上表现得如此突出，在整个中国现代文学史上，位居榜首者恐非丁玲莫属。

艺术家的主体和所反映的生活客体之间，最理想的关系是什么？是相互的对象化。也可以用"物我交融"这个词，但在这里远不是指在创作过程中作家和具体生活素材的交融，而是指作家在整个人生道路上逐渐和他的描写对象化为一体，甚至直接以他的描写对象的身份生活着。这种情况下，作家的第一自我和作品的第二自我在前所未有的幅度和深度上叠印了，你中有我，我中有你，难分难解了。一位作家身上，主体和客体间出现了这种难得的同步、共振和交融，真是太好了，他便来到了一个可能产生沉甸甸作品的佳境。丁玲写《某夜》，她自己就是当事者；写《太阳照在桑干河上》，自己就当过农村支部书记而且想永远当下去；写《杜晚香》，自己就是十多年工龄的老农工。

在像她那样有声望的老作家中，有相当一批同志，战争年代是以普通干部、战士的身份生活在人民群众之中的，新中国成立以后，则担任了文艺界这样那样的职务。虽然主观上没有放松深入生活，事实上已经难于和普通群众一样实战、一样感受了。丁玲的遭遇，使她得天独厚。进城以后，她也曾一度卷入同代作家类似的忙碌——用很多时间从事文艺领导和编辑组织工作，被国际交往、文艺讲座和各种会议缠住。虽然那时她尽可能地挤时间去农村走一走，但在艺术家心中第一自我和第二自我被拉开了距离则是无疑的。幸好这种坦途上驱车的生活很快便走入了需要拼尽全力攀缘的山道。她的履历表上，职业一栏，由"作家"变为"农工"。生活之于她，不再是走马观花，不再是蹲点调查、带职工作，她必须百分之一百二十（她的地位远低于农工）地作为群众的一员生活，而且在当时，是要准备这样生活一辈子的。如果说在前几种情况下,艺术家的两个自我还只是一步一步靠近了,在丁玲这种情况下,便可以说实现了更充分的、辩证法意义上的对象化。作家观察生活的焦距对准了,两个"黄斑"叠合在一起,心灵反光镜出现了最清晰的画面。我们平时爱说收集素材和积累生活,从字面的意义上来说,这并不是最佳的创作状态。对作家来说,生活积累转变为生活烙印,由于两个自我的叠合,转化为作家自己的人生经历和感情烙印,像童年或者少年时代的生活那样,饱蕴着感情深藏在心底,随时听候形象思维的调遣。丁玲真叫人羡慕!

重视地气对自己的营养,自觉地、自如地从人民群众那里输氧、充钙,在丁玲身上也是表现得很突出的。看来,她相信马克思、恩格斯在《神圣家族》中的这个论断:"下层阶级从实际生活中所受到的最坚决的抵抗使他们每天都有所改变"。即使没有"神圣精神"的庇佑,"下层人民阶级也能把自己提高到精神发展的更高水平"。生长在土地上的植物,就单株养分来说常常比不上盆栽,然而只是因为它和大地相接,有地气的养育,那茁壮与茂盛远不是盆栽能够赶得上的。提高单株的思想、艺术、知识素养,增加具体的生活积累,对于创作的重要,这是许多人都懂得的、重视的。但地气对改变作家的质地、保持作家内心的人民本色,却未必人人重视了。这一点上,急功近利很有害。地气对作家的影响,是内在的、默化的、全方位的。这是它的重要之处,也是它常常不被重视之处。

在窘迫中,在失败时,和人民生活在一起,向他们学习,还比较容易,在顺利的时候就比较难。要毕生和他们不隔,不但将自己的作品、自己的创作活动——生活的一部分交给他们,而且将自己全部的命运交给他们,终于完全成为他们中毫不特殊的一员,那是很难很难的!丁玲正是在这一点上高山仰止。在新中国成立初的那一段顺畅的日子里,她家里虽然谈笑有鸿儒,却也是往来多白丁的。曾有人指责她家里三日一小宴,五日一大宴,座上客是谁呢?大多是从乡下来的群众,他们爱住在"老丁"家里。进入严寒的日子之后,底层的丁玲"走到哪里都是热烘烘的",到处都感受到爱,遇到"菩萨"。有人说她总是把农民写得太好了,对此作家很乐于承认:"我好像一谈到农民,心里就笑"。请你把这种感情和她封建家庭的出身联系在一起,就明白意味着什么了。在思想感情的转化方面,"脱胎换骨"有时的确不是修辞。当作家的小我和群众的大我彼此血肉相连时,个人再弱小,由于和大我化为一体,在精神上也就变得强大了,有山岳的气质了。

丁玲在复出之后,发表过许多文学艺术见解。谈得最多的,有时甚至不厌其烦谈到的,就是生活,就是人民,就是土地对作家艺术家的养育恩泽。即使谈文学艺术其他方面的问题,也都流贯着一股浓烈的土香和地气。她从人民群众在困难和挫折中的乐观精神和不息的奋进中体会到,任何时候,生活都不会停滞,都是趋于光明的。因而作家可以写阴暗,自己却不能变得阴暗;可以写扭曲的生活,自己的心灵却不能被扭曲。她强调要写英雄的乐章,否则文艺的繁荣就会成为空话。因为在好的感觉中,人民群众的内在气质是英雄主义的。她认为作家艺术家要有责任感,既要有政治的责任感也要有社会的责任感,二者又融化在对人民群众感情和道义的承担中。她提倡在新时期也要重视通俗文艺,不能忘记在艺术欣赏中还有大量的"下里巴人",但又反对把人民群众低估了或者将低级趣味误当作群众化、通俗化,在诸如爱情描写中搞那些"小猫似的追逐翻滚",等等。这些看法,是她在各种场合从各个角度讲的,并不系统,当然事先也不会做严密的总体构想,正因为如此,才看出来人民群众在丁玲的心上占据着怎样的位置。丁玲追求人民,毕生永不懈怠。人民是丁玲心头的一盏明灯,它引导作家全部的生活实践和创作评论活动。几十年来,由自发而自觉,由自觉而自然,达到了浑然天成。这是一种极致。

一个人——一个时代——一个世纪,这就是丁玲。对生活的热爱永不磨灭,对人民的感情永不磨灭,对美的追求永不磨灭,这就是丁玲。

丁玲属于祖国，属于人民。顺便提一下，她也属于我们西北，属于延安。她在陕北生活了十来年，在保安，是苏区文协最早的负责人。作为革命文学家的丁玲，她的思想和艺术之果，是在这块土地上成熟的。陕北高原，像芙蓉国，像黄浦江，像北大荒一样，养育过她。这里是她的第二故乡。六年前，她曾向笔者那么清晰地回忆了在西北的生活，像谈久违的、日夜思念的朋友那样，谈延安，谈保安，谈西安。"真想延安！真想回延安去看看！"她神往地喟叹。去年春天，恰恰在老人生命的最后一年，重访陕西，又到延安，了了多年夙愿。这使我们欣慰，又泛起无限的怅惘。丁玲离我们而去了，她定是带着对这块土地的眷念，带着这里人民对她的热情而去的。丁玲，作为天道、世道、人道和文道一个进步、美好的证明，永远不会离我们而去，她将在民族和时代的精神中耀熠着自己的光彩，就像春夜明亮的星辰一样。

    1986年3月中旬，于陕北榆溪河解冻的涛声中

几 缕 馨 香

——读《丁玲散文近作选》

一

群趋于山水花草，在一个哲理、一个意念，几段场面、几段情绪中绕圈子，感情和文字雕琢日盛，这种现象在当前散文写作中恐怕是存在的。最近舒芜同志在《读〈叶圣陶散文（甲集）〉的跋文》的小感中，用很精彩的文字提出了一个很精彩的看法："我早就不满竟写山水花草的风气……叶老父子说出了所以然的道理。"那意思综合起来大概是：散文艺术不能成为散淡闲人的艺术，不能走闲情逸致的路，不能以山水为创作的唯一源泉，不能以陶情遣兴为唯一的目的。散文包括游记而不限于游记，不废陶情遣兴而不光陶情遣兴，偶有闲情逸致而不能一味闲情逸致。散文是更广阔的世界，是可以认真地论学，可以严肃地论政，可以热烈地呼号，可以愤怒地抗争。这都可以成为地地道道的艺术性散文。

丁玲对散文的看法也是这样。她以为，一篇散文也能就历史中的一页、一件、一束情感，留下一片艳红，几缕馨香。《丁玲散文近作选》可以说为这个看法提供了精彩的例证。在这本小书里，她也纪游，也描景，也怀友，也抒情，不过，却是把这一切和历史联系在一起，作为历史的一页、一件、一束来写的。这是一本有魅力的书，这魅力是独有的。她笔下的生活和对生活的感受，是只有历尽了人间春秋的长者才会有的。丁玲以自己独特的生活经历换来了文章中的独特的内容、感受、角度、文笔。作为审美内容，具有不可重复性。

二

对生活形象，对包容在一定生活形象中的人生况味和情致、哲理，对最能表现这种况味和哲理、情致的生活细节，老作家有着毫不衰竭的观察、感受、记忆和表现能力。记忆之强固，观察之透辟，感受之深广和表现之圆熟，对高龄如丁、坎坷如丁这样的作者来说，是令人吃惊的。生活并不偏袒谁，每个人都拥有自己的一生。问题是对自己的拥有缺乏意识，缺乏发现。文似看山不喜平，而生活像水一样，在常温中往往保持着常态。有的人只能看见无色透明的水，有的人却能看见蒸汽和冰层，浪头和底涌，甚至看见氢二氧一，看见由这一切因素组成的大千世界。

她就有这种能力。她被贬斥到北大荒养鸡，和美国贵妇人养狗，这里有什么哲理和诗可以构成审美内容么？有的。艺术的美，往往正是在作者将人们感觉不到其中有什么联系的事物有机地联结起来的时候迸发出来的。她将这两种毫不相干的事联结到一起，用含蓄和略带揶揄的文字，用自己感到话不投机半句多而又不得不寒暄的为难心情，在不言之中传达了深意：贵妇人富足之中的空虚，共产党人坎坷中的忠诚豁达，涉外活动中必要的礼貌和含蓄，等等，都尽在其中了，真是意到笔不到！

这是一双老练而又热情的眼睛，具有地质学家的穿透力，能在尼姆·威尔士的小木屋中，芝加哥的灯流和人流中，能在安娜虚荣而又微露浅薄、满足而又疲惫的神态中，发现艺术的矿藏在闪光。

在一般人看不到联系的事物之间建立艺术的、思想的联系——写尼姆·威尔士时，将具体场景、生活细节和大的社会历史环境联结起来；写安娜时，将人物细致的感情波纹、作者引而不发的感受和两种制度下不同的社会情绪联结起来；有时，所写的事物之间的确没有任何具体联系，只是因为它们各自所标志的社会本质之间具有可比性，也能自然地联结在一起，产生诗意和美感。

三

对生活中美的捕捉能力，不但表现在审美内容上，也表现在审美形式上。丁玲很善于抓住生活事件发展和人物感情变化的层次，发现其中所包括的结构因素，赋予这些层次以形式美的因素。随手拈来，稍加重组和点染，生活的结构便变成了艺术的结构，造成了递进、对比、蓄势、悬念等形式美方面的审美效果。造成这种效果，我感到作者主要有两种办法。

任何一个事件在实际生活中的发展过程，大都是由朦胧到清晰的。即便一段客观上很清晰的生活事件，在人们感受和认识的时候，也有一个由淡渐浓、由远及近的过程。直接将你对生活事件了解的结果在读者面前铺展开来，这是一种写法，横向铺展的写法。丁玲则喜欢着意去表现认识和感受一段生活、一个人物的过程，特别是细致地写出这个过程中那些峰回路转的关节，而把结果埋在最后。有时并不写出结果，让那因稍许不满足而产生的回味、思考、猜测、联想，永远留在读者心中。这就构成了悬念，散文式的悬念。读者被那个看不见的结果吸引着、勾连着，跟随作者在认识过程中东游西转，上下颠簸，它的审美乐趣，也就不仅在，有时甚至不主要在达到一个认识目的，而在达到这个认识目的时一步一景的审美享受之中。在写瞿秋白、潘汉年、宣侠父时，丁玲多次渲染他们的神秘行踪和谜似的言行，"他将由神秘走向更大的神秘中去了"。这既是这些党的地下工作者的真实写照，又是作者在接触他们时的真实的心理，还在欣赏中激发了读者感受和思考的主动性。这是一。

突出作者内心感受和感情中那种对陌生的或未知事物的探索、了解的强烈愿望，也是常用的方法。这和作者重感情的气质是有关的。阅读时，常常能感到一个热情的、多思善感的丁玲在文中向你招手，鼓动着你和她一起进入所描写的事物，一起在其中沉浮。《会见尼姆·威尔士女士》一篇，不会写的可能成为一笔流水账，或者再加上几句表态式的议论、感慨。老作家却并没有轻率地用这种或那种艺术结构办法去改变事实本身的自然顺序，她以那么朴素的纪实文字写下来，只是自始至终编织进一条由作者内心的问号组成的经线。这些问号，不断地得到解答，又不断地提出来，一直把读者引导到最后一个句号。既要见面，却又当面交一封信，这是一个大问号了，这个问号，只有在看完全篇，了解威尔士的窘迫处境之后，才能有答案。更妙的是那段读信的写法——在念信中，插入一个一个作者内心的疑问以及一段一段对疑问的思考和解答。因此读这封信时，我们的情绪也不由得跌宕起伏。请看这一段：

> 翻译接着念了下去："我现在为了节省暖气，只住在一间屋子里。陪着我的还有一只小猫，她的名字叫玛丽莲·梦露。"翻译解释道："这是美国最有名的一名性感女明星，已经自杀了。"我搜索着我在海伦家时的印象："哪来的猫呢？没有，没有。"而且我又想："为什么不是狗呢？我在纽约街头上看见了不少太太们，老的，少的，都牵着狗的。狗同猫有什么区别呢？有区别的，狗食、猫食是有区别的。狗食的罐头较大，较贵；但猫、狗也没有区别，都是可以依伴的。"
>
> 翻译又接了下去："另一间屋子我已租了出去，我把小猫也一同租给了租我屋的一对年轻夫妇。他们每月给135元房租。可是每月我得交175元的电费，我每月是靠150元的社会保险金过活……"

四

以丁玲同志这样的经历，她所回忆的人和事，她在处人处事中的心情，都是分外复杂的。这些散文近作，在朴素的白描中，含而不露地把握复杂现象和复杂人物、表述复杂思想和复杂心情的能力，令人叹为观止。

王震同志和老作家是旧交。1958 年，她被送到北大荒劳动，初到密山，就不得不以那样的身份和已是农垦部长的王震同志见面。双方心情的复杂可以想见，要用文字传达何其困难。作者却举重若轻，很少描绘，几乎完全借助于对话，就把这个任务完成了。以王震同志的身份，当时虽不便于表露自己的关切，但爱护之心在那结结实实的，甚至显得有点淡漠的几句话中，在那及时将陈明和她调到一起，安排到铁路沿线、离城较近的汤原农场的举动中，透露出来。因思虑重重而显得十分局促的作者，本来不知道说什么好，在将军开口之后，却突然扯起了契诃夫："契诃夫只活得四十年，他还当医生，身体也不好，看来他的写作时间是有限的，最多是二十年。我今年五十四岁，再活二十年大约是可以的，现在我就把自己当成三十岁，以前什么都不算……"说着说着，她发现自己说这些大话的可笑，便停住了。正是在这急促而有点可笑、想说又未能说的表白中，作者在将军面前油然而生的亲近，免不了的慌乱，对事业书生气的真诚，对政治斗争书生气的幼稚，等等，思想情绪上的复杂色彩都呈现了出来。

更不容易的是，像瞿秋白这样在复杂的历史、社会条件下成长起来的革命家，以至像安娜这样物质、精神都不谓不富有，却仍然无法战胜空虚和寂寞，最后终于被这空虚和寂寞攫去了生命的复杂而又稍显畸形的灵魂，作者都既能在文学中鲜明地寄寓自己褒贬、爱憎的态度，又不回避描写对象的复杂性。那支老练的笔甚至专拣那些反映了人物内心矛盾的事件、细节和情绪，做不动声色的描绘，如秋白同志个人爱好和革命事业的矛盾，安娜在满足中的疲惫，红润脸色中沉滞的目光，等等，然后或施以不多的议论。这议论很少抽象地论理，而是亲切地（有时是含蓄地）说出一位老友、一位老的阅世者对问题的理解。这些理解，更多的是以个人感受的方式侃侃道来，有时还有意识地保持着朦胧和矛盾的自然状态，以启发读者的感受和思索。老作家用毫不复杂的方法写出了对象的复杂性,简约质朴的文字中容纳了那么多人生和社会的内容。

五

丁玲同志在一篇文章中曾经提到她青年的时候不喜欢过于理智,这本集子则告诉我们,艰难的岁月并没有冻结她热烈的跃动的感情。老作家至今仍然是位"感情型"的人。有时,岁月的灰深埋住炭火般的情,刨开来,仍然是亮闪闪的一团。只是阅世益深,感情更内向罢了。也有不减当年的时候。这时,笔饱墨酣之中,似见作者甩动满头银丝,欢歌长吟——这种情况多出在抒发对党,对老一辈革命家,对现实生活的感怀的时候。

使人特别感兴趣的是,丁玲将感情和感受化为具体可见的画面,进行实写的本领。这种本领,又是和她用虚词、虚情来写实景的本领相反相成结合在一起的。她这样来写受到安慰的感受:"我心里好像贴上一块湿润的温暖的手帕。"这样来写在奢侈繁闹的曼哈顿街角,一位佝偻老人的孤寂:"他什么都不能比,他只在一幅俗气的风景画里留下一笔不显眼的灰色,和令人思索的一缕冷漠和凄凉。"然后是对这位老人过去的猜测:或显赫?或有作为?或风流?用想象的画面和现实的画面对照,使读者感受到那个社会世态的炎凉。但作者吝啬得到最后也不肯将这个意思直说出来,只是一句"别了,曼哈顿,我实在无心在这里久留"就作了结。1958年初到密山,恰逢七一,党员开会,她和陈明这两位党的老战士,却再也不能走进神圣的会场。那心思是需要万语千言才能表达的。作者却不著一字,先把他们的心情化为动作——在房子里坐不住,凄然地在大街上,在树边,在没有人的地方默默相伴而行。再化为画面——他们想到了那年文协在延安山头开七一纪念会时,三位同志申请入党未得批准,痛苦地离开大家,独自下山徘徊的情景。以可见的画来写不可见之情,读者似乎亲身经受到了作者的痛苦。直接抒写是一种办法；引而不发，在读者心里再现那引起感情的画面，也是一种写法。前者传达的感情明确而强烈，后者的传达则常常丰富而耐咀嚼。这也是一种形象大于思维（抒情）吧！这两种写法是各有千秋的。

六

对远逝的生活形象，特别是生活细节有极强的记忆和感受能力，偏爱用细节来写人、写景、写情，表现了小说家丁玲的才能。三年前，笔者曾听作者介绍过西战团在西安的情况，这次读《回忆宣侠父烈士》一文，简直和当时谈的一字不差。

下面这些随便举出来的例子，也许会永远刻在读者的记忆之中：

瞿秋白和王剑虹无声的恋爱——两人独处几小时用笔在纸上谈情而不发一言。冬夜，他俩和作者尽兴长谈，那烤火炉是烧煤油的，炉盖上有一圈小孔，火光从这些小孔里射出来，像一朵花的光圈，闪映在天花板上。他们总是把灯关了，只留下这些闪烁的微明的晃动的花的光圈……

柯仲平到民间行吟演出归来，在延河滩上捉虱子，而且"羞愧地对我说：'没有办法，回来了也难肃清啊！'"

特别是《"牛棚"小品》中那窗后一闪眼的快乐和一整天的思念；那贴在胸前的，用纸烟盒、苞米叶、废报角所传递的咫尺天涯的诗般的书简；那没有团聚却又要别离时最后一面的酸甜苦辣——高兴却又痛苦，温柔而不可能，热烈却怕燃起不易克制的感情——"我最想说的话强忍住了。他最想说的话，我也只能从他的眼睛里看到。"几个镜头，包含了多少人生况味，把主题和人物勾勒得何等鲜活而又入木三分啊！

细节描写在小说中的地位是早有公论了。丁玲近作提醒我们，细节描写在散文特别是写人的散文中的地位，恐怕需要刮目相看。

话又说回来，散文如果仅仅满足、陶醉于细节的捕捉和描写，也容易让小镜头、小情趣转移了对社会生活和历史发展的总体把握，露出小家子气。具体到一篇文章，自然不见得非要正面去写社会和历史的发展，然而作者心中倘若没有更大的图像，一味经营小盆景，总是会影响文章的景深的。匠气常为大家所不取。丁玲常常把苏州园林的高山云雾组织到一个画面中，把生活的瞬间和历史的长河衔接在自己的文字里，像齐白石的《残荷蜻蜓》、张大千的《滟滪云帆》，蜻蜓、云帆的工笔细描和残荷、滟滪的泼墨写意，既和谐统一又强烈对比。

《"牛棚"小品》在这方面可以算作精品了。上面谈到的那些细腻的细节描写和心理描写，还有那实际上原本十分破败而在眼下的风雨飘摇之中却使他那么流连、思念的"光辉的、温暖的"七平方米小茅屋，这些特写镜头无一不和背景上对时代风暴的侧笔勾勒紧紧胶合在一起。个人遭遇由于有了社会动荡的映衬，便显示出了本质性的内涵，提供了更深的解释。

她、胡也频和潘汉年的一次见面和交谈，写来是那么平常而又平常，不料蓦地镜头一拉，一个大背景出现在读者眼前："他坐了一个多钟头，我们就像老朋友那样分手了。我们就在这一个多钟头里愉快地决定了我们的一生。也频一生虽然短暂，但他在此后的半年多的时间里所放射的光芒，却照耀着后代，成为有志青年的楷模。而我自己呢？五十多年来的艰辛跋涉，也是在这愉悦的一席谈话之后，总结了过去多年的摸索、踌躇、激动，而安定下来，从此扎根定向，一往直前，永不后退的。"

她用工笔细描尼姆·威尔士那所"老的、旧的，无人收拾的，有点败落、荒芜的小农舍"，却不忘两次点出：这屋子二百多年了，建筑在美国建国之前，是政府通令保护的古文物。而且紧接着带上一笔："可是它的主人呢？我看见她在笑，便也陪着她凄然一笑。"背景的插入，使这小农舍和她的主人一下便成了资本主义社会色彩的显示剂。

孤立地看，某些具体的场景和细节，也许平平，一拉到人生和历史、社会的大背景前，却往往发生奇妙的效果，或使你目光为之豁亮，或使你思考为之通达，或使你情绪为之一振。纪实性散文不像小说，可以通过概括、虚构来塑造典型。它提炼生活，主要是靠对真实素材的选择、挖掘和时代背景的烘托、映衬。丁玲对此道得心应手，非大家手笔不能为。

七

有时候，奔放的感情驾驭着语言风似的疾驰而过，有时候好似涓涓小溪在绿丛下、巉岩中汩汩地流淌。而行云流水般的倾诉和自然形成的不拘一格的对仗、排比相结合，则是丁玲散文语言的主要特色。这种结合，有利于表达作者的感情。深情的倾诉，使感情化为语言时产生了旋律感，而对仗、排比又使感情的旋律有了相应的节奏。她的排比和对仗很少刻意求工，而是水到渠成。非但不妨碍感情的流泻，倒给这流泻构造了梯级、层次，可以积蓄情势，加强流泻的冲击力和鼓动力。

"那是我们的家啊！是两个人默默守在那个小炕上，是两个人围着那张小炕桌就餐，是两个人会意地交换着眼色，是两个人的手紧紧攥着、心紧紧连着，共同应付那些穷凶极恶的打砸抢分子的深夜光临……"她以这样的文字使那个七平方米的凄苦的小茅屋在她的心中变成了光辉的小天堂。

再看她在"牛棚"密封的窗后见了陈明的心情："我必须保守这个秘密，这个幸福的秘密。否则，他们一定要把这上边一层的两块玻璃也涂上厚厚的石灰水，将使我同那明亮蓝天、白雪覆盖的原野，常常有鸦鹊栖息的浓密的树枝，和富有生气的、人来人往的外间世界，尤其是我可以享受到的缕缕无声的话语，无限深情的眼波，从此告别。"还有，写受难的贺龙，一位功勋盖世的元帅，不得不伸出那指挥过千军万马的巨手，用玻璃去接铁窗外的屋檐水解渴。就连这救命的"杯子"也被罪恶的手打掉了，"玻璃碎片嵌在我们的心上。泪水随着屋檐水涓涓滴下。可是，它解救不了您的干渴，却只淹没了我的希望"。情与景、物与我都交融在流利的倾吐和自然形成的排比节奏之中了。

像作者这样阅世很深的老人，对是非美丑洞烛幽微，却又宽容大度。这种长者风度，使她常常将清晰的褒贬藏于有节制的文字中。在表明对具体事物的态度时，直奔观点的议论较少，多是从生活哲理的深处落笔，或是以自己的感受来做倾心的交谈。对不赞成的事物，则常常在文字中流露出一种淡淡的嘲弄。这种嘲弄正因为淡，倒反托出作者在思想智慧上的优势。这样，以朴素的词汇容纳复杂的情绪和深奥的哲理，将自己悲凉或嘲弄的感情淡化，便构成了她语言上的又一个特点。在《安娜》中，作者将自己对安娜生活状况的保留态度，包藏在客观的叙述中，包藏在宽容与谅解而又略显揶揄的称赞中。她写客厅中的艺术摆设，说别的艺术品，我不能鉴别它的好坏，中国喜鹊闹梅的贝雕，实在是件有点俗气的工艺品。而安娜却因此而满足。满足于将名人和名画作为珍品陈列在自己的屋子里，满足于和客人殷勤的周旋。作者并不责怪她，只是长者风度地写道："安娜，安娜，多可爱的人啊！"写蒋鼎文也只是含蓄地一句话："现在回想起来，实在想不出他谈过什么话。他自然说过话的，但大约等于不说，所以我毫无印象。"如此简约而富有表现力，实在是不容易的。

1988 年秋，西安岚楼

李健吾《雨中登泰山》的独得之美

有人说，好的散文要有哲理，有感情，有意境，有知识，有文采，想是不错的。《雨中登泰山》用李健吾同志自己对散文的看法来说，不以高深莫测的思想把密匝匝的材料捆绑得严严实实，而是结构松动，呼吸自如，在漾漾的雨中，缓缓游将去，淡淡写将来。时不时，景色的描绘之中爆出几星思考的火花，却决不小题大做，不施以浓墨重彩，而是几笔带过，让你去品味。许多地方以拟人化的方法，把山、水、树、石，写得活脱脱有了生命，有了性格。你且看树："有的松树望穿秋水，不见你来，独自上到高处，斜着身子张望。有的松树像一顶墨绿大伞，支开了等你。有的松树自得其乐，显出一副潇洒的模样。不管怎么样，它们都让你觉得它们是泰山的天然的主人，谁少了谁，都像不应该似的。"再请看山："有的像老人，有的像卧虎，有的错落成桥，有的兀立如柱，有的侧身探海，有的怒目相向。"还有那斜风细雨，"懒洋洋只是欲步不前"的湖水，"陪我们，一直陪到二天门"的泉水。这里有意境，有文采。

又有的地方，将史、论融于画，即景用典，落笔不凡。在紧十八盘，窄窄的石级搁不下整脚，"我胆怯了"，"怪不得东汉的应劭，在《泰山封禅仪记》里，这样形容……"信笔就引了一段；在白云洞，见白云在洞里依然游来游去，便将宋之问的诗句糅进自己的行文中，来了好一段精彩的描绘；在七真祠看彩塑，三两句点评（如"一般的庙宇的塑像，往往不是平板，就是怪诞，造型偶尔美的，又不像中国人"，"无名的雕塑家对年龄和面貌的差异有很深的认识"），也表现了作者对造型艺术的深知。这里有见地，有知识。

不消说，这些，都是《雨中登泰山》的拿人之处，都告诉我们，一个好的散文作者所应该具有的修养。但是，这篇散文给我的启发，主要还不是这些，而是一个美学范围内的问题。这便是，艺术家要有一种本领，能够在人所皆见的自然美（或社会美）中，捕捉到独特的美的感受，并将它表达出来。

艺术创作就是克服困难。创，就是在原有的水平线上有所突破，这就要克服别人还没有遇到或还没有克服的困难。一个有志于写作的人，要有勇气在每一次创作活动中，给自己出难题，强迫自己做高难度动作。李健吾的这篇散文，一开始就给自己出了难题：几十年中错过了多少次登泰山的机会，今天确实要登泰山了，偏偏遇到雨天，并且越下越大。"不像落在地上，倒像落在心里"。"天是灰的，心是沉的。"等天晴吧，"想着这渺茫的'等'字，先是憋闷"。冒雨登山比之平日登山，更为困难；写雨中登山，灰蒙蒙一片，表现泰山之美也比平时更困难。生活的难题和艺术的难题，一道被提出来了。

雨，对登山、写山无疑都是不利的，但也有利处，这便是在雨中可以见人之所未见，写人之所未写。老练的作者深知个中的辩证法，在给自己设置障碍的同时，就将不利化为有利，扬"雨"之长而避"雨"之短，逼迫自己去寻找与它不同的艺术视角。他躲开人所皆知的、文所皆写的晴天山景不写，偏偏集中笔力写雨中山景。古老的泰山因为有了雨，越发显得崔嵬了。虬在湾瀑布因为有了雨而更为壮丽，"七股大水……仿佛七幅闪光黄锦，直铺下去，碰着粼粼的乱石，激起一片雪白水珠，脱线一般，撒在洄漩的水面"。雨天登石级更困难，正是在克服这异常的困难中才激发出哲理的闪光："是乐趣也是苦趣，好像从我有生命以来就在登山似的"。作者认为能看到常人不多见的雨中山景，是"自己的独得之乐"，并且在文章的最后，集中对这种独得之乐做了精彩的议论："我们没有看到日出的奇景"，"不过，我们也有自己的独得之乐：我们在雨中看到的瀑布，两天以后下山，已经不那样壮丽了。小瀑布不见，大瀑布变小了"。"山没有水，如同人没有眼睛，似乎少了灵性。

我们敢于在雨中登泰山,看到有声有势的飞泉流布,倾盆大雨的时候,恰好又在斗母宫躲过,一路行来,有雨趣而无淋漓之苦,自然也就格外感到意兴盎然。"雨中登山虽难,却有独得之乐;写雨中山景虽难,却可以向读者传达独得之美。作者在克服艺术上的困难之后,作品也就以自己艺术上的独特性而有了一个新的高度。

自然之美,人的心灵之美,作为客观的社会存在,不可能是单晶体。人们从不同的角度可以看到不同的光彩,所谓"横看成岭侧成峰,远近高低各不同"是也。我们的散文创作,一方面要致力于发掘自然和社会之中人所未见之美,另一方面,也可以在人所习见的美中致力于发现新的角度,新的境界,新的光彩。两者都是独得之美,两者都不容易,因而两者都需要深刻、锐敏的思想和艺术眼光。李健吾笔下的泰山,已经不纯然是自然界的泰山,不纯然是我们所游过的泰山,而是他眼中的、心中的泰山,糅进他自己的独得之乐、独得之美的泰山。这样的泰山,对任何游客,都可能是一个"熟悉的陌生人"。

日出之景,被人写过多少遍,但刘白羽同志用瑰丽浓郁的色调,写在万米高空的飞机上看日出,何等新鲜;西子湖也几乎被人写尽了,但于敏同志用泼墨山水的笔法,写雨中的西湖,又何等奇特!这些,都是捕捉大自然独得之美的散文佳品。推而广及其他艺术部类,拍摄五岳山景的照片逾千上万,至今仍然不时出现新意灿然的作品,那原因不在五岳之美有变,而是不同的摄影者通过不同的取景、视角、用光、洗印方法,捕捉到或突出了对同一对象之中的独得之美的缘故。

1982 年 1 月,西安西楼

若冰散文有新变

一年来，老一辈散文家李若冰有好几篇作品使我难以忘怀，岂但不能忘怀，像《紧贴着你的胸膛》(《延河》1995年第7期)、《第一次见到母亲》(《人民文学》1996年第3期)这样的作品，简直叫我怦然心动。读若冰先生的散文有三十多年的历史了，一个老读者非但没有产生审美疲劳，在长期追踪阅读之后，反倒有如此情动于衷的新鲜的美感，令我讶然。其中必有原因，必有什么新的意蕴、新的感情和新的艺术因子触动我的心弦。这便是我写此文的契机。

若冰的散文，20世纪五六十年代在读者中就广有影响，且史有定评。《当代文学概观》和《中国当代散文史》中都有专门的章节或段落论及他。文学史家的论述，大致是这样的：李若冰的散文、报告文学大多记叙我国社会主义工业建设，特别传递开发建设大西北的信息。他长期和油田、矿山、盐湖、公路、铁路的建设者生活在一起，深切了解他们的生活志趣、思想情操。在他笔下，建设者的心灵被陶冶得纯净、美丽、热烈而富有感情。他的艺术风格，有大戈壁的辽阔、粗犷，祁连山的严峻、雄浑和柴达木湖的秀美、绚丽。这个概述真实而准确，不过恕我斗胆说一句，似乎还没有将若冰散文的这一特点放在当时散文创作的整体格局和社会文化的整体环境中做深层定位，并发掘其中史的、思的和艺的意义价值。

1995年春天，评论家古耜为给若冰写评传来西安，在人民大厦的房子里，我俩议论到这个问题。古耜说，他在读若冰的散文，和作者的交谈中，发现和五六十年代一些作家大不一样。在若冰的作品中，很少描写那个特定时代大量存在着的政治斗争生活和经常在"左"和"右"之间摇摆的各类政治性人物、政治性价值坐标和内心感情。比如批判胡风、反右斗争、"三面红旗"一类的运动，在他的作品中，很少留下痕迹。这个问题引起了我们热烈的讨论。是的，反右斗争时，知识分子正被资产阶级的帽子压得抬不起头来，他却一如既往地反映知识分子、工程技术人员在开拓建设大西北中的作用，而且把他们的形象写得那么可敬可爱。他也很少写每个政治运动中的风云人物和人为树起来的政治典型，总是以充满感情的笔墨去写艰苦创业第一线普通的体力、脑力劳动者。因而四十年后，回过头来读他的作品，不但站得住，而且字里行间闪烁的劳动者的人格魅力和人情之美仍然那么鲜活动人。不像有的作品，由于在内容上、思想上和特定时期错误的政治路线和"左"的思想影响太贴近，随着时代的变迁也便丧失或削减了价值。

在若冰先生对那一段创作和生活的回顾中，也很少有那个特定时代的浓烈政治色彩。反右斗争开始时，他还在柴达木，并兼任酒泉勘探大队长，被叫回来参加运动不久，又要求重返青海。挚爱并表现底层的生活，挚爱并表现普通建设者，构成了若冰五六十年代散文、报告文学恒定的色调和恒定的创作心态。这种色调和心态极为珍贵，使他和同代不少散文家区别开来，也使他的作品能以跨越多变的时空而葆其魅力。在中国当代文学史上，这种坚执地以常青的人民生活使自己的作品获得常青生命的现象，实在值得深入地去研究、阐述。

现在来说《紧贴着你的胸膛》。这篇散文写于他在柴达木热土生活四十年之后。四十年间，若冰经历了我们国家、我们民族的种种曲折、坎坷，经历了他自己人生的、命运的种种变异、发展，对生活、人生的思考日趋成熟、日趋超越，文笔也日趋老到、日趋素朴。但是，在写到他的柴达木时，七十岁老人的感情却穿透岁月的覆盖层喷射而出。据作者说，这篇文章是一挥而就的，四十年积压于他心中的柴达木的歌，"高亢激越豪放悠长，紧扣着我脆弱的心扉，使我振奋使我浑身像火焰般燃烧，任怎么也平静不下来，于是我被歌声所诱惑,便疾步走向远方"。文章一开笔就进入了热恋青年那种感情痉挛状态。一千多字的散文,长句与短段穿插交错,形成文体上的奇诡反差。用繁复的长句、层叠的定语表现心中那前呼后拥的感情浪涛,又以频繁分切、急速闪回的短段从各个视角、各个层面抒发对梦绕魂牵的柴达木的眷爱。

若冰恋酒,文章写得酒般醇厚、浓烈、热辣。和以前写柴达木的作品比,明显的变化有两点:一是由主要瞄准生活客体的人物和景物,转而主要瞄准创作主体的情境和心境;一是由主要描绘实在的生活转向主要描绘心灵的感情。笔法由描绘转向抒发,由流畅的线描走向开合自如、一挥而就的涂抹。他过去的文章也写感情,但主要是围绕人和事来写对象的感情和作者的感情,焦点在实在的生活画面上,情则附丽其中,起一种展开、丰富人物的作用。现在,焦点转到情上,转到创作主体的感情上,以情感逻辑打碎人物和事件固有的逻辑,梳理重组。于是出现了一道新的风景。

不到一年,若冰又拉出了另一道新风景。这便要说到那篇《第一次见到母亲》。作者的夫人、女作家贺抒玉对我感慨过一句:"这是他第一次写自己的母亲。"话虽一句,却点出了若冰创作上的一个转移。他以前大都写别人,写社会,在自身的命运和感情经历中开掘艺术矿藏较少。可能和作者童年缺少父母亲情、缺少亲人无间的交流有关,也可能和他长期担任领导职务有关,非但很少写自己,也不大谈自己。这篇文章中写到的,他自小由杜姓养父母抱走,终生未见过亲爸,二十多岁才见亲娘的辛酸经历,我是读文章才第一次知道。很可能因为我也有类似的亲情缺憾(一岁时故去父亲),马上和若冰在心灵上贴近了许多。以前也读过他十二岁参加革命,在抗战剧团和宝塔山下成长的一些文字,那大都是回忆录,经历的容量超越了感情的容量。

这篇散文不一样了,也写了自小失去亲情,二十三岁才见亲娘的命运经历和这次不寻常见面中的具体的感情状态和心理反应,但又远远超出了记叙性散文常见的层次,有了三点重要变化:一是由特定环境中具体的感情描摹进入了人生大感情的表达和传递；一是由生活经历，通过人生感慨，进入了生命感悟；一是捕捉到了最能表述这种生命感觉的独特生活画面、生活细节，使心中的感情、感悟画面化，成为可视的东西，成为能够更深感觉到的东西。无形的心情有了有形的画面做传播渠道，作者的感悟也就可能转化为读者的感动。文章的感情内容和表达形式在真切的基础上得到了深刻统一。

最重要的是，这篇散文提供了不少独特的感情和心理经验。它们都来自人生深处、生命深处，具有难得的感情认识价值（注意，不是我们常说的生活认识价值），而且能够点燃读者深层次的感情共鸣。阅读常有共鸣，但这种牵动你对生命做整体感悟的共鸣，实在罕有。譬如二十年后在村头见到母亲，母亲不说话，只是用手揉搓他的头发，泪珠掉在他的面颊上。譬如他第一次喊妈，母亲眼中爆发的爱抚之光，"这种从母体深处放射出来的光芒"。譬如大小伙子第一次被母亲牵着手，走过村道，走进家门，母子双方那种幸福交融着悲凉、泪光伴和着笑靥的复杂心态，那种多年孑然一身终有了亲情依傍、几乎失望的思念终于接上血脉的复杂情景，等等，都被描摹得那么真切、独特而具有感染性。这篇文章所写的是亲历性素材，就作者来说，是对自我生命的一种发掘，对读者来说，则是对生命新感受的一种发现，带有创造性意义。

从近期作品透露出来的信息，我们可以说，若冰的散文经历了由主要写客体世界，转向更多地写主体世界；由主要写包蕴在客体生活的感情内容，转向更多地表现主体感情；由主要关注社会进程、生活感受，转向更多地关注生命感悟这样一个新变过程。

一位从延安时代起步，有着半个世纪文学生涯的老作家，古稀之年创作上出现这样的变化发展，表明老作家艺术生命力乃至自然生命力的活跃和强劲，表明老作家艺术思维乃至整个社会思维的开放结构和溶聚力量。在与若冰的日常接触中，我常常可以感到他对新思想、新事物探究和接纳的兴趣，可以感到他精神上的青春气息。这是精神劳动者最可贵的素质,是创作生命的渊源。

　　这种素质,当然属于若冰个人,却又不仅仅属于个人。我想说,这和他汲取了延安精神的真谛分不开。我多次在文章中谈及,延安精神是一种开放开拓的创造精神;延安文化以革命精神融汇了中国当时的精英文化和大众文化、国统区文化和解放区文化,也吸纳了以俄苏文化为代表的外国文化和中国本土的传统文化,呈现着一种多维交汇的动态开放结构;延安文艺工作者当时都是中青年,他们生长在这块多维营养的沃土上,人生、创作都充满了青春活力。若冰晚近散文的新变,除了时代生活和当今艺术的影响,不也可以感受到延安文化精神的创造活力么?

1996 年,西安谷斋

她在抢救一种精神

——读《炮火中的女记者》

1991年秋冬之交，为了拍摄电视艺术片《常青的五月》，我们几个人曾经走访几十位半世纪前活跃在延安时期革命文艺舞台上的前辈，其中有不少当年西北战地服务团和晋察冀边区的老艺术家、老作家，像周巍峙、魏巍、凌子风、欧阳山尊、黄钢、陈明，还有当年延安鲁艺文学院、华北联合大学文学系主任，后来是我在人民大学的老师何洛先生。交谈中，他们大都向我打听当年的一位小战友——戈焰。"戈焰还在西安么？那可是个活泼、天真的小姑娘！""那是个活跃分子！"

我不由得笑了。老作家戈焰今年正好届临七旬，1938年十五岁重庆入党到延安，随后转战敌后抗日根据地晋察冀边区，在新闻和文学两条战线辛勤工作了半个世纪，写了百万字的文学作品。现今，这位"小姑娘"虽已年届古稀，的确还可以感受到她的"活泼"和"天真"。从离休后写作的辛勤，交友的广泛，社会活动的忙碌，从她的自信自强和热情好动，从她几近活泼的活跃和几近执拗的执着，都传达出当年那位小姑娘的形象。

生命留给世界的常常是两样东西，一样是毕其一生所创造的实绩，这是看得见的脚印，一样是毕其一生所凝聚的生命激情，这是精神宇空中看不见的回响。二者同样确证着生命，也同样丰富着世界，营养着世界，尽管这实绩、这回响有大小深浅文野高下之别。其实作品也如此。拿这本《炮火中的女记者》来说，既以目击者和参与者的身份，实录了那个战火纷飞的年代，实录了晋察冀边区的战斗生活和文艺生活，实录了刘伯承、丁玲、邵子南、何洛等人在那个时代的一些故事，实录了戈焰和她的同代人生活的脚印，又在字里行间有声有色地活跃着一代人生命的律动，青春的激情，炽烈素朴的、进取向上的、浸淫着理想的情绪状态，含纳了一个时代的精神回响。脚印尽管已经过去几十年了，却因记述的真切而保持了鲜洌。生命的青春状态却永远不会过去，一代一代的读者都会从中重新经受一次心灵的搏动，重新燃起创造奋进的心火。作者写了她十五岁离家去延安时路遇母亲压低帽檐执意远行的场面，写了她挎着六轮手枪越过封锁线深入敌后、装扮成农村老大娘的媳妇混过日寇搜查的经历。她也写了丁玲由"昨日文小姐"向"今日武将军"的转化，写了邵子南在民间收集素材、创作长诗《白毛女》的情景，写了何洛从延安到晋察冀边区火线千里背来两本文学教科书的故事。读着这些炽热年代的传奇，读者怎能不为流贯其中的革命激情和人生追求而怦然心动，从而和上一代人达到精神的沟通呢？

　　近几年，戈焰写作的重点转向了回忆性文章。她在离休后走访了许多旧时的战友，久别重逢自有说不尽的喜悦，也引发了时不我待的紧迫。她对友人说，"经过一场又一场暴风雪，我们这一代人剩下的不多了，我年纪也不小了，如果听任我们知道的情况被时光带走，是对历史的不负责任，应该把它抢救出来"。她称自己这些回忆文章为"抢救文学"。就她所指的特定含义，当然未尝不可以这么说。只是"抢救"的含义恐怕不是单重而是双重的。不光指抢救那一段历史资料，并加以文学的表现，更应该包括抢救战争年代的那种精神，那种价值观，那种人格力量和人生激情。这些曾经使无数人的青春走向辉煌的精神，眼下在一些人心里，是远比不上金钱的灿烂了。新闻记者对史实的尊重和艺术家对人生的热烈，构成质朴严谨的纪实和活跃灵动的激情在她作品中的结合。这种写作上的特色由于来源于作者对那个时代的理解和眷恋，便不显得庸浅了。

许多老同志像戈焰一样，怀着当年在战火中的神圣感和责任感，在默默地做着这种"抢救"工作。他们可能一时不被所有人理解，历史终将站出来证明他们的美丽和强大。他们是可佩的。

1993 年 9 月 26 日夜，西安谷斋

戈锋锐兮焰灿烂

——读《绿竹集》

我和老作家戈焰相识于晚年。花甲之后的她给我印象最深的是激情充沛、活力充沛。勤奋、健朗,才艺依然时时喷发。自我感觉从来良好,有时自适、自信到自炫的地步。

你若去戈焰家里,她会领你参观每一个房间,津津乐道地介绍那像年轻人一样的家庭装饰("你能想到这是一位老太太的家吗?"),那钢琴("我是每天都要弹一段的"),那壁上的墨迹("这是我写的,看起来是不是蛮不错?"),或者哪年哪月从哪个国家带回来的一件工艺品,一个盘子或一个碗什么的。她比我年长许多,而我比她老态了许多,心间便产生一种惭愧。有时也猜测,或许她在用这种自得其乐有意掩盖某种失落?到底是活了一辈子的人,漫漫人生路上不会总是风和日丽的。这么想着,也就有了更多的理解。

我读了戈焰的散文集《绿竹集》,最深刻的感受仍然是精力充沛。从书中我知道,原来戈焰一生都在燃烧中度过。生命燃成瑰丽的光焰,显示出多彩的价值。她十几岁便参加革命,奔向延安,又开赴晋察冀。生性机灵,而环境(在集体中总是最小的)又骄纵着这种机灵自如地发展。在如火如荼的岁月里,生命各方面的质地便奇迹般地得到显示。她写诗,写散文,演出节目;同时又写新闻报道,编辑报刊;尔后又担任组织领导工作。感性的文艺和理性的新闻,审美的精神运作和社会的实践运作,这些并不是都能和谐交融的东西,却和谐地交融于戈焰身上,造成了她生命的丰富性。这种活力,这种丰富性,竟然一直绵延半个多世纪,其中经历了严酷的武装斗争,经历了同样严酷的"文化大革命",而毫无衰势。你不能不感喟她生命之火的旺盛。

我想说，戈焰的生命在这部书中的展示，既是宽阔多面的，又是绵长不绝的。

从另一角度看，这本书以自我剖白的方式向我们揭示了老一代革命者的内心世界和生命的激情。表现这一代人走过的革命的历程，过去从政治觉悟、理想追求的角度落笔较多，而戈焰以她特有的气度（外向的激情型的）和视角（自我剖白的），用较为真切的文字记录下了那一代人走向革命，除了理想追求和政治觉悟之外，还有生命激情、人生向往以至于事业实现等等多方面的原因。这便从一个有点隐秘意味的层次中解释了戈焰在多方面终生追求不息的内在动力，而且也打开了一个窗口，使我们对她那一代人心灵、感情的丰富性、复杂性，多少有了点了解。于是我们由一个人看到了一代人，由一个人看到了一个时代。

新闻记者对历史的纪实和艺术家对人生激情的抒发，构成戈焰散文严谨质朴和活跃灵动的融合，兼具着新闻报道和散文艺术的双重特点。有时，你或许感到些许纪实的粗疏和激情的随意，但是由于作者在纪实中对时代、个体生命的尊重和眷爱，便每每有打动人的地方。这种打动来源于生活本身的鲜冽气息，来源于作者感情深处。你可以说它不够深刻，却并不能说它肤浅。

戈焰和大时代同步了几乎一个甲子，她经历了由稚嫩到成熟、超脱，由战乱到奋起、觉醒，由老百姓到战斗者、建设者的整个过程。她遭遇了不少磨难，而磨难终于没有打倒她。当苦难由现实翻过去终于成为历史的那一刻，苦难也就转化为精神财富和审美对象。她是幸福的。她不但经历了，更作为一个作家、一个记者一而再地咀嚼自己的经历，一而再地开掘升华自己的经历，一而再地用各种形式重述、再现自己的经历。比之常人，她便几倍地经历着自己的生命，经历着时代的发展，她也便有了几倍的幸福。怪不得有人说，戈焰是一个善于奋斗生活、创建生活的人，又是一个善于享用生活的人。

1997 年 8 月 12 日，西安谷斋

张守仁《林中速写》评点

  1994年冬季的某一天，北国早已花叶凋零，裸露的旷野上只剩下了残雪。两小时后，我飞抵海口；又两小时，乘车乍然闯进了满目青葱的文昌椰岛。汽车迷了路，在密密匝匝看不到天幕的热带原始森林中奔突。大自然旺盛的生命力四面八方泉水般喷涌，令人震撼而又振奋。激起了一种艺术表达的欲望，用文字，用旋律，用色彩和笔触，都力不从心。这时候，心头响起了张守仁先生的散文《林中速写》。它如风，如涛，如乔木倭丛葛条椰果草茎，如我自己的生命，流淌出来。

  …………

  快速转换、快速组接的短句，一景一顿的句号，造成鼓点般的文章节奏，继而敲响读者鼓点般的心律心音。

  全文不分段落，以浑然一体的文字描绘浑然一体的景物，表达作者，继而诱发读者浑然一体的感受。纠缠着的客观物象，在这里不但转化为作者纠缠着的内心感觉，而且物化为纠缠着的语言和形式。读者于是真真切切有了一种亲临感。

  这种亲临感，有赖于细微却又简洁的文字描述，像阿尧、李志瑜的舞蹈速写，每笔勾勒得都那样传神，更有赖于句式、语势和微观描绘共同构成的整体话语境界、话语氛围。这氛围不是具体的花鸟虫鱼和树林，是氤氲于林中的雾霭和气韵。

  神韵的深处则是生命的哲思。造化的鬼斧神工，创造了大自然复杂的动态平衡体系。它和社会生活，和人类的精神世界有着内在的同构。万物万事万情在共生中互补,在交流中转化,在荣枯盛衰、新陈代谢中生生不息,代代承传。

我实在很愿意、很愿意向读者推荐这篇好散文。

1995 年 3 月 11 日,西安谷斋

向 西 突 围

——《冰恋》的文化感悟和生命渴求

鹿子写散文多年，近十来年，这位久居中州的女作家，审美关注和感情倾向明显地转向西部黄河，转向西部广袤苍凉的大地。

我和鹿子相交近四十年，自谓早已相识甚深，而当她一而再，再而三地只身西行，执着到执拗地将自己委身于黄河的惊涛飞瀑，委身于西部冰川草地大漠荒原，每每不由得为这位南国女性身上一种陌生的东西而惊讶。

她曾经有过清纯无邪、多愁善感的青春。我至今还能记得当年她以带着问号的眸子羞涩而又好奇地注视着这个世界的神态。她已经过了知命之年，西部之于她，黄河之于她，早不该只是猎奇的对象了吧。那么她是为什么？为什么会有"冰恋"——西部之恋、黄河之恋？不料，鹿子竟也在书中做如此问："一个喝长江水长大的女子，何以要只身到数千里之遥的黄河源头去？亲人和朋友劝阻过，连我自己也不明白，好像不去就无法了却此生的夙愿。"

这段话隐约给我们提供了一个寻找答案的线索，这便是"此生夙愿"，或者说人生渴求。亲近西部、亲近黄河是她的夙愿，是她一生的渴求，看来其中有远比了解山川风物更深刻的因由。

一页一页读着《冰恋》，你便一点一点地懂得了这种夙有的文化内容和生命内容。你可以在阅读中反复而又明晰地感到，鹿子常常不是从景观、民俗审美的角度，而是从文化、生命审美的角度，来感受、再现西部黄河的。她写西部黄河，总是热衷于探究各类景观中的文化底蕴，然后和自己的生命感悟交融一体，落笔为文。这几乎是《冰恋》许多篇章共有的构思和写法。尽管各个篇什在具体写法上多彩多姿，显示出作家应和感同生活的多种审美渠径和艺术手法，但当我们将这一切剥离之后，看到的几乎都是这种审美心理结构，即从对象中发掘内在的生命、文化含义，然后以自己的生命渴求去融解这种生命含义。这种审美心态结构可以说相对稳定地沉潜在《冰恋》全书之中。

写毛乌素沙漠深处的一棵柳树，被沙暴风雪削去整个上半截身躯，在残存的根基上又冒出许多茸茸的绿苞，伸出许多拇指粗的绿枝。这些枝条，砍了还长，长了又砍，不断给百姓提供财富。即便精血耗尽倒下了，也可以"壮地"，给荒芜的土地以些许肥沃。她不由得将残柳拟人化、生命化为"绿魂"，"像古代的武士，虽死而不倒下"，并且融成"血阳、沙海、壮士"的西部悲壮意象。（《绿魂》）

写成吉思汗陵，却以主要篇幅回忆自己饱经磨难而精神犹存的父亲。苍凉的大地、远古的英雄和生身父亲熔铸为有景有情、可见可思的精神性、象征性的父系意象，熔铸为悲壮雄强的人生精神和生命追求。她说这是"遥远的父亲"，是贯古今而不死的、形而上的父亲。

写塔尔寺，着眼点不是藏传佛教的特色，甚至也不是一般的宗教精神，着意表述的是被宗教升华和纯化了的一种人生境界，一种精神至上、理想至上、信仰不移、追求不息的人生境界。

从牧民豪爽的饮酒中，她感悟到苦于现实操作的人生需要一种豪放、忘我的浪漫情怀做补偿（《生命之河》）；从妇女给情人、家人打椅子、纳鞋底的民俗风情中，她融进了具有审美价值的生活情趣和人生情愫（《洞穴春秋》）。

当然，她更多地写了那些在艰苦的西部生活着的人，写他们的奋斗，他们的韧强，他们的旷达，他们的宽厚。这更是直接以人为载体，张扬一种文化方式和生存方式。

鹿子就是这样，以拟人化、象征化为桥梁，以所见、所忆、所思的汇合为渠道，使西部风物、黄河精神和自己的人生感悟熔铸一体。这使她的"冰恋"

系列远远超出了通常意义的行旅散文。你可能更愿意将其归入文化散文一类。

在我的感受中，鹿子并不以哲思见长，更不是学者型的作家，为什么选择了这样的路子来写西部呢？那原因，恐怕主要是两点，一是为了突围，一是为了补偿，文化的突围和生命的补偿。在气质上，鹿子属于文静、内向的女性，她成长于20世纪五六十年代较为森严的文化环境，又长期生活在繁杂忙碌、利益冲突剧烈的现代都市，性别、性格的局限，时代气氛和社会文化的挤压，使她的精神和心理得不到充分的张扬，生命欲求也难以充分实现，又不能不以柔弱的双肩承担起社会、职业、事业、家庭加于自己的重担，便只有更进一层地压抑自己，才能完成多维角色的任务。知命之年的来临，各项人生任务的完成和接近完成，给了她一种较为超脱的心态和可能超脱的条件，这不能不诱发和引燃内心深处久被压抑的生命欲求，促励她从原有的时空局限和文化制约中突围，在一种相对于荏弱的雄强、相对于压抑的空旷、相对于焦灼的冷谧中，探寻另一种精神空间、心灵空间，探寻别一种人生、别一种活法。她选择了西部，西部容受了她、补偿了她。写西部风情时，作家常常情不自禁地以现代都市文化来比照，大约就是这个缘故吧。

这样的段落，书中几乎随处可见。

"人生难得几回醉——醉于酒，醉于生活，醉于生命之酒。""每日从一个坚硬的钢筋水泥方盒子踱到另一个方盒子里，见到的不外是有点模式化的笑脸、媚脸、愁脸、苦脸还有别的什么脸。走出方盒子，见到的是长条街对着长条天。""久而久之，眼光自然也变成方形的条形的，心也不那么柔和，也揪紧了。神经有点麻木了，再醇香的酒，生命之酒，饮下去，也难真醉，像我，连痛饮、拼它一回醉的男士气概都没有，怎么潇洒得起来？"（《生命之河》）

"我一直沿着大河在走，到底失落了什么？到底在寻觅什么？这一次，在荒无人烟的大漠上，我霍然明白"，"我什么也不曾失落，只是失落了一个自己。我的心皱缩了,脸皱缩了,眼光迷离了,不再天真地欢笑,不再无拘无束地奔跑,我被一层硬壳套住了"。"哪一颗沙子的年岁不比我更大?哪一朵浪花不比我走的路更长?""在沙海、浪涛、小草、绿树的面前,人是多么渺小、多么幼稚。还有什么可以阻止我去扑向高山大河?去扑向草地荒坡?去投入纯净的大自然的怀抱?"(《寻》)

读着这些情动于衷的句子,我的心震动了。我们这一代文化人、城市人对此都是感同身受的啊。从这个意义上说,《冰恋》各篇中无处不在的主人公"我",其实是"我们",我们这一代,我们这一族,有着相当的典型性。

鹿子为什么要将目光转向西部?一位早已过了浪漫时代的女性,为什么要离城别家,来到一个雄性的世界?一个长期生活在现代文明膜隔层中的女子,为什么会不满足而要突围到西部去发掘另一种文化,以校正、补偿、营养、更新自身?我想,答案很清楚了。

最后还想提一下,在鹿子清丽、自然的文笔中,依然能窥见纯真天然的女性情怀,这种女性的情怀和文笔,和西部黄河的宏大、雄强构成一种反差,这是主体与客体、文与质的反衬,同时也是互补。它使全书的自审、突围、追寻主题,在文本上得到了强化。和男性作家以雄浑笔墨与雄浑天地相比,实在是大异其趣。

1995 年 11 月 25 日,西安谷斋

放舟生命河

——序《孤帆》

为鹿子的散文集《冰恋》写完评论不久，她又一部散文结集《孤帆》的文稿又寄到我的案头。其时恰逢每年一度的元旦、春节叙旧高峰，在和大学老同学的贺函和热线中，便多了一个话题：谈鹿子的勤奋，鹿子的执着，鹿子在老同学中那佼佼的成绩，鹿子在知天命后的生命活力。便常常引发一阵欣慰，一阵感慨："丽丽（鹿子原名）行啊！""丽丽后劲不小啊！"

《孤帆》和《冰恋》是精神上的姊妹篇。不息漂泊着的"孤帆"，有一种内在动力，这便是"恋"，恋栈生命的自由；有一个心灵目标，这便是"冰"，达到冷观默感人生的境界。《孤帆》以一种女性情怀创造了父亲形象系列，以追求雄强的生命；创造了自然意象系列，以追求本真的生命；创造了自在生态系列，以追求自由的生命。书中的鹿子如一叶"孤帆"，放舟于生命之河。

谈《冰恋》时，我着重说了内地的、城市的、现代的文化如何挤压着鹿子内心的纯真，以至她不能不向着西部黄河、向着本真的自然生命突围，通过审美方式舒张那颗被挤压的心，保持精神的平衡。《孤帆》又一次印证了这个看法，并且把这个看法引申到更内在的层次。看来，只从后天的、外在的、社会的原因来解释她对西部雄强生命的追寻，是不够的。她的追寻，还有着自身命运和心理缺失方面的因素。《孤帆》有好几篇文章写到她早逝的父亲，深情而又执拗地回忆起父亲在自己幼小心灵中留下的那些难以磨灭的印象。她常常情不自禁将父亲的形象和各类雄强的景观、物象叠印交融，使你强烈地感到这位女儿心中潜藏的恋父情结，也清晰地看到这位女作家如何在物我交融中将这种情节衍化为父系形象系列。恋父情结渗透到宁为玉碎不为瓦全的壶口瀑布、回响着历代人类伟力的太行石板岩和大漠长河草原黄土地景观之中,渗透到一代天骄成吉思汗、力可拔山气可盖世的项羽、正气浩然而又襟怀超然的苏东坡等等形象之中,以及执着、坚韧、奋争、恢宏各类精神之中。父系形象系列成为女性生命在审美层次的补偿。鹿子明确无误地告白了这一点:"随着爸爸落葬的何止是失落的爱?也许还有一个小女孩天真的梦想,也许还有更多更多。""我明白了,随着亲人的埋葬,自己的一部分也埋葬了,一部分梦一部分爱一部分天真……""我也明白了,一个人童年的所得所失,会影响他的一生。"(《葬》)

这样,便似乎可以说,在鹿子散文所描写的父系形象系列的背后,其实有一个追求雄强生命的动力系统。这个系统从各方面给她提供追求的力源:第一,鹿子的祖籍在黄河沿岸,本是大河的子孙,却生于长于长江文化的灵秀之中,对雄浑的大河有一种出自根性的向往和依恋。第二,鹿子的女性性别身份,先天地渴望雄强。这种渴望由于父亲的早逝受到压抑,对一个健全生命必不可少的精神钙质,被遥远的回忆稀释。正是这种压抑和稀释,反倒加剧了她对父性、雄强的追恋。第三,鹿子向往自在的生命方式和本真的生存状态,却不得不一直生活在城市文明的塑料大棚中,现代社会文化隔离层的缺氧,窒息着她自然生命的活力。这一切,反激着、驱动着她在自己的散文中塑写父亲形象系列。

在《孤帆》中,追寻本真的生命主要是通过描绘自然意象系列来实现的。《天籁》《绅士》《飞升》《山外青山天外天》许多篇什,对西部自然景观和生活,及在这种景观中人的本真生态做了多方面的描绘,字里行间是那种恬适自如,作者的心态和笔下的景观风物怡然默契。这些描绘给我们营造了一种生命得以舒扬的氛围,处处和现代城市文化面临的信息超载、选择困顿、竞争压力以及空气、色彩、噪音污染构成反差,和这种环境中人的生存困境和心理困扰构成比照。在这种反差和比照中,自然景观转化为生命景观,转化为文化景观,让你心向往之。

其实本真的生命从来就是自在的、自由的。《孤帆》对自然意象的描绘,当然也寄托了作者对自由生命的追寻。除此而外,《孤帆》第二辑"生命短歌"集中收进了一组写自由生命可贵和美好的短章,构成自在生态系列。此辑的题记是"生命高于一切,自由高于生命"。她写鸟,写鱼,写鹿,写象,写白桦,写绿发般的小草,写和畸变抗争的盆景,写在风沙中繁衍的沙棘,写大千世界的生命活得自然、自在,活得顽强、执着。她叹息柔弱生命的被扭曲被戕害,赞美稚嫩生命蓬勃的生意,也感唱韧强生命在搏斗中艰难的胜利。她的自在生态系列中,《小木船》《水吻》《绿发》《少女梭梭》都堪称精彩之作。这一束生命短歌,许多是前些年写的,较为集中地表现出作者纯真、善良、博爱和细腻的女性特色。也有一些是近几年写的。两相比较,可以看出随着作者阅历的增长、生活视野的扩大和人生追求的变化,对自由生命的关注由身边走向"天边",由小巧走向博大,由更关注女性气质的生命美转而更关注男子汉气质的生命美,由更钟情生命在自由中的优美到更倾心生命在自由中的热烈。这种转化,由一般女性情怀的抒写,深入到现代女性人格心理最迫切需求的揭示。我理解,那不是女性情怀的淡化或遗失,倒是女性情怀的现代转移和深层拓展。

我们可以说,鹿子放舟生命河,追求生命的雄强、本真、自由,既是对女性心理缺失的补偿,对现代城市文化的突围,其实又是一种回归,是对自己被埋葬的那一部分生命的回归,对完整人格、健全心理的回归。

就写作论,鹿子散文给我印象较深的有这么几点:一是人形出神。主要通过切实状写人、物、景,以画面呈示诗情和意韵,可视性很强。有时也辅以夹叙夹议,点出题旨。二是动态展开。作者笔下的画面,大都表现为一个动态的流程,"我"在动中观察、描述对象,对象也在动中逐步逐层显示自己的面目。三是冲淡恬适。鹿子以冲淡恬适将女性情怀和父性追寻这两极融为一体，这两极在她的文章里很少表现为浓郁的反差、激越的冲突，而常常表现为超越之后的恬淡，在恬淡中让你寻味。恬淡对鹿子来说，既是一种心境，也是一种文风，一种笔法。状物记事常取白描，抒情议论喜用直说，有时免不了显出过分的简洁或直白，却有一种质朴在其中。文字的流畅造成音乐感，质朴冲淡中便有了一种美。

鹿子告诉我，《孤帆》付梓之时，她将偕先生豫昌（也是同班的好友）探望在美国深造的儿子。孤帆远航大洋彼岸，异域的风情将在这敏感的心里激起怎样的感应？我想，大家很快便会在她的新作中读到。愿鹿子珍重。

乙亥岁末于西安谷斋

散文"信天游"

刘成章有点像他笔下的安塞腰鼓,乍看拙朴沉厚,一旦响起来,生命便激越地翻飞,在一种高亢的节奏中跳跃。刘成章也有点像他笔下的"信天游",有时冲淡悠远,如伫立于天际的白云和沙原,有时又飞高遏低,以一股炽热灼烫你的心魄。他每有新作,常被各散文刊物以显著地位刊载,旋又被各文摘刊物迭次转摘,这也许是个很重要的原因。

他是我国以散文描述陕北的代表性作家,是多足鼎立的散文群体中一个不可缺少的支点。在余秋雨的文化散文、贾平凹的文人散文、周涛的精神行旅散文之外,在众多的青春散文、闲适散文、女性散文之外,刘成章卓尔不群,自成一方风景。他的散文可以归入乡土散文一类,既以乡土乡风乡亲乡情为情结,对陕北生活、陕北文化做了深层开掘,又以民俗和民艺为熔接剂,将自己的文章熔铸进陕北民间艺术。他的散文已经由文学转成艺术,成为陕北艺术现象之一种。

刘成章散文字面的人称是"我",但内里的人称是"我们"。他的文化价值标准不是个体自足的,而是群体认同的。他的散文绝对具有"我"的眼光、"我"的笔墨,但这一"我"的眼光,其实是"我们"眼光的凝聚,这一"我"的笔墨,总是用来为父老乡亲行线敷色。他总是以"我"的人称来写"我们",写人民、土地,以"我们"的精神坐标来衡定生活和艺术。"我们"是"我"的心灵底色,"我"是"我们"的艺术表达渠径。

这个"我们",具体一点说,就是陕北人,世代生长在黄土地上的陕北人。陕北人,在他的散文中,已经不只是一个地域性、社会性的生命群落,更是一个文化性的生命群落。他用自己的散文艺术地提出了"陕北人"的文化概念这个命题。他大量而翔实地写到了陕北的艺术文化、民居文化、岁时文化、婚丧文化、宗教文化、衣饰饮食文化，但这些都不是他走笔行文的焦点，他的焦点在于描述陕北人的精神内涵和文化特征。《这边风景》其实写的是"这边"的人文风景，《黄土写意》其实是黄土文化的写意，《奇崛的一群》其实写的是陕北人这一文化群落，从生态环境、种族血缘的奇崛，到行为方式、心理状态和价值观的奇崛，以至于对待苦难的幽默方式的奇崛。陕北人作为文化群落，引起散文家关注不止成章一个，但写得这般集中而又执着，写得这般引人注目，却以成章为最。

在艺术感受和艺术表现上，刘成章有自己的特点，他既"卖的是生活"，从生活出发，重现客体现实在散文写作中的作用，又执意"捕捉记忆深处的亮点"，重视个人感受的独特性。他既以陕北风情为自己的领地，又适应着时代和个人生活的变化，逐步扩大着题材范围，显示出自己多方面的感悟和思考。他在各类散文写法风起云涌的今天，既坚执地守护着自己熟悉的东西，又不当"磨倌"，一味踏着自己的脚印走，而是审慎地汲取新的艺术精神，探索着新的生活和人物更具表现力的各种手法。

他的散文，在沉静从容的描述中，不时糅进信天游式的比兴与抒情，糅进民间剪纸式的拙趣和色彩，显示出一种超脱、恬淡的心境。他是具有人文责任和文化良知的作家，却没有走书斋式的思辨和战士般激情的路子。他的人文责任和文化良知，是通过平民文化渠道和民间艺术方式呈现出来的，这使美善在他的作品中以独特的面貌感染和启示着人。

在他近期的散文中，我们看到主体感情的渗入较前更为深挚，告白自我的因素明显增加，极富动感的描述和快节奏的句式从原先切实从容的抒写中突现出来。请看《阿的达斯之路》中写西伯利亚之绿的一段："那是浩荡的绿。那是恢宏的绿。那是满得要溢出去的绿。铺在一眼望不到的平地，铺在起伏的低矮山坡，铺在闪耀尖顶屋脊的一些俄式房舍底下。深深浅浅，浓浓淡淡，热热冷冷，老老嫩嫩，干干湿湿，亮亮暗暗，强强弱弱，呆呆活活——这人间的千般感觉万种魅力，都在这里丰富一个'绿'字。"再看他写在列车上默思的一段："只见碧绿而美丽的原野之上，铁路旁，一根根电线，低了，高了，斜了，正了，分开了，合并了，平行了，交叉了，好像揭示着什么。"

读着这本《刘成章散文集》，我们沉醉于一个熟悉的刘成章，迎面又走来一个更新了的刘成章。

1994 年 12 月 8 日，西安谷斋

散文《伟哉纽约》点评

引

五年前,我曾经给《人民日报》写过评论刘成章散文的文章。我说他的散文主要写陕北写黄土地,是以散文描绘陕北高原的代表性作家,对陕北乡土生活、陕北深层文化的开掘,使他在中国文坛有了自己相对稳定的形象。我说他的写法类乎信天游和安塞腰鼓,总是从实在的生活出发,通过诗性的感受、联想,信天游式的比兴、抒情,信天游式的民间风情展示,使常态的现实生活像安塞腰鼓那样做异态的腾飞,生活于是转化为作者的抒情载体。

那篇文章还简约地论及了他一些写俄罗斯之旅的散文,特意点出了成章近期作品在观念和手法上的新变,最后两句是:"我们沉醉于一个熟悉的刘成章,迎面又走来一个更新了的刘成章"。

去年上半年,他告诉我要去美国看儿子,我说陕北老汉这回要漂洋过海逛美国了,等着他在自己新的信天游中带回鲜冽的美利坚气息。果不其然,归国后的头三个月,他就把《伟哉纽约》推到我们面前。陕北老汉在这篇散文中很有点老来俏哩,很有点时髦哩,老朋友着实惊喜了一回。

点

笔乍起,陕北眼光便和世界视野熔接为一道弧光。"楼"和"山"的联想,物象真切,随手拈来,却是一生的积累和瞬间的爆发。只有这一个陕北人到了纽约,才是这一种感觉。

以比喻写高度,以同感写高度,以视象变形写高度,以联想和幻觉写高度。又由高而大，写大的俯瞰，大的神思，大的胸襟。处处真感受，出诸现场，出诸内心，才如此真切，如此独特，如此传神。

主体的文化背景，也是感情底色。在叙述这个传说的背景时，笔法却不传统。视角和口气都有了变化，由对家乡人、对中国人讲述，到对西方人、对世界讲述。他由黄土台台来到一个国际讲坛上，却又骨子里透出尊严。

此公乍到彼岸，对美国历史、社会、人生、文化却有何等老到的认识，表述却又何等轻灵，皆因有透视五千年东方文明的目力之故也。

以上几段，乃至通篇，对纽约浑然一体的感觉，对纽约主要社区的横向空间展开（如帝国大厦、世贸中心，车和路，地铁，联合国总部，华尔街和百老汇，纽约港，黑人街区），以及几个大时段（譬如乍到时，游览时的清晨、白昼和最后的暮色）的纵向缀连，如农家巧妇揉面，匀和筋道。叙事与描绘、与述怀、与感情，了无痕迹，熔冶一炉，非老手无此功力。诗的精灵又从散文的字里行间钻出来，翩翩而舞！简洁的背景在对比中晕出，突然钻头吃进万米，用荒诞的梦点出革命原本的真谛，却又写不敢认可这真谛的无奈和荒诞。其中有几句失之浅白，很快又以鲜活的感觉将深思美文挽了回来。其他地方也是这样，过于浅白或多余的话刚刚说出来，又被心灵和文字的音乐淹没了，我们只好原谅他。

避开直感，用通感迂回写来，反倒出新。对象何以与这样而不是与那样的感觉相通，象与意、感与情何以这样联通，而不是那样联通，便有了自我的独特，有了情意的个性，有了文采高下深浅的区别。

亦叙、亦绘、亦议、亦感，象、意、情、感、喻，多维度表述立体的对象。或者，多维度的对象终于找到了立体的表述方法。处处迸发灵智。

意象纷至沓来，证明着刘公的诗人身份和缪斯独有的垂青。

1999年元月，西安谷斋

红孩怎样谈散文
——序《散文是说我的世界》

作为朋友，红孩与我不生也不熟，不新也不老。有次他来西安参加学术活动，茶歇时半认真半随意地对我说，自己提出散文写作的"确定非确定"说，与我早年的"形散神不散"论，倒很可以作为散文写作理念的一个对子呢。我笑道，五十多年了，"形散神不散"不提也罢，你的"确定非确定"倒是十分愿闻其详。

红孩说，确定，一是指文体的确定，二是指题材的确定。非确定，则指写作技术的变化和思想的多变。换个说法，写作是具有有限和无限的可能的。一部（篇）作品，若写得信马由缰，由非确定性的开始到非确定性的结束，那真是很难得；一位作家，若能由确定性的追求开始，最后进入非确定性的从心所欲的化境，那也不是一件容易的事。

他评王蒙时说，一个人，走过的人生经历是确定的，而你对走过的人生的思考、体验和表达则具有非确定性。他引铁凝的话：散文之河里没规矩。散文具有不可制作性，完全可以自由，不受任何约束，河水在确定的河岸中不确定地流淌。

他说，类型化（即确定性）写作是创作中不可回避的现象。任何作家都有类型化问题，鲁迅有，老舍也有。曾经风行一时的伤痕文学、知青文学、寻根文学，难道不是很好的类型化写作吗？类型化可以使作品走向成熟，也可以使作家拥有固定的读者群。所谓风格，就是作家在长期创作中形成的一种模式。一个作家写一辈子，没有风格是可悲的，有风格后没有了变化，同样是可悲的。有追求的作家，形成风格之后，尽快从"过去的我"走向"今天的我""今后的我",就显得十分必要了。

哦,原来这样。如果说"形散神不散"主要还是从中国美学的形神关系来谈,"确定非确定"则带有相当的哲学色彩,它是从静与动、不易与变易、澄沏与模糊这些范畴的交相融通之处来提出问题的。

《散文是说我的世界》是一本生气勃勃的书。红孩是个精力充沛的人。集子里的文章,通过紧密追踪二十多年来散文创作的足迹,宏观评述散文创作的态势和脉象,捕捉最新的创作现象(包括网络散文),质疑冒头的创作乱象,推介老中青几代散文家的作品。这是那种非常有温度的、时刻在场的散文评论。这些文字将会以它的思辨光彩和文献价值为当代散文史提供资料。红孩的评论显示出自己独特的色彩。这些特色来自他对生活和艺术、作家和作品的理解、感受,更来自他的气质和生命深处。

他敢于提出新观点却不追求惊世骇俗、哗众取宠的秀态,许多新见皆是从知人论世、知书论艺中自然引出,从自己和作者的创作实践体悟在两相酬对中自然引出。他提出散文写作的"确定和不确定"说。提出散文和诗是"说我"的世界,小说是"我说"的世界。提出散文的非对称原则,散文要陌生化。提出散文要从文字出发,文学、文化大体是一回事,又不是一回事。提出要让熟悉的生活充满诗意,不能做这一类,要做这一个。提出让评论家捉摸不定的散文家是好散文家,三五句能说清的反倒不是大家。提出没有故乡的人写不出好作品,每个作家都需要属于自己的气场、生活场和心理场,只有在这样一个环境中,灵魂才能安静下来,才能找到写作的最佳状态。提出名家一定要有名篇,名家总是和他写的经典作品相联系,因而要重视单篇散文的推介奖励。等等等等。我说红孩新见迭出,恐怕没有人不同意。

他善于在评论中发挥逆向思维,敢批评,敢碰硬,敢亮剑,给散文批评注入了一股新风。敢指名道姓批评是因了评论家的责任和勇气,更是因了为人为文的坦诚和率真,加之时时糅进一点幽默,读来毫无凌厉之感,倒显出了热络和亲切。我为此喜欢上了红孩，这是个可以深交的人。他推敲文化散文、大散文、行走散文、新散文这些关联着名家且已被散文界认可的提法。他痛陈散文"八怪"的乱象。他质疑散文创作文史资料化、哲思化、随笔化、小品文化、游记化是否有利于发展。他正面回答为什么不将陶铸的名篇《松树的风格》收入自己主编的散文选本。他认为刘锡庆评价史铁生、素素评价余秋雨有失当之处，便催马向前，专文商榷，一一指出自己认为的过誉之词，说出一番道理来。

尤为难能可贵的是，早些年，时任中国散文学会秘书长的他，不同意有人在会上当着时任会长林非先生的面，将林的散文《离别》和朱自清先生的《背影》相媲美，认为《离别》是当代散文的高峰。他竟直追地以《〈离别〉能称为当代散文的〈背影〉吗》为题，公开谈出自己的看法，得出的结论是："这两篇都是好文章，同一题材的作品，在比较中得与失容易显而易见。这种得与失，不同的人有不同的认识标准。我的看法是《背影》就是《背影》，《离别》就是《离别》，《离别》绝不是当代散文中的《背影》。如果非论个短长，从个人的喜爱程度看，我还是推举《背影》。"这是何等的人格力量和学术勇气。散文界、文艺界太需要这样有锋芒、有尊严、讲道理的批评风气了。

红孩的散文理论和评论常常以人在事中的真切感受为出发点，对年度的或某个时期或某种类型的散文创作扒梳整理。在梳理中归纳，归纳中分析，分析中深化，时时有独立见解，常常能总揽全局。"创新，创新，创新"，是他二十年来有增无减的呐喊。他的评论思维和评论文字"从不装腔作势，叫卖新词，更不成天背着主义作弄人，能让最普通的散文爱好者看明白"。红孩一把甩掉了，或者说从来就没有穿上过学者、精英和绅士的大氅，他从讲坛上走下来，身着休闲装，在散文的草坪上轻松地溜达着，亦庄亦谐地说自己想说的，那是挚友相见，推心置腹，时不时有激情流淌，时不时有智慧闪光。隔三岔五，还撒上一星半点幽默的胡椒面，让你大快朵颐。

红孩从事散文理论研究，本身又是一位知名散文家。大家都感到当代散文理论滞后，内里原因多多，有一点恐怕是许多研究者没有散文写作的亲身实践，理论不免空对空。红孩不同，他大批量地写散文，大批量地编辑、评论、研究散文，大批量主编出版大型散文书系。对每项工作都干得风生水起、津津有味，都有舍我其谁的岗位意识和责任担当。他将职业和事业、文化责任和生命追求熔冶一炉，几十年来就这样苦并乐呵着。摆在面前的这本书分明是散文研究评论集，但透过作者所评论的散文现象和散文作品，分明能看到一个辛劳的身影，为写作，为编辑，为评奖，为讲课，为研讨采风活动，为全国各级散文协会事无巨细工作，马不停蹄忙碌。散文是说"我"，说自己的，评论则是说"他"，说人家的。但红孩在说别人的创作时，如此恣意而尽兴，不经意中便处处说出了自己，说出了一个生命力和创造力都蓬勃得让人羡慕的红孩。这个红孩果然功夫了得、智慧过人，敢说敢想、能写能干，活灵活现地让我们领略了一回《西游记》中那个从天上折腾到地下的红孩儿的风采。

也许正是这种潜沉于散文事业和散文创作深处的多方面的实践，使得红孩的评论文字有温度，有个性，有生命感。若要说这本书的不足，我以为一是对一些新的、好的见解还可以阐发得更充分更深湛，让评论之力、思辨之美得到更多展示和发扬；二是由于有些文章是在不同场合同一主旨的演讲，难免内容交叉重复，作者不妨再刮一些油水，做一点瘦身运动。

为了体验红孩的评论，引一段他的文字与各位共享并作结：

> 我不是纯粹的学院式理论家，我是读者，是作者，是研究者，是记者，是王蒙文学的追随者，是这个会议的关注者，也是一个极想发言表明我观点的人。我不说，我不抢着说，我怕别人先说，别人先说我就不好再说，我就得转化思路，我就得顿悟，我就得冥思苦想，我就得见招拆招，我就得一鸣惊人，我就得与众不同，

我就得发飙,说一些歪理邪说,说一些你不敢说的话,说一些你想不到的话,让王蒙先生知道我,让与会者知道我,让这个会结束后大家还议论我。哈哈,请允许我模仿王蒙先生的叙述方式表达方式思想方式。

2017年8月4日,西安不散居,时气温40度创历史新高

散漫的思索

——就陕西散文创作致友人书

匡燮：

您好，信悉久未作复，原因是您给的任务不好完成。要谈陕西近年的散文创作，需要认真地读，认真地思考。眼下我没有这样的条件，只能在农村工作之余做散漫的思索。说来也有趣，这思索常和我在蹲点中对现实生活的思索断断续续地组接在一起，这也可以说是一个特点吧！

我一直很喜爱散文，这喜爱近三十年而不衰。我一直把散文看成文学创作中高档次的品种，这看法也至今未改。1983年，我和友人去秦岭林区走访，一路上指点江山，生发美感。后来来到一个叫罗坪的地方，忽然觉得是那么不和谐、不美。什么原因呢？一时我还找不出来。放眼看去，一样的浓荫覆盖的阔叶林带，一样的以绿叶衬底的火红的杜鹃树，一样的竹林和竹林下的山溪，松涛和松涛上的白云，就是感到不和谐、不美。许久许久才领悟了：原来是开荒破坏了这里的草地、丛林。森林之下，一片片光裸的土地毫无遮掩地陈列着。不知怎么，当时我想起了文学园地，想到光有时下影响很大的小说、电影、戏剧、诗歌的乔木伟杆，而没有散文的小花小草，文学景观是不和谐的，文学生态是不平衡的。山与水、枝与叶、乔木与草地，实在都不能少啊。不用说，这感慨中包含对近年散文还不能像其他文学样式那样有长足的进展和大幅度的突破的某种遗憾。

陕西的散文创作一直是有成绩的，李若冰、魏钢焰、毛锜、李天芳、刘成章、贾平凹、李佩芝，在各个时代，各个年龄层次，都产生了一些有影响的作家，产生了一批人数不少的队伍。电台《文学纵横》节目将要陆续介绍的优秀散文赏析的作者们，除上面几位，还有贺抒玉、朱宝昌、侯雁北、沙石、郭匡燮、成宗田、商子雍、全政、贺俊文等等，可以说都是我们散文作者队伍中的佼佼者了。不过，也应该如实地说，因为受着全国散文创作态势的局限，陕西的散文创作步子还不能算是迈得大的，和小说比较起来，还显得有些落寞。陕西电台用赏析的方式集中地向听众们介绍一大批优秀散文，就有着格外的意义。

笼统地来谈陕西散文创作的特色，实在困难重重。每个人的艺术追求、取材视角、笔墨都各异其趣，我们只能从轮廓上指出其大势。而如果要说共同的特色，风格愈来愈趋向多样化，写法愈来愈不拘一格，就是第一个趋势。李若冰、魏钢焰可以说都是谱写时代壮歌的，却一个重散文的纪实，以真切地传达见闻取胜，一个重散文的诗化，以诗人的激情和跳跃式联想取胜。刘成章和李天芳是唱颂歌的，前者熔铸进强烈的乡土色彩，后者则常以哲理引人沉思。贾平凹、李佩芝都重主体的内心感受。贾文常常融情入景，打破自我与自然之间的隔膜，做到天人合一；李文则常常以情来融化自己生活其中的社会环境，把你引进一个活跃的、有个性的生活氛围。毛锜、商子雍则以知识人文而获得自己的个性。

第二个大势是，书斋的吟哦一直较少，乡土的东西一直占着主导的地位。近年来，对时代的讴歌也多从乡土的角度来反照。贾平凹前两年散文逐渐为《商州初录》《商州又录》《商州再录》这样乡土风俗笔记式的写法所替代，是这种趋势的一个典型例证。刘成章的散文常从陕北民间风俗中取材（"转九曲""老虎鞋"），他几乎一写到民俗，笔墨就游刃有余；侯雁北、沙石，一个善思，一个抒情，而这思这情却无一例外地融入他们的乡土风画；李佩芝的散文多是写身边事，但在写知识分子的生活和心境时，也注意追求乡土风味；和谷、成宗田的散文，具有浓厚的黄土色泽。这都可以作为这方面的佐证。就是一直在书斋中讨生活的老教授朱宝昌，笔底下也毫无一点书卷气，而是从内容到形式到语言，都充满了当时时代活跃的精神。

第三个大势是，基本写法仍然是融情入景、纳理于景、情景理相通。这次打算赏析的李天芳、郭匡燮的两篇文章《呼唤》和《碑林拾梦》，可以说是这种写法的代表。但在这个基础上，不少作者，特别是青年作者，越来越注意描绘主体的感情，越来越喜欢着眼于内心外射于景、物、事，甚至使客观的景、物、事由于主体的折射而变得不十分确定，发生程度不同的变形。正是在这种不确定和变形中，我们看到了抒情在散文艺术中的地位，开始有了质的变化。这个趋势，我们从这次要赏析的贾平凹的《月迹》、和谷的《闪光的河流》中可以有深切的感受。

每一位散文作者在这些大势中所处的位置无一不和他们的年龄、阅历、所处地域和美学偏爱有关，而最重要的则是代意识、代观念的不同所致。当代散文观由单纯地摹写生活，到摹写生活和摹写心灵并重，这个大趋势对我省的作者产生影响是不可避免的。

要向听众交代的是，这次所选的赏析篇目，自然也有这样那样的不足。过于严谨而显出拘束，过分雕琢而不够自然，过多的引经据典而不够流畅，甚至造成赏析时感情的间断，等等，都是有的。这些，听众只要细心，自会有所发现。

对于发展我省散文创作，我想谈几点建议。

首先，要进一步从多年形成的狭窄的"散文题材"中解放出来，扩大散文作者的视野和散文切入现实生活的触角，少些说明书式的游记，少些读腻了的、了无新意的花花草草，少些嗖嗖嗡嗡的身边琐事的低吟，找到更多现实生活特别是改革与四化建设生活与散文艺术内在的联结点。尽快地改变目前我省散文城市、工业题材过少，社会伦理道德题材过少的现状。散文是最散漫的一种文体。这种散，决定了它在题材上的宽泛和写法上的自由，而我们的散文作者还常常被对"散文题材"习惯性的思维框定，常常在什么材料适合写散文，什么材料不适合写散文的门槛外面徘徊，而缺乏开拓新的散文题材的勇气。

关于散文要不要写哲理，近来出现了争论。有同志对那种"思想浅而又搔首弄姿大讲哲理"的时弊进行了批评，这本来是对的。无深刻的思想而要大讲哲理，不是搔首弄姿又是什么呢？但由此而力主散文要远离哲理，摒弃哲理，却又走向了另一个极端。哲理是文章内在的骨架，是构成散文诗意的主要因素。我总感到，无哲理的文章，只传播见闻和信息的文章，新则新矣，活则活矣，深刻是会稍逊一筹的。现今散文的痛疾，不是哲理太少，而是哲理太浅，哲理太旧，哲理太清一色。活泼的个性与20世纪80年代的创造精神常常有意无意被淹没在对五六十年代热情幻想和藻饰风格的因循之中，千篇一律地表现为一种情感结构的温明喜悦状态，一种没有独到见识的理想者的固定微笑，一种过了时的抒情点题框架。让新生活的哲理通过富有独特性的生活画面或精神画面，通过富有独特性的表叙，在我们的散文中闪光吧！

在散文的写作上，要提倡求异思维，要破除老套子。这种破除是不断进行的，因为老套子是不断出现的。任何一种新的写法，一旦成为群起仿效的目标，就转化为老套子。当我们说某种写法是套子的时候，并不否定它在散文写作中原有的开创功劳和地位，但同样，当我们说某种写法有新意，也不排除它可能很快转化为束缚我们的模式和框架。笔者二十五年前曾从鲁迅散文的一个角度提出形散神不散的观点，引起散文界与教育界长达二十多年的争论。我个人觉得，这争论是在一种绝对化的前提下进行的，即形散神不散是一切散文写作的法规这样一个前提。这并不是笔者的本意。形散神不散只是散文的一种方法，也可以有形神都不散的文章，而现在，不是连将生活和思路剪辑成碎片的意识流文章都出现了吗？一种写法只要它能够很好地表现出生活素材所蕴含的客观内容和作者对生活的看法（即主观内容），就是有生命力的。

散文创作，在文学艺术的运动场上，一直是一种"小球"，而没有进入"大球"的行列。但这个小球却拥有许多"大"优势：它有最大的作者群，最大的读者群。在题材选择上、思想表述上和手法表现上，都有最大的自由。而目前各个文学艺术部类，不论是小说、电影、电视还是诗歌，甚至科普文艺，都出现了散文化的趋势。这都从外到内推动、促进着散文自身的变革和复兴。我们实在应该给予这个文学小球以极大的重视，应该稍许集中地对散文创作中的各种问题进行一些开拓性的探讨，这次陕西电台以这么大的篇幅开辟优秀散文赏析节目，可以说是振兴陕西散文的一个良好开端。

　　话说到这里，需要为广播文艺，特别是广播散文说几句话。过去文学创作的成果是发表，这发表的标准是见诸各种报刊、图书印成铅字，在电台广播是算不上发表的。随着现代化传播工具的兴起，这个旧的观念正在改变，电影、电视作品虽未见铅字，也名正言顺地当作创作成果，而且是比较大的成果。只有广播文艺作品，目前还恭陪末坐，得不到与姐妹艺术平起平坐的待遇，何等不公平呢！广播文艺、广播散文，将文字变成声音，有时还配以音乐和音响效果，比之文字来常常可以把感情与形象表现得更充分、更直接。它使各种文化水平的人甚至不识字的人都能欣赏，它可以无须你正襟危坐去花专门的时间阅读，可以一边工作，一边劳动，一边欣赏。它的传播面远比文字要宽、要远。广播可以使我们的艺术劳动为更多的人所欣赏。何乐而不为呢？我希望将会有更多的人为电台写散文，希望不久能看到广播散文这个专门的文艺品种，听到它的作品与理论探讨。

　　散文家，让您的文章插上声音的翅膀，飞向天空，覆盖大地吧！

　　夜深了。我的表是 1 时 16 分。恕我打扰您的时间太久。晚安。

肖云儒
1986 年 3 月，榆林

《碑林拾梦》读后通信

小李：

　　来信收到了。你要我谈谈读了郭匡燮的散文《碑林拾梦》的感想，说真的，我很乐于从命。

　　你自然还记得五年前我们一道游碑林的情景。也是一个秋日，也是不多几个游人，我们在如林的碑石之中，在如藤般飞动、如叶般均衡、如果般甸实的书艺之中无言伫立，流连忘返。你知道我于书法是一窍不通的，却偏要问：有什么感受？我答：只觉得有一种历史感、文化感，透进丹田，又从心头幽幽冒出来。你要我说得具体些，我却再也说不具体，那感觉是烟，是雾，是气，缭绕着你，蒸腾着你，湿润着你，一时难以说清。这时，我们突然看见一对初恋的青年躲在静静的碑石之林中接吻，便笑着躲开了。记得你说：这真是历史与现实的强反差！

　　现在，这篇文章不正是把我那些说不具体的感觉说出来了吗。作者在碑林中拾梦，一个"梦"字，泄露了他心头也有那如烟似雾的感觉。作者却有本领将这梦具象化，分解开来，又糅进梦似的意境。文章处处从碑林起笔，又处处从碑林飞扬开去，以碑文写史的变迁，写人的气质，写书的风格。由书而人，由人而史，使得一篇碑林游记在容量上具有了辐射性。

　　文章由唐玄宗精心书写《石台孝经》，通过设问（他怎会有了这份好兴致呢？却为何偏偏写的是《孝经》呢？）引起沉思，然后作答，将书法艺术与历史风云联系起来，"哦，《孝经》，不是维系封建社会君君臣臣、父父子子的纲常吗？是了，他哪里是在消遣，而是在舞文弄墨，精心编织着一个梦，一个长治久安的梦，来继续他梦一样的生活"。这是镌刻在碑上的帝王梦了。

接着,作者透过书艺的介绍与联想,给我们勾出了一位又一位书法家的精神品质。写尽一池清水的王羲之;"学不成,不下楼"的智永和尚;见公孙大娘舞剑而尽得草书之神的张旭;弃笔成家而自成一家的怀素;少时家贫在树叶上练字的颜真卿;习书如醉如痴,器物被盗却置之一笑:"银杯羽化耳",又一头沉进书艺创作的柳公权。这是用墨线勾出来的事业家的执着追求了。

不止于此,文章进一步写了浸润在书艺中的仁人志士振兴民族的梦。褚遂良书艺铁画银钩的耿介风格,一如他刚直敢言的为人。林则徐的《游华山》诗碑,传达出他先天下之忧而忧,后天下之乐而乐的人生理想和实践这种理想的韧性。

一类一类的梦在作者笔下映过,段落愈来愈短,句子愈来愈简,节奏愈来愈快,历史如烟云般从我们眼中飞过。而忽然,"在一通石碑的末尾,找到了一个小小的陌生的名字:史华,又是一个:万文铭。又是一个:黄仙鹤。我的心颤抖了,这不是石工的名字吗?他们才是这座碑石宫殿的真正缔造者啊"。这才点出主题:"历史是人民创造的,但除了只留下'人民'这个集体的称号之外,有几个能留下自己的姓名呢?不计留名,只为创造,这便是石工们的梦吧!"这在写法上是一种蓄势,以文字的短、快、略和后面出现的重点段落的细致、舒张形成对比,以突出其效果。

文章就是这样通过碑林的书艺,分别写了灰暗的帝王梦,彩色的艺术家的梦,壮美的志士梦,玄妙的僧侣梦,最后,落到石工们的梦上,这梦朴素得跟真理一样。对混沌的梦境做了这么一番解释,碑林就成了观察和感受中国封建社会的一个聚光镜,通过这个聚光镜,我们从千百年来沉默的石碑上看到了千百年来喧闹的历史和人生。

散文是纪实的艺术,又是抒情的艺术。它写景写物写事,要与作者之情、意、感相融化,变成心中之景物,方可成为佳品。在景与情、实物与虚境之间，要找一个好的角度、连接点，才显得自然而不造作。作者在文中用"梦"来做连接点，做全篇的文眼，很成功，很巧。梦使得此文所包含的各方面各层次的内容出现了自然的过渡和融合。书法艺术抽象的、朦胧的美，如梦；作者在碑林中静静徜徉，默默遐思，那心境，如梦；深秋，霏霏细雨中，那环境，如梦。而碑上所刻的书法，其中包含的历史人物和历史内容，自然更像梦的复现了。梦在这篇文章中，实在是黏合景物情思的万能胶。能找到这么一个文眼，难为作者了。

小李，你一定要问我此篇文章的不足了，你那"逆反思维"，我早已把握。那么，请听道来：我感到，文章从游碑林的所见写起，由所见之景，写到所想之人，所思之情与理，中间插以书法艺术鉴赏评点，插以童年的理想，结尾由石工朴素的梦又回到自己的心愿上来，整个松动而不散漫。不过，在梦的字面上做文章还嫌多了些，有的地方行文还略显雕琢、略显浅白，有些书法知识的鉴赏与情思的熔铸还欠火候，因而不少转接处出现了不很柔和的折线，这些都有损自然天成的散文品格。不知你同意不同意，作者同意不同意。

肖云儒
1986 年 4 月 27 日，西安岚楼

骞作印象

每个人都拥有自己的一生。人们时时刻刻都在经历着一种实在的生活,这生活却时时刻刻在逝去,由现实变为缥缈的记忆。弄文字的人,却有办法将易逝的生活长留于世,将记忆变为物质形态的文稿,为社会与人心的交流提供一座座桥梁。——读着骞国政的散文,不由得萌生出上面的感受。他将自己的阅历落在了纸面上,我们则从字里行间捕捉他的世界。就像翻着故人的相册,熟知的、少知的生活镜头,便从眼前依依摇过。

他是从黄土地走向城市的。像许多同时代的中年人一样,他由农村走向城市经由了20世纪60年代大学教育这样一个文化走廊。这是作者文化心理的、道德审美的根和茎。结在这棵树上的散文果实,从品类、质地到色香味,你都可以感觉到它的来源。骞的散文,立意偏重于掘取含纳在现实生活中的题旨,取材偏重于客体的反映而不是主体的张扬,写法和文字也多系中国现代散文的主流写法,即以事或人为本的内在逻辑清晰的叙述和抒写。至于文中流露出的对各类生活的思想道德评价,更是鲜明地体现出作者的原乡意识和60年代教育的影响。也许这使文章显出些许拘谨,但就骞文论骞文,不失其和谐。

他担负着繁忙的行政组织工作,写作只能在业余挤时间完成。可以想见其时间表上加班加点、见缝插针、优化组合的种种精心和苦心,可以想见其加倍的勤奋和加倍的辛劳。或许,与其说是"挤""插",不如说是"结合"——作者很善于结合自己的工作去立意、选材,工作的对象常常就是未来文章描写的对象。在工作中接触的人物和事件,工作中的感受和思索,也常常构成未来散文的内容。当记者时,用新闻报道和散文两支笔写采访对象。在农村扶贫，又以实际工作的支援和写作上的呈现，双管齐下为山区做贡献。慰问基层广播电视系统的同志，除了带去组织的温暖，也奉上一份作者的热忱。在英伦做工作性访问，同时也就开几朵散文的小花朵。这需要在工作中有两个甚至更多的关注系统，两副神经，两副眼光，两套笔墨——行政工作的，记者的，作者的。极为辛苦，又不只是靠辛苦就能做，倒还需要巧心和悟性。自然，辛苦之外，更多的怕是乐趣。作者因此能比常人多经历，也多享用一重生活，不但在实践活动中获得现实的创造喜悦，而且在写作活动中对生活做一次精神咀嚼，获得审美创造的喜悦。

他是个记者，职业的习惯使他常常在艺术价值和新闻价值两个坐标上来确定视角，看取和再现生活。如果说，情与诗的散文把过实地叙写人和事看成一忌，骞文则是将对事件和人物真切的报道作为散文理所当然的一个功能。他将这个功能和美文学的功能融合起来，去寻求自己的特色。这种特色也许影响了对心态、感情和生活情趣的展示，容易板滞，容易密实而不透风。但在由新闻记者而写散文的作者身上几乎都可以看见，这种情况，作为一种现象，你不能不去关注。在一篇文章中，我曾赠予其一顶"新闻文艺"的帽子，本意并非勉为其誉，乃是想提醒一下文界，对待不同的散文写作追求，要有不同的衡文标准，不好从纯情散文的角度，美文学的角度，对记人叙事的文章妄议的。恐怕倒是要在提倡纯美散文的同时，也提倡诸如新闻文艺品种之一的报道性散文，以及其他纪游、纪事散文，为多彩的散文园地增加一个个新族类，也为为数众多的爱好散文写作的记者以及其他业余作者进入散文作者队伍，开一扇理论的门扉。

作者于文艺，特别是于散文下过功夫，且极有心得。立意常含哲理。对景对事的记叙简洁明晰，时见传神之笔，如内蒙古草原风光，秦岭山中情调。写人寄寓感情，对熟悉的人，直抒久凝于胸臆中的感受，对陌生人，有时也能抓住特点勾勒出鲜明的侧影。更多的散文，记人叙事相交融，在记事过程中，将人物的某种精神品格和性格特点显示出来。近几年，可以明显感到作者在多方位地圆熟自己这支笔，写叙事散文的同时也开始写一些抒情重感的篇章，如《山中听水》《湖畔秋思》。虽然不多，看得出在繁忙事务的掩盖下，作者内心纯朴的心境和对天籁的追求，说真的，很为我喜欢。

1989年3月7日，西安岚楼

从他的散文读他

——序散文集《白瀑布》

竹子同时驾驭着电影、小说和散文,而这三者是那么不同。电影和小说,虽然内里总流贯着作者的感情,总是要再现生活的实况。散文当然离不开人生与自然实景的素描,骨子里却是诗的魂魄,是抒情与言志的。

竹子不但同时打着几套拳路,而且喜欢将几种文体的实虚反差拉至两极,好像想试验并证明自己的艺术张力究竟有多大,也好像不这样采用多种叙说方式,便难以将自己关于人生的话说尽。你看,他的电影剧本属于纪实的那一类,《野山》《男人的风格》再现改革大潮在农村和城市引起的生活波动、命运起伏和心灵震颤,《川岛芳子》则极写民族战争中敌特潜入和反谍斗争的悬念跌宕。

他的散文呢?却偏走纯然抒情写意的路子,处处能感觉到创作主体对生活客体强大的、强行的浸润和渗透。他以情择景——好写,甚至只写那些能寄托自己心情的客观的、自然的和人生的景致。他以情化景——常常用自己的心情来化育、改造客观景致,用心的月色去弥漫,用情的波光去抚弄。景致可能变形,形变为影,可能失真,真化为幻,却是一切景语皆情语,也一切景语皆心语了。他就用这种强大的主体浸润和渗透,使人不可视的内心世界化为人皆可观的散文风景。

由散文而读竹子,我们便读到了在他的电影中看不到的另一个他。

他有着和他的年龄不相称的悲戚感。《春月》《秋月》《冬月》三篇,内容虽无直接的贯连,情绪却脉承魂续。和这种悲戚相联系着,他的许多散文共有着一种孤寂感。在上面谈到的那几篇和他描写西部的《荒漠与人》《沙漠鸟瞰》中，能感到在寂寥的大自然的包围中，强烈的生命孤独。那位与蜥蜴为伴，终于连蜥蜴也被沙暴夺走的荒漠人，把人生的孤独表达得那样触目惊心。这种孤寂感，是现代社会，特别是劳心者的常见病。竞争冲淡了传统的伦理，物欲物化着内心的天籁，个性的张扬压抑着群体的认同，脑力劳动又恰恰需要独处静思。这使一些人常常在自然的孤独中找到一种同构感应。他们愿意在远离现代文化的原始自然中去做心理治疗，自然，同时也是一种自我的心灵放逐，竹子以描绘人在自然中的孤独状态来抒写自己在人群中的孤独心灵。他是在状物，更是在写情。

我们还能读到，在这种悲戚与孤寂的深处，有着竹子对人类生存的终极关怀。对人的天然心态、天然情操在文化进程中的某种丧失，简单说，对人和社会的扭捏作态，他是忧虑的。这种忧虑，有些人表现为焦灼的呼号，竹子则表现为淡泊的感慨。在那些荒沙冷月的感慨中，不只可以读到独善其身的超脱，也分明能感受到一种中国式的热切，那种以道达儒的参与。我所喜欢的两篇《杂树》和《离堆公园》，都是在这个问题上发言的。《杂树》直接展开了自然生命与工业文明的交手战。《离堆公园》《山径》在自然、社会、人的价值选择中，更是带有宣言意味的文字。崇尚天然和天性，忧虑这种天然和天性在文明现代化进程中的畸变和泯灭，是竹子总的感情倾向。

竹子是有成绩、有才气的。作为一位年长的朋友，我想说，他散文的悲寂，是要打折扣的，其中羼杂着不少"少年不知愁滋味，为赋新词强说愁"的成分。我当然也希望是这样。我相信他在实际生活中能够分清，悲剧意识和悲观主义是不一样的，青春期常有的那种淡淡的哀愁，和对历史、人生的悲哀，也是不一样的，从而把握好自己。是的，我相信。

1991 年 11 月 28 日，西安岚楼

终南山下的朱鸿

朱鸿是个秀外慧中的人,这使他和谐。有时又给人以带着反差的印象,这又使他冲突。小巧的个子,白皙的肤色,说话不紧不慢,工作与写作的节奏却很快,很紧凑。神态谦和冲淡,带着一点羞涩,思想却锐利而执着,对中国文化的批判尤其有深深的投入、深深的自信,轻易不改变自己的观点。

在大学是学政治哲学的,工作后却爱上了文学而且浸淫于散文圈中。思者的哲智和灵者的悟性相互涵养。思而了无滞涩,灵中又显沉着,在散文家中便以理性思维、感性思维和灵性思维的融会贯通留下了自己的风景。

我很喜欢他的散文文字,其中缘故,怕也是由于这种反差、冲突造成了张力。朱鸿的文字平淡无奇、节制简约,几乎是白描着自己的感悟和思考,寻味起来却很有质感和力度。读他的散文,我常想起音乐大师严良堃指挥大合唱,手的幅度极小,却自如地控制着几百人的歌喉和几千人的耳膜。常常是三五厘米的一扬一点一挑,便有涛声和心音翩然飞动,顿挫,起伏。朱鸿喜欢用冲淡平和的口语来说深刻思考过的道理,构成自己特有的口气和语态。他很少煞有介事,从不故作惊人之笔。他往往能对汉语常用词汇的含义探幽发微,做新的发掘,熟悉的词儿和句子便生出了新意和深意。这种表述方式很中国,很古典,很有中国古代哲人举重若轻、释浓于淡的气度,而所承载的内容却又很现代、很西方,从容地用传统文笔对传统文化心理做庖丁解牛式的剖析。

朱鸿这些年的散文创作显示出他对中国文化批判性思考的执着和深入。在先前的散文里,他常由一景一事一感出发,于批判中国文化弊端上小试锋芒。到《关中踏梦》,则以中国历史文化的一个重要切片——陕西关中为对象,做宏观的、系列的体察感受,张开思辨和联想的双翼飞翔。他在书页中白描出一个自己心里的关中,梦里关中。它是哲之梦,美之境,是朱鸿文化审美的梦境。其中有大生命的和鸣,人生的慨叹,历史文化的衡察审视,也就有对这片土地悲怆的关怀和冷峻的挚爱。再到这次发表的《司马迁之残与苏格拉底之死》——它是二十余万字的文化批判系列散文中的一篇——正如大家看到的,朱鸿开始了一种对中国文化心理和相应制度深层结构的探索。这种探索不但保留了原有的历史纵深,又进而采取了一种全球视角,在中西文化历史长河的比照分析中展开。

从这三个阶段,看得出朱鸿作为一位散文家的成熟。散文对于他,已不再是个人性情的震颤和宣泄,也不再是生命零星感受的记录,而是一位思想者对社会人生历史乃至大生命系统艰难苦涩的探求。他未必想用散文来经国济世,却无疑想用散文来表达一位有忧患意识的知识分子对社会、历史、国家、人类、生命(当然也包括自身生命)深层的文化关怀。这样,朱鸿便由散文作家全面提升到人文知识分子的境界。

朱鸿有几位好读书、好思考、好坐而论道的朋友,他们不为现代社会的各种诱惑所动,闲来便在终南山下辋川附近的一个山庄,品清茶论古今,做东篱采菊之聚,在坊间、庙堂的劳碌中,保留了一份山林情趣。这种情趣大约是朱鸿能从当下的社会操作中自拔出来,以较纯净的文化思辨眼光和较纯净的人生情怀审视现实与历史的一个缘故吧。

新作《司马迁之残和苏格拉底之死》,是一篇思辨性很强的文化散文。作者通过对中西文化史上两个著名人物独具慧眼的剖析,比较了古代中国和古代欧洲政治文化、社会心理和人格价值的不同。同是知识分子,西方的苏格拉底是独立于官场和世俗社会的思想家,虽被视为怪诞,却被社会允许。东方的司马迁则只有依附仕途以求生存,在仕与道的纠缠夹缝中,窃取思想之火，正义之火，真理之火。

这便决定了他们对待生与死的态度。同是死罪，西方的苏格拉底面对死亡拒绝为自己辩护，也拒绝子弟为自己辩护，他以为自己的言论和追求殉死来圆满自己的人格，完成自己的追求。东方的司马迁则选择宫刑来替代死亡，只有活下来，才能洗雪自己的冤屈，留下真实的历史，从而完成他的人生追求和社会责任。为了真理，一个潇洒赴黄泉，一个屈辱活下去。坚持真理和完成人格的不同方式凝聚了两种文明迥异的质地，反映了中国实践理性与西方思辨理性的差异。

苏格拉底比司马迁早了三百年，古希腊却有古汉朝所没有的民主、自由的原始基因。他们认为思想无罪，思想应享有自由，因而判处苏格拉底死刑，成为古希腊历史的一个畸态的特例。法庭腰杆不硬，不得不允许运用辩护制度和民众陪审制度为受刑者申诉；民众则认为这是希腊民主抹不掉的一个污点，而世代耿耿于怀。正是有这些民主的基因，苏格拉底才能够以自己不正常的殉死达到完成自身、控诉社会的目的。这一切，在司马迁的家乡都是不可思议的。给思想、言论定罪，一人定案，一言九鼎，在这里已经由一种专制制度演化为习以为常的社会现象，积淀为普遍认同的社会心理。司马迁因言获罪，不但庙堂、坊间不感到异常，获罪者本人也只有隐忍不发的冤屈，而没有愤怒和嘲弄的冲动。辩护和陪审制度对汉代的中国人更是匪夷所思。在这样一种文化背景和社会心理中，司马迁即便慷慨赴死，也丝毫构不成对社会的控诉和对自身的实现，它只能和中国历史上无数非正常死亡一样，被社会正常地接受，随后冷漠地遗忘。

朱鸿以两个人的性格差异、命运差异，剖析了两种文明、两种历史的差异，触及的是深层次的社会问题，以至素来平和简约的作者，也有了激越的冲动，一唱三叹地写开了长长的咏叹调。

关于这个题目,作者的话显然并没有说完、说透,也许一些读者会感到多少有一点不满足,而另一些读者又会感到这样正好。东方到底有东方的欣赏环境和欣赏心理,而东方又到底在一步步走向现代。

1999 年 8 月 15 日,西安谷斋

你在黄天厚土中

银笙：

你好，又是秋天，又见稻谷飘香，晚红璀璨，你那一本本带着浓郁油墨味的散文集子自远方寄来，传递着收获的消息。收成之好，令人惊异。欣慰中，给我一种鼓舞，也撩起我些许自惭。你我相识于20世纪60年代，同在新闻界工作，又同时拿起写散文的笔。后来我被本职工作"改造"，涉足了别的领域，而你始终在延安的土地上勤恳地劳作。黄土地有眼，从来不会辜负耕耘者。

初读《山原的秋魂》和《延安胜可游》，有这么几点印象。

你的散文，以60年代的散文写法为基础，写景、抒情、说理比较规范。近几年来，糅进了一些新的手法和新的语言，注入了一种80年代才有的情绪和意蕴，原有的凝重中蒸腾起一片灵秀。文章的空白多了，"疏可走马"，形象的东西、感情的东西便有了驰骋的天地。这是你的一个突破。

在《山原的秋魂》这个集子中，你将我们带到长城内外、大江南北，饱览祖国的山河胜迹和建设新貌，留下了深沉的思考和启迪。其中"陕北胜游"一组，或是沉郁，或是欢悦，自有一番挚爱潜藏其中。"塞上风光"一束，文字洁净，构思新巧，塞上特色和草原气息溢彩流光。"九州漫步"是一串深沉的脚印，移步易景，纵古论今，神州大地的奇观美景、民俗风情，被你思绪绵邈的笔组成一幅幅具有文化感的锦缎。你明眸善睐，也显出了干练成熟，看到了功力。

在当代散文家中，你是这样的一位：内容上执着于开掘自己脚下土地的文化宝藏，艺术上力求与内容取得一种和谐之美，同时又让自己的个性色彩跳出来。在新潮迭起、乱花迷眼的大氛围下，静心坚忐，把自己艺术的犁深深地插进黄土地，对家乡的文化土壤一遍一遍深翻，对养育自己的父老乡亲所创造的物质景观和心态景观一幅一幅地描摹，谈何容易呢？

文章写法上，你却并不总是囿于写景—叙事—抒情或议论的格式，也并不总是固于铺展静态的画面、以静衬动的路数。你开始注意更多地在动态中展示这块古老土地上的生活；偶尔，运动中的笔又猛地刹住，点出一处两处凝固的画面，像戏曲的亮相一样，将黄土地上新与旧、动与静的反差组合到一起。你还在抒情、语言、结构方面用了一些新手法。我想加以指出的是，这些新手法的运用，与其说是你汲取了西洋还是东洋的现代潮，不如说那是今天陕北人和陕北生活的新手法，在新水平上和文章内容方面保持了和谐，显得自然而妥帖。你是一个不轻易丢掉自己已有追求的人，又是一个不墨守成规的人。你更是一个听从生活召唤的人。

我们都以新闻工作为主业，而后，情愿拜倒在文学这清贫的门下。我们的不幸，我们的幸运，也许都在其中了。新闻写作和散文写作，车是车路，马是马路，有时还相互干扰。不是过分理性的新闻思维和写法影响了散文的形象化、抒情化特色，就是散文的描绘和抒情软化了新闻的硬度。而你的思路和文笔，生活的感知，似乎都是双轨结构，应付裕如地打两套拳路、耍两套武艺，最后水旱两块地双双高产。你在二者之间捕捉一种边缘优势，以记者的实在充实着散文的玄虚，又以散文的气韵使新闻带上生动的色彩感。全国和陕西，很有一批这样的"两栖坦克"，你是其中功率和火力比较大的一辆。不要笑，这是真的。

我们都处于不惑之年，在生活的把握和艺术的表达上，可能比年轻的同志要老到圆熟一些。我们的悲哀是常常不能从思维定式、情绪定式、构思定式、语言定式的苍茫暮色中挣脱出来，我们的心头，我们的笔端，缺乏足够的青春活力和阳光流动。当然，要跳出这种状态，建立起新的审美结构和心理结构，无须去故作新姿。但是，不断地以生活本身新的变迁和艺术探索的新成果来营养和滋润自己，更敏捷地感应当代社会现实，特别是年轻一代新的情绪、新的心态和新的生活方式，使自己的散文创作出现又一个蓬勃的青春期，总是还要的吧？——这一点，我俩的想法肯定一致。

拉杂地谈这几点。作为朋友，本来应该对大作做更细致的评析，只是又担心条分缕析地下解剖刀，反而破坏了你散文的整体美，故有此信。

远握

云儒

1989 年 11 月 22 日，西安岚楼

绝　　响

　　她曾经寄过好几本自己的散文作品给我，记得有次夹了一张小笺，含蓄地希望我写点评论文字。不料第二天，便在文学界的会上见到了她，我们相邻而坐，谈了写作、工作方面的许多情况，她绝口不提要我写文章的事，我懂得这是一位文人兼女人的矜持，也便小心绕开写评论的话题，免得让她难堪，心里却浮起一丝好感，想着一定要为她写一点文字。事情过去好几年了，阴差阳错，文章始终没有写成。

　　又有一次，头天刚刚读到她在一个刊物发表的自传体小说节选，是写"文革"后期她大学毕业参加劳动锻炼的一段岁月。恰巧第二天又见到了她，便径直谈了读后感觉，这作品有很多优点，也有不足：觉得艺术感觉挺好，但文体上似乎没有走出散文；形象和感情的记忆力也很出众，但人物性格淹没在生活和感情的描摹中，生活细节和感情细节少了些。接下去，正要交换修改意见，却被另一位友人拉走了，于是那不全面的评价便遗落在她心间，再也没有机会补全这残篇断简。

　　真想不到关于她的第一篇文章竟是在这种状态下，在这种无以对话和交流的状态下来写的。她一句也听不见了，我也无法听到一句她的反馈，悼念文友的悲哀中，搅进了一丝歉疚，一丝落寞。

　　看到讣告，才晓得我只比她年长五岁，我一直觉得她应该年轻得多，起码小我一代到半代，这种错觉是她真实的生命状态和艺术状态造成的。她爱笑，爱脸红，爱小惊而大诧，似乎也有点多愁善感，在生活中，在文章中，总是表露出一种青春的鲜活，那种带着几许天真几许浪漫味儿的青春鲜活，面部的丰腴使她永无皱纹，是这一切将青春留驻下来了吗？

她的散文处处在告诉你，她那么爱生命、爱美，她以真切的文字让生机勃勃的生命奔涌出来，流淌出来，袒示出来，大家都说她写的是心路散文，我的阅读感觉告诉我，这一切都是十分真实的，后来一次不经意的观察也印证了这一点。那次她和几位女性在会场遥远的一角不知谈论什么，高兴得俯仰而笑，兀地她又戛然而止，她感觉到自己有一绺头发笑乱了，于是很认真很细致甚至可以说很神圣地，用手将乱发拨好，从此不再失态，文质彬彬坐到散会。

我曾经猜想过，佩芝可能很少经历苦难，可能她的家庭有点儿惯她，自己有点儿宠自己。我又想，她的命运实际不可能永远是小夜曲和轻歌剧，她起码经历了"文革"，在"文革"中她又恰巧处在不很顺当的一群中，她有过缺少安全感的青春岁月和负重的中年时代，何以能守护住轻灵的笑声和天真的目光？只能说，她有着用童心和真情化解生命疲惫和心灵衰老的特异功能了，正是这种功能，使发生在佩芝身上的岁月和心态的不同步鸣奏出一组一组和弦。

这种不和谐中的和谐，也同时发生在佩芝的创作中。和同代散文家相比，她较早走了心路散文、青春散文、性灵散文的路子。她的青春处在一个并不青春的年代，当青春时代终于来临，她可以执笔为文、抒写性灵与心路时，自身的青春已所剩无几，这种错位使很多写文章的人终生错过了青春，佩芝却以青春的笔重新点燃了被那段晦暗岁月埋没的青春火种，进而又记叙了已经步入中年的一代如何在时代的春天中复活青春的心路，对于文坛，这也许是最不可小视她的意义。

佩芝不肯走出童真、不肯走出青春的执拗劲儿，叫你羡慕你又学不来，那是天生资质，本不是可以学来的东西。

这时候，疾病将佩芝推到了死亡的大门口，一直唱着歌、跷着轻巧的步子朝前走的她，交出生命的代价，重新上了一次学。近在咫尺的死神使她的歌出现了严峻凝重的调子，常人难以经历的苦难体验，换了一种目光的生命审视，构成一幅幅具有陌生感和震撼力的人生画面，感情画面，艺术画面。病中的佩芝，感觉屏幕整个儿蒙上了一层悲怆，使她文章的每段每行都有了特异的生命投影——这便是摆在我案头的两篇绝笔，《审视生命》和《守望灵魂》。死的来临使她对生有了更多的眷恋和更深的觉悟，所有这些觉悟并不导向贪生和苟活，悬浮在这些觉悟之上的是生命最高的责任——"守望灵魂"。她以前所未有的严肃，审度生命飞离肉身的景象，执拗地守住灵魂，守住她所信仰的一些人生信条。

五十岁对佩芝是真正的知命之年，成熟之年，她是在五十岁告别青春步入中年的。朋友们很难相信，一直年轻着的她，会在遭遇第一次大苦难时便无法穿越。就在读到这两篇文章时，我还设想，这以后，我们将会看到她散文和心态的一次大转折，大概是那种依然鲜活却不再青春，依然清纯却不再轻灵的中年风景。这道新景致构成我心中的一种悬念，一种期待，谁也料不到癌会使死亡具有如此现代化的速度，刚刚感到她弦上的歌显出一点变征之音，弦便悠然断裂于琴座之上。

这个女人只活青春，只留给世界一个青春的形象，预感秋风将起，便奋然跃入了永恒的沉寂。她宁可冻结在透明的青春中，不愿意人们看到自己的秋颜。她的秋色和冬景对我们永远是一连串的删节号，一连串的谜，这是李佩芝的绝响，我们在其中听到了李佩芝式的刚烈！

1996 年 8 月 17 日，西安谷斋

怪球手方英文

方英文是陕西作家中的怪球手,常常在意想不到的地方下笔,沿着意想不到的思路,引出意想不到的见解。出奇制胜的文字像南方山区没有航标的河,熙熙攘攘,浮载着出奇制胜的联想和比喻。我经常让方英文八面来风的智慧搞得哑然失笑。

认真琢磨一下这位难以琢磨的怪球手,又能感到他文学形象中一些稳定色彩,譬如喜欢用赤裸裸的方式说性情中的话,说生命欲求的话。譬如固执地从个体平民坐标、后现代坐标上来消解崇高、消解神圣,向传统的文化观念和习见的文化秩序调皮捣蛋。还有他那为人熟知的冷面笑星形象,好些冷峻、辛辣到残酷的嘲讽和幽默,有时真分不清他是在笑还是在哭,在辛辣的深处总能看到一种泪光。调侃背后有追求和追求不可得的痛苦。用幽默消解神圣,是心里另一种神圣没有泯灭。

中国文人几乎都在儒与道的两难中尴尬着。儒的入世参与几乎浸渍到了中国文人的骨子里。无法入世、无条件入世或入世败退之后,道便作为精神救赎者出现。其中,在文学艺术中逃遁,做冷眼旁观,在警醒的认识中实现自身,或者在文学艺术中做入世改造的模拟,在模拟中实现自身,便是常见的方式。中国文人的可爱处、可悲处、可怜处和深刻处,大约全在其中了。——这是我读了《江山坐怀》的联想和思索。

《江山坐怀》不是方英文典型的散文,写作的心态似乎不如平素为文时放松。也许是写男人入世心态这样的题目的缘故吧,笔下多了一点清正,少了一点放肆和犀锐。

1998 年 7 月,西安谷斋

一位散文家的此岸与彼岸

他是从斜刺里杀出来的。本来学工,工程师当得挺好,兀地便写开了小说,兀地便在文坛上有了一个自己的摊位。

他一起步便翘起了一下。那是最早发表在《绿原》上的一篇小说,碰上了清除精神污染,引起了"内部"的非议。无巧不成书,同一期《绿原》也有我的一篇理论文章,"内部"也有非议。时间是1980年前后,被杂志装订到一起的我和他,便这样铁板钉钉地认识了对方。

由他的这个翘起,我感受到了一颗不安分的心。又由他以后的文章,我感受到这颗心以后也没有安分过,似乎一直都没有安分下来。

见喜的散文像星星撒在报章杂志之中,约略一数,便有乡村系、风景系、世情系三个星系。

见喜文中表露的文化心理,似乎是一种两极的震荡和震荡中的和谐。他从乡村走出来,而乡村已从现实的此岸远去,乡村对他愈来愈成为彼岸的精神家园,成为被岁月的烟尘、回忆的纱幕笼罩的世界。那个世界已经升华为美。他眷恋着这个被夜月和雨雾幻化了的乡村,眷恋乡村所显示的各种文化形象——雾之村,夜之村,静之村,雨之村。他又深深地希望改变现实的、此岸的乡村,改变此岸乡村所包含的文化因素——沉滞、封闭、逼仄。他常对此施以调侃,那又是多么亲切的调侃。

他于是这里那里乍然在乡村风景中引进一些现代文化因素,明显地对存在着、运动着、操作着的现代城市文明,此岸的城市文明表示眷恋。于是也就有了属于传统的古典之美,清淳之美,绮靡繁复之美,又有了现代的调侃和反讽,有了前卫色彩。在此岸的现代城市现实和彼岸的古典乡村精神中,有了两个颉颃的孙见喜——当然那又绝对只是一个完整的孙见喜。

　　他在散文写作中反复提出写美文的追求，为力主重铸散文的诗心文魂，认为优秀的书面语言不只是霓裳羽衣，而且对散文的质地具有支撑作用。他执着地实践着这一追求。你会为他文章的精神所陶醉。有时不由得想，以他在语言上下的功夫，放在古代，大约要划入苦吟派的范围。散文对作者语言能力的考虑远甚于小说，这是一条艰难的路。有时担心纷至沓来的装饰音，会不会显得过分华丽，太多的推敲和讲究，应以不隔断文脉、文气为原则。辞章之美是散文审美的重要因素，而蓬勃鲜活的生命宣泄，不择文辞甚至裹挟着泥沙、粗粝粝、毛拉拉飞流直下，有时反倒会创造出一些新词，或对旧词义做新的发掘，或者在词语宏观组合上造出新的感觉和味道来。见喜先生也不妨在这个路子上一试身手。

1998 年 11 月，西安谷斋

散谈邢小利

小利——我们这样把他从二十多岁叫到四十多岁,是我年轻的老朋友。大学毕业到现在,做了十多年的评论编辑,却深藏着一颗诗心。近几年,理论的土壤板结得厉害,他的诗心便破土而出,于是世界多了一片散文绿地。这绿地不大,却独特地存在着。

用散淡的笔墨写散淡的人生,是小利散文在我心中淹没不了的印象。

散文大约是最真态的文体了。小说家的心,常常躲在人物和情节浓重的云霓后面,诗人的心又多少被文字精致地装饰着。真正的散文家,却得裸着身子站在审美旷野上,让生命的光柱通体无遗地照射着自己。小利就是这样一位有着真性情真笔墨的散文家。

读他的散文便处处在读他本人,感觉他的生命状态和文化姿态。

生命感,总是从闹市的缝隙和背阴处,或许不妨说,主要是从他闹中取静的心田里,发现这里那里有一茎两茎生命的小草在摇曳。感受鲜洌而独到,表述真朴而细腻,带着女孩子的羞涩和大胆。这其实也是他的生命状态。小利习惯于避开社会的硝烟和尘埃,去宁静的林里采摘草莓和蘑菇。这是他写作的乐趣,更是人生的乐趣。只是《美文》第十一期发的两篇稍有不同,与社会拉近了距离,参与感强了。到底是男子汉。

文化味。文化味不全是因为谈了文化问题,也不全是因为用了文化的方式、视角、论点、论据来谈文化问题。小利的文章里,文化在很多时候是一种液体和气体,在字里行间,在比字里行间更深的去处流动、弥漫,成为一种气质,一种境界。他的散文因此在散淡之中大有可品之处。文化味又使他不激不忿,很少搞荒诞反讽,带着中国文人的温文尔雅,节制着,宽容着,深深地含纳着。气质上显得传统，识见常常又有现代感。对不赞成的东西，往往带着穿透和无奈参半的苦笑。小利是青年作家中将传统和现代融解得很和谐的一个。

智性。小利的散文外师造化，中得心源，读书也是他主要的营养基地。到底弄了多年评论，多愁善感的小利也多思善想，能以智性化解造化和心灵。智慧而不艰涩，道法自然而又透析自然，以自然的真态做超自然的开垦。我总觉得写文章的人要悟性、智性兼而有之，如若情商、灵商、智商三者交相辉映，那便再好不过。作文、做人能做到这一步，便入了妙境、化境。

真情。真人才能保存生命中的真感觉，才敢在文章中肆写真感情。小利是个有真情、敢写真情的人。他的真情，红装素裹着来到文章里，不以华瞻、深刻、雕饰自炫，而以流畅、和谐、质朴和微妙，使你有了美感。这真是说来容易写却难。

1998 年 8 月，西安谷斋

以民俗风情浸渍生活

王盛华三十出头年纪，两鬓已经上抽到头顶，不用说，那是脑力劳动过勤的标志。此君来去匆匆，开口总爱先行预告："只耽误你几分钟"，然后三言两语，说完该说的话便走，很注意节约自己和他人的生命。他不会"今天天气哈哈哈"，不会拐着弯儿闲聊，在闲聊中试探，在试探中逐步引向自己心中的目的。也很少见他求人。我们在一座楼上办公，平时说话很少，一次，却接到他在除夕夜写来的长信，悲切陈词，谈到了他个人的一些难处，一些要求。我也是文人，知道文人求人之难于启齿。天天见面却借诸笔墨，这封信怕是到了最危急的时候而不能不写了。这样的要求理应答应，我也乐于相助。

这样，我与盛华相处几年，接触多次，由于未曾聊过，对他的情况至今不甚了了。如果有所了解，几乎全部是从他三天两头见诸报刊的文字中获得的。他写得很勤奋，面很宽，很有特点，读了便难于忘记他。他做到了文艺圈里很多人常说却又做不到的那句话："作家要用自己的作品发言。"

近年来，我省商洛地区作家群掷地有声，王盛华是他们中的一员。孙见喜、方英文、鱼在洋和他，紧继贾平凹、京夫二君之后，形成了一股气候。像商州的其他作家一样，盛华有一段从底层奋斗、拼搏的人生史和写作史。他在底层的体力劳动和多种职业中游弋，在游弋中得到多方面的锤炼，不但养成了勤奋的习惯和讲效率的作风，也陶冶了永远亲近底层百姓、亲近底层生活的文化良知。他硬是靠自己对艺术的挚爱、对更高人生境界的追求，靠农人般的汗滴禾下土，获得了今天盘中粒粒的果实。又像商州其他作家一样，在相近的艺术内质中表现出自己独特的色彩。拿他同龄的一批人看，方英文愤世嫉俗中的机智和调侃，与王盛华以浓烈的民俗风情浸渍生活相映成趣。

的确，以浓烈的民俗风情浸渍生活，可能是王盛华写作最显著的特点了。散文如此，小说如此，某些报告文学亦如此。他以研究民俗起家，在创作中充分发挥这个优势，构成自己作品独有的审美特色。在中篇小说《白色葬礼》中，他将丰富瑰奇的民俗风情组接进娃娃的葬礼中，使山乡生活呈现出一种神秘感和陈旧感。根据题材和风格的需要，将表现对象陈旧化、古朴化，是一种很重要的艺术手段，正像古字画、古建筑在陈旧、古朴中给人以美感一样，许多艺术门类如绘画、乐舞，都注意了这方面的探索，近年来文学创作也开始了尝试。《白色葬礼》借民俗对生活做陈旧化、古朴化处理，在陈旧感中呈现历史的斑斑锈迹，拉远时空距离。距离导致陌生，陌生引发神秘，神秘中流溢着一种意味。这是美感产生的一条重要渠道。已经有不少作家意识到了这条审美渠道的重要性与新颖性，但在我省作家中，能够专注于这方面的探索并初有成效的，盛华是一个佼佼者。民俗风情使他的"秦风写意"那组散文，像一帧帧民间水印木刻年画那样叫人流连忘返；而《梦系华州》一文，更自如地将民俗与乡情、人情融为一体，作者的真情像烛光一样照亮了民俗画，更显得灵动而老到。

自然，王盛华的作品不仅仅是民间风情画。拿《白色葬礼》来说，风情画中贯注了充实的生活内容和时代风云变幻。大舅二舅由亲兄弟而反目成仇，折射了极左思潮如何将两家人撞击出正常轨道，如何扭曲了他们的亲情。《梦系华州》也在民俗画中自然地融进了时代生活的变迁，并在这种变迁中写出了农村老百姓的人性美和人情美的新内容。他的散文和报告文学，显示出一种把握大场面的全景式的表现能力，显示出一种动态描绘本领。画家王学曾不会喝酒，"滴酒沾唇，脸红如大红冠子公鸡，口中喃喃自言：'酒乃好酒，人乃好人，只可惜酒与吾画无缘。'说罢，揽一缕清风，飘然出门而去。天明看视，惟见一幅'刘伶醉酒'挂于床前，人已不知所终……"你看，几笔便将一个动态的场面，以朦胧的笔法，像国画的晕染那样表现出来了。有人说盛华有灵气，却灵而不玄。报告文学素材的切实，民俗风情描绘的细腻，表明他不是那种凭一星半点灵气便玩弄笔墨做霓裳羽衣舞的人。

  王盛华写作起步时间不是很长，在铺开好几个掌子面，尝试开掘各种文体的同时，要逐渐留意于收束目光，凝聚笔墨，形成自己的领域，朝更深处突进，尽快拿出拳头产品才好。这是我希望于他的。

1994 年 11 月 30 日，西安谷斋

他的真挚点燃了我

——读《还是那红月亮》

屈指算来，已经快三十年了。那时，我在报纸文艺副刊当编辑，成天在稿件堆里爬梳、间苗、加工，便读到过他的文章，是评论秦腔表演艺术家马蓝鱼的。七八千字，对报纸来说，这便是长文了。

文章写得很实在，看得出作者和所论对象做过多次认真的交谈，看得出作者对秦腔历史与现状的熟悉，看得出作者写作时是放松的，敢于充分阐述自己的论点和论据。当然，也看得出在某些过甚其词的论述后面显示出来的稚嫩。为了改稿，我们做了长谈。

这便是王俊学，也就是本书的作者"石匠"，当时大学中文系四年级的一名学生。

那以后就很少见到他。听说他毕业分配到一所县城的中学。听说他在繁忙的教学之余，一直坚持写作。

"文革"过去，我的人生以十年的时间和千里的空间为半径，做了一次大幅度的圆周运动。重又回到西安，重又回到报社编辑部。重又见到了他，见到了他的稿子。他这时已经调到咸阳地区文艺创作研究室，主要写戏，又主要写新编历史剧。不久，我调到文艺系统，见面的机会就更多了。

眼看着三十岁不见了，四十岁不见了，眼看着进入了得天知命的年纪。我早没有了"还是那弯红月牙"的心境，只剩下"除却巫山不是云"的感慨。而他仍然竞技状态颇佳，活力充沛。他告诉我，这些年已出了三个集子。在我的感觉中，这三本书，是以戏剧为主体，以散文、报告文学为两翼的一种组合结构。辑得奖戏剧而成的《王俊学剧作选》，收了《秦楼案》《霍去病》《杨拯陆》几个大型历史剧和现代戏,是他多年心血的熔铸。而为了更及时、更便捷地给新生活的弄潮儿造影,也不间断地写一些报告文学——不用讳言,按现在通用的途径,报告文学也可以为别的图书的出版做一点资金的筹备;又为了随时记录自己在人生道路上一些珍贵的见闻和感悟,他一直握着一支散文的笔。

在这本散文集的四辑中,我个人更喜欢一、四两辑,即写他的童年生活和感情生活的那些篇章。

这些文章真挚。

无论是关中原野河川中的童趣,无论是对妻子、对父亲、对师长、对家乡的怀恋,都浸透着真情挚感。依托事件铺陈感情,感情纠缠在事件的陈述中,事和情的交织,不经意就有了形象——"我"。

这两组散文,将我对俊学断断续续的了解,接续成清晰的脉络。我看到了过去二十多年中,他在小城中学的辛劳,他所遭遇的家庭变故和新家庭的幸福。知道了他童年时代、学生时代,他的生命在土地中,在河川中,在习武中,在求知中,在爱情中得到全面展示的那种勃发的生机。他中年以后良好的竞技状态,也许都和青少年时代人性人情、知能艺能有着较好舒张有一定关联。青少年时代的生活,是一个人健康心理最肥沃的土壤。这土壤很可能使他终生受用不尽。

真挚地写出了自己的文字,会唤起读者真挚的鸣和。礼赞活跃生命的文字,会唤起读者生命的活跃。热爱生活的文字,会点燃读者对生活的热爱。正是在这个意义上,文学是人类精神的一种营养。有的作品疗救人性的痼疾,是良药;有的作品煽起人情的狂飙,是激素。它们都是不可缺少的。而给人类精神默默地补充基础性营养的文字,也许生命更为久远。

我希望更多地读到俊学笔下的这类文字。

1992 年 10 月,西安谷斋

红叶一片，三个四十年

——读《长安红叶》

李焱编的散文集《长安红叶》，是《西安晚报》副刊近四十年散文的结集。三十多年前，我与李焱相识于新闻界，她编晚报副刊，我编日报副刊。那时候，新闻单位之间还不时兴抢稿子、挖作者，两报之间多的是合作和切磋，互敬互让。翻读这本书，便像是重游故地，许多故人、旧景翩然而至，揭开一页页红叶般的回忆。

读这本书，心头展开了三个四十年。

一个四十年，是社会的四十年。西安地区乃至全省全国四十年间的变化，星星点点地在字里行间闪烁，正像季羡林、陈梦家老先生写的，一生中几次来西安，每次都有新的发现、新的感受，都能谛听古都迈向现代化城市的脚步声，"我相信，等到我下一次再来到西安的时候，我会看到一个更加美丽、更加年轻的西安"。自然，这不只是西安的变化，它全息着四十年间社会和时代的变化。也不只是社会面貌的变化，更有精神状态和价值标准的嬗递转变。当现今处在市场经济精神氛围中的读者，看到自自然然记述出来的 20 世纪五六十年代那种淳厚的民风，学生为分配到艰苦的延安地区而由衷地高兴，工人为搞新产品试验受伤不下火线，市民为了让素不相识的外地旅客能看到精彩的演出而让出给自己恋人的票子，都会感到一种遥远的温馨吧，都会感到时代的发展恍若隔世吧。历史就这样通过文化的沉淀滋养着今天。我想作者、编者并不是着意要给后来者进行什么教育，但社会生活、社会精神在散文中恬淡而妥帖的弥散，却是最真切、最动人的。

一个四十年，是散文的四十年。《长安红叶》在不经意中呈现了四十年间中国当代散文写作的轨迹。从空间的角度看，散文的写法一直是百花争艳而且"长期共存"的。这在《长安红叶》中显示得很清楚，既能看到文人散文的老到，又能看到青春散文的蓬勃，既有在生活洪流中采撷浪花的纪实性散文（这体现了报纸副刊的特色），又有告白内心的抒情性和感悟性散文（这满足了读者的审美欲求）。从时间的角度看，四十年间生活的发展和审美的流变，也使散文的写法在宏观上朝前大步推进，由较为直白地以叙带情，到更为精巧地以情带叙或情文并茂。在书的后半部，我们读到更多结构精巧、辞章考究的小品。对所叙人事热情的称颂和明朗的价值判断逐渐被较为含蓄的感情倾向和复杂的价值判断替代，事件与主题的集中逐渐被情绪和神韵的凝聚替代，而语言的张力和多层意蕴也愈来愈成为这一代散文作者的一种追求。我们在《长安红叶》中感到的这些散文写作上的变化，正是我国当代四十多年来发展的趋势。当然，报纸作为重要的舆论工具，不可能在最前锋的意义上体现散文文与质的变化，而是在舆论能以普遍接受的范围内相当稳健地体现出散文写作的进展。它顺应着这种进展，又制衡着这种进展。

还有一个四十年，是副刊编辑的四十年。翻着这本集子，我这个搞过多年报纸副刊编辑的人，总能感到有一位贯穿始终又从未出场的主角，这便是晚报的副刊编辑们。集子里的每一篇文章都有他们的辛劳。为了组织一位名家的文章，要三番五次地登门访谈；为了选出可用的稿件，得埋在如山的来稿堆中，爬梳、翻检、斟酌、比较；为了改好一篇来稿，还常把许多自己的生活和感情体验填进作者的文稿中（这些体验都是可以发展为作品的），有时还要代作者抄清稿件。四十年中，他们献给读者的是八九千万字的文稿，却很少留下自己的作品。

这本集子收纳了那么多生活和精神信息，那么多有价值的史料（比如鲁迅在西安为什么只讲小说史，柳青给丁玲的诗，梅兰芳对几出秦腔戏的真知灼见，赵望云和石鲁的两次合作，《红岩》华子良的原型韩子栋和小萝卜头的初识,等等),是他们毕其一生建造的一座大厦,却没有一处留下自己的署名。拿此书的编者李焱女士来说,虽年长我好几岁,从60年代初到现在,几乎看着她由青春妙龄戴上了老花镜,由阿姨变成了奶奶。他们的人生在漫长的编辑旅途中消磨了,生命的绿地渐渐染上秋霜,变成了红叶,却无怨无悔。读这本书,我想起了许多熟识的老中青编辑,我是在读他们美丽的人生风景啊。

红叶之美是成熟的美。四十年间,时代在成熟,散文在成熟,报纸在成熟,一代一代编辑在成熟。众美交融,便是手边这册《长安红叶》了。

1994年,西安谷斋

来自第一线的战斗报告

自从人民日报社、中国作家协会和陕西日报社、中国作协西安分会相继召开了报告文学座谈会之后,西安地区的一些作家和业余作者,积极行动起来,投入了生活的激流。他们满怀无产阶级革命热情,以报告文学的形式,迅速反映当前群众的火热斗争生活,歌颂现实斗争中的新人。我们在《延河》7月号上读到的《党的好女儿赵梦桃》(魏钢焰)、《英雄的三年》(杜鹏程、王拙成)、《永不褪色的战士》(肖晨光),就是我省在座谈会后的第一批作品。报告文学是具有强烈战斗性的文学样式,这就要求报告文学的作者要具有充沛的战斗热情。这三篇作品字里行间充溢着的,也正是这种对于我们时代的生活、对于无产阶级英雄人物深厚的爱戴和炽热的感情。

我们的时代是英雄辈出的时代,时代培育了新人,新人又推动了新生活的发展。每时每刻,就是这些新人用忘我的劳动和战斗在改变着祖国的面貌。革命的文学家们应该以最有感情的笔墨去为他们画像,列宁说得好:问题是要扶助各种各类新事物的幼芽,生活本身会把这些新幼芽中最富有生命力的东西选择出来的。① 这三篇报告文学所描写的赵梦桃、陈忠根、牛玉典,就是被我们生活培养起来、推选出来,并反过来有力地推动现实生活发展的新人物。

《党的好女儿赵梦桃》中的赵梦桃,二十八岁的纺织女工,一个几乎没有经历过什么惊心动魄的战斗考验的女青年。在旧社会,一场天灾,一桩人祸,可以从世界上勾销多少这样默默无闻的生命。但正是她,在新的时代里,

---

① 《列宁文选·第二卷》(两卷集),人民出版社1954年版,第596页。

在党的教育下，迅速成长为一名自觉的无产阶级战士，矗立在生活的最前列。她的内心世界像湖水一样深沉、纯洁，现实生活最绚烂美丽的色彩都在里面映现出来，而渣滓、杂物却被淘汰干净。她为党的事业而忘我地劳动、创造性地劳动。劳动成了她幸福的源泉。她把同志看成亲人，用胜过亲人的爱去帮助她们、学习她们。"荣誉是党给的，保持自己的荣誉，就是保持党的威望"，"不让一个伙伴掉队"，"把别人的优点看作自己的珍宝，把别人的缺点当作自己的镜子"，"我能动，就要干"……这些共产主义新人的高尚品德，是这样和谐自然地融化在她身上。她短暂的一生，每秒钟都是按照"沸腾生活的钟表""共产主义的钟表"在前进着的。当然，她能够达到这样的高度，不是天生的，而是党解放了她，党时时刻刻教育她，郝建秀、赵一曼等英雄人物和英雄事迹鼓舞她，革命的历史传统启示她，特别是毛泽东思想教导她的结果。她一生所发出的光辉，证明了我们的时代，是共产主义新人辈出的时代。培养了赵梦桃的时代会培养出千千万万个赵梦桃，会培养出整个革命的可靠的接班人。从一个人身上我们看见了一代人的动向。——在新社会成长起来的下一代，应该是像赵梦桃那样有高度政治觉悟与忘我精神的，把自己的生活整个和社会主义、共产主义联结在一起。赵梦桃的一生就是对我们时代，我们时代的思想——毛泽东思想的颂歌。

《英雄的三年》中的陈忠根生活在农村。农村这个广阔的天地里交织着当前社会的阶级斗争和两条道路的斗争，作为一个公社的党的领导人，陈忠根处于这些矛盾斗争的焦点上，因此他经历的斗争就更复杂。陈忠根和其他新人虽然处在不同的斗争环境中，却有着十分相同的品德。这些品德，陈忠根是在斗争最严峻的时刻闪现出来的。过去三年我们遭到了严重的自然灾害，造成了一些工作上的困难，党领导人民群众进行了坚韧的战斗，把"困难的三年"变成了"英雄的三年"。这三年是怎样走过来的？作为一个真实的形象，陈忠根以自己充实的战斗生活回答了这个问题。因而，陈忠根在这三年里的活动，就反映出时代的光辉和英雄主义气概，战胜各种困难，在与天、与地、与阶级敌人的奋斗中，巩固了集体经济，坚持了社会主义方向。在百日大旱、冷雹成灾的日子里，他抓住人民公社干裂的土块，涌出了英雄泪，他用出色的劳动和乐观的谈笑鼓起大家的情绪，他在严肃地思考"人家"这个词的阶级含义，挖出这个词的底蕴，从而发现阶级斗争的线索。在阶级斗争与生产斗争的每条火线上，他无不处在第一线。他使群众在火热的战斗中感到党在身边，感到生活的大河里有靠得住的中流砥柱……陈忠根在这三年里的言行思想，叫我们想起伟大的人民、伟大的党的形象。他的行动、情绪和信念，正是我们阶级、我们人民的行动、情绪和信念的表现。如果说，赵梦桃告诉我们一个人在和平建设时期应该如何不断成长，那么，陈忠根则告诉我们，在生活道路的转弯时刻，那最紧要的几步应该怎样走。他的三年，是革命英雄主义的高昂颂歌。

和他们一样，《永不褪色的战士》中的牛玉典也不只是作为一个医师，而是作为一个革命者、一个共产党员活跃在时代的舞台上的。他能在手术室里经历一切惊心动魄的考验，也能愉快地为病人喂汤喂水、端屎端尿，组织大家学文化。他医病也医人，医人像医病一样认真、有办法。他是一个医师，干的却远不止医师的工作；革命需要的，他都乐意干。于是，平静的医院成了不平凡的战斗岗位。他使我们感到，在社会主义的每一个岗位上，都能大有作为，给人民做出巨大贡献，成为我们时代的一位英雄。

我觉得，这三篇报告文学，比较细致、生动地描绘了先进人物的言行举止，比较忠实准确，有的还比较深刻地刻画了先进人物的精神风貌。更可贵的是，这一切描叙都饱含深挚的感情。这种感情，是作者和主人公无产阶级感情的交响，革命的战斗激情的共鸣。三篇作品，一篇写工厂，一篇写农村，一篇写医院，作为一个组曲，使我们听到社会主义各条战线上时代脉搏的跳动；三个人物，一个内秀，一个较深沉，一个甚至带点传奇色彩，作为英雄群像，使我们看到社会主义建设时期的无产阶级先进人物具有共同的思想品质，同时有着自己的个性特色。

有人说，报告文学就是文学的报告。我觉得更应是战斗的报告。及时地报告我们时代的战斗信息，是报告文学作为一种文学样式的特色、长处和荣誉。这三篇作品之所以打动我们，主要就在于它们热情、及时地通过真实的形象宣扬了无产阶级革命的战斗性。这种战斗性的核心，就是时代精神；它的基础，则是火热的斗争生活。时代精神，从上面的分析看，就是我们时代人民群众，特别是无产阶级的意志、愿望、情绪、信念通过具体人物事件的反映，其中最突出的表现，就是赵梦桃、陈忠根、牛玉典等人在各种各样错综复杂的斗争中所具有的革命干劲、革命英雄主义和共产主义风格。

当然，报告文学不能像小说那样，靠虚构来概括地表现时代精神。它主要依靠选择与挖掘的功夫。选择——选择那些能概括一定社会面貌（广度）、具有时代精神（高度）的真人真事，并进行剪裁；挖掘——在准确（本质与事实的真实）、鲜明（思想的明确与色彩的明朗）、生动地"报告"人物事件真实面貌的基础上，通过展示、议论（抒情）、渲染等描写手法，充分挖掘出材料所包容的社会意义和思想意义。正因为报告文学作品迅速地反映真人真事和真实的斗争，就能对群众起到直接的激励和推动作用。赵梦桃与陈忠根同志在现实生活中产生的巨大影响，充分地证明了这一点。评价报告文学的思想与艺术，也无论如何不能离开这一点。

选择与挖掘并不是两回事，它们辩证地统一在整个采访写作过程中。作者其所以选择陈忠根来表现"英雄的三年"这个主题，正是对陈忠根进行深刻挖掘和认识的结果。而在确定写这个人物之后，作者又是根据挖掘出来的主题的需要，来选择、剪裁每一个具体情节，并根据这些具体情节对主题的关系来做恰当处理的。听说《英雄的三年》的作者掌握了陈忠根整个成长过程的材料，但写作品时并没有罗列全部事例，只写了陈忠根三年的情况，而这三年又集中在阶级斗争、生产斗争和干部参加劳动这三方面。这样剪裁之所以显得详略适度、轻重相宜,就在于作者是把选择与挖掘辩证地统一在一起。这里,选择得适当不适当是挖掘得准不准、深不深的表现;而能否挖掘得准、深,又往往和选择得适当不适当有很大关系。

如何深刻表现出所采访的人或事的时代意义,方法是多种多样的,主要取决于材料本身的特点。

比如赵梦桃,她的特点是在党的教导下,迅速由普通青年女工成长为自觉的共产主义战士,如何迅速、自觉地成长起来的,为什么能迅速、自觉地成长,等等。根据材料这样的特点,作者魏钢焰同志主要通过对赵梦桃成长道路的描写来表现她身上所体现的时代精神。作者通过苦难—翻身—觉悟—考验—成熟—开花—把红旗举到底,这一步一步的阶梯,使人们看到,赵梦桃怎样由一个苦孩子上升到无产阶级先锋人物的高度,使我们看到了梦桃是怎样在现实斗争的土壤里和党的阳光下萌芽、长大、开花的。这个过程写得很详细,却不是按照时间顺序的现象罗列。作者的匠心在于:他把这条纵线结构成一个解决矛盾(如新旧思想、先进与落后的矛盾)和克服困难(技术上的困难、同志关系中的困难、生活的困难)的斗争过程,因而使这条纵线不仅反映了生活在斗争中发展的逻辑,而且使这条纵线成为赵梦桃身上时代精神逐步成长的链条,这样,结构就深刻而又自然了。许多孤立地看无足轻重的细节,由于能联系在这条思想发展的贯穿线上而变得十分重要。

陈忠根的特点与赵梦桃不同,他的意义不在于他如何成长、成熟,而在于他成熟之后,在最困难的时刻表现出来的革命英雄主义精神。根据材料的这个特点,作者主要通过对纠结在陈忠根身上的各类矛盾的横的铺展来挖掘主题。这里写了陈忠根和龚济明等地主富农的敌我矛盾,写了和老杜等受坏人唆使一度想单干的思想以及卢支书等跟不上形势的顾虑等人民内部矛盾,也写了和大自然的斗争。作者虽然没有完全按时间顺序来写,但人物的思想脉络是清楚的。这样把人物放在社会矛盾焦点上来凸显他的时代精神，把人物内心世界的丰富性和阶级斗争的复杂性结合在一起进行朴实、细致的描写，就使陈忠根的形象不仅生动，而且厚实。

《永不褪色的战士》写法上显然又和上两篇不一样。作者主要是用朴素、活泼的文笔对人物做粗线条的平面勾勒，这其中又不时选择几个重点做细致的描绘，给人一定的立体感。

另外，有时候作者的个人风格也常常在手法中表现出来。《党的好女儿赵梦桃》的作者魏钢焰同志直接出面抒情或议论更多些。这大概和作者习惯于写诗、写抒情散文有关系。我们看到，有时在对事件做细致的描绘之后，作者往往站出来议论一番，点明事件的意义；或抒情一番，增强事件和人物对读者的感染作用。比如第二节"轮声"中，倔强的小桃为了养活父亲，成天坐在筐箩里织毛线，连饭也不吃，出于爱，父亲第一次对她发了脾气，这时，作者满怀激情地说："不要怨她吧！难道不是你从日本人的刺刀下，救出了她的么？不是你揣在手心上抚育了她的么？……"这段抒情，恰是时候，恰到好处。作者说出来的，正是读者想要说的，因而立即引起感情的共鸣。这段抒情之所以动人，还在于它是建立在对事实充分描绘的基础上的。因而，逢到事实材料掌握得、描绘得或融化得还不十分够时，抒情议论就容易显得空泛。又有的时候，作者的内心感情与主人公的内心感情简直合而为一，既是作者在抒情，又好像是主人公的内心独白。这种报告文学中不多见的写法，作者用得相当巧妙。第十节最后，写赵梦桃处在昏迷状态中的一段内心活动，就是精彩的例子。

如果说上一篇往往以情绪的感染取胜，那么《英雄的三年》则着重于对事实的细致描绘，每一段、每个论点，都比较严格地通过事实的描绘展示人物和事件的内在含义。作者直接出面抒情不多，但对事件细致的描叙中，交融着豪迈、热烈的内在感情，因而作者的态度仍然十分鲜明，人物的思想也在行动中展现得较充分。这方面精彩的例子，是陈忠根扶犁翻地做思想工作那段描绘：群众开荒种菜，可是地皮干硬得犁不动，大家只好歇了犁干着急，有人情绪还有些低落。这时，陈忠根来了，亲自扶犁，第一次浅翻二寸，再一次深翻，把干硬的土地犁开了。这一来，"年轻人一哇声喊起来了，争着要和老陈见个高低"。老陈也"高兴地想：'有这样的群众还怕什么？'"这里，老陈的行动，不仅克服了土地干硬的具体困难，推动了当时的工作，重要的是，改变了当时沉闷不乐的气氛，鼓舞了大家战胜干旱的信心与劲头，并且自己也从群众的情绪中获得了新的力量，更坚定了战胜困难的信心。这一段描写，作者没有出面说什么，但老陈坚持劳动、通过劳动指挥生产、做思想工作以及紧密联系群众的思想品质得到了生动的体现，作者对这件事的理解和赞颂之情也从字里行间表露出来了。可见，这种写法特别需要作者深入细致的采访，掌握事件发展的每个细节，并了解人物的内心活动和认识事件的思想内涵。

读了这三篇报告文学作品，我十分兴奋。我们热切地希望，在我省今年第一批报告文学作品刊出之后，将有更多、更好的报告文学作品产生，我们的报刊将传递更多来自战斗第一线的新人新事的信息。

1963年7月，西安西楼

大京九,一个象征

——读莫伸长篇报告文学《大京九纪实》①

《大京九纪实》洋洋洒洒六十六万字,拿在手里像一截枕木那么沉。这是第一部反映京九铁路建设的长篇报告文学,是第一部以京九线的决策、建设过程为经线,以设计队伍、筑路队伍、支铁队伍和各有关方面、有关人物为纬线,辐射中国近现代民族振兴史纵深,辐射从老区到特区的社会各层面,乃至港澳等地区阔大空间的皇皇大著。这部宏大沉厚的书,不但使我们对铁路建设史上这场"淮海大战"有了全面的了解,而且对改革开放时期的中华民族精神,对20世纪中国腾飞的形象,有了深切的感受。题材的现实感,内蕴的主旋律,描绘的逼真性,规模的重量级,使它一出版便受到广大铁路建设职工的欢迎,也引起了文艺界和社会各界的关注。铁三院的一位高级工程师读作品后给作者来信:"看到动情处,我掉泪了。感谢我沾了'大京九'的光,如果此生有许多委屈的话,在这里也得到了大大的安慰。"

莫伸同志素有"铁路作家"之称。青年时代在车站扛过大包,从70年代末获得全国短篇小说奖的处女作《窗口》开始,到90年代中期反映我国第一条重载铁路(大秦线)的长篇纪实文学《中国第一路》,他的笔几乎没有中断过对铁路的描绘。《大京九纪实》可以说是莫伸铁道题材也是我国铁道题材创作的"重载列车"。他告诉我,这是他二十年创作生活中,花费时间最长,投入精力最大,消耗体力最多的一部作品。在七百多个昼夜里,他一公里一公里巡行了两千五百三十八公里的工地,几度经过井冈山、庐山、

---

① 莫伸:《大京九纪实》,太白文艺出版社1997年版。

鄱阳湖,都没有时间领略一下湖光山色——京九铁路建设速度之快,使他在紧张的追踪采访中无法抽身。他收集、记录了几大提包的笔记、资料,写了三百多万字的草稿。二十多年的铁道生活积累和两年切实深入的采访,使莫伸具有了铁路人的感情和角色意识。铁路事业、铁道人生成为他人生的重要部分,采访和熟悉生活也就进入了生命感受和艺术感受层面。以此故,这部纪实文学相当程度上克服了前一段时间长篇纪实文学的通病,很少居高临下的忧思和空论,很少大而无当的扫描和实事虚写,也很少华而不实的矫情和伪饰。莫伸把大京九建设的全景图,按照艺术结构的需要分解在一个个具体场景、人物、事件和严峻的矛盾冲突之中,又以史笔淳情来贯连、熔铸,给人以坚实而又浑然一体的感觉。

《大京九纪实》给我最突出的感受是它的时代色彩和历史感觉。拿它和新中国成立以来写铁道题材的著名作品《三千里江山》和《在和平的日子里》比较,鲜明地表现出三个时期社会生活和铁道人的不同特色。《三千里江山》表现了抗美援朝战争中志愿军铁道兵的英雄主义精神,这种精神主要是在敌我矛盾的枪林弹雨中闪现的。虽然时间已经是新中国成立之后,但由于小说题材的特殊和矛盾冲突的特质,实际上可视为战争年代铁路题材的代表作。《在和平的日子里》塑造了社会主义建设初始阶段铁路建设者的英雄群像。英雄们的精神主要是在人民内部的思想冲突和方法差异中闪现的,具有典型的社会主义时代色彩。只是,第一,这种色彩带有强烈的计划经济时期的特征;第二,它虽然成功地描写了老知识分子的形象,也反映了科学求实精神,但强调的主要还是战争年代那么一股牺牲精神和干劲。这和当时的时代精神有关,也和杜鹏程人生经历和写作经历所造成的思想艺术的承续性有关。《大京九纪实》则表现了当下铁路建设者们强烈的市场经济意识和自觉的科学技术意识,在驾驭市场规律、科技规律和发扬艰苦奋斗精神的双重坐标上,来塑造改革开放时期的新英雄群体。他们不仅具有崇高的道德精神和理想追求,还具有市场竞争能力和现代管理水平、科技水平，这就把文学对铁道人的描写提高到一个新的时代水平上。

《大京九纪实》的时代感根植在历史意识和历史感觉的土壤中。根据开掘题旨的需要，作者以相当的笔墨在多处回溯了中国近现代相关的历史人物、历史素材，从李鸿章到孙中山，从詹天佑到京浦线、京广线，从小京九（北京到九江）到大京九，在民族命运的历史转折中把握题材，从历史的起落和历史的执着中对中华振兴的历史做了纵深展现，透出了凝重和沉厚。

莫伸在接受这个艰巨的写作任务时，不是没有犹豫，他深知工作量之大，深知自己的时间和精力可能难以承担。他曾经考虑过组成一个集体来完成，也打算过只写长江以北的一段。随着采访的深入，他一次次置案头的其他创作任务于不顾，置自己顽固性的失眠于不顾，置日渐消瘦的身体于不顾，最终独立完成了这部长书。激励他写京九线，远不只是为了半生相伴的铁路事业和铁路人，更有对民族、对祖国的责任、挚爱和忧患。那些对沿线贫困地区和革命老区振兴的忧患，特别是那些写江西苏区的篇章，让我这个江西人无语凝噎。那些埋藏于字里行间的对香港回归的炽情，关于京九线为何改变了北京和港澳的时空距离和文化心理距离的描述，使你想到大京九其实是祖国母亲向港澳伸出的温柔的臂膀，将离别百年的游子重又搂进自己的怀抱。那些关于大京九对民族腾飞促进的描绘，一条路将祖国的心脏和直面世界的窗口勾连一体，使你产生"铁路——巨龙"的象征性联想，京—九接轨其实是一个古老的民族和现代世界的一次接轨。他也毫不掩饰地描绘了施工单位和支铁民工中落后甚至愚昧的一面，有些地方做了严峻的审视。当然更主要的是，他以大京九精神来和现实中物欲横流的灰色人生和价值坐标相对照，给现实生活和文化精神的倾斜提供一个稳压器和平衡器，提供一个光彩熠熠的标高。他写的是一条现实的路，也是一条精神的路。他通过一条路来写一个时代，一种精神，一代新人，从而使大京九成为一种象征。诚如作者在后记中说的:"如果京九铁路是一座丰碑,我将在它的上面镌刻碑文。"

《大京九纪实》有较高的文学品位,气势宏阔,又细大不捐;观照历史,又注重个性;实录大场景,又能展开细节。情与思能融会在流畅的艺术语言之中。也许篇幅过大而写作时间又短,也有粗糙和疏漏之处。作者不但承认几处硬伤,责任在于自己,更坦诚相言,有许多应该采访、应该描写、应该展开的地方,由于精力和笔力的不济,造成了遗憾。这种实实在在的态度,殊为难得了。

1997 年 4 月 14 日,西安谷斋

《群山》之气

  培元询及对《群山》的印象，久未函复。大作未读完，愧于联系也。一部近五十万字的书，竟读了整整一个多月，创了我读书之慢的纪录。不是读得"懒"，而是读得细。这是一部密度很大的书，一部有重量的书，一部不能快读、不能略读的书，我一页一页、一行一行读过来，有些章节拐回去读，后记读了三遍。

  这部书写了一位山一样的革命家，写了他群山连绵的同代人，写了陕北老百姓山一般高耸厚重的生命追求，结构有山的走势，脉络与褶皱自然连绵而又层次分明，字里行间弥散着陕北高原的气势又蒸腾出作者雄浑、沉着的山文化气质，读着读着，"群山"便完成了它在书中的本体象征。既是群体人格的象征，又是总体风格的象征，还是意蕴内涵的象征。

  许多作者都在创作中追求气，却不是所有的艺术作品都可以言气的，有的作品精致而少有气势，有的篇章不乏气势而全书又缺乏凝聚，缺乏贯通。这也许和作者把对气的注意更多地放在了艺术表现和文字表述上有关，《群山》的气，自本而来。

  《群山》贯穿的气势来自陕北高原人文地理和社会历史的深处，便有了一种博大。作为纪实文学、传记文学，《群山》在篇幅上没有狭隘、简单地集中到传主身上，倒是以相当的篇幅描绘了陕北的山川风物，铺展了人物活动自然的、人文的空间。甚至让我感到作者有一种高原情结、崇高情结，笔头一触及陕北高原，崇高审美的兴趣便燃烧起来，由景及人，由物及心写开去。这是纪实文学、传记文学中不多见的，作者对山川风物的铺展，当然不只是单纯的自然美再现，其中有着深层的群体人格象征、文化心理暗示和人物性格的烘托，自然之气灌入了社会人生和人物形象。

《群山》贯穿的气势来自传主马文瑞的革命生涯和人格力量，便有了一种沉厚从容。马文瑞作为陕北革命根据地的重要创始人之一，在六七十年的革命生涯中，经历了各种激烈的斗争，承受了各种罕见的艰难，处理过各种复杂的问题，遭受过各种委屈和挫折，也和各式各样的人共过事，他积累了丰富的斗争经验、工作经验和处世经验，是成熟的革命家，也是阅世甚深的老人。马老坚定执着，有原则性，也宽厚、平和、沉着、从容。在陕北革命最早一批领导人中，马老虽然年轻，却以他的修养而有了长者风。他能以历史的、辩证的眼光实事求是地待人处事，书中写出了他对毛泽东、周恩来、刘志丹、谢子长等一批革命领导人的敬仰和热爱，也写出了他对高岗、王明、郭洪涛等人在特定历史环境中真实的印象和感受，写出了他对陕北闹红和延安时期一些重大历史问题的理解和认识。这些理解和认识，由于有亲身的经历和长期的实践为依据，又经过半个多世纪岁月的沉淀，经过不断深化的党和时代认识的理性观照，不但闪现出历史的光彩和马克思主义的光彩，也闪现出人生的光彩。传主马文瑞的这种气度、襟怀和境界，现在深刻地转化为作品的内在气质和风格。这种转化，得益于培元深入的采访和体验（他在马老身边工作了好几年，又多次沿着马老战斗、工作过的地方跟踪采访、反复体验），得益于作者和传主同在一块土地上生长，吸纳了同一块土地的精华，也许更得益于作者和传主在气质和性格上的某种相类和呼应——我们在全书沉着、从容、宽厚的气质中，既感受到了主要人物的气质，也分明感受到了作者的气质。作品、人物和作者在气质上相谐，谐而共振，相聚，聚而成势，全书便有了一股打动你的力量。

《群山》贯穿的气势来自构思和结构，便有了一种宏阔。虽然是为马老作传，培元却取了由一个人反映一场革命，由一个人反映一个时代的总构思。他为这种宏阔的构思寻找到一种宏阔的结构，这便是将主要人物放在陕北革命的格局中展开,又将陕北革命放在中国革命的格局中展开。全书以马文瑞的革命经历为主线,在他革命生涯的自然展开中,引出一个个人物,编织成人物关系的网络,构成全书的骨架。再穿插陕北和全国革命的宏观场景和陕北的历史地理人文景观,作品便有了一个幅员宽大的空间,这样的结构当然是建立在马文瑞作为革命领导者所处的宏阔的生活背景和时代背景基础上的,但反过来又在艺术结构上为马文瑞以及其他人物提供了展示的天地,使作品的宏大气势有了一个相称的容器。

当然,《群山》的气势也来自艺术语言,从容的表述,朴素的对话,具有质感的遣词造句,细致和大幅度开合相间的描绘,都使《群山》的内在气势得以形诸笔墨,变成读者可亲可感的生活画面。

纪实文学和传记文学有多种写法,有的更近新闻报道,以信息和事件吸引人;有的更近社会问题和心理现象的调查分析,以哲理思辨取胜;有的则更近小说,以人物塑造和艺术描绘见长。《群山》大致属于后一种类型。我甚至感到,作者有着进一步将这段历史写成长篇小说的意图,并且也确实为今后进一步的艺术创造提供了一个基础。比如说,认真刻画人物,写出了以马文瑞为核心的一组人物群像。对文艺作品已经多次表现过的毛泽东、周恩来、刘志丹、谢子长的形象,通过新的素材和细节,写出了新意,笔墨饱蘸感情,形象跃然纸上。王兆卿的被捕牺牲,在真切的描绘中,能够揭示英雄人物坚定执着的内心世界,成功地营造了悲壮的情感氛围。孙铭和马文瑞相爱前后的心理刻画细腻入微,与前面任志贞的爱情心理描绘相映生辉,丝丝入扣地把握住了不同环境下两位女性的性格和感情逻辑。

又比如,在刻画人物时,能够细腻地展开心理活动的描写,心理描写除了采用小说艺术常用的各种手法,还特别擅长插入山川景物来暗示、烘托、承载人物的心理和情绪,不但新颖、沉厚,而且符合老一辈革命家的气度,也符合纪实文学体裁的特点——躲开过分直接、细腻的心理描写容易造成的失实，用意到笔不到和旁敲侧击的手法暗传人物的心理活动。

《群山》在真实再现历史事件和人物的过程中，大量地融进了作者自己的生活感受和生命感受，融进了作者自己人生的、社会的见解和自然审美经验，在纪实性的深处，活跃着艺术创造的精灵。这使《群山》明显地和一般的传记文学区别开来，而带有向革命历史小说过渡的性质。

1997 年夏

高 原 境 界

——序《通向世界屋脊之路》

1989年,在张掖开西部评论家座谈会,归途中,穿过祁连腹地拐到西宁,便听说王戈也在青海,只是闪了一下,就再不见人影。及至我们饱览了湖泊、草原、寺庙风情,从清心明目的高原回到轻尘迷离的长安,才知道王戈一头扎到青藏公路沿线采访已有好些日子了。深秋时节,便捧来洋洋洒洒的十五万字。

这是有关青藏公路修建的第一部长篇报告文学。它用历史事实的确凿无误和人物描绘的鲜动入微,使我们了解了这条通向世界屋脊的路是怎样在中华民族的精神、共产党人的意志中诞生的。它使一段鲜为人知的历史变成了可以传世的美文字,也使那股雪峰仰止的精神因此得到了扬播。

作者笔下这群被风雪打磨得黝黑粗壮的人,创造了简直不可思议的奇迹。在近百年各国各代屡试屡败而被认为无法修公路的世界屋脊上,硬是用十字镐和钢锹在七个月里修通了一千二百多公里公路,将第一辆卡车开上了唐古拉山,坐第一辆吉普进入拉萨城。他们的干法是今人难以想象的。长年吃煮不熟的盐水面疙瘩,在零下三四十度的寒夜露宿于野外的骆驼堆里。忍受着因缺乏正常物质、精神生活导致的各种生理、心理病态。将军带头滚过陷人于冥地的沼泽,工程技术人员将烈焰似的青春凝成冰山的坚执。民工们不顾高原反应,较着劲不下工,下了工半夜又悄悄干起来。你尽可以说,历史并不无保留地肯定热情的果实,却不能不承认,随着这条世界屋脊之路的伸延,一条精神之路在世界屋脊那难以企及的高度展现了。以后路面虽不停地翻修过,海拔则是一开始就确定了的。

和修路大军平行着，不时有在饥寒中一步一跪磕长头的信徒。这边在切实地给高原创建新的生活，那边在虚无地为自己赎回旧的罪过。同样虔诚，同样执着，心头同样回响着一个声音："死也要头朝着拉萨"。不经意勾勒的画面，将人引进经意营构的思索：人到底应该生活在怎样的精神标高中呢？

这是我在阅读中反复被触动的一点。随着那些艰难的奋斗，我不停地思索着：他们那样生活过来了，现在和将来，我应该怎样生活？社会已经步入了这样一个生活阶段，对他们那样活着又该如何评断？马克思既然说物质生产和精神生产不一定平衡，物质生活境况和精神生活境界难道就一定同步？当我们为当代物质生活的进步自豪时，难道可以同时为这种生活伴生的异物，诸如息肉和肿瘤而自傲吗？难道没有必要在慕生忠这一代人面前对自己做一番度量衡，做一番思索吗？王戈和我都是20世纪40年代的人，是老一辈和小一辈的过渡代，也许这是我们不由得做如此的代反差描写、代对接联想的缘故吧。

我并不想在这里谈人生意义，我想说的是，我由此感受到了这部作品的一个重要的审美追求。这就是通过对历史性事件的纪实，传达作者的社会热情和人生意识，作者的倾向几乎不动声色地流布于事件、人物性状的真切描摹中，难于捕捉又处处可以感到。纪事的报告文学执意要开掘人生意蕴，构成它的一个特点。

再现生活进程和贯注主观情思的结合，在作品中大致是通过对真实性的逐级提升来实现的。真实的事件，真实的人物，真实的感情，真实的环境，最后营造出一个大真实境界。大真实境界，已经不只有事件、人物、感情、环境的真实，而有了各部分具体真实融成一体之后弥散着、蒸腾着的人生追索、生活气氛和时代精神。作者人生的和审美的追求也熔冶其中，笼罩着读者的心灵。在这部作品中，我们不妨双关地称之为高原境界——主客体在高海拔上结合的境界。春日的朝雾中，你感到心灵的湿润，却掬不住有形体的水珠，何等沁人心脾呢。

作品似乎是这样多层结构的：以大真实的人生境界为魂；以修路的时序为经，即本传；以精彩的补遗为纬，即外传。其间，林立着一排隐形廊柱，那是着力刻画的四组群像。每组群像又让一两个人物站在黄金分割的注目地位。这种内结构、外结构无痕迹的熔接，既使主要事件的表达集中而明晰，一些组织不进主线的有表现力的零星素材又不致割爱，而人物更能处在突出位置。这是作品又一个特色。

以慕生忠为聚光点的共产党人群像是着力刻画的一组人物。慕生忠和许多老共产党人一样，有强大的意志力量，执着的理想追求，朴素的人生境界。认定了的事便不知有"后退"二字，只知身先士卒。作者在这些基本品质的基础上，更注重在事件的展开中写出人物独有的性格和感情，并且拉开到前后几十年的时空中，将行动的他和回忆的他、丽日中天的他和夕照青山的他比照着写，便写出了命运，有了人生的况味和世事的感情，显然胜了一筹。慕生忠身居高位而能保持共产党人的襟怀坦白，能张扬自己的真性真情，殊为难得。他嗜酒如命，出口成诗。如果彭德怀不强令停止，他可以在彭家饭桌上喝醉而不敬让别人；给北京发电、答记者问题，诗句韵文竟滔滔流出；他修了一路起了一路充满诗意和情趣的地名，后来纷纷印入祖国的地图；他豪放自信，有时简单粗暴，却又语谛真诚、推心置腹、知过必改。诗情酒意、浪漫气质、乐观精神和共产主义的理想浑然天成，领导身份与平民心态浑然天成。这个生龙活虎的真人，投影在宏阔的青藏高原上，堪可敬爱，在领导者形象中，别有一番风姿。

以邓郁清工程师为聚光点的知识分子群像，使我们怀着美好的感情回忆起革命对知识重视的那些岁月，回忆起知识分子人格、才智得以发挥的那些岁月。读着慕生忠情不自禁一连用两个"只有"——"只有你才能完成这项任务"，"我没有经验，只有你才能拿定主意"，恳请邓郁清出山，"尽快来全面主持技术工作"的那封信，看到慕生忠冒着生命危险代替邓郁清开车在深渊上试桥，"像我这种土八路出身的政委，今日死了，今日就有人来接替；明日死了，明日就有人来接替。你是咱们唯一的工程师，万一有个闪失，再没第二个了……"听见司令员范明为邓失足落水而吐露肺腑："你可不能死，我死了都好说，你死了我怎么交代？"恐怕大家也会动容的。

以杨庆繁、马珍为聚光点的民工群像和藏族群众对公路建设的理解、支持，写得真切动人。你感到崇高，但又确信生活就是如此。杨庆繁离家六年无消息，急疯了父亲，邮电所便假传儿子的音讯稳定老父的思念，写得很有震撼力。不知公路为何物的藏族阿妈，听说幸福路修过来要占自家的地，派儿子去看了一次，二话不说，合家毁地修好门前的路，等候金珠玛米的到来。那纯真给我们怎样的温馨。

奋战在青藏线上的国民党原起义、投诚将士和留用人员的群像，不只有开掘题材新生面的意义，更有一股人生感慨在其中。历史的裹挟铸成命运的悲剧，革命使他们挣脱这种裹挟，真的人生于是得以实现。他们在青藏线上的功绩于晦暗的过去烘托下更显光彩，只是一直鲜为人知。又正是这种鲜为人知，给人更多的感动和感慨。

我不想讳言，在阅读时，有时冒出不够过瘾的感觉。对引起这种感觉的段落稍作分析和沉凝，恐怕主要是素材在作者的意识和感情里浸润、酿造得还不够充分。吃而不透，被素材牵住鼻子的情况是存在的。在时序的经线中，时空跳跃、点面对接、多极穿插和各种有意味的组合还显得不够。生活的、心理的、思考的时空更宏阔些，作品的张力当会更大。

王戈是我质朴的友人，这些年切切实实写着质朴的作品。全国获奖的殊荣也不能改变这种质朴。他是经得起信任的。

1991 年 8 月 6 日，西安岚楼

日渐深沉的塞上笛音

——报告文学集《弯弯曲曲的山路》致作者

牧笛同志：

近好。

你的报告文学结集《弯弯曲曲的山路》，从去冬读到今春，实在抱愧。由于中间拉得太长，近几天我又集中时间重读了一遍。这可是一次正襟危坐的阅读，随手还做了一点札记式的文字。想着应该尽量原原本本端给你，便有了这封信。

记得去冬一到榆林，便找《塞上柳》，找你的报告文学来读，想从中认识榆林人，了解榆林的民心民情民俗。不用说，你给了我满足。此刻在牛家梁写这封信时，陕北的风季刚刚开始。每天，我都要在当头或西斜的日光下，顶着风或被风推着，在沙丘、沙滩、树丛、白泥地跑一两个钟头。看着那些于倾盆沙雨中一颗一颗冒出绿芽的沙柳，贴着地皮伸展以牢牢地护住土层的爬柏，还有塞上的柳伞——它们在朝天伸出的干皱的手掌上，年复一年给人类奉献汁液充盈的柳橼，都叫我想起你笔下的人物：黄腾睦，代文敏，翁双成，苏振云，牛百寅，还有那群予大漠以生命的治沙姑娘们，想起我在这块土地上见过的被风沙打磨得像陶罐般粗粝的知识分子和铁砧般的群众。在提笔之前，我不止一次叮咛自己，别忘了在信中请你向这些已经相识却未曾谋面的同志，转达我的问候和敬意。这是一个外地人的问候，一个中年人的问候，一个钦慕者的问候。我叮咛自己：这诚挚的拜托，一定要写在开头，一定要祈你办到。

我们相识虽久，一直没有机会长谈，没有机会对你的作品认真地想想。

这十来篇东西使我感到,你是个在创作上有想法的人。

——你执着地写自己红色的家乡,写在第一线建设家乡的人们。你的笔对劳苦功高的知识分子,特别是和你同代的中年知识分子,以及他们中间那些将青春献给榆林的外地人,分外关注,分外有感情,这一点,十来年中,不论气候、风向如何,看来你是认准了,确定了。

——你喜欢在环境与人物的反差和对立中选材、构思、描绘。恶劣环境中美的迸发,磨难中的坚韧,坎坷中的执着,喧嚣中的恬淡,是你的笔经常走动的领域。恶劣的环境,有自然的,有社会的,更多的时候,两者交错。人内心的美,总在反复的斗争中取得胜利,因而,你主人公的精神状态,大都是上行的直线,而命运轨迹,则常常画出一条圈形的曲线。黄腾睦、代文敏、苏振云、牛百寅,原先都在我们国家20世纪五六十年代正常的生活轨道上运行,而后,都受到那股强大的"左"的力量的推击,离开了正常轨道。他们在云翻雾腾的厄运中,在沙飞石走的不公正中,颠簸,旋转,最后,又都靠着社会的力量和自己内心的力量,回到正常的轨道上来。(这内心的力量,说到底还是社会给予他们的。苏振云的党性,代文敏不改初衷的激情,不都是有个党和新中国的力源么?)他们在命运的轨道上转了回来,不同程度地得到了精神的、心理的和社会生活的补偿。自然,这圆圈是不封闭的。他们走完这个圆时,逝去了最美好的年华,升腾起前所未有的成熟。美景经过冶炼、锻打、淬火,取得了新质。这种精神上的上行直线和命运的不封闭曲线,是时代造就的,许多人共有的,但要处理好具体人物命运和时代变迁的关系,谈何容易呢?不说要相当的艺术水平,起码要有对现实主义的信念。实在很难为你哩。

——你在写法上属于比较老实的那一类,而和俏皮、时髦相去甚远。这和你所受的五六十年代的教育自然不无关系。你对目不暇接的新写法持何种态度,我不得而知,但作为写东西的人,你肯定很关切而且用心想过。你没有轻易褒贬，简单模仿。你好像是，一方面挺有兴趣地揣摩别人手里的新玩意儿，一方面有信心地按自己的路子写下去。尽可能娴熟地掌握，尽可能把其中的潜力挖掘出来。我感到你现在的写法，与你所要表现的生活环境（老区陕北）和人物身份（中年干部等），在内在气质上有一种协调感，而且明显一篇比一篇写得好起来。

在各自的条件下，否定一种东西和坚持一种东西，同样艰难，同样需要勇气和见地，同样珍贵。你有同感吗？

要如实禀告的是：读开始几篇，如《红柳似火》（1965）、《无脚英雄》（1974），甚至《沙漠之花》（1981）我并不满足。原因恐怕有这么几点。

第一，内容上还较多保留着特定时代给予描写对象和作者思想的暗影。如果当时的生活现象，当时的社会思潮，本身就包含许多唯心论和形而上学，就呈现出简单化和模式化，我们在要求作者和作品时怎么能不打折扣呢？创作从一开始就面临着对生活的选择和超越，特定的时代，不容你选择，也退化了你的超越能力。

第二，结构大都拘泥于原始的线性结构，被动地按时间、空间和自然顺序来缀连和布局，最多也只是在这种自然顺序的基础上，按问题稍作表层的归纳，也就是说，基本上是正传一类的写法。显得拖沓、雷同，也反映了当时的作者还满足于从现实发展的逻辑过程去把握事件发展和人与人的关系，而不能用思考的解剖刀和感情的冲击力去击破表层逻辑的外壳，更深地从时代精神、人物性格、心境和作者感受的层次，理解素材，发掘事和人、人和人之间以及一个人的各个思想性格侧面之间内在的矛盾、制约和因果关系，从而找到一般读者还没有发现的逻辑层次，并按照这种性格的、情绪的逻辑重组素材，结构作品。

第三，叙述和描写大都是静态的。那时候，你常常按照一种归纳逻辑，一方面一方面、一部分一部分地介绍你的人物，很少通过对人物外在和内在的动态描写,"一石三鸟",写出由各种思想性格因素合成的活生生的形象。在这些篇什中,你有时也描写场面和刻画言行,但常常只是为了从某一方面形象地介绍你的人物,起一个举例说明的作用。因此,这些场面、言行有时便不能和你对人物命运和性格的介绍相印证,相贯穿,出现一种介绍性格、遭遇时看不到活的行动,而写行动时又看不到性格感情的相互割裂的状态。

第四,文字缺乏表现力,平面的交代性语言多。但即便从令人不够满足的这几篇中,也可以看出你具有被低温抑制着的思想艺术潜能。这潜能像一把火,在这里那里冒一下(比如长城治沙连的姑娘们在夏夜的沙丘上学习,看夜空的卫星,就写得好极了),还没有燃成活跃的有生命的火海。我能感觉到你在为潜能的喷发积聚力量,进行着一次又一次突破的尝试。《心灵的笑声》在取材和构思上第一次突破了以线写传的格式,截取一段,迹近散文,但单薄而不成熟。《大浪淘金》则是一次引情入文的尝试,你和贺抒玉同志带着义愤写人物的义愤,带着感情写人物的感情,只是还较多地局限在政治感情的范围里,未能拓宽。《磨难之中》,在同样的文字风格中出现了新动向:娓娓道来,不动声色,不时夹杂一点含而不露的哲理和正儿八经的诙谐,透出了老练。但这个特点又被通篇平板的情节安排而冲淡……这些信息使我相信,你思想艺术上的抑制状态终将逐步消失。

果不其然,从《弯弯曲曲的山路》开始,我刮目相看了。《翁双成和沙地柏》《一个普通的人》三篇三大步。你寻找到了自己擅长的可以与之共鸣的题材。你对从立意上,从人物描写和内心状态揭示上,从用自己的感受和感情去融解和超越题材上,有了明显的兴趣。在写作过程中,作者和人物、创作主体和创作客体已经不全然是被动的采访者与被采访者、表现者与被表现者的关系,两者间开始有了内心的对话和情感的共鸣,你们更在这对话和共鸣中,互相激发着,互相获得着活跃的生命。在重新诞生的文学形象中,可以分明地触摸到作者心灵的搏动。变化得很快,像是一下子便跃上新的高度。然而仔细想来,其中还有几个台阶,也还表现为几个侧面。代文敏—翁双成—黄腾睦逐渐蜕变,而《一个普通的人》最好,可以作为新高度的标志。具体说来,这变化可以分为四个方面。

其一,就事写事、就人写人已经不是你的全部目的,从一个人去表现一个时代成为你重要的追求。你大约认识到,时代的信息不但能存在于历史名人身上,也储存在每个普通人身上。人既是社会关系的总和,也就不可避免地成为社会历史信息的载体。在社会为文学规定的各项任务中,通过文学形象(这里指的不只是人物形象,还有生活形象和感情形象)去传达时代信息,是非常重要的一项。

也可以用老话表达,便是发掘人物身上的时代精神。但你在这三篇写中年知识分子的作品中,不像以前那样停留在对时代精神空泛的表述,或人物与某种精神的简单挂钩上。你大幅度的进步表现为两点。一个特点是,在人物身上发掘出了时代情绪、时代性格,即对事业悲壮的献身冲动和对生活不竭的纯真激情,这使得时代精神变为了特定年代的内心深度和个性色彩。

五六十年代的革命精神在不少的人心中,积淀为一种悲壮的献身精神。你抓住了它,并做了提炼。这种悲壮的献身冲动,原本来自夺取政权浴血的艰难岁月。新中国成立后,在我们自己政权保护下从事革命和建设,献身精神仍是需要的,却不一定带上那么浓重的悲壮感,也不应该有那么多的悲剧性的坎坷。事情恰恰相反,从五六十年代走过来的同志,他们的献身总是带着浓重的悲剧色彩和殉道者的情绪,并常常演化为现实的悲剧性后果。这一方面是革命传统教育的偏差给我们精神上的投影,另一方面是极左思潮导致的我们国家在社会主义道路上的曲折造成的。因而这种悲壮的献身冲动,便从社会情绪、社会心理的层次折射出仅仅属于这个时代、仅仅属于这一代人的许多有价值的信息。苏振云为新政权的诞生几乎葬身于黄河的惊涛,"如今",你这样描绘他妻子的心情:"老苏在自己的政权下遭此横祸(莫须有地判刑二十年），她的心真要碎了！"老苏的遭遇和老嫂子的心情，不但浓缩了历史曲折，而且将这种历史曲折融化为人生况味。这中间，既有为理想忍辱含冤献身的崇高感，又有世事完全不该变到这般田地的悲剧性。黄腾睦、翁双成可以说是又一代人。他们从苏振云那一代人身上获得了献身的遗传基因。当他们千里迢迢来到红色的陕北大沙漠和荒沟，贫困和落后在心中激起的是神圣的献身冲动。这是典型的五六十年代的时代冲动。他们一往无前，只知献身的光荣和责任，不知还有不允许献身的阻力和压力、构陷和打击。几十年间，他们相当多的精力并没有献给老区的建设，而被纠缠于想献身而不能的苦苦挣扎中，被淹没在献身反获罪的交代检查中。但他们一直不改初衷，将自己和这个事业，和这里的人民紧紧连接在一起，甚至以生命相许。这中间，你写出了多少催人奋发和引人深思的东西，崇高的和悲哀的东西。你画出了历史老人在这个特定阶段，方向的执着和步子的蹒跚。

你还写出了五六十年代知识分子的另一个特点——"不是诗人，但有充满诗情的心"（代文敏）。这种对生活不竭的纯真的激情，常常表现为待人处世的书生气息，"屡教不改"的天真无邪。他们有矛而无盾，永远处在进攻性的工作中而不知起码的戒备。他们以己心度人心，遭人暗算不知冒烟的枪口在何方。有了困难和不公正，"他们有个老习惯，都是努力自己想通它"，"这么一想，胸中很不舒服的滋味很快像被什么蒸发了去，心儿的上空出现了明朗的蓝天"（翁双成）。疑问和波动是少不了的，也会出现小有牢骚、良多感慨的时候。千万不要以为这是"思想动摇""离心离德"，哪一次不是被心中那股不竭的、汹涌的生活激情冲刷一尽，而更加愉快地奔向新的困难呢？在《弯弯曲曲的山路》中，你用这种激情作为全篇的文眼，贯穿了全文，贯穿了代文敏的一生。在主人公极其艰难的二十五六年中，你五六次写到这般激情的出现。我们看到她如何带着这股没有褪色的激情，由乌鲁木齐到西安，由陕西师大到绥德师院，到吴堡的山沟里，到贫困的农家土炕上，直到最后，我们还看到这位可尊敬的近五十的女教师，在宋川中学的舞台上跳舞、唱歌！黄腾睦在这方面有过之而无不及。他也"很有点像诗人和画家"，而"深厚和热烈的爱，是诗人的第一要素"。这种要素使得他像苦恋者那样，总是忘记对方给予的冷漠和歧视，一厢情愿地、一次比一次热烈地去追求，使得他在乌云已经临头的时刻，还自我感觉无比良好，处处仿效当年老八路的作风，在农村和群众"三同"，给群众实行最充分的革命人道主义，送去党的温暖。他还满有信心表示，"要争取早日具备入党条件，加入伟大的中国共产党。到时候，还要向亲人们报喜哩！"但命运接着加于他的就是冷彻骨髓的、最不人道的迫害。你说得好，"他这类知识分子可爱而倒霉的'幼稚'和'蠢呆'，往往就表现在这里！"这是含泪的揶揄。一个正剧和闹剧相衔接的时代，造就了这种喜剧和悲剧相糅杂的性格。代文敏、黄腾睦们对革命浇不灭的激情，使我们看到了中国的脊梁，中国人的精魂，这是国家和民族的大幸和大喜。而他们的激情长期处在低温抑制状态之中，热，不能发而为能，能，不得行而为果，难道不是国家和民族的大悲大恸么！时代面貌缩印为命运轨迹，时代精神凝结为性格和情绪，这使你这几篇作品有了沉甸甸的分量，这几个人物有了博大的共鸣腔。

而你一旦能有意识地从时代精神、时代性格和高度来立意，来处理你的题材，你就发现了自己和人物之间、人物和社会之间许多潜在的联系。你的社会思考、你的艺术情思和艺术联想，你的笔墨，一句话，你在创作过程中的整个精神状态，都因此而开阔而活跃起来。你会发现，原来在写另一个人的时候，自己的许多心理经验、感情经历和思考成果，甚至自己生活宝库中的许多大件和细节，都可以在报告文学这种体裁的创作中起到重要的观照和借鉴作用！我以为，这是你后几篇作品面貌大变的重要原因。

其二，由重点写事转到重点写人，重点写人的感情和性格。和前面的作品比较，后几篇作品在写人上有"三注意"。

一是注意了人物背景的描写。原先你对人物的纵背景，即人物历史是注意写的，但横背景，即人物所处的时代、地区的物色则常忽略，这是就人写人的表现。后来，你不但从内部去把握人物与时代的精神、情绪、心理联系，而且在具体描写中，重视以背景衬托人物的言行。《一个普通的人》比较详细地写了黄腾睦毕业后北行途中的见闻。你写了古都西安、黄陵、延安和塞上的风光，又写了这些地方给予一个侨眷学生的特殊感受。"这些都给他以神圣感和庄严感，使他不觉得离家越远了，并似觉与一种博大的生命之根越挨近了"。然后，你在描绘人物情绪的变迁中，插入了对横山县历史沿革的介绍。这样的描写绝不是多余的，它既拓宽了文思，给人物一个博大的情景，又情景交融地写了社会历史、地域背景如何给人物注入恢宏的精神。

二是注意了能表现人物的性格和细节描写。仍以黄腾睦为例，你抓住他多才多艺、爱拉小提琴、爱画画，随医疗队下乡不会走山路便手脚并用，边爬边溜，在家里自称是"广本牌丈夫"等等细节，写出了他的诗人气质，对生活的爱和乐观风趣的脾性。这些细节富有独特性，富有生活情趣，远比正经八百的叙述和介绍人物要效果好。

三是注意了揭示人物的感情世界，注意在情节的进展中描绘人物的感情转换。《一个普通的人》开篇，你就通过对祖国、对事业的爱和对母亲的爱，在特定情况下的尖锐冲突，一下子把黄腾睦的感情世界袒露无遗地揭示出来。以后的描绘，就是沿着这个高水平的开头写下来的。在受批斗时，他那一长段描述自己家世的发言，你处理成一个海外赤子爱国之情的爆发性倾吐。见诬陷自己的大字报后，一向驯服善良的他，突然变得激怒而无畏，勇敢地当众反驳，这里你成功地写了人物的感情转换，通过这种"哑巴也要说话"的转换，写出了人物的正直、正义和正气。有了细节和感情，人物就有鲜明的外部形象和充实的内部形象，再加上时代背景，人物就有了凝重感和辐射力量。

其三，由静态的描写转到动态的描写，由按照问题分类、按照时序分段转到以性格和情绪逻辑来结构全篇。像上面所举的对黄腾睦的几段感情描写，都不是从人物的具体行动和规定情景中剥离出来写的，而是放在他的动作线中，放在具体的矛盾冲突中，使感情得到自然释放。横山城的沿革，做静态介绍是一种写法，但你现在放在母亲突然病逝之后，黄腾睦有意用不停的工作抑制心头的悲痛。他随医疗队去了农村，这时你插进了一段风景和县城历史的描绘，以宏阔的塞外风景线和深厚的历史文化堆积层来开拓人物的心胸，改变人物暂时受抑的精神状态。和前面做对应，你渲染了他在这有着深厚历史渊源的土地上所获得的诗情和愉悦。于是"不多久，他的情绪恢复正常了。而正常的情绪是更能发挥人的热情和积极性的"。这里，既介绍了横山县的历史，展示了这块土地的深厚传统，又反映了主人公以工作冲淡丧母的高尚品格，推动了全篇情节的进展和人物感情的转换。这种整体效果，是只有动态的描写才能取得的。黄腾睦的爱拉小提琴，不仅是作为一种有特色的个人爱好来介绍，而是组合到整个情节和人物情绪中去，既表现了青年大学生的激情、浪漫和多才多艺，又为丧母的消息做情绪上的反衬；后面的画喜鹊梅花和听广东音乐，不但和篇首做了呼应，而且写出了极左思潮对人的才智的扼杀，烘托了粉碎"四人帮"的欢悦心情和时代气氛，也由此点出了家庭的温暖，点出了妻子的爱和孩子的娇。细节、情节的这种多用途，当然不是静态的描写所能达到的。

其四，作者的思想、感情和情趣不再被隔在文外，而开始渗透进作品。这种创作主体和描写对象、生活素材的交融一体，在最近的几篇作品中正日益深化。你忍不住夹叙夹议，忍不住由写人而抒情，忍不住要表现一点自己对生活辩证法的中年人的幽默感，等等，都表现出这种趋势。有时，甚至直接出面和主人公探讨对当前社会现象的思考，如《弯弯曲曲的山路》的最后一节：关于历史、人生和人的价值及其他。这一切，都表明你在创作中能动性的发挥，表明了你在整体上的提高。

牧笛，一个富有诗意的名字。但事实上，生活没有给你太多的机会去唱塞外的牧歌。严峻的时代，艰苦奋进的塞上人，还有你自己对生活日益深沉的思考，改变了，还将继续改变着你的笛音。这实在是很好的事啊！

恭问

著安

肖云儒

1986年4月7日于榆溪河

有温度的思考和表达

——序陈正奇《散评诗赋记序跋》

他是一位在课堂上执教几十年，由青春年少到满头苍发的教授，一位热衷于地域文史研究并多有著述的学者和写作者，也是一位将自己湮没于长安文化的汪洋大海，爬梳、整理、提升，凝聚星星点点的光彩而为系列文史成果的选家、编家、校注家。

正奇先生有性情有才情有激情。健谈，直言，侃侃而谈的都是心声，常常让听者动容，亦以真情相许。重然诺，够朋友，每有所诺虽无法尽善尽美，总是扑着身子去办，是条关中汉子。对他我好有一比：是写《汉书》的东汉学者班固和其弟——威震丝路的勇士侠客班超，以及其妹——续写《汉书》的班昭，三兄妹无意中的组合。兄妹仨是关中扶风人，与正奇家乡白鹿原相去百来十公里，处于一个大文化场中，此比恐怕有点道理。一笑。

正奇先生家就在西安，下班后却很少回家，大约只有周末才享受一次天伦之乐。平素就蜗居在大学校园一座楼的一个角落的那间办公室中。吃大灶饭，睡单人床，让不断火的烟熏着自己，让满房子充盈而杂乱的书籍资料养着自己，让满校园的青春生命和素心文胆陶冶着自己。在寸室之中思接千年史事、文事、天下事，足不出户便有了大胸襟、大眼界。

他把自己的学问落得实而又实，落到关中、长安这块生于斯长于斯的热土上。他研究长安农事、三秦学人，在故园寻梦、秦中拾穗，研究陕西省情教育、传统文化通识教育，都有了专著。还在自己担任主编的《唐都学刊》和"长安历史文化丛书"等书刊中，延展、深化和弘扬这些领域的研究成果。他著述、编选的文稿，在这里那里给你以教益且不说，你还总能从中感受到一种温度，那是一种体温，是一位学者内心对乡土、乡情、乡梓眷爱的热度。

与一些纯理性的学者，那些或以周全的资料搜集，或以冷峻的理性深掘取胜的学者不一样，正奇先生是一位将主体内在的温爱浸润到乡土学术研究中的学人。正是这一点，使他那些有温度有情愫的论文与他那些充满探究和思辨的文化散文，两相辉映又两相趋近着。

由于专注于思考和表达故土的历史文化，资料的丰厚和切实、感情的投入都没得说，这使他能够给自己的写作建构了一个充盈的客体世界。他不但能从这些资料中提炼出观点，更可贵的是还能将人生的温度注进其中。在不少文章中，研究主体能够随时随地进入研究客体那充盈的世界，主客体的互融使作者获得了从资料、观点和人生、感情多个维度中出入的自由。作者往往不拘泥于格式化的论文写作，会随意在论文、散文、序跋甚至诗赋中将自己的一些思考成果表达出来，艰涩的理性思考也就敷上了性情的和人生的光彩。《华夏源流钩沉》《〈秦岭智库〉跋》《〈隋唐长安文化管窥〉跋》都是这方面可圈可点的好文章。

正奇先生很少将自己的研究客体仅仅作为纯然的学术解剖对象，更多情况下，这些研究对象首先是与自己生命相系相依的故土、故人、乡情、乡党，是鲜活的、亲切的生命活体和生活活体。对这块土地历史和人物的尊重、熟悉和热爱，使他常常获得思考和表述的新角度，获得异于旁人的新见解。《从鹿三"鬼魂附体"说起》便令人耳目一新。乍看此文，是跳出传统人文社会学的体系，运用现代系统论从西医（精神分裂症与抑郁症）、中医（瘀热之症）以及心理学（癔症多重人格）等新角度对鹿三之死做的多维度剖析，观点和表述都有新意。其实隐匿在这种方法论背后也许有一个更重要的原因，那就是研究者不是将鹿三（以及小说的其他人物）作为传统社会观中的类型人物即"他们"来对待，这些乡土人物在正奇心中，都是自己活生生的乡亲，是个性人物，是"个我"型存在。每一个人都有多面的复杂生命，每一个人都是我们应该尊重的独立个体，值得研究者去做体贴入微、细腻入微的理解和解读。也许这才是正奇选择这个新角度来解剖鹿三之死最深层的缘故。

对一位学者来说，这精神质地多么稀缺又多么可贵。

2015 年 6 月 20 日，长安望湖阁南窗

《唐古拉之梦》：柔的刚化和梦的实在

我读着，哪里是文学，是活脱脱的生活。没有许多作品里都有的对艺术的刻意追求，对生活的追求，强烈的生活目标感，把一切都挤兑掉了。一种未经打磨刨光的真美，在零散的记叙中闪光。这光，钝钝的，却有穿透力。

她要"以自己的生命为抵押，去验证一点人与自然的关系"。她要"把属于自己的那份世界争到手，哪怕它是小小的"。她发现了自然的雄浑博大，这博大把人压抑得蝼蚁般小。她又发现了人的力量原也是很大的？这力量平时潜藏得很深，不轻易暴露，只是在一种特定的情境下才肯显示那么一下。人应该去寻求和捕捉那个可以使自己发挥潜力的机会，牢牢地抓住它，集聚个人有限的生命去创造一丁点儿奇迹，使每个人找到生命的最大亮点。

一个形单影只的姑娘，千里高原走单骑，自费骑车由西安去拉萨，其间的艰难困苦，奇峻险恶，异闻新感，热心烈情，孤寂空落，勇毅坚执，可以想见。告别沙龙文学的拂面轻风，不再闹着玩儿，来一次真格的。不纯是为文学而去，更是为生活而去。也并不是一个人，而有一批人，从各自的出发点，走各自的路线，带着各自的目的，奔向高原。一号二号，筹备高原马拉松赛的自行车队，发掘大山之宝的地质学家，尤其是那单腿走遍全国的陈汉君，再加上女性的"我"，组成一幅力的构图，一幅在同自然力较量中确认人自身力量的构图。近几年，由名州胜迹舒适的旅游热，逐渐转向对险山恶水的荒原征服热，原因很多，我以为其中不可忽视的有两点：一是显示了发扬和改造民族精神的内在要求，即抑制民族传统中的柔性精神，高扬民族传统中的刚性精神的要求；二是表现了现代社会不但从对自然的征服、改造中确认人的力量，同时需要从对自然的认同、互补中来确认人的力量这样一种要求。

中华民族大有那叱咤风云、勇猛刚烈的人在，只是无论在生活中还是在作品中，这类人常推不到主角的位置，成不了胜利者。他们被认为不是帅才，只是将才。中国传统文化特别推崇的是柔德，即宽和、柔慈、平和、内忍、慎思缓行和谨守传统的品德，推崇以柔克刚，将百炼钢化为绕指之柔。这表现了中国传统观念中因循保守、折中苴弱的一面，又包含中国人对群体聚合力的信赖和重视，积淀了中国人对精神胜于单纯体力的深刻认识。只是在长期的封建文化环境中，民族精神中的柔性过分被优待，而刚性则过分被压抑，产生了某种倾斜。近年来，随着改革、开放、搞活，民族精神中的振兴意识、竞争意识、夺魁意识苏醒高扬，这些社会意识在性格心理中的积淀，大体上都属于刚性精神的范围。

新时代呼唤着刚性，刚性又在中国西部找到了一个发散场。这里的雄奇古朴、博大险峻，诱发着浪漫主义热情，磨砺着坚韧自强品格，摇荡起由于各种社会的、自然的原因受到抑制的生命力。也许这是作者和不少人奔向西部的一个潜因；也许"唐古拉之梦"是柔性渴望刚化之梦，是内地人西部化之梦。不只是梦，不只是一种希冀，已经变成了调整民族精神倾斜度、寻求民族品格新支点的现实行动。我曾做过这样的猜想：从未谋面的作者，也许是个刚强的人，但柔性生活氛围和女性特有的柔弱身份，使她内心的刚强受到了某种拘束，于是她希望突破现存心理空间，去寻求一个能使刚性得到张扬的环境，便有了这次惊人的西藏之行。是不是这样，只有作者自己知道了。

从这样的文化背景上来读《唐古拉之梦》、释《唐古拉之梦》，一切都有了象征意义。高原、拉萨，那是一种似实若虚、乍实乍虚，游动于具象与抽象之间的生活目标。在她前面的一号二号，也真的成了一种符号，由牵引力，而阻碍力，而反激力。

认同自然的过程，常常也是克服自我的过程，作者写出了这一点。远离人群的孤独感，被大自然包围的渺小感，对原有社会生活的依赖感，对现实人生的哲理联想和思考，对家庭、母亲、友人，对"一个人""一颗星"在心中的呼唤，以及舒适、温暖、捷径、坐车的诱惑，都在一人独处高原的特殊环境中得到强化、放大。这里正是作者的思考和笔墨大可驰骋的地方。可以由此入手，来写自然美更深的层次，写内地与高原的文化衔接和文化差异。作者注意到了这一点，但并不尽如人意。对沿途见闻及具体感受所做的如实的记叙，也许欠翔实，却真切。只是作者的感受力超过了观察力。

全文有三方面的素材写得让人印象较深。一是作者在自然景物触发和启迪下对人生的思考。譬如极度拥挤和极度空旷在现今世界的并存；天穹下奋力前行时，联想到世界是圆的，你自己的世界也是圆的，无论你怎样努力走，都走不出自己的圆，而只能移动圆心（但这圆的半径是可以延长的吧？）；旅途中时时袭上心头的孤独感和悲凉感，以及在恢宏的自然景观前个人自信心的动摇（这些并没有写消极）；等等。二是沿途部队、群众和旅人对她质朴的关切，使人感到在冷峻的大自然中，现实社会的温暖和时代生活的搏动。三是对藏族同胞放牧图的描绘及对藏族儿童和妇女的充满爱的描绘，那是女性的、母性的感情和民族感情的交融。

对自然美社会性的发掘，是一个有难度的课题，我在文中感到了不足。自然美社会性似有三个层次：一层是自然对象的外部形象引起主体的视听感受进而引起的美感愉悦，二层是自然对象触发或契合审美主体的某种心境情绪而引起的特定的美感享受，三层是将自然对象自身的形象特点和在历史发展中所获得的象征意义转化为审美主体的理想寄托进而引起人的美感。作者对二、三点倒是注意了，虽然远没有展开；对第一点表现得较差，观察、感觉不够细致，描写也就不能入微。许多次的一笔带过，造成了遗憾。

对社会政治现象是不可以做非社会政治的理解，但首先要做社会政治观照，决定了正误，才能追求深度。文中对某些社会政治现象的描绘是有缺欠的。譬如对西部"流放者"和"淘金者"命运浓重悲剧感的描绘，就没有用具体的社会政治坐标来鉴别，陷入抽象的人生感慨。如果以这种个人即兴的感叹代替社会政治评价，就需要推敲了。

于是我又想到，如果年轻的作者只是到中国西部去寻找一个"梦"，是远远不够的，很难正确观察、感受、理解西部社会和西部自然。但愿作者在实地跑了一趟而又经过咀嚼消化之后，心中的"西部之梦"已经开始转化为真切的社会关系织成的时代生活和现实人生了。

1987 年 8 月，西安岚楼

朗 日 可 鉴

——序《未尽的颂歌》

读完《未尽的颂歌》的打印稿，已是子夜。窗外建筑工地电焊的弧光正划破夜空，脑海里一亮，便闪现出"朗日可鉴"四个字。

作者朗可同志是一位老新闻工作者。20世纪80年代初，我们同在陕西日报社工作，那时都忙着各自的工作，不到三年，我便调开了。可以说，我们相识而不相知，对他几十年间的写作情况更是知之甚少。这部通讯特写集以它无可争议的质量和五十多年的时间跨度，将作为一位忠诚的革命者和优秀的记者告白于天下。

每个人的历史都像一本厚书，人们往往只看到它的封面，或者随手翻上几页；或者长期厮守也不见得认真阅读，直到几十年后才断断续续地读完。读完了，才大惊异于对老朋友的新发现——这也是我读《未尽的颂歌》的感觉。

一

朗可同志告诉我，他的童年生活是在苦难中度过的。生活的艰辛迫使他勤奋好学。1937年，抗日烽火燃遍中华大地时，他作为山西照县的儿童代表，在出席牺盟会洪赵中心区抗日动员大会期间，受到启发和教育；看了八路军——五师战士剧社的精彩演出，那些生龙活虎的抗日英雄形象，更加感染和震撼了他纯真的心。1938年十四岁时，便被吸收为中共党员，走上了民族解放和为共产主义事业而奋斗的革命道路。

朗可同志告诉我，抗日战争期间，他是党的一个忠诚的文艺兵，当过八路军宣传员，战时参加部队尖兵班的前哨活动。1939年的一个冬夜，在抢渡日寇在汾（阳）离（石）公路设置的封锁线战斗时，险些被日本鬼子机枪扫射出的子弹击中。1942年，学习毛泽东同志《在延安文艺座谈会上的讲话》后，开始为党报撰写诗歌、故事、通讯、特写等稿件。1946年，解放战争初期，做了新华社《晋绥日报》记者，主要活动在新解放区，采写报道对敌斗争、土地改革、生产建设等方面的新闻通讯。新中国成立后，先后在《新疆日报》《陕西日报》主持工作，一干就是几十年。

朗可同志在繁忙的报纸工作领导岗位上，对文艺的倾心却一直潜藏于心头，一有机会便开出绚丽的花朵。由他策划并参与创作的电影剧本《他们在战斗》和话剧《秀才遇见兵》等作品，便表露出他内心深处的这种衷情……

和我谈着这些往事，他一再表示，面对走过的近六十年风云，面对先于他倒下的战友，实在工作得太少，写得不多，也不好。言谈中，流露出他们这一代人特有的真诚和本色谦虚。然而，我的阅读感觉却不同。我常常被潜藏在书稿中的人生轨迹和生命激情所触动，为渗透于字里行间的质朴、勤奋、奉献精神和作者深入群众、反映生活、思辨现实、歌吟理想的品貌而感叹。我从书稿中真切地看到了一个真正的人，又从这个人身上对一个时代有了鲜活的感受。

收在这本书中的通讯特写作品，大致可以分成两部分，前半部分是战争年代在《晋绥日报》和《晋南日报》等报纸上发表的，后半部分是新中国成立后在《新疆日报》《陕西日报》时期的作品。两部分作品各有特色。

二

朗可在晋绥时期的作品最大的特色是质朴、真切、鲜活。作者的青春气息和革命事业的气息熔冶一炉，写作主体和生活客体有一种精神上的沟通。

作者善于在白描中传神，不施浓墨重彩，一味以民间口语写运动中的人物、场景、对话、故事，使当年的战斗生活历历在目。拿《新村演出记》来说，作者选择了一个非常独特又有辐射力的角度，真实地叙述了当地干部、民兵潜入敌占区动员受凌辱的老百姓来和边区群众同场看戏的全过程。"……人们悄悄谈论着：'七八年啦，就像钻在地窖里一样，黑漆一团，真是活了今天没明天，这次，就是拼上脑袋也要去美美地看一下哩！'"几笔点染出一种喜悦中夹杂着紧张的气氛，也给读者以悬念和期待。在这种气氛中，用给敌占区老百姓看戏的好位置和留宿款待的细节表现边区人民和敌占区老百姓的血缘感情，用群众自己的语言传达出民俗、民风和民心。尤其不容易的是，还能够将具体新闻事件放在大时代的政治军事背景中来透析，深化和拓展主题，自然而又集中地表现了这次演出和看戏是那样奇特和感染人。敌占区的群众说："咱们八路军的地方真好，我们那头甚时才能变成边区呀！""你看三国时的关公'身在曹营心在汉'，咱要叫敌区的伪军、老乡都'身在敌区，心在边区'呵！"短短千字，有角度，有人物，有故事，有语言，有细节，有气氛，有大背景的辐射。

不仅此篇，这一时期的许多篇章都显出作者新闻写作方面的才能。《胜利了再团圆》将参战故事讲述得曲折而趣味，不但设置悬念，而且在起伏中拉长悬念，表现出很强的结构意识和布局功力。《青年刘三虎》《渡汾河》等篇，都选择了很"刁"的角度，集中笔力一味对现场做动态特写，作者不动声色，人物的个性、气氛的生动、画面的真切尽出。《七层钢板没一层了》是写人物的佳作。在斗争会上，群众对外号"七层钢板"的地主老婆步步揭发，层层剥皮，以民间的幽默手法活画出这个女人的阴毒、狡诈、贪婪、无耻，表现出新解放区人民的觉悟和机智。这些篇章，都是写的真人真事，但都写得有滋有味，是可以当作小说读的。淳朴、生动而有表现力的语言和色彩浓郁的生活画面，让人想起了名篇《吕梁英雄传》。

《探亲记》又是一种写法。它以记者自己回家探亲作为新闻事件,用新闻通讯不多见的第一人称,即母亲给当兵归家的儿子诉说阎锡山的罪恶,抗日的光荣。军民之情融于母子之爱,写法新颖,感情真切。

这些早期作品流贯着朗可的革命激情和青春光彩,表明这位年轻的记者采访写作素养的全面和稳定,也感觉得出他的艺术气质和文学才能。

三

由于时代、地域的变迁和社区文化的不同特点,朗可在1949年冬季随军进疆以后的作品,在内容上有三个重点:一是热忱表现兄弟民族的翻身解放和民族大家庭的团结友爱;二是表现各族人民在天山南北携手建设社会主义的宏伟业绩和崇高精神;三是表现老一辈革命家、党和国家领导人对新疆各族人民的深情关怀。这使他的新闻报道保存了密集的历史信息和生活信息,成为新疆维吾尔自治区三十多年发展的重要文字记载。

随着作者年龄和人生经验的增长,又担任了报社的领导工作,眼界和水平有了变化,这部分通讯写作,总体上是由青春的炽热、真朴逐步走向成熟和老练。

这个阶段的作品,由原来主要从点上取景,写特写式的人物、场面、故事,发展到主要从面上取景,用广角镜头,对社会做全景的鸟瞰。这种全景式的通讯并不大而无当,而是切实、细腻。如《万岁,毛泽东!》这篇新疆各界人民代表会议侧记,既有面上的总体情况,有气氛的渲染烘托,又不时插进典型人物和场面的细致展开,显得非常实在。

在这一时期的作品中,作者发挥了原有善于描写人物、叙述故事、捕捉细节的优长,常常以动人的细节、故事再现典型人物的风貌。譬如《生产战线的一角》,通过"水头可大哩""人拉犁"几个场面勾勒出生产建设兵团屯垦戍边的伟业,更通过刘指导员挺身阻止起义过来的副连长打骂战士、为解放前夕惨死的群众搭灵棚两个动人的场面，表现了解放军和国民党军队的不同性质和在生产斗争中战士们精神境界的提高。

另一方面，比起早期作品来，作者更注重对人物命运和社会背景的开掘展现，更注重将可见的场面、对话、细节和人物的精神状态、思想境界交融起来。《奥热开希同志入党》以扎实的采访掌握了人物的苦难史、觉悟史和丰富的生活细节、心理活动，通过选择对比性的事例加以强化，使人物思想感情的变化震撼人心。而写哈萨克族女党员扎艾烈的通讯，则将这位贫苦牧民女儿苦难的命运写得细微曲折，感人至深，表现出作者抒写命运、经营故事的能力。

反映老一代党和国家领导人的朱德、王震和越南人民敬爱的领袖胡志明主席视察访问新疆的通讯纪实，也很少用新闻公报式样的写法和概念化的语言，都是在第一线采访时的耳闻目击，紧抓活的镜头，使读者身临其境，如见其人。这不但反映了作者很强的新闻敏感性和形象观察力，而且突出描述老一辈领导人热爱劳动人民的本色和与人民群众的鱼水关系，突出了他们关心经济建设，关心人民生活的崇高精神和博大胸怀。

朗可同志在抗日战争从事文艺工作中成长，为转入新闻战线织造了扎实的条件；从马不停蹄的记者工作，走上了一张省级报纸的领导岗位，并做出了可喜的贡献，完全得益于党和人民的培育和他的勤奋好学，酷爱专业，拼命苦干。

朗可回顾他近六十年的革命生涯时，念念不忘党组织两次送他上学深造。第一次是1940—1942年，党送他到延安桥儿沟鲁艺干部班、部艺戏剧班学习，用革命的基本知识和文学常识，充实了自己，保证了他在战争年代经受住了血与火、生与死的锻炼和考验，在文艺工作方面迈出了踏实的步伐。第二次是1954—1956年，党送他到北京中共中央高级党校新闻班深造，用马列主义理论和新闻业务知识，武装了自己，从而保证了他在新闻岗位上得以施展才华。

党两次送他学习深造,都是处于革命和建设的关键时刻,也是他新的征程中的关键时刻,因而他更能深切体会到党的阳光雨露的滋润和恩情。我在报社待了二十多年,现在虽然离开了这条战线,一大批像朗可这样的老前辈和老报人,一直给我以精神的激励和人生的营养。我心里永远记着他们。

1996 年 3 月,西安人民大厦前楼

奉献·燃烧

我和大家兄一样，都是在记者、编辑忙乱的事务中挤时间写东西的人，为了让心中这一朵总也扑不灭的、撩拨人的火焰在稿纸上有个投影，为了让干燥的人生中这一泓清泉似的爱能流淌出来，别人在夏夜的大槐树下歇凉了，我们却去"爬坡"，去"背山"——背那座至今还望不见顶的文山，累得汗如水流，乐而忘返。我们生活得多么艰辛，就像陕北人称呼劳动者那样，是地道的"受苦人"。

我们的作品，非创作的工作肯定要在我们的文字中留下这样那样非创作的投影。于是在硕果累累的朋友们面前，我们苛责自己的疏懒，却很少以为他人作嫁的繁杂事务为自己辩解。大家兄好几次对我说："我不是专业作家，不是智者，我只是一个文学工作者，一个'苦行僧'……"而这次又在他的自述、代前言《我愿意燃烧》中好几次读到了几乎同样的句子——"我不是火炬，愿意燃烧"，"有人如火炬点燃，才华横溢，他们是智者；我是星星之火，如一个'苦行僧'，恪守信条，矢志不移，最后奉献出的是一杯燃烧的余烬"。"我没有追逐过作家、诗人的桂冠，发表作品时曾用过十几个笔名，那是因为文采平平，免得读者讪笑；我惮于参加作家们的集会，那是不愿自命高雅而有鱼目混珠之嫌。"这些话都在我心头沉淀为厚重的人生感和崇高感。

实在应该为文学界的这一部分人说点什么，写点什么。不全是为大家兄，也是想借此感谢一些朋友，剖析一下自己。

最早接触大家，是"四凶"铲除不久的1979年。其时文艺初呈繁荣，陕西人民出版社创办了大型文学季刊《绿原》，大家兄受命主持。第一次组稿会对一些稿件的取舍评估中,我看到了他的诗人气质、激情、开放、敢言。后来,听人谈到他在"文革"后期顶着压力,坚持科学的编审原则,任劳任怨编辑大型诗集《延安颂》和曹靖华的散文集《春城飞花》,甚至受到了大名鼎鼎的"初澜"(大批判小组笔名)的批判。我感到了支撑着他诗人激情的铮铮硬骨。1988年夏,在宝鸡组织了一次写作讲习班,我们都被邀去讲课。已经好几年没有像这样聚在一起的机会了。记得他无论对主办者还是对学员,都一再申明:我不是专家,不能系统地讲述理论,我只能就看稿中感受到的创作需要注意的地方给大家谈点想法。这些话当时给我的感受不是谦虚,而是诚实。联想到他1984年将自己的散文集命名为《呼唤集》,是何等安贫乐道。到这次编自选集,大家兄已经很有点恬淡、超脱了。且看他的自述补记《并非梦幻》:"我正在埋头审读四面八方的文稿,蓦然有人提醒我:快到站了,该下车了……于是便开始检点行李。""大半辈子为别人作嫁衣,倒是该把自己的衣衫也缝补一下了。不是为了打扮,而是御寒。"

这当然是一种成熟,一种境界。

这本书不是作者的纪念碑。像所有终生劳碌的老编辑一样,记录他人生足迹的是一块无字之碑。朋友们给他算的两笔人生账是:工作四十二年,除去参加各种政治运动和下放劳动,有效工作时间二十五年;二十五年中,审编别人的文章、书稿竟有三个八位数;这个集子不过是多年工作量的百分之一!在这百分之一中我们看到的又是什么呢?——时代、工作需要他写什么,他就写什么,哪种武器更有效,他就学习使用哪种武器。于是,我们从战士—记者—编辑—作者和诗—散文—报告文学—小说—通讯—曲艺—歌曲这两个色彩斑斓的光环,看到了"奉献"两个大字。就是他写的作品,也有不少是讴歌记叙有奉献精神的人物的。像《在烈火中》,是看到内部通报的第二天,去采访,连夜写出,配以社论,几天后就见报的。他愿意为奉献者奉献,愿意为人民而不是为自己树碑立传。他的这种追求,年年月月,落实在自己的时间分配表和精力分配表上。他失去了个人可能创造的更大成绩，而去促成社会创造业绩。

大家兄为此而幸福。他写道："一部好的作品，就是在我面前开了一个窗口，也使我认识着生活，理解着生活，和作者一起思考生活。我的心和作者是相通的。即使有的作品不够成熟但具有良好的基础，我都不愿放过，动手修改或请作者自己加工，努力使它完善而能发表或出版。一部作品出版了，或受到社会的赞誉或获得奖励，尽管那荣誉是属于作者的，我也欢欣鼓舞，分享着作者的欢乐。"他吟唱道："假如／一滴水／不投进大海的怀抱／怎能享受巨浪排空的欢乐。"听着这样的诗句，内心能不感动吗？

当螺丝钉、当人梯，已属不易，还能真诚地为此而充实，而自豪，这种心态唤起了我们心中多少温馨的共鸣。可以说，这是一种"50年代精神"（注意，此处作为一个专用名词）。它像一盏灯，至今仍在我们许多人心中亮着，却已经不似当年能像一片火那样在全社会燃烧了。那似乎已经成为遥远的回忆了。文大家属于那个年代。他和他的作品，将一股淳厚、清明之风吹进我们心田。

大家兄像一切在报刊工作过的人那样，写得很杂。他将各类体裁的作品都收集在一起，表明作者对这种"杂"的认可和首肯，也正好呈现出一种杂家风采来。作为一位在文学界和新闻出版界重叠部位工作的人，大家兄的散文、报告、通讯、曲艺，还包括相当一部分诗歌，表现出一种审美价值和新闻价值相叠的状况，是现实主义的，明朗的，实在的，参与的，对实际生活和工作承担责任的。对两种价值相叠的作品，需在两种价值的结合中去衡量。如果仅从纯艺术角度来要求，当然可鉴可品之处会受到些许影响，但对当时当地的现实起到了作用，作品的相当一部分价值已经在当时当地转化为实践价值，这是我们在读此一类作品时，不能不做综合考虑的。而那些"纯"艺术作品，如果说若干年后来看艺术的沉淀多一些，却也要看到，此类作品的价值较少向现实的、实践的领域转化这样一面。

  对这一类文学艺术作品的价值如何判断,是一个实践早已提出来而没有得到认真回答的问题,以致使此类作品一直得不到公允的评价,也影响了它们的壮大发展。我以为文艺界对此应该做深入的科学研究,为新闻出版工作者的此类作品在文艺百花园中争得一席之地。

1990 年 2 月 16 日,西安岚楼

序《夕阳英雄路》

　　我和岩希多年住一个院子，一度是对门邻居。印象中，他几乎没有穿过西装或牛仔，成天布衣懒鞋出入院中。也没有听过他指点江山、评断文艺，或是做一种形而上状。话是大白话，心是平常心，一副少年老成的样子。他是属于他那一代的，却又这样将自己与同代人拉开了距离。

　　记得第一次读他的作品（那是八九年前的事了），着实惊异了一阵子——一个你看着长大的孩子，眨一下眼睛就变成了成年人，陌生而自信地站在你跟前。再不是那个在报社家属院爬树打仗的孩子了，再不是那个部队的小文艺兵了。他对社会、对人生有了自己独特的看法，这看法不能说成熟，却绝不与思想的流行色雷同。他能将自己对社会、人生的看法隐藏到生活故事中表述出来，这表述不能说十分精致，却很有点和他年龄不相称的老到。痴长几岁的我，产生了一种赏识之情。

　　这是岩希作品给我最早的印象。那以后，陆续读到他的各类文稿，除了小说和电影文学剧本，主要是报告文学。对他的报告文学，便慢慢能说得稍微具体一点了。

　　岩希的感觉好，角色意识强，写什么人就能进入什么人的内心状态，实现心理到位、感觉到位，读来令人有身临其境之感，觉得一切就是那么回事。比之虚构的小说来，感觉到位、角色意识对报告文学至为重要。写报告文学时，作者主体的投入，自由度较小，不能不受到真实人物、真实情节的种种限制。这样，报告文学作者对笔下人物的心理模拟能力，便更显得重要。作者心理模拟能力的强弱高低，常常是报告文学由表层生活真实到深层心理真实的关键。可以说，岩希是个心理模拟的强手。

　　状物、写人、叙事，岩希都有较强的能力。就他的报告文学而言，三者之中最感突出的是叙事能力。他的报告文学大致是两类，一类是大案侦破纪实，一类是热点人物写真，大都有多线头、多层面的复杂情节，这使他练就了结构和展现复杂情节的能力。不但详略张弛、显隐曲折、扣子悬念铺排得当，还总是以情节为全篇内在的推动力，融解着也裹挟着状物、写人顺流而下。在情节的动态发展中状物，快节奏的三言两语、表现力很强。写人也不静止孤立地描绘、剖析，常常在人物行动和情势的峰峦上来上几行文字，话不多，却很有爆发力。强调可视的动作性，保持主干情节的完整性，将写人、状物切碎，穿插于情节和动作的展开中，构成岩希报告文学的一个特点。这种写作上的特点，既和题材内容（侦破大案和热点人物）相一致，也和他所从事的电影剧本创作的路数相关联。

他还能够从一个十分开阔的视野中来观照笔下的人与事。这种开阔视野，常常并不是通过抒情或议论的文字直接说出来，而是在思想深度和宏观格局中来阐释作品具体的人和事，在许许多多大跨度的镜头对接中，让人清晰地感觉到的。

岩希收在这个集子里的篇什，你把它归入通俗文学也未尝不可，只是它们让你从冷峻潇洒的文字和敏捷的思路里强烈感觉到作者对纪实文学艺术品位的追求。他很像他笔下的周晓文，竭力想打破艺术片和娱乐片本来就不应该有的界线。这恐怕就是他产量并不很多，而每篇都维持在较高水平上的原因吧。

我不清楚岩希对今后的创作有怎样的想法，我相信他绝对有想法，而且想法不俗。创作本是生命搏动的记录，很难规而划之。尽管这样，我还是希望他在创作中逐步形成自己强大的领域，并且搞出难度更大、意蕴更深沉的东西。这个集子可以说只是他的一个台阶，他肯定会继续向上突击，他肯定要给读者第二次陌生、第二次惊喜。

1993 年元旦，西安岚楼

一叠精神档案

——"今日老三届"征文读后

读《西安晚报·曲江》副刊的"今日老三届"征文，我很难把握住评论者冷静的理性判断，我愿意坦率地说，我偏爱这组文章。我一直自认为是准老三届、类老三届，我几乎在读自己的青春，读自己那一段遗落在山野间的生命。

"文化大革命"中期，我作为省级机关下放农村插队的干部，曾经有好几年和老三届插队的知青生活在一起。我虽然1961年便大学毕业，由于念书早，其实年龄只比高中老三届大五六岁，常常被不知内情的人混称为"学娃子"。记得当时我们自称是"7083"部队的"两广"支队。"7083"——七零八散之谓也。"文革"初期，老、小两代如火如荼地捍卫毛主席革命路线，不久，革命路线却让这些赤胆忠心的战斗队作鸟兽散，下放到黄河、渭河、汉水两岸深山老林的深处，"七零八散"地混插在乡亲们中间劳动。毛泽东对此曾有两条以"广"字开头的著名语录，一条说国家干部（便是"老广"了）："广大干部下放劳动，这对干部是一种重新学习的极好机会……"另一条说老三届学生（便成了"小广"）："农村是一个广阔天地，在那里是可以大有作为的"。后来简化为"广阔天地，大有作为"。这样，我这个"老广"便有了和"小广"们相濡以沫好几年的历史机缘，并且终生不能"相忘于江湖"。

先是一起在大巴山的一道褶皱里插队劳动。深秋时节，"老广"和"小广"们赤脚在有霜冻的水田里收晚稻，背着竹背篓去几十里外的粮站交公粮。也和老乡们一起围着火塘说古今，不脸红地开那些叫人脸红的玩笑。后来，又和"小广"们一道出山，在汉江坝子修阳安铁路的白龙口段。我被临时委任为铁路民兵团政治处干部，写大字标语，编油印小报，各营、连、排的"小广"们自然便成了我的笔杆子。这一段生活，我曾经写过一部永远不会出版的长篇小说，叫《居嫌》，书名便是一位女知青的名字。又后来，我竟戏剧性地和一位1966届高中老三届结了姻缘，有了广字"7083"部队的第二代……如此说来，读"今日老三届"，实在也是在读我生命的那一半。

"今日老三届"征文的组织者、支持者，实在出了一个再好不过的点子，做了一件功德无量的事情。征文给我们提供了一段段在相同历史背景下相异的命运，在他们的事业奋斗、人格成长、精神熔铸中，自播出当代中国史上一个举足轻重的群体，一段难以忘怀的岁月，一种永可传承的精神。

社会文献性构成这次征文一个鲜明的特色。每篇征文可视为一位老三届一份简明的人生档案。这些人生档案，从空间上看，以不同切点朝一个有巨大历史容量的社会群体切入，然后拓展，收罗了当今社会方方面面的信息，使你阅读了社会，感觉了社会。从时间上看，千字短文大都有三十年的时间跨度，或从三十年前切入，然后追踪，或从三十年后切入，然后回溯，沉潜着一种命运感。许多命运的集合，又汇成一种真朴的历史感。许多人生档案装订到一起，又可视为一份真朴的时代档案。由一个人，写一群人，画一群人，写一代人，写几代人并存交替的历史。

精神建构性是征文的又一个特色。在评述老三届这一历史现象时，会遇到评价许多历史现象共有的难点，这便是对潜藏在否定性历史事件（或对某一历史事件的评价有了改变）中的那些美善精神如何评价。你说岳飞的凛然大义为爱国主义增添了光彩，有人便反语，金朝不也是中华民族么，岳家军爱国主义从何谈起？你说《创业史》艺术地记录了新中国成立之初中国社会特别是农村社会的许多典型事件、典型情绪心理和社会先行者的精神闪光，极有认识的、审美的价值，又有人说，农业合作化运动应该怎样评价现在说不清，《创业史》的价值也要打问号。同样，由于对"文化大革命"，对"文革"中强制性的上山下乡运动以及贯穿其中的极左思潮在政治上的否定，许多人常常只关注上山下乡对一代知青命运和心理的消极影响，而忽视甚至否认年轻人在这次长达十几年的社会民主实践中的精神收获。

马克思主义经典作家曾经指出，每一历史事件留给后世的遗产都有几个层次。一是历史事件本身的直接后果和对这个后果的具体评议，这常常随着历史的演进较快地泯灭。二是特定历史事件所包含的内在结构（如社会结构、经济结构、文化结构以及情绪心态的结构性内涵）给后世留下的借鉴、启示意义，由于社会发展常常在相似的结构和规律中演进，这种借鉴、启示可以延续各朝各代，非常久远。它常常成为历史学的重要素材，这就是以史为镜吧。三是历史事件包孕的精神、感情内涵的积累意义。包含在历史事件、历史人物活动中真善美的精神感情，比如积极奋争的人生态度，进取有为的创造精神，宽厚仁爱的品德修养，等等，都会逐代积累下来，最后构成民族精神、人类精神的财富。这种积累，既不以具体历史事件的评价为转移，也不会因为岁月的消逝而泯亡。岳飞精神、老三届精神就属于此类。

这次征文没有将重点放在对"文革"以及上山下乡运动的具体指斥和个人坎坷的倾诉上，而是着重表现老三届如何在困苦中奋斗，在逆境中成长，在晦暗中不失理想追求，在艰难中熔冶自身美好的人格精神，树立人民大众意识、社会责任意识等等健康、正确的人生观和价值观，表现了编者的眼力。我们可以从征文中看到，老三届是视苦难为财富，在苦难中奋发的一代，是以自己最宝贵的青春，将民族苦难化为民族精神之花的一代，正是这一代，使得那段在民族历史上不大光彩的岁月焕发出了精神光彩，并且通过以后几十年的实践，把这种精神光彩贯通到今天。老三届自身也在几十年的实践中，成长为我们民族的栋梁之材。人生到底是公平的，历史到底是公平的。

价值观的比照性是这次征文的第三个特色。这些篇章记叙的老三届的青春,以及文章在表述这种青春的朴素之美、纪实之美、思考之美、沉厚之美都和当代青少年的生活内容、生活趣味表现出迥然相异的反差。我以为,他们苍凉的青春,他们坚挚的奋斗,他们的人生价值坐标,都特别值得当代青少年在比照中寻味、思考、学习。自然这种学习,不是简单的仿效,而需要根据当前时代的要求和青年人的特色,在实践中加以熔冶重铸。这一点,现在早已当了爸爸妈妈的老三届们感觉可能更为强烈。许多老三届带着自己的孩子或学生重返当年插队的村庄,有的甚至视插队的村子为自己的老家,自己的精神之根,安排孩子寒暑假去乡下的爷爷奶奶家生活、学习。这是一种正确价值观的传播方式,也成为两代人交流、理解的重要渠道,成为新一代青少年铸魂的燃料,成为民族精神继承、建设的一块基石。想到当下在青少年中流行的种种缺乏钙质的精神、文化和艺术时尚,你会分外感到老三届精神的可贵。

老三届,一个特定时代成长起来的文化族类,老三届精神,一份珍贵的精神档案,都将镌刻在史册之中。

1996年9月15日夜,西安谷斋

人生和艺术转移的记录

陈同钢同志在第一本文集《太阳从东方升起》出版之后，不出两年，又推出了新著《西部艳阳天》。作者写得快写得多是不用说了，而且能在短期内让思路、笔墨产生变化，这就很不容易。快速变易常常是年轻人的专利，如若像同钢和我这样过了知命之年的人，也能在写作路子上变易，那便会博得某某还不老、还很年轻的赞誉。故而我读了同钢的这部书，便想说一句：老陈的确不老，思维状态和精神情绪状态，都很显得年轻。

翻检这本书，感到变化主要有两点，准或不准，都说出来。一是文章的艺术色彩加强了，许多文章大踏步地向艺术散文转化、靠拢。这从第一篇代序《海之潮》的写法上已经可以感到。对海的描绘更个人化，更重感觉，更重形象和印象。这个集子里的不少散文，开始由同钢原来写作时所持的单纯社会视角，向审美视角转化，由原来主要注重反映的真切，到同时注重表现的智慧。在事件、事迹的记叙中，他开始更看重潜藏于其中的情绪心理，更看重发掘所叙人物的心态和自己的感受等等精神层面的东西。于是，我们从这些文章中不但读到了真切细腻的描绘，而且读到了真情实感的抒发和对真中之美的着意提炼、精心表达。

二是文章的生命色彩加强了，许多文章大踏步地从关注社会发展走向关注生存环境，关注生命状态。他依然注意表现社会发展轨迹和社会面貌的变化，也依然重视对笔下涉及的问题做社会的政治的思考，但能明显地感到，同钢已经自觉、不自觉地，甚至是悄然地将社会现象放到大生命系统中来展现。对有些问题的思考，也已经悄然转变为社会性和生命性相结合的思考。

与同钢相识五六年，虽未长谈，亦不能说深交，下意识里总能感到他内心深处的某种文人气质。文人气质是个很笼统的说法。中国文人有儒道释之分，有理智的社会实践性和性灵的生命玄想性之别。当我们用文人气质来评断某个人，通常是取后者，即性灵之气、超达之气。同钢气质中的这一面，由于时代，由于他在时代进程中走的道路，由于他近二十年中特殊的角色定位和责任要求，都不能不或多或少被掩盖，被压抑，被深藏，被冷冻。当然我又相信，这种文人气质一定免不了这里那里这样那样地表露出来，但在环境的错位中，终究如铁树开花难得一见，或如昙花一现稍纵即逝。这一两年，也许是知天命的年纪，也许临近退到二线的现实，超达心态、性灵气质便云蒸霞蔚般从他心间浮现，使他的作品出现了以上两方面的转移。恐怕随着社会角色的变化和年纪的再增长，这种超达心态和性灵气质，以及随之而来的行为方式的种种变化，还将更浓重地弥漫于同钢的人生和文章之中。

应该说，同钢心态的变化是有利于文艺创作的。艺术更青睐真性真情，更偏爱超达悟淡。艺术喜欢将社会共语化为个人私语，将"我们"变为"我"，亦唯其这样，形象和感情才会有特点有个性。话又说回来，"我"也好，"私语"也好，归根到底又是一定人群、一定认知体系和感情体系的代言者，又是某一特定"我们"的"共语"。但在艺术中，这种"共语"的语气与方式全变了，更艺术化也更生命化了。

我想，到同钢第三本集子出版时，这种角色和心态的转换会看得更清楚，更明晰。让我们等着读吧。

1998年12月26日，西安谷斋

世纪之交的一份馈赠

——序《西部牛仔故事》

雷涛做了一件很好的事。

西影四十年的生命,给我们这个世界已经留下了很多不可磨灭的东西。她那一百几十部艺术片,一大批从这个摇篮里成长起来的电影艺术家,还有包括创作系统、制作系统、生产系统、营销系统、管理系统和合作拍片系统在内的一个完整的现代影片生产基地,还有利用西影阔大的厂区,利用大型外景设施不断完善、扩展建设起来的像秦王宫这样的旅游景点。甚至,她还在古城大雁塔这样的文明丰碑旁边,给西安留下了一条"西影路",留下了西影路街道办事处、西影路派出所以及这条街上上千个单位、上万个家庭组成的完整的城市社区。喧腾的现代生活从此不舍昼夜地在历史老人大雁塔的凝视下,熙熙攘攘、鲜鲜活活地流动着。西影也便在多重意义上成为古都的一道人文风景。

所有这些,都将由西影留给历史。而雷涛君的这本书,我想也将会成为西影留给历史的一份馈赠。

西影曾经先后编撰过一些出版物,诸如西影厂四十年纪念的有关书籍,诸如几位导演、编剧的个人专集。我本人也曾与省影协主席张子恩君和秘书长皇甫霞华君策划过拍一部名为《中国影坛的西部现象》的系列电视片,承西安有线电视台热心相助,一度开始启动,终因资金问题而搁浅中途,留下的是一点遗憾,一点回忆。

想不到雷涛君毫不张扬,悄没声地干起来,一下就将成品送到我的案头。他第一次集中地、系统地写了西影人,让西影人,让这个中国影坛的"西部牛仔"既以独有的个体，又以共生的群像定格为文字，特写于书本，西影得以以集体的人格形象传播于社会，留存于历史。说不定将来的某一天，有人会幽其一默，给雷涛君一个"西影司马迁"的封号，——尽管他目前没有写"史记"的"表"和"书"部分，只写了"西影史记"中"本纪""世家"和"列传"的一些篇章。

在我这个局外人的印象之中，西影四十多年的历史，大约可以划为五段，即20世纪50年代末的初创建设期、60年代的传承充实期、70年代（"文革"）的停产荒芜期、80年代的定位攀升期、90年代的多维发展期。这当然主要是从艺术创作的角度来看的。为了便于概述，便于记忆，这个划分当然又是大而化之、模而糊之的。

其中，西影真正形成自己的个性，以艺术的独立特性而在中外影坛争得地位，是80年代的定位攀升期。

这就不能不说到中国西部片。"中国也可以拍自己的西部片"，自从影评界的耆宿钟惦棐先生1984年在西影讲话中明确提出"中国西部片"这个艺术概念，把西影以及热衷于拍摄中国西部题材的艺术家多年的艺术实践和艺术追求一下子照亮了。从60年代的《农奴》《天山的红花》到80年代初的《黄土地》《牧马人》，其实都显示着一种西部风情和西部精神特有的内质。只是我们没有用自觉的西部意识来观照和阐释。

自那以后，《人生》《老井》《野山》《默默的小理河》《盗马贼》《猎场札撒》《肖尔布拉克》《天山行》《盲流》《黄河在这儿拐了个弯》《黄河谣》，一直到《一棵树》，西部片一时在中国影坛形成西部热。在知识层次越高的观众和现代化水平越高的城市中，西部电影越受青睐。上海等地的大学生，几乎年年要集中观摩西部片，并展开深入的讨论。而随着《人生》《老井》等片在国内和国际著名电影节上连连获得多项大奖，张艺谋、吴天明、颜学恕、滕文骥、张子恩、田壮壮、黄建新、周晓文、周友朝、赵季平、顾长卫、钱运选、张子良、杨争光、孙毅安、郑重、莫伸、王宝成和许还山、孙飞虎、高明、周里京、吴玉芳等主创人员在国内外知名度的上扬，西部电影更成为国际影坛的一个知名品牌，成为中国电影和世界对话的重要渠道。尽管西部电影和一切艺术作品、艺术流派一样，在发展过程中肯定还有这样那样的不成熟，甚至这样那样的缺陷和弊病，西影、西影人和中国西部片，作为中国影坛的一个有影响的艺术现象则已经是无疑的了。

在西部电影实践热的同时，理论探讨也一度很热。有上百篇文章在报刊发表，有的刊物开辟了《西部电影》笔谈专栏，还出版过《中国西部电影论丛》的书。在新时期电影十年全国讨论会上，不但由西安提供了长篇专论，而且把对西部电影的研讨作为会议的议题之一。

各方专家对西部电影审美追求做过深入论述，比如：

——注重开掘人和自然关系的新层面，以多种手法揭示自然在人类生活中深刻、微妙的非物质作用；

——注重透过浓郁的乡土生活画面捕捉深层的历史文化价值，同时贯注新的当代生活内容；

——注重用初民生活的朴拙美作为现代世事的一种简化范式，以寄寓哲理，产生浓重的史诗色彩；

——喜欢强调价值观念中对力和理的膜拜，无论是力和理的胜利还是毁灭，都激发我们的崇高感；

——喜欢将人物置于命运的铁砧上锻打，在大起大落的人生之途负重远行，使观众心头透着苍凉感，升腾起忧患意识；

——喜欢在性格设色、环境描摹中搞反差强烈的大色块，用大动大静，大开大合，大悲大喜，大放大忍，在观众的心屏上抹出绚丽、浓郁、厚重的色彩。

在这些特点的深处，我们可以感受到，西影几十年的追求和探索，不只是结出了具体的西部片硕果,更重要的是她吸收新的哲学的和社会的观念,对生活做了新的审美把握。她的深层果实是,使一批年轻的、具有新观念的电影艺术家脱颖而出,他们后来都成为第五代导演群体中的重要成员;同时,这种新观念指导下的艺术实践,使新时期的中国电影有了和世界对话的可能。因而,这些成果不仅仅属于西影,而属于整个中国影坛。也可以说是改革开放二十年中,我国电影的一个重要成果。

90年代以来,西影进入她发展的第四个段落——多维发展期。在这个阶段中,她克服了西部电影的一些偏颇,根据国内外思想、艺术和技术的新营养,社会思潮和观众审美的新取向,文化市场的新信息,不断丰富、调整自身,在创作上提出了以改革开放现实题材、西部黄土风情题材、西京城市文化题材、古代历史和革命历史题材四个系列多维发展的设想,取得了新的成绩。

在西影四十多年业绩的背后,是西影人的智慧和血汗,艰辛和苦涩,奋斗和拼搏。西影的辉煌,归根到底是人的辉煌。在西影所有影片的背后,我们看到了一个活跃的、进取的、能战斗的、能创造的艺术群体。对他们的宣传评论应该说是广泛的,但也是零碎的。

现在,雷涛君把中国影坛上这个举足轻重的群体用文学的笔法写出来,功莫大焉。我读的时候,有一种繁花似锦和星光灿烂的感觉。雷涛君在西影多年担任领导,与这些艺术家朝夕共处,相识甚深。在一个锅里搅稀稠,也免不了碰磕。这使他能够比一般艺术家的纪实性文字,写得更深、更活。不少人不但被写出了经历,写出了概貌,而且写出了个性,写出了内心生活和情绪状态。不但给我们了解、研究这个群体提供了珍贵的第一手资料,使我们结识了或者更深地交上了一批影界朋友,尤为可贵的是,当你把这本书作为一个有机整体来把握,便可以鲜活地感受到改革开放二十年来中国影人走过的道路。这是中国电影史上极为重要、极为关键的一段路,中国电影正是通过这个路段，对自身做了深刻的现代化改造和转型，而成为世界影坛的一方重镇。再就是，你可以鲜活地感受到一种贯连于深层的精神，姑且称之为"西影精神"，那便是传承、学习、改造、革新的精神，不息地追求、突破、创造，走向新境的精神。

这种精神是一座桥，把西影引渡到一个新的世纪。

1988 年 10 月 12 日午时三刻，西安谷斋

温馨的冬雪
——序《多雪的冬日》

刘树林同志是一位参加革命五十多年的老同志。他离休之后,将自己战争年代的经历写成这部《多雪的冬日》,嘱我为序,我是很惶恐的。

这部书,围绕着刘树林同志参加革命到延安,然后又回到宜君从事地下斗争,直到新中国建立,进西安、去西宁的两段经历,真切地记叙了20世纪三四十年代宜君和陕北地区革命斗争的一个侧影,描绘了刘老和他几位战友的感人形象。那个时代的足迹,那个时代革命者的足迹,由于落在纸面上而得以传之久。这本书的史料价值是珍贵的。

也许更为珍贵的是,在整个真切的回叙中,蕴含着那一代革命青年的人生追求和生活搏动,抒发了那一代青年信仰的坚执、理想的炽热、实践的切实以及他们内心爱情的强烈。它所记录的青年人在社会进步思潮和实践中成长的种种心灵感受和感情震颤,即它的心灵史料价值,不会随着时代的变迁而过时。人类的心灵史和人类的实践史同样万古长青。人类实践史留下的物质文明成果不但为后人所享受,而且成为后代物质文明发展的历史基石。人类的心灵史留存下来的美好品德、美好感情、美好的人生追求,也转化为一代一代人精神生活的营养基。后来者除了在新的实践中锻造自己的精神世界,便是承传人类优秀精神传统,并且延续发展这个传统。

作为革命回忆录,《多雪的冬日》跳出了单纯的自传实录。作者围绕自己的这一段生涯,描绘了以青年时代刘树林为中心的一组人物形象,一组革命者和老百姓的群像。他们中有传播革命火种的强自修老师,有像土地一样沉默又像土地一样给我们以心灵温馨的母亲,有律己律人都一丝不苟的清廉的边区财税局长霍维德,有在伏击战中英勇不屈将最后一颗子弹留给自己的薛志仁、彭有金,有壮烈牺牲的李承英和在枪林弹雨中抢救战友遗体的张天榜,还有牺牲在那个多雪的冬日的八九十名忠诚的战士:强自刚、田维屏、阮青林……对这些人物,作者大都只勾勒了一个侧面,但由于能够注意捕捉细节,不少地方感人至深,久久在读者脑海里萦绕。对敌人的描绘,也并不简单化,能够通过他们的人生背景和性格特色的点染,给人留下较为鲜明的印象。

当然,书中最为丰满的形象是刘老自己。作者不但通过许多重大的工作、战斗和人生步履的记叙,表现了主人公的各个性格侧面,更其可贵的是,作者能够打开自己的心扉和感情闸门,让我们看到一个革命者丰富的内心世界。主人公对家乡、对土地、对母亲、对战友的爱,对战斗的人生的眷恋,写得撩人心帘。在最后一章,作者极其简练地交代了一些战友新中国成立之后的工作情况和归宿,由于置放在漫长的战争年代的血与火的背景中,使人感受到一种阅尽人生沧桑的况味。

我还想在这里提一下本书在写作上的两点尝试。一是在自传性回忆录中穿插了较多的历史人文情况,有时甚至整节地介绍宜君的地域文化。看来作者力图在一个较宽阔的时空中来展现自身的命运历程,启动读者从一个人去感受、认识一个时代。二是在人称的运用上,以主人公的第一人称为主,又穿插了整整一节敌伪县长的自白(反面人物的第一人称)。还有些地方,又采用第三人称的客观描绘。仅从这两点,就可以看出作者在艺术形式和表现手法上的多样追求。需要注意的是整个作品的和谐和协调。这方面有进一步努力的余地。

这两年,因为创作的需要,我曾访问了上百位延安时代的革命老同志。他们大多像刘老这样,离休之后离而不休,在辛勤地写作、整理回忆录。这是对人生的第二次咀嚼。重新咀嚼人生不但使他们自己更深刻地重又享用了一次人生而感到暮年的充实,而且通过回忆录的传播,使个体的、一代人的人生追求和人生经验,成为社会的、几代人共有的财富——可以说,这是老同志们为新生活做出的又一次贡献。

我相信广大读者,特别是青年读者会喜爱这本书。

1992 年 11 月 21 日夜,西安岚楼

陈作顺其人其文

认识陈作顺很久很久了。大约是二十年前的 1973 年，记不清是春天还是秋天，一个不冷不热的日子，我们几个报社的记者（那时我下放在《汉中日报》）到陕西宁强县采访，陈当时是县委通讯干事，自始至终在一起"厮混"。记得还去他家里吃过一次饭，在有些阴湿的农舍里，受到了热烘烘的款待。

那时他的女儿还小，十分可爱。大家交谈着相互的过去，有一段至今难忘。"文化大革命"大串联那年，他抱着襁褓中的女儿回徐州老家，由于红卫兵太多太乱，上火车时被挤倒了。在如林的着黄军裤的腿脚之中，他只有一个想法：千万不能伤了女儿。便俯身躬起身子，支起一个父亲肉体做就的帐篷，将甜睡的女儿放在这小小的安全岛上。无数的脚从他身上踏过去，跳过去，他咬着牙，看定女儿花骨朵般的脸，大汗淋漓……那实在是很有点诗意的画面。后来我知道了他流离失所、跟爷爷在西安要饭的童年，才懂得在这幅热爱生命的画幅中，其实叠印着多少生命的苦难。唯有和苦难叠印在一起的爱，才会分外深挚，分外地撼人心魄吧。

不久我调回西安，听说后来他也调回老家徐州。从此黄鹤一去，杳然无迹。

二十年后的 1993 年，春节前，在西安寻觅辗转了两个小时后，作顺敲开了我家的门。尽管我们都已经不再采用青年人的表达，心头却充溢着青年人的惊喜。他已然是江苏省省级优秀新闻工作者、主任记者。作为苏、鲁、豫、皖四省十七地市联合创办的《经济新闻报》的采通部主任，这些年来，他活跃在黄淮开发区的广袤大地上，用自己的笔为这里近一个亿的乡亲们服务。他拎来了一厚捆复印的稿子，那是一部二十二万字、就要出版的作品集《秦彭笔耕路》。

他写得认真、实在，且诚恳谦虚。收在集子里的各类文章都在报刊发表过，这次又逐篇修改、抄清、复印多份，要朋友们"动手删改"，我也是个认真人，坚辞不受这"动手"的任务。非不想受，乃不敢受也。乃至一路读来，文思开阔，文笔流畅，有些篇什，如《彭城才女》《蜀道纪行》，可谓精彩。他写有一笔好字，那有个性的构架和线条，往往使我走火入魔，变读文为读字。这才明白，作顺要我"动手删改"，其实是由衷的谦逊，倒是我的坚辞不受，显得有点迂腐。心里不由得生出一丝不安来。

　　收在这个集子里的，大约是作顺从编报纸二十八年以来笔耕的结晶了。报告文学、游记、通讯，还有人物专访（更遑论调查研究了），都写得切切实实。正如他所属的20世纪60年代这一代人，面无脂粉，身无华衣，布衣布履坐在你对面，意挚言挚地和你说着话。

　　为秦巴山区、黄淮大地的人民代言，为苏、鲁、豫、皖以及陕西的经济文化发展加油，构成了这部集子的基调。

　　在为人民说话时，他总是通过切实的、许多情况下是亲临现场的调查研究，发现生活中实际存在的问题，才做有据有论的阐述。像写宁强农民张仲武为什么跳潭自杀一文，在"四人帮"淫威犹在的年月，敢于挺身而出，抵制强迫群众"破产还债"的极左路线，以致受到打击，表现出新闻工作者执守职业道德、扬励革命精神的一种气概。这和近年来有些作者专门发掘群众生活中和精神上的污秽，合理想象，哗众邀宠，或以君临天下的口气，嘲弄老百姓的精神痛疾，以显示自己与众不同的"精神爵位"，实在太不可同日而语了。

　　在为经济文化发展加油时，也大多从实际出发，从规律出发，做实实在在的表述。他在自己的家乡——一镇跨三省的前刘集发现三省公路到了边沿地带都断了头，严重影响了省际公路网的联结，便写了消息、来信、通讯、短评等多种形式的系列报道，借助舆论的力量和老区的影响，逐级反映，呼吁克服本位主义，树立全局观念，直至使前刘集的断头路全部修成了柏油路才罢休。有时还和采访对象一起生活，写《巴山鸿雁》的模范乡邮员唐诗友时，便和他一道翻山越岭，体味其中的甘苦。他希望通过自己的笔为国家产生实际的经济效益，而不是为个人捞好处。他愿意对经济战线辛劳的职工能有真切服人的赞颂，而不是用文字膨化和去做不实的广告宣传。

作顺写人物常能写出性格，这在报告文学和通讯中很不容易，颇要一点功力。《彭城才女》可能是其中的翘楚。五十岁了依然清瘦干练，犀利的目光，深切的忧患，潇洒的直言，诗书画戏四绝的才思，把一个耿直、猖狂而有才华的袁澄兰活脱脱地推到读者面前。全篇文字如行云流水，这里那里，又埋藏着种种机智和幽默，充溢着生活的情趣。每段的小标题，对仗工整不牵强，含意深刻而有哲理。虽都从人物的语言中提炼而出，也难得作者的眼力。

作顺写游记，大都取"顺游而下"的铺陈之法，文字却很是简明、精致。挪步移景，不时有传神的段落跃入眼中，让你赏玩不已。《蜀道纪行》是耐读之作，那质朴清明的一路见闻，插以童颜鹤发的乡里老人、千古流传的民间故事和日新月异的现代景观，读来颇具古风。

近年来，随着报纸的扩版热和纪实性文体的出版热，记者兼写文艺性报告文学的渐多，作家兼写新闻性报告文学的也不少。新闻与文艺的交往、交融，日渐频繁和深入。甚至可以说，一种新闻价值和审美价值兼具的文体已经出现。在记者和作家两支大部队之间，新闻文艺作者群体也已初步形成。这是近年来不可忽视的文化现象。这类作品的即时性、现场感、跳跃的结构，灵活的穿插和简约的行文，以及它和社会之间，亦即授体与受体之间高速的循环和震荡，所产生的文化效应、实践效应，无疑既有助于新闻写作的更新，又有助于文学写作的嬗变，有助于更充分地发挥新闻与文学的各项社会功能。作顺这位60年代的老记者，能够投身于这一变革进程，我的欣慰之情无以言表。

自然这也就给自己带来了更艰巨的任务。文学与新闻到底是两个领域，如何使二者交融得更好，无论对作顺本人，还是对整个写作界来说，恐怕都需要付出长期而艰巨的辛劳。

1993 年 5 月 15 日，西安谷斋

开采心中的黄金

——序《金色丰碑》

在这本书里，他写了一批开采黄金的人。他用笔开采他们心中的黄金，同时发掘自身金子般的价值。

我说的是《金色丰碑》这本书和书的作者陈子信这个人。

陕西的黄金事业虽然年轻，却已经有了丰碑般的业绩，系统全面地向社会做文学的报告，这是第一次。作者从事写作的历史虽然不长，也已经迈出了结结实实的足印，结集成书，这是第一本。可以想见，对于我省的黄金事业，对于作者的写作生涯，这本书都是一个里程的刻度。

我和子信在一个单位相处了八九年，长期合作留下的是一段和谐的旋律，其间多的是擦肩而过的忙碌，也免不了有短暂的交流，更有多次中断又多次接续的浅酌深谈。对他不能说不了解。

子信是一个生命力十分旺盛的人，而生活却没有及时给他提供舞台。他心中有含金量很高的矿藏，虽已勘定且有了露头，却长期得不到开采，难以转化为现实的价值。这个属马的人，整个前半生处在一种不屈不挠的寻找之中，寻找服务社会的最佳角色，寻找张扬生命的最佳舞台。在他热烈参与、勤奋劳作的深处，实际埋藏着某种失落的悲哀。

子信是地道的农家子弟，一辈子生活在泾阳塬上的双亲目不识丁，他却自小就爱好文艺。一分一分攒下钱买上一本书，再用这本书去交换更多的书。书像打开的小小窗口，让这个少年看到了广阔的世界，接触了复杂的人生，诱发出绚烂的憧憬。书刊、文艺、写作，作为和艰苦生活现实的一种精神的对应，像美妙的梦幻曲，一直鸣响在他的心头，伴奏着他的人生。

在国家的三年困难时期，他来到泾阳县城，在全省小有名气的泾干中学学习。这所中学，他之前，出了诗人雷抒雁；他之后，出了作家白描。在朝霞下黄金般展开的大地，在晚霞下流火般跃动的泾干湖，使这颗处在生理与精神双重饥饿中的心，浸渍在浓郁的浪漫情调中。他开始写诗，写散文，写小说，写读书笔记，画画，热衷于学校文学壁报《泾干湖》的投稿和作文竞赛，且爱好体育，青春如霞光一样喷薄而出。每当假期，这位处在饥饿中的少年必须一天不少地去生产队大田里为家里挣工分，有时累得跪在地上，但是，却将父亲让他带进城卖了换吃食的一袋萝卜，毫不吝惜地换成了《延河》《山花》等刊物，贪婪地喂养自己饥渴的精神。

到高一，他的读书笔记和作品草稿已经放满了一个装肥皂的木条箱。暑假，这个还穿着粗布大裆裤的青年，口袋里只装着两块钱，带着自己的第一篇小说《黑牛哥的故事》，来西安寻找《延河》编辑部。整整两天，才找到了建国路71号院，神圣地将它交给了编辑。已经身无分文，只好饿着肚子步行回家乡，眼里的金花和心里的文学星座叠印在一起。肚子尽管空空如也，生命却从未有过的充实。他以优良成绩考上了大学。在五大姓氏并驾齐驱的五福村里，他是唯一的一名状元。尽管如此，我们得说这是他失落和寻找的开始——他考上的竟不是文科而是工科，学的是建筑学专业。他的生命来到一个十字路口，脚要顺着统招统分的路上走去，心却恋栈在、胶着在文学之途上。

学完建筑学专业，他没有分到设计院从事建筑艺术创作，而是阴差阳错地被分配到建筑工程公司工作。在学校、在工地、在机关，他写诗，写独幕话剧、歌剧，写论文，编油印刊物，甚至单位的各类总结材料、典型报道，也都有滋有味地去写。为了给《光明日报》写一篇论王安石教育思想的论文，他拿出在农村拉架子车的劲头，一趟一趟跑师大图书馆查资料。中午下班时，请求管理员将他锁在阅览厅，以便不中断工作。管理员总是理解地留下一壶开水。就这样，仍然无法满足他对笔、对稿纸那种无功无利的先天性爱恋，终于要求调到了建筑职工子弟中学教语文。不久，这位工科大学毕业生担任了高中语文教师。又不久，调到陕西科技报社任编辑。再不久，调入陕西省文联。从岗位看，似乎一步一步在向心中的目标靠拢，其实仍然悲剧性地在门外徘徊。由于他不是文学专业出身，他干的大多是发行、基建、秘书一类工作。他成了业务单位的一名非业务干部，进了文艺大院却进不了写作的房间。他仍然没有自己的舞台，只是在通往舞台的窄过道里赶路，在后台忙碌。他只能在业余练习写作，零星发表一些小作品。要是别人，怕早就失去信心了，而自信的子信还在为那个文学梦做几乎是无望的拼搏。

光阴荏苒，时间到了1989年。不久，他担任了《黄土地》杂志的副主编，又不久，一篇四万字的报告文学《在三次战略突围的背后》终于在《西北民俗》全文发表。"突围"，真是一个双关语。子信的命运和他笔下的人物一样，实现了一次战略性突围。他的生命追求，他的艺术寻找，终于由缕缕的浓烟呼地爆燃出明亮的火花。容易激动的子信如何激动是可以想见的。从此一发不可收拾，深埋于胸中的地下水喷射出来，在阳光下映出两道虹。《晚霞在军旗下燃烧》（写退休老军医自办康复中心）、《争芳竞秀群体美》（写工商银行系统全国十佳单位解放路储蓄所）、《播种太阳的人》（写渭河发电厂）、《浓情映丹心》（写西北电力建设调试研究所的知识分子）、《爱的奉献》（写咸阳运输三公司的顽强拼搏和优质服务）……一篇又一篇反映时代生活的报告文学，或鱼贯推出，或联袂登台，不久便有了十多万字。

对子信的写作生涯来说，这只是一次演习，一次彩排，充其量也只是启幕伊始的几出折子戏，大本戏还在后头。

人生的演习，事业的彩排，本属于青春，而子信已经临近知命之年了。从那个穿着粗布大裆裤的少年到这个皱纹悄悄爬上额头的中年人，他整整兜了三十年的圈子，才捉住了演出拿手好戏的机遇。这是喜耶，还是悲耶？作为朋友，我只好，也只能哀其不幸，而庆其万幸了。我明知子信对命运的这种安排不会停留在感叹上，他会更加珍惜库存不多的生命，将库存充足的生活用笔表达出来，但仍然忍不住要提醒他面对这个有些严酷的事实。

果然，从此以后，便不大能见到他了。有时听见他在走廊里快节奏的脚步和说话，或者闯进门来自信而昂奋地侃个三言两语，知道他正在黄金战线采访。我只以为是又一篇报告文学。不想在消失了一年之后，他竟给我提来了一捆校样，要我作序。——这就是整整三十五万字四百多页的《金色丰碑》书稿。重头戏这么快就开锣出台了！

1992年，省上一位领导同志对子信说，我们省的黄金工业起步迟却发展快，几年内跃居全国第四位，成绩很大，不妨写一写。他衔命而去，开始说写个五六万字的中篇报告，随着采访的深入，黄金工业战线的干部工人在极其艰苦的条件下起步奋飞的事迹感动了他，使他不能自已地跑遍了全省各大金矿。要知道，金矿并不在城市的金屋、金店、金廊里，而在荒无人烟的深山大泽之中。当他的足迹遍及各个矿区时，正是许多文人住进宾馆"谈笑有鸿儒，往来无白丁"地侃文学的时候，正是许多文人用窥探隐私的镜头，用剪刀糨糊代笔，大搞消闲文艺，大炒明星热点的时候，也正是许多文人轻而易举地以写书编刊攫取黄金屋、俘虏颜如玉的时候。子信这个愚人却像采金工人一样，辛辛苦苦地在河沙和矿石中汰选、提炼劳动者心中的金子。我们不也看到作者心中的金色闪光吗？

《金色丰碑》虽是一部各自成篇的报告文学集，又可以当作反映我省黄金工业总体面貌的长篇文学报告来读。全书呈伞状结构。第一篇《金色丰碑》勾勒了全省黄金事业的鸟瞰图。然后以《写在金三角上的诗篇》《激情荡漾的土地》《大山的儿女们》三篇记叙了我省潼关、太白、洛南三大金矿产地的创业史。后面的十几篇，则描绘了遍布秦岭南北各个矿点的面貌。在这些篇章中，面的勾勒清晰简洁，点的铺陈不乏细腻与丰满。特别是那些着重展示一个矿艰难曲折创业历程的篇章，如写太白金矿的《激情荡漾的土地》，由于揭示了人和自然、人和人之间的矛盾冲突，真实地写出了这种冲突中人的心理活动和感情状态，显得更为动人。人用试金石检验金子，在这里，金子却检验着人。

全书整个写法是用事件作为中轴线，以事串人、人、事交织地顺流而下。（也许这是为了适应所写单位要求反映他们的工作实绩和人物群体，而不得不如此为之吧。）写事能理清脉络，一气呵成。写人则不满足于一般事迹的交代，力求抓住重头的情节和有特征的细节，展示人物的性格气质，展示采金人心中那些比金子更珍贵的东西，也揭露掩藏在闪闪金光下的丑恶。《金色丰碑》中对马经理下矿的描写，虽是白描，却跃然纸上。这种以事串人的写法，最忌在一两个人身上笔墨过细，以致全篇枝蔓交杂，文脉不畅。作者显然注意到了这一点，他写的人物都紧紧附着在事件的中轴线上，稍稍展开，旋即回收，像糖葫芦似的，在紧凑的缀连中推进，使气势得以流贯全篇。

作者的文笔质朴流畅，一泻千里又时有精彩的浪花翻动，不乏气势和力度。行文风格、取材角度和内容的宏阔相映相衬，显出质与文的谐和。也许因为作者曾是一名工程技术人员，状物的简洁有力和本人坦诚白直、急切热情的气质似有明显联系。他和他笔下的创业者、奋斗者在气质上天然地默契着。

如有不足，主要在人物描绘方面。人物的命运历程、人生况味和有性格表现力的生活细节、心理特征写得不够。这虽与作者以事为经的简洁写法有关，也可以看出他感知和表现人物性格心理的能力还需要提高。简洁不是干巴。此外，艺术语言的特征性、丰腴感和主观色彩也稍感不足，这当然会或多或少影响文章的可读性。

作为文章的结束，我想送给子信四个字，这便是：大器晚成。

1993 年 12 月 12 日，西安谷斋

魂 系 西 部

——序《漫漫天山路》

五年前，庆衍让我吃过一惊。那天他抱来一厚叠自己就要印成画册的国画作品，要我作序。我知道这位相识三十余年的朋友搞过电影美术宣传，搞过企业管理，却不知道他的国画造诣那么高。于是我在那篇序言里略带歉疚地写道："我发现自己原来并不多么了解他。他人生的一个主要领域，我几乎一无所知。"

五年之后的今天，庆衍又一次让我吃了一惊，又一次让我发现对他的了解仍然很有限。他人生还有一个重要领域——散文、游记创作，我几乎一无所知。两个月前他来过电话，说最近又要出一个东西，是西部的，要我作序。因内容是反映西部的，"撞进了你的领域"，要我万勿推辞。当时我以为是他近年来几次去西部采风的画册，不想昨日送来，竟是三十余万字的一本散文游记集子，一时几乎不相信自己的眼睛。

翻着这本图文并茂、精美别致的书，不由得做如是思索——一个人的潜能实在太大了，像熔岩一样在生命的深处奔涌。通常情况下，也许只有一两个喷射口，只能实现生命的一两个领域。光有才能，生命的喷射不见得必定瑰丽。由于主客观条件缺了哪个环节，才能被窒息而胎死腹中的情况，比比皆是。有了多方面的才能，还要有比较好的社会环境，尤其是生命拥有者自身要勤奋。勤奋是人生的钻探机，能够突破岩层的封闭和土壤的板结，进入地层深处，让生命潜能有了喷射的通道。勤奋本身也是生命力旺健的重要标志。庆衍的生命潜能，能够在造型艺术、符号艺术和社会组织、经济管理各方面得到实现，就自身而言，应该说得益于他在精神世界的才能和实践世界的勤奋。这种话，我们常常用来说年轻人，现在用来说一位年近花甲的老艺术家，我想怕是更有一层深意——才能和勤奋这些通常属于年轻人的东西，在庆衍身上存活得持久。创造力的长久活跃，让一个人永远年轻。

我本是南国的子民，根系在江之头，生长于江之尾。而最后，我离长江而去。黄河的故乡西部，成了我永恒的心碑。中国西部是山之根，河之源，在一个恢宏无垠的、亘古未有的时空中，成为我们国家、我们民族的渊薮。中国西部又是中华民族的半壁江山，当汉民族在中原和东部用血和汗书写中华民族的史页时，西部各民族在更为艰难困顿的条件下，用血和汗书写了我们民族历史的另一页。这片土地摇曳着另一种自然风姿，流淌着另一种文化流脉，展现着另一片人生天地。这里是平衡民族生态的另一种坐标，是审视国民心态的另一种眼光。西部在千百年的历史长河中，丰富着、营养着、校正着我们的民族，千百年来却受到冷漠和忽视。在这种落寞中走过历史烟尘，创造时代辉煌，西部便更值得尊重。

这本书，从历史文物、自然景观、地域文化、民俗风情和现代进程多角度地展示了新疆古往今来的一些侧面。多方面的关注视角表现出作者多方面的知识和业务准备。在文体上，既有散文，也有游记、考察记、人物速写，因内容而定体裁，因体裁而变笔墨。多种类的写法，又表现出作者多方面的写作基础。各个层次的读者都可以从中汲取自己所需要的信息和感受。

全书字里行间流露着两个词：熟悉和热爱。庆衍对新疆的熟悉和热爱，让我这位跑过新疆多次的人自叹弗如，也引发我对庆衍魂系西部奥秘的探究愿望。终于在《清明相思雨》这篇中找到了：他的老父亲在库尔勒生活工作了几十年，年过古稀，仍不愿离开那块热土，直至长眠在塔里木盆地的北沿。原来这块雄性的土地对庆衍来说是父性的象征，而长相别离的亲情又使这块土地有了母性的温馨。他对这块土地恒久的挚爱和不可移易的责任，答案怕都在其中了。

稍感不满足的是，和充盈的客观画面的描绘相比，作者的主体感受表达得稍差一些，感受的独特性和深刻性也还可以加强。这可能是庆衍更多以画家的目光看取西部的缘故吧。

1998 年 8 月 23 日，西安谷斋

以史笔诗情为改革造像

——序报告文学集《冲浪》

我喜欢读《冲浪》这个集子以及这一类型的纪实文学作品。那原因，是它们能将读者从办公室、书斋和各自有限的生活圈子中领出来，带到一个广阔的天地，带到丰富、复杂的社会生活中，带到许多相识的、似曾相识的和陌生的人的命运中。可以说，我主要不是去其中领略一种审美境界，而是去其中经受一种生活历程。在有限的一生中，我们无缘经受很多东西，这一类作品帮助你扩大人生的个体容量。

自然，见于书面的社会生活和人物命运是模拟的，在时间和空间上经过了艺术手段的处理，若以亲临其境的真切来要求，未免稍有遗憾。话说回来，也正是在这些微的遗憾中，纪实文学的艺术性为我们提供了补偿。

翻开这个集子，你就来到渭南。逐篇读下来，渭南的物华天宝、人杰地灵，尽收眼底。

这个地区工农兵学商中的精英，各行各业的顶梁柱和先锋，大都是我不熟悉的，现经作者的介绍，一一成为新的朋友。雷仁义，在新的历史阶段，用新的思维领导农民走社会主义道路，做好政治思想工作，一位新时期农村党支书的形象扑面而来；被誉为"渭河硬汉子"的工程师杨振海，竟在工厂的承包管理中取得了卓然之绩，于是叫你明白了，新的社会实践原是铸造人的最好熔炉；在改革中弄潮的全国商业特级劳模郭广厚，让你对"劳动模范"这个称号的理解，整个有了崭新的时代内容；秦建义，一位县武装部政委，到地方后连续改变了三个厂子的面貌，又让你不由得赞叹一声"啊，军魂"；还有执着于石耕、终于成篆刻家的电影放映员程平；为艺术不畏苦寒终于露出小荷尖尖角的胡香串和结出丰硕果实的卫赞成两位演员。我们虽然素昧平生,一旦相识,便从心底生出由衷的敬佩来。

有些人算得是老友重逢了,像文化局长高存样、副教授段国超、编剧曾长安。他们或奔波于渭南渭北的原野沟壑,或埋头于文艺的青灯黄卷,以精神劳动的成果,使整个渭南感到自豪。个中情形,个中辛苦,我早有所闻。这回细细读来,更增添了几分亲切。面对朋友们事业上的进展,真想自嘲一句"惭愧!"也许这自嘲能给我一点反向的后坐力。

书里写得最多的,还是城乡企业家们,作者为此集中了自己的笔墨和篇幅。他们有的刚刚从土地上走来,至今脚跟也没有离开土地。但商品经济传输的新的文化信息和自己扎实的执着的努力,使他们由被动的历史地位,由被拯救、被摆弄的社会角色,开始了从朦胧到逐步清醒的挣扎、奋进,终于在实践中获得了更大的历史主动性,唱出了"一支属于我的歌"。这是农民企业家陈宏斌。我想当他唱着这支属于自己生命的歌时,他的精神便已经从土地上飞扬起来了。

在艺华家具厂厂长马晓红身上,作者又有新的发现,这便是突出表现这位农民儿子身上的非农民气质。作者对他身上那意气风发的现代经济意识、追求人生价值的生活观念和艰辛跋涉的人生阅历做了交融一体的描绘。这种对于中国农民身上固有的开放、创新、应变精神的发掘,是新颖的、很有价值的。

作者笔下的一批国有工厂的厂长和经理,常常具有大企业家的气派。请看作者和渭南染料化工厂厂长刘西平的一段问答:

——刘厂长,《人民日报》以显著的位置报道了浙江海盐衬衫总厂厂长步鑫生被免职的消息……

——报纸我已看过,这位改革人物的过失,更提醒了我们要从小生产者的氛围里解脱出来,只有熟谙大潮的水性,才能身在潮头而不为之淹没。

——刘厂长讲得极有哲理。

——感谢这种"敲警钟"式的提问。

渭南针织厂厂长张元凯有另一种个性色彩。外表不显山不露水,心里却蕴藏着治理企业的三韬六略。这种儒将风度,很具中国文化特点。在我们民族的价值坐标和社会实践中,化百炼钢为绕指柔的本领,常常能成就大器。大荔县供销社主任薛印印,正如文章所说的,是"洛河上空的一颗星",在他身上我们感受到的是那种星星的光亮。不像艳阳华彩万道,却像洛河流域生产的"108"(黄花菜、红枣、花生)一样朴实无华,以诚挚的韧性的努力,做切实的丰厚的奉献。

此外,像"挑灯看剑"的澄城雪茄烟厂厂长高峰,运筹帷幄的渭南棉纺厂厂长解家麟,执生活之"牛耳"的渭南城区工业总公司经理马文杰,无论从事业、从性格、从文气看,都有一股雄风排闼而出,直逼读者心扉。

总的看,《冲浪》中的人物,精神气质上大体贯穿着这样两条红线:一条是既笃信"人生是排除万难的进取",更要做尽可能丰硕的贡献;一条是既要"情系在这片黄土地上",又要"冲出漩涡河面宽"。(引号内均系书中之句。)作者抓住这两条红线,对人的生命价值和社会价值、人的精神根基和精神开拓做了辩证的处理,使得笔下的人物既有超前的运动感,又厚实可信。恐怕这只有比较了解当前生活,了解这块土地上的改革先行者的内心世界,才能做到。

我想在这里多说几句关于文艺反映企业家生活的问题。当企业家从行政体制的附属物中分离出来,真正形成自己的生命体系,获得自己的独立品格之后,便日渐不满足仅仅在经济舞台上当主角。他们开始在社会生活的各个领域,尤其在精神生活中寻找自己的位置。不仅因为精神领域对他们的认可会促进其经济活动的开展,更是因为在重人伦轻实利的中国传统文化环境中,企业家如果不能获得社会给予的相应的精神"爵位",便永远摆不脱被轻贱的境地而难于真正进入社会的核心。在中国，一种社会力量只能在物质和精神两个领域得到承认，才算获得了历史的全面肯定。为企业家立传，实在有着很深的历史意义和文化意义。

写实业界和企业家的报告文学，反映着历史蝉蜕期的喜悦和阵痛，同时构成作者对社会生活的一种参与。作者以自己的选题、取材、提炼、语句，无言的组合和有言的议论，描之叙之，吟之思之，暗示之引导之，传达了他们对陈旧的文化心理和社会不正之风执着的批判，也传达了他们对反映着现代商品经济的价值标准和生活方式的热切肯定和宣导。自然作品有文野之分，厚薄之分，高下之分，作者的可贵热情和愿望却可以强烈地感受到。

报告文学在当前呈现出三足鼎立之势。一种类型，是通过人物命运的展示，来凝聚对当代社会的批判性反思。一种类型，是通过众多的非典型化实例的组合，对当代社会做政治学、社会学或未来学的考察。这两种报告文学，一度在读者中特别在文化界得到了赞誉。《冲浪》以及其他这一类报告文学属于第三种类型，即对新时期的改革和建设生活做正面的史的记录。这类报告文学从形态上肖似20世纪五六十年代的报告文学，甚至可能叫读者想起50年代末的工厂史、公社史来。也许是这个缘故吧，多少受到了文学舆论的冷落。这和有些作品质量稍差有关，也是审美疲劳产生的逆反心理，可以理解，却未必公平。

其实仔细读一读、想一想，这第三类报告文学并不是传统报告文学的简单重复，而是一种高层次回归。它们以歌颂为主，但原先是歌颂自然经济背景下的人和事，带有不同程度"左"的色彩或传统道德理想的投影，写法上又大都就事论事，现在则用更新了的生活观和艺术观来写商品经济背景中的人和事，写这些人和事中所包含的新的生活场景、历史信息、文化心理和思维方式，又往往将纪实性和哲理性融为一体，取宏观审视的写法，表现出一种只有80年代才有的胸襟气度。

当代生活正在发生的变化，对于古老的中国来说，是一次深刻的历史转折。这次转折虽不是政权的更迭、所有制的变换，却直接来自经济基础内部，是现代商品经济对传统自然经济冲击的结果。它的深刻程度，以及它在当代社会各方面已经产生和可能产生的效应，特别对重铸民族精神所起的作用，都是可以垂于青史的。无论作为生活史的书记员还是人心史的录像师，文艺工作者都应该去熟悉、去积累这个时期的生活。而在参与新生活的过程中，即时写一点这方面的纪实性作品，哪怕是急就章，也是一种有效的熟悉、积累方式。不妨说，眼下写改革、写企业家的报告文学只是对新时期生活素材进行粗加工的一次产品，在持续不断投进艺术劳动，经过深加工后，将来还会产生更深湛的二次、三次精神产品，直到磨砺出反映这个时代的传世之作来。

我愿意在这个意义上期待着留根、居正的新作。

1989 年 10 月 3 日，渭南

创作，摘星者的事业

——序《摘星峰》

到提起笔来为《摘星峰》写几句话的此刻，我和作者还未谋面。那天，引泉带着平凹小兄的一封信和清样来机关找我，恰好我们正开评议党员的支部大会，又恰好正在评议我，不好分身，便请他将稿子留下。

会后读平凹信云："咸阳姬仲坤出一本小说集，极想能得之您的序。他与您虽未见面，但读您的大作多，望您能予关照。我单位正党员登记，晚上一般在家，有空来取。"引泉已走，这是连商量余地也没有了，便在灯下读了起来。不时从字里行间揣摩着作者是怎么一个人。

这是一本淳朴清澄的书。想必他也是一个淳朴清澄的人？

扉页有言："建筑结构是我的第一夫人，而文学仅仅是我的婚外恋者。""婚外恋"而已经出版了两本书（还有一本是报告文学集），"婚外恋"而熬至四十有七的不惑之年，追求之执着和精力充溢可以想见了。

《摘星峰》从题材内容看，一部分是写现代化工厂生活的，比如《X工程奏鸣曲》《欧阳博士的彩礼》《不平衡的天平》。一部分辐射到工厂之外各个社会生活领域，比如写大学生野外勘测实习生活的《写在指甲盖儿上的情书》，写农村生活的《陈家大院》《黑龙的悲哀》，写教师生活的《今夜月色分外明》，写艺术界生活的《一幅国画的命运》《那绿色的雨》，还有取自儿童和街头巷尾小镜头的一组小小说。题材是广泛的。对一位生活在工厂的人，殊为难得。这些作品所描写的生活，看来有些是引泉在人生道路上深刻经历过的，包含作者以自己的生命和感情换来的真切的体验和感受。从《写在指甲盖儿上的情书》中可以读到，杨兰在测量仪镜头里，用指甲盖上的文字向张浩表示爱这样独特的、具有震撼力的细节。有些也可能不是作者人生阅历中长期的心理和感情积淀，而是素常生活中得到的一点故事、性格素材或社会见闻，却也或多或少融进了作者的感受。

不论是哪一类作品，体现出来的社会价值标准和审美价值标准，却都是一样的明晰：这便是20世纪60年代带有理想主义色彩的群体认同价值观和与此相应的现实主义审美观。献身社会、献身事业、献身爱情的利他精神，重信守诺、素朴自强、执着踏实的道德情操，都以肯定性的人物形象、生活形象和感情形象出现在作品中。物欲、权谋、嫉妒、愚迷、色情、机心巧计、华而不实以及精神的商品化等等，又都被凝聚为明晰的否定性形象。也许在肯定、否定之间注重了明晰性，似乎对生活、性格、感情的复杂状况，以及这种复杂状态覆盖下的深层精神景观还可以把握得更充分。作者在作品中的价值判断和审美判断，当然需要明晰，但这种明晰性恐怕恰好要在事物的多重性，特别是内心世界的复杂色调中来把握，才能真切和深刻。

此文写到这里，插进了另一件事，便搁了几天。这期间，我见到了引泉——姬仲坤工程师。他和我的想象还真差不离。在引进企业的现代氛围中生活，并无西装革履、金丝眼镜；干的是具有国际水平的事业，并不用科技名词来表达文学观念，以示新潮。他似乎一直生活在自己小说所描绘的那种带点60年代气息的生活环境和心理气氛中。

从艺术上来看，这个集子里的作品是不是可以说，一类是随手拈来的生活速写，一类是精心营构的艺术小说。两类作品的共同点是清新、明净、单纯。有的展开一个小小的生活故事，结合着故事，描叙一点生活动向，传递一点社会信息。像《欧阳博士的彩礼》，以博士在调动工作中受到的表面的优待，揭示当前精神产品和人才商品化的现象。有的在情节发展中设置一点悬念，然后通过陡然转折，揭开故事的谜底，促发人物性格曝光，引起读者心中的人生感情，像《今夜月色分外明》。有的虽然平铺直叙，却记录了一丝清淡的情愫或几分生活的况味,让你有所回味,像《我把你揣在胸口上》《作家和市长》。有的是炭铅素描,三两笔勾勒,便在纸上留下一颗美好的心灵,像《红红的衫儿》。就是三四万字的中篇小说《摘星峰》,同样清纯洁净。一条思念的线,两个痴情的人,在意外的重逢中,十五年的生离死别叠印到一起。于是,两个人、两颗心重新"归位",回到各自心头原本就给对方留着的位置上。小说分别以两位主人公的第一人称交叉描写,既通过一方的眼去观察对方,又通过一方的心去感应对方,让读者直观两位主人公的心态和情愫。故事在两个当事者无声的自白中交互延展,造成了叙事角度有节律的变换,又在变换中做到流畅的衔接。这种双重内心独白的协奏曲式,使人物的感情和作者的感情找到了交流的极好形式。

我一直有种看法,认为塑造人物形象有三个关键点:一是要有独特的生活细节,这些生活细节必须是五官可感的,直观的;一是要有独特的心理经验,这虽不一定是五官可感的,却必须是可以直接诉诸心灵的;一是要把形象内部外部的特征融汇到作品的主要情趣中去,这种主要情趣来自作者自身的感情特点,来自这种主体感情对描写对象的渗透。成功的、有独特性的形象,常常是在人物独特的细节、心理和作家独特的情趣和猝然遇合中闪现光彩的。集子有些作品如果还不能尽如人意,也许可以从这里去找原因。

上述三点当然是比较高的要求,不那么容易做到。怎奈大师有言在先:"创作就是克服困难。"如果我们在创作中总是感到轻而易举,未必是好事,创作本身是摘星者的事业,引泉既已开始登山"摘星"的劳动,大约不会没有上天揽月的执着的。

1990年9月17日,西安岚楼

以真朴之笔写实干之人

——《为了中国的"哈佛"》读后

读近年来的报告文学、纪实作品,我常常有三种感觉。从这三种感觉出发,也可以大致将当前的纪实文学划为三类。

最大量的作品,带着相当浓烈的市场包装气息,有的径直就是由被报告者投资的一种促销手段。这类报告文学不见得技师都差,也常有佳作,在市场经济社会,总体上也是需要的,不要去遏止,而要去引导,引导这类作品在真实性、思想性、艺术性上提升到一个新的境界。但我以为,应该将这类报告文学由艺术文学划入宣传文学的范畴,或带文学色彩的宣传文学范畴,这样划,对这类作品在创作和传播操作中的许多非文学现象就不至于产生偏颇的认识和排斥的态度,就可能做出比较宽容的、符合实际的解释。

第二类,是文学追求、社会信息和哲理思辨色彩较强的作品。这类作品在20世纪80年代中后期,曾经构成我国报告文学的主流,引起过轰动效应,对揭示社会深层动向,启动民主思考,引燃民主的责任意识和忧患意识方面起到了深刻的作用。在纪实文学的写作艺术上,这类作品也有许多创造和深化。这些创造和深化使报告文学写作在传统写法的基础上,开始向现代写法过渡,更适应变化了的当代生活和当代审美。近几年,这一类报告文学虽然因为上一类作品的大量崛起,数量有所减少,影响有所下降,但仍有一批社会责任感和艺术责任感很强的作者,沉潜在生活河流深处,精心写作。这类作品生活、思想、艺术的分量都沉甸甸的,但有的由于执意追求哲理和艺术,也免不了露出一点雕琢,使读者在阅读中往往过多地注意作者主体投入的部分,譬如哲理、结构、文字表述等等。在这种时候,对作者的思考和作品的艺术的品位，有时可以强化作品报告的生活内容，有时也容易冲淡作品所报告的生活内容。对于以真实为第一生命的报告文学，这也许是一个遗憾了。

第三类，则是一种以朴素的审美观和表述法为基础的作品。作者的第一追求十分明确，那便是真切地将所写的生活和人物传达出来。这种传达当然有艺术技巧和文字能力问题，有立意、结构、叙述、描绘、议论等等方面的水平问题，但出于对所表现的对象的尊重，出于对真实、真切、真朴的维护，作者宁愿敛气默声，将自己隐藏起来。这一类作品，使报告对象真正成为阅读的审美关注的焦点，在读者心中留下的主要是客体的艺术形象，对象的真善美。我感到张志军撰写的《为了中国的"哈佛"》就属于这类。

这部十五万字的报告文学当然也有宣传的内容——宣传丁祖诒先生创办民间高校的业绩和新思想，当然也有社会、人生哲理的开掘和对有关社会问题、政策问题的思考。其中最主要的，是对中国教育制度由单轨走向双轨改革的启示。和那些具有哲思色彩的报告文学不同，书中的思考，不是作者的思考、议论，而是包蕴在主人公事业实践中的思考、启示，因而更切实，更有启动力和操作性，但是我想说，留在我们心中更深刻、更久远的，是主人公丁祖诒的形象，是丁祖诒的事业、人生、人格精神和感情世界，一章一节看下去，写法、文字方面的感受印象渐渐从读者的视野中消失了，只留下由事业、命运、个性浇铸成的主人公形象。你会产生一种谈论主人公本人的冲动，而不想对作品本文多说什么，也许这正是作品的成功之处吧。

丁祖诒在半个世纪中所经历的，所付出的，所得到的，也包括所失去的，都远不是同代人可以比拟的。当然，这里的付出、得到、失去，都是一种形而上意义上的概念。他生命的质量，生命的有效长度，比一般人大。他在生命过程中，不但实践性劳绩较一般人为多，同时，由实践向精神的转化量也较一般人为多。

我以为丁祖诒在人生历程中的四个转化，大致可以概括他的人格精神。

这四个转化是——人生，由命运的苦难向精神的充盈转化。主人公的命运充满了坎坷和苦难，但在坎坷中一直执着地前行，几十年过去，便练出了好脚力，好身体，练出了良好的心理承受力，良好的化险为夷的本领和变苦难为充盈精神的能力。这是丁祖诒难得的精神素质。

——事业，由无为的环境向有力的奋争转化。丁祖诒年轻时处在个人难于有大作为、特立独行难于有大成就的时代。那时，他有过多次有为的举动，终于总冲不出时代环境、家庭出身的藩篱。年轻时的努力虽不能开花，却铸造了他的有为人格，奠定了他以后在改革开放新环境中大有作为的基础。

——创造，由无路的摸索向新路的开辟转化。丁祖诒在早年就表现出向习惯意识和思维定式挑战的勇气和锐气。这是青年人共有的特点，但漫长的岁月会将多少的勇锐磨圆，磨尽。难得的是，丁祖诒在为自己这种探索性格吃尽苦头之后，到了知天命的年纪，还能保持创造革新的勇锐和智慧，保持生命活力的不断更新。

——奉献，由现实教育成果向未来教育思维转化。西安翻译培训学院为社会培养了上万名翻译人才，有了全国民办高校一流的教学质量、一流的社会信誉、一流的硬件设施，这是丁祖诒和他的战友们为社会教育事业奉献的现实成果。更重要的，也许是丁祖诒的办学思想以及这一思想的成功实践，在今天和今后给予我国教育事业的启发。中国的现代高等教育，包括民国以来的办学传统和新中国成立以来的办学传统两部分，应该说，这两部分所构成的原有的教育上层建筑，和社会主义市场经济这个新的基础，和改革开放这个新的社会环境，都有不相适应的地方。丁祖诒的办学思想和实践，是我国改革开放以来，整个教育界调整和新的经济基础、社会需求的关系这一大工程、总思路的一部分，而且是非常有实效的一部分，它给中国当代高等教育的改革奉献了新的启发、新的思路。这就远远超出了具体的成果，而成为教育革新经验性的、规律性的精神财富。

从书中我们可以看出，实现这些良性转化的外部条件，是改革开放的社会环境，良性转化的内部动力则是主人公在逆境中的拼搏精神，在庸境中的创造精神，在物欲横流中的奉献精神。

丁祖诒在群众和时代的支持下实现了这一切，丁先生可敬。张志军在丁祖诒实践的基础上用文字表现了这一切，张先生可佩。

1996年9月21日

弄潮者的缩影

在改革大浪中，弄潮的业余作者怎样写改革？尊敬的同行们又怎样感受改革？我一口气读完了《陕西工人报》推荐来的各位作者的作品。印象有三点：思考多样气质多样表述多样，视角迥异笔调迥异，立意精粹形象精粹文笔精粹。我有点纳闷了，壮怀激烈、莺飞草长的改革家，老少咸宜、星汉灿烂的改革人，为什么一提倡去写而不看怎样写就必定单调，就必定有"配合中心"之嫌呢？各位的风流文章又一次证明了此说的不科学不精确。鲁迅曾讲过，建造阿房宫的人名不见经传，烧毁阿房宫的项羽倒名垂青史。其间原因自很复杂，内里也确有许多社会历史人情心理和传播方面的规律在起作用（譬如求异思维和逆反心理就是一种），却总不能说唯此才正常，唯此才公允，总不能说这种生活实践与艺术反映或多或少的背弃，今天和今后硬要纹丝不动地保持下去。对这个问题，我在这次征文中听到了各位作者的回答。回答得明确而机智。

蒋金彦、商子秦的《新官纪实》用短短两千字，"正面强攻"主人公。从作者勇于选择艰难的写法看，似乎和笔下的主人公一样，同属于敢于弄潮的一类。（而我一直感到子秦有些腼腆，足见察人之浅。）以雄健之笔写豪强之人。大刀阔斧的矛盾冲突，粗放明晰的轮廓勾勒，确定无疑的语态笔调，铿锵的文字组成的短句短段，传送着扑面而来的改革热风。人之质文之意境之气畅汇一体。在磅礴大气之中，又没有忘记有性格表现力的细节——调刘忠时的激将法；没有忘记机巧——人物都写出来了，才在最后介绍此君的行状如姓名、职务等等；没有忘记幽默——"至于此君身高、体重、家庭情况、经济收入等具体数据，因本文不是征婚广告，故一并从略"，以此句将全文打住。这也许传达出一种内在的信息，改革虽然任重道远，改革者和写改革者却并不一味地累重疲惫。举重若轻，以机智的杠杆撬起时代的大鼎，用笑声化解严峻，使他们具有了精神上的优势，成为正在取得胜利或没有取得胜利的胜利者。

李佩芝的《夜色温柔》，原来改革也可以这样写！毫不经意似的拈来一个场面，几句对白，就敷衍成篇。以女性的情味和笔调，在恢宏的浪潮中提出了一个纯然人伦的、心理的问题——理解厂长。这问题不是以逻辑力量提出来的，而是在画面中、感情中、对话中，在字里行间"浸"出来，"晕"出来。作者并不展开笔墨说理，只是在流动的夜色中，在心头蓦然涌出的一股柔情中，将感受传达出来，教你有所感悟。人与人的感应和沟通，有时靠说理，有时却只需要在一种特殊的情境中点化。能将包含在生活中的道理明晰、精辟地说出来，是一种艺术；能将包含道理的生活情景捕捉住、晕染出来，又是一种艺术。李佩芝抓住感情性形象性写改革，将隐隐流淌在改革大潮中夜色般温柔的人情味展现了出来，应该说更充分地发挥了文学的优势。

徐剑铭的《书记的情怀》也是提问题的，写来却带着更多的舆论介入色彩。随着改革的发展，当大家的目光不约而同由书记移到厂长、经理身上的时候，作者却执着地在原有视角里去发掘新的社会内容和全息时代的变迁。这也是一种求异思维，一种新闻敏感。在改革中奋飞在前的厂长需要群众的理解，在改革中不断做生活位移的书记需要深广的情怀。这都何止是写的一个人？都是通过一个人在写一个时代啊。作者是当过记者的，现在更深地沉进生活之中，非他写不出此篇。

袁瑛的《物价卫士》选择了和群众利益十分切近的题材。为职工群众说话是工会报纸重要的职能，过去发挥得不够。而顾客组织起来监督物价，本身也是改革中的新事物。《物价卫士》由是显出了它特有的价值。作者以充实的材料写了一个为群众利益热心奔走呼号的人物。行文一如人物本身那样朴素、平易。

京夫的《仿古》涉笔颇深，说的是改革大潮中，由于国民文化素质不高，导致新奇怪异混杂，前进的生命力和愚昧的仿古心一齐被激活，勾勒出追新与恋旧的强烈反差如何组成历史嬗变期画面的特异色彩。邢良俊的《肯德基家乡鸡》写美国人在中国开办快餐馆，是一个"涉外"题材，在征文中"只此一家"。没有掉在对餐馆的全面描绘中，而是从中提出外国人用现代管理、现代烹饪技术将中国的鸡、中国的菜做精加工来赚中国人的钱这样一个引人深思的现象，来着意描绘和议论，取得了形象、意蕴超越题材的效果。

文学艺术反映四化建设，主要由社会责任感和艺术规律的内在要求所决定。近两年，又增加了经济资助的吸引力，我以为这未尝不是好事。经济吸引力可视为新时期生活吸引力的一部分，也是社会对反映、描绘了它的艺术理所当然的馈赠。经济因素强固了文艺反映四化的责任和艺术要求，既有利于艺术生产力的发展，又促进了社会生产力的发展。经济的介入也可能刺激文艺的急功近利，写作中的粗糙、表面或屈从于眼前经济活动需要的现象免不了会发生（这次征文当然不能幸免）。作为事物走向成熟的一个过程，无须大惊小怪，也一定能逐步克服。我总相信，反映时代深刻变化的鸿篇巨制会在这一砖一石的积累中诞生。如此看来，《陕西工人报》和宝鸡机床厂的这次征文，意义便超出征文和评奖了。

1988 年 10 月 10 日，西安岚楼

此志常作狮子吼

> 云南省真是人杰地灵，/ 出了现代三位名人：/ 音乐家聂耳，/ 哲学家艾思奇，/ 诗人柯仲平。我这里暂不说聂、艾，/ 单说柯仲平诗人，/ 英国诗人雪莱说："我愿做预言的喇叭，/ 将沉睡的世人唤醒"。/ 鲁迅的第一部小说以 / "呐喊"为书名。/ 我说老柯正是那 / 喇叭和呐喊的诗人。

这是柯仲平的挚友萧三晚年在重病中写的长诗《喇叭，呐喊诗人柯仲平》的开头。

柯仲平是现代著名诗人。原名柯维翰。1902年出生于云南省广南县。"凤有凰，歌有窝，歌的窝里生老柯。"广南是各民族杂居的地方，能歌善舞的傣、苗、瑶等民族在他幼小的心灵上播下了诗歌的种子。后来成为他终身"伴侣"的月琴，就是这里山民用的乐器。1919年在中学参加过响应五四运动的学潮，并创作了《劳工神圣》的剧本，抗着压力搬上了昆明群众舞台演出。1920年，在对新生活的共同追求中，和恋人丁月秋变卖首饰，逃离云南，经河内、海防、香港、上海到了北京。肄业于北京政法大学法律系，并在创造社、狂飙社出版部工作。1924年开始写抒情诗，1930年以前出版了抒情长诗《夜海歌声》和反映土地革命斗争的大型民歌体诗剧《风火山》、文艺论著《革命与艺术》。早朝诗中充满了对社会黑暗的猛烈反抗和对自由解放的热烈追求，但在积极浪漫主义精神中也表现出孤独、苦闷和彷徨，在诗歌形式上有隐晦和欧化的倾向。20年代末一度在西安、上海任教。1930年加入中国共产党，任《红旗日报》采访员、上海工人纠察队秘书。是年底被捕，他被要求在大会上交代，先在黑板上写了"我就是柯仲平"六个大字，接着高声朗诵："我是一个共产党员，今天，我在断头台上发宣言！"三年后出狱去日本。1937年到延安，历任中宣部文化工作训练班班长、陕甘宁边区文协主任，与田间、魏巍发起街头诗运动，组织剧团去民间演出。新中国成立前出有诗集《从延安到北京》、叙事长诗《边区自卫军》《平汉路工人破坏大队》、大型歌剧《无敌民兵》等。新中国成立后任全国文联常务理事，全国作协副主席，作协西安分会主席，以及多届全国人大代表和政协委员。出版过儿童小说《毛主席的小英雄》和近百首富有革命浪漫主义的民歌风淳厚的短诗。从40年代起到60年代，集中精力创作反映刘志丹陕北革命的长诗，因政治气候的变幻，三度搁笔，四度重写，最终未能完成，直至去世之后的二十四年即1988年，才以《浪中人》为题出版了这部未能最后完成的长诗。

柯仲平是用满腔热血写诗的人。他写墙头诗、岩壁诗，以及"带了翅膀"的朗诵诗和吟唱诗，在老百姓中广有影响。许多人把他视为"最伟大的大众诗人"。他的诗在吟诵中诞生，诞生之后必定要在民众中做激情的朗诵。在延安时期的十二年中，他到哪里，哪里就活跃，有生气。萧三说："延安诗歌运动最初和最有力的发起人要算柯仲平同志，他是朗诵诗放头一炮的呐喊诗人。"诗人满脸大胡须，发光的秃顶飘动着几根卷发，身披灰棉袄，头戴旧军帽，挺着腰板，亮着眼睛，一开腔就完全进入忘我境界，像一头雄狮，时而前扑，时而后踞，时而挥舞双臂，声如洪钟，飞高遏低，给听众的心里带来了风雨雷电。有次朗诵，他要婆姨姑娘们坐在第一排，以提高妇女的地位，但妇女们受宠若惊，扭扭捏捏不往前走，他突然鼻子一歪，大喊："妇女啊，你们这些落后的妇女！"有次他正朗诵到得意处，见后面有几个女孩在窃窃私语，他勃然大怒地指责："你们这些女性，不要污辱我崇高的朗诵！"还有一次在清凉山延安印刷厂的晚会上，毛泽东也来参加了。最后一个节目是他朗诵正在写作的长诗《边区自卫军》的第一部分。晚会已经开到12点多了，诗又长，他匆匆念了一半，见有些人走了，便在煤油灯下擦着汗问毛泽东还朗诵不朗诵？毛泽东回头看看会场，兴致勃勃地说："朗诵完吧！"他于是又飞舞手臂朗诵起来，直到下半夜。毛泽东和他热烈握手，称赞他用了民歌法，追求大众化，并把诗稿带回去看。几天之后，毛泽东送回诗稿，几处做了改动，批给《解放》周刊分两期发表。这是这份中共中央机关刊物第一次发表文艺作品，真可谓得天独厚了。

60年代初，在西安民主剧院一次"要古巴，不要美国佬"的文艺晚会上，笔者听过诗人的朗诵，其时柯老已届花甲之年，却仍然像一堆燃烧的烈火，用硝烟，用爆炸，从内心深处倾诉着，呼喊出炽烈的诗句。记得他站在台口，两腿像两根铁柱，挥着大张五指的手掌，整个形态完全融合在诗的意境之中，有时微合双眼，低回吟味，有时像火山爆发喷出霹雳般的最强音。柯仲平创作，喜欢抱着月琴，一边弹，一边浅唱低吟，像作曲家在钢琴上创作一样，兴致上来旁若无人。他说："干我们这一行的人就是这样：用自己的命和血浸透这些稿纸哪！"美国作家罗伯特·佩恩在研究了柯仲平的《风火山》后惊叹说："怪不得他被誉为一位伟大的诗人！他能够把简单的民谣格律和民谣意象，变成艺术上的精品而又依然能被人们朗诵，在民间流传。"

柯仲平是用自己的诗为革命、为群众擂鼓前进的人。强烈的政治气质、厚重的中华民族气魄和大众的风格、大众的语言构成他诗歌最鲜明的特点。他自觉地、有意识地把自己的诗作作为革命历史和群众生活进程的脚印来"记录"（诗人语），通过这些"记录"，抒写了他对革命、对人民的深情；他诗中回响的革命的脚步声，经常是高昂、急骤、宏大的，但也有轻缓、豁达、回环徜徉的时候，这类篇章同样给人以信心和力量；他也写了"爱情"和"哀歌"一类的诗，却以新的思想感情赋予这类题材以新的生命；他抒发自己对事业、对战友的深挚感情。他给1938年的中共六届六中全会写的颂词中有这样的句子："像五个指头/共一只强有力的手掌：/每一个同志都在自己的岗位上，/个个同志的岗位都朝中央。"这在当时的延安不胫而走，并写进了中共的文件。他常常能将政治抒情诗和山川自然的意象,老百姓的心态和民间的比喻、语言结合起来。他这样写革命者的坚定执着:"左边一条山,/右边一条山,/一条川在两线山间转;/川水喊着要到黄河去,/这里碰壁转一转,/那里碰壁湾一湾;/它的方向永不改,/不到黄河心不甘。"1938年5月,毛泽东在边区工人代表大会组织的晚会上看了秦腔、京剧《升官图》《二进宫》《五典坡》,觉得内容太旧,对坐在他身后的柯仲平(当时任文协的负责人)建议,戏曲要有新的革命的内容。他下来马上筹建了边区民众剧团,自任团长并写了团歌,开宗明义头四句就是:"你从哪达来?我从老百姓中来。你到哪达去?我到老百姓中去。"把剧团的文艺根本宗旨点明了。他带着民众剧团跑遍了边区二十四县的乡乡镇镇,演出了《中国魂》《血泪仇》《穷人恨》《大家喜欢》等著名现代戏曲。边区老百姓把他叫"大胡子团长",送果子、鸡蛋慰问剧团。所以又有"民众剧团在哪达?沿着鸡蛋壳壳去找不会差"的传说。为了支持边区文艺这个新事物,他拿出了《边区自卫军》的全部稿费,毛泽东、周恩来、贺龙、博古都捐赠了钱。

柯仲平爱劳动者,爱劳动者的艺术,从中汲取了大量的思想艺术营养。他说:"我写诗,有许多的先生,而最主要的一个先生是中国民歌,我受中国民歌的影响,比受什么诗人的影响都要深些。"他能和群众打成一片。新中国成立后在西安南郊常宁宫休养,和附近鱼鲍头村里的群众处得很熟悉。夏日天变了,他会急颠颠地拿着杈子到麦场上帮着码垛。天旱了,他站在农民的行列中用脸盆端水浇地。下种时村里买籽种、肥料钱不够,他马上掏钱代买,不让误了农时。秋天收获的季节来了,他在原野上弹着月琴吟唱:"瞧,那棉桃,她们开出心花来大笑,那谷子糜子水稻,她们笑着脑袋弯过腰……"用诗表达出完全的庄稼人的喜悦。他能真诚地向民间文艺学习。在延安时期,和陕北说书人韩起祥是挚友,请过民间艺人李卡当剧团教练。1953年在全国第二次文代会大会发言时,对临潼县农民诗人王老九的诗给了很高评价,并介绍他和大家见面。当王老九走上主席台时，两位老诗人热烈握手、拥抱，全场掌声一片。

因此，评论界认为柯仲平的艺术体现出两个显著的特点：第一，从叛逆开始，搏击时代潮流，与革命紧紧贴在一起；第二，从民歌开始，引吭高歌战斗，与民众紧紧连在一起。冯雪峰更深刻地指出：柯仲平的诗，"不仅由于他所歌咏的事件和人物，也不仅由于他在创造着新的形式，主要地正由于他捕捉住了诗的生命，——在大众的质朴、强健、活泼和勇敢的战斗的创造的精神里，诗人获得了'灵感'，捉住了那本质，这样就带来形象的真实，生动和艺术的明确"。"诗人在这里是和对象完全无间隙地在一种诗的阳光里游泳着的缘故；诗篇和诗人完全地谐和着。""这种谐和的可能，就只有两个条件：第一，必须大众已具备着这种新的生命和精神，第二，必须诗人的创造的趋向和大众的生活的创造脉脉地相一致。"

柯仲平半个世纪的创作生涯有四个里程碑。第一个里程碑是抒情长诗《海夜歌声》。全诗一千八百余行，由《冠在〈海夜歌声〉前》《寄我儿〈海夜歌声〉》《海夜歌声》《这空漠的心》四篇构成。它为诗人的创作奠定了基调。全诗感情奔放，气势宏伟，有一泻千里、飞腾激越的壮美，有刚正不阿、赤诚相见的真挚，并明显地吸收了我国古典诗词的营养。长诗问世于大革命失败后的年代，诗人感觉到了新时代的巨变但还无力把握，反映到诗中既有求战的欣喜，也有不解的疑惑，既有献身的勇气，又有"心的空漠"。但绝不是矛盾感情的混合体，而是求战心切而又不得其法的心灵呼唤。

第二个里程碑是诗剧《风火山》。诗剧以工农武装斗争为线索，共分五章：打麦场，冒火线，生与死交战，人吃人，风火山。这是一部雄壮的"战曲"，诗剧最后，诗人点明了共产主义冲天大火已经熊熊燃起，他要告别过去，迎向人民革命的春天，诗人以"用墨如泼"的粗线条勾画了劳动者的群像：农民、手工业工人、革命知识分子和善良勤劳的民众。他们不再是奴才和可怜虫，他们手中有了武器，正在有组织地抗争。诗人已经从《海夜歌声》孤独的呼号中走出来，写出了"联合战斗"的伟力。"我"的呐喊变成了"我们"的行动，诗人的思想艺术步入了新的境界。

第三个里程碑是长诗《边区自卫军》。对自由和光明的憧憬，对反抗黑暗的呼号，发展为对人民革命斗争的实际描绘。故事简单而动人：自卫军李排长为了查明叛徒的逃踪，跑了一整天来到这个村里，派了队员韩娃在交通要道上放哨。入夜，韩娃遇上了两个深入边区活动的汉奸，正定好计谋要捉拿他们时，李排长却天外飞来似的出现，使叛徒得到应有的惩罚。长诗绘声绘影地描写了两位英雄的行动心理和优秀品格，集中体现了人民对边区的热爱、对敌人的仇恨。诗人的热情，不再是用暴风雨式的呼喊，而是通过现实生活的真实描画和赞美表达出来，生活画面和主观激情融为一体。全诗语言简洁，民歌情调得到了较好的运用，"人在冰上走，水在冰下流，川流不愿回头，战士哪甘落后"。这既是歌谣风味的叙事，又是人物心理和自然景观的简洁描绘。

第四个里程碑是耗费了大半生心血的难产的长诗《浪中人》。据柯老爱人王琳介绍，这部未完的作品1938年就开始收集材料。当时他带着民众剧团在边区走村串乡，爱上了这块圣地，萌发了写创建陕甘宁边区斗争过程的史诗的念头，收集了许多传说和民歌。准备得差不多了却没有时间动笔，1947年去农村时将这些材料请边区文协一位同志保管，胡宗南进犯延安时，怕落入敌人的手中，烧毁了。后来他决心从头开始收集材料，1951年在西安开始动笔，日夜苦干拼了两年，主体基本完成，却因故全部报废。写第三稿时，繁忙的社会工作和繁重的心理负担使他几次晕倒，住院，直到1958年才能提笔。1959年他有了新的想法，决心通过虚构写典型人物，于是又抛弃了已写了上万行的第三稿，结合自己多年革命生活积累，读理论和艺术书籍，重新构思。第四稿的开头写了十几次，才找到了现在《浪中人》的开头——长征的万水千山。从此文如泉涌,终日如醉如痴地写。1964年,写作处于关键时刻,席卷全国的社会主义教育运动开始了,文艺界也要下农村去搞运动,诗人请假未准,在出发前的下午,他正在一个会议上发言,讲着讲着,突然往沙发背上一靠,向这个他没有爱够、歌颂够的世界告别了。

柯仲平去世后,其间又经历了"文革"的种种劫难,《浪中人》才在二十四年后得以面世。诗人之死和长诗的诞生,就是一部悲剧。正如评论家胡采所说,这部悲剧,"同一个历史时代的大悲剧联系在一起"。

1998年5月,西安谷斋

哲人的精神苦旅

1957年，智利著名诗人、诺贝尔文学奖获得者聂鲁达第二次访问中国，和他的老友、被他称为"中国诗歌泰斗"的艾青一起在中国大地做了漫长而愉快的旅行。当他含泪告别中国时，艾青却没有去机场送行。艾青的另一位朋友、捷克斯洛伐克汉学家丹娜离开中国时，也没有能够见到诗人。艾青蓦然间被划为"右派"，被开除了党籍，周恩来知道晚了，他想挽回此事，已经来不及。

像一条活跃地游动在艺术海洋中的鱼，突然在地壳的变动中成为化石，像珍贵的常林钻石被深深地埋到地层下面，艾青的歌喉被扼住，艺术生命结束了。在那以后漫长的二十多年中，艾青的诗活在人民的心头。有的人将他的诗藏进米缸、压在箱底保存，就像战争年代，一位革命青年将他的诗缝在被套里从国统区带到延安，一位妇女将他的诗绣在雪白的布上。读者寻找着、怀念着他。贵州一名读者的信这样写道："在长年的精神饥荒中，我们用精装的本子传抄着你的诗和诗论。在现代法西斯的精神战火中，我们冒着丧失政治生命的危险，把它从一处藏到另一处。"因不白之冤入狱的青年诗人周良沛，用犯人每月仅有的三元零花钱，给艾青拍来了电报："我想到二十五年前那个下雪的早上，产生了一首将永远留在新诗史上的《大堰河》……写它的诗人永远留在我心里，我以一个读者的名义，感谢诗人。"后面没有署名。赵树理在谁都不敢和艾青来往的时候，专门找他下棋。艾青问："你不怕？"赵答："我不怕。"他的老友王震将军更是将受难的诗人置于自己的保护之下，在北大荒，在新疆，走到哪将诗人带到哪，要他了解生活，坚持写作，将军一次一次向群众介绍他："这是大诗人大'右派'、我的朋友艾青同志！"

二十多年以后,当艾青用自己的名字重又公开发表第一首诗《红旗》,接着"右派"问题平反,读者的信像雪片飞向北京那陋屋中。一位老读者写道:"我们找你找了二十年,我们等你等了二十年……'艾青',对于我们不再是一个人,一个名字,而是一种象征,一束绿色的火焰!"一位学诗的青年告诉别人:"诗坛出现了一位新秀,他的名字叫艾青。"而艾青自己则不无感慨:"'搞错了',三个字,一个字就是七年。"

艾青是在国内外有巨大影响的诗人,原名蒋正涵,字养源,号海澄,用过莪加、克阿、林壁等笔名。浙江金华人,家系地主,自幼却由贫苦农妇"大叶荷"带养。十八岁初中毕业后考入国立西湖艺术院(今浙江美院)绘画系。次年春去法国巴黎学画,广泛接触了俄国和欧洲的小说、诗歌,开始写诗。1931年1月,他写了一首《会合》,被同住一室的勤工俭学友人看到,擅自做主投寄左联刊物《北斗》,竟被刊用,从此握起了诗笔。他自己将新中国成立前的创作分为三个时期:国民党统治的白色恐怖时期;抗战初期;延安时期。

诗集《大堰河》(1939),收录了早期和狱中的诗作。早期作品《那边》《巴黎》《画者的行吟》《芦笛》,沉雄浑朴,忧郁感伤。1932年回国,加入左翼美术家联盟,被捕入狱。在狱中写的《大堰河——我的保姆》,轰动诗坛,是反映他早期民主主义思想的代表作。抗战前三年,艾青辗转漂泊湖北武汉、山西、陕西西安、湖南、重庆,获得了丰富的创作素材,作品迭出,诗风趋于成熟。长诗《向太阳》和《火把》(1941)是这一时期的代表作,以雄浑的笔触、浩瀚的气势,火一般的激情,倾诉了对祖国对人民的爱,唱出了抗战必胜的信心和对抗敌将士的礼赞,使他在国内外知名。《他死在第二次》(1939)、《旷野》(1940)、《北方》(1938)是这一时期的作品。1941年,在周恩来的建议和资助下赴延安,多次被毛泽东召见,约谈文艺问题。在延安文艺座谈会后,去鲁迅艺术文学院任教。这时期,他采用民歌体歌颂民族解放战争，发扬爱国主义精神。作品主要有长诗《毛泽东》，诗集《愿春天早点来》《献给乡村的诗》《反法西斯》《黎明的通知》等。1945年加入中国共产党。抗战胜利后任华北联大文艺学院副院长、华北大学第三部副主任。

新中国成立时期，艾青参加军事管制委员会，接管中央美术学院。同时参加了第一届政协会的筹备，担任国旗、国歌、国徽图案评选组长，从五千多份国旗征稿中列出几种方案，在会议中由毛泽东确定为五星红旗。艾青是全国文联委员、全国作协理事、美协理事、《人民文学》副主编。1955年，艾青长期苦恼的家庭矛盾得以解决，与韦嫈离异，次年与高瑛结婚。但家庭问题只是艾青新中国成立初期创作停滞的部分原因。1956年，全国作协曾开会对艾青的创作进行研讨批评。不久艾青出访南美洲，出现了诗歌创作的高峰。新中国成立后的作品有组诗《南美洲的旅行》《大西洋》，诗集《宝石的红星》《欢呼集》《黑鲤》《春天》《海岬上》等。

被错划成"右派"后，先是在北大荒垦区生活了一段时间，1960年来到新疆石河子垦区安家。虽然被剥夺了发表作品的权利，还是不断地写着。"文革"开始后，艾青第一个被抄家，毛泽东、周恩来、吴玉章、张闻天等人给他的原信和两部长诗手稿、一部长篇素材全被抄走。不久，全家被赶到古尔班通古特荒原的地窝子里，分工给兵团农场扫厕所。微薄的农工生活费，使他连九分钱一包的烟也抽不起；贫困的精神生活，使他在百无聊赖中，将一本法文词典的词条，拼凑成古代罗马史，在罗马史中观照现实和人生。1973年，终生在诗歌中追求光明的艾青因营养不良、心情忧郁、长期在煤油灯下看书，导致右目失明，这才回到北京治病，成为西单背阴胡同一户没有户口的人。

1976年清明节，在天安门广场的愤怒的诗潮中，游荡着一位穿着臃肿的老人，庄重凄苦的脸上布满了泪痕。艾青在战斗的诗歌的最前线，迎来了一个新的历史时期，也迎来了创作的新阶段。继复出后第一首诗《红旗》之后，艾青在一天内完成的二百四十七行长诗《在浪尖上》引起巨大的社会共鸣，在群众性的朗诵会上，一次一次被淹没在暴风般的掌声中。不久，扛鼎之作《光的赞歌》问世，"世界要是没有光／等于人没有眼睛"，"要是我们什么也看不见／我们对世界还有什么留恋"，"即使我们是一支蜡烛／也应该'蜡炬成灰泪始干'／即使我们只是一根火柴／也要在关键时刻有一次闪耀／即使我们死后尸骨都腐烂了／也要变成磷火在荒野中燃烧"，"我是大火中的一点火星／趁生命之火没有熄灭／我投入火的队伍、光的队伍"。这是20世纪30年代的《向太阳》的血液在70年代新的生命中的延续。诗人用"光"来启示历史发展这一大的命题，揭示了社会的本质和诗人自己意识到的历史内容，展示了事物发展的规律，给人以鼓舞。长诗的抒情主人公是诗人的自我写照，是诗人的理想结晶，又和人民群众结合在一起。诗人的宇宙观、真理观、美学观得到了集中表达。艾青的诗进入了炉火纯青的境界。在诗人访问欧洲时，法国举办了"向艾青致敬"的座谈会。在美国的爱荷华，海峡两岸的三代诗人在"中国周末"共同朗诵他的作品。艾青重走向世界。

1992年，在纪念《在延安文艺座谈会上的讲话》发表五十周年前，笔者造访了老诗人。他向我们回忆了会议前后的情景，要我们向延安桥儿沟的乡亲带去问候。他的夫人高瑛展开纸笔，艾青同志为这部《当代文坛百人》题了签。1996年夏，诗人以八十六岁高龄，驾鹤西游。

对艾青诗作的综合评述，很难三言两语谈清楚、谈准确。限于篇幅，我想引用《艾青传论》（杨匡汉、杨匡满）第十五章"风格论"的一些主要观点。艾青说过这样一句纯朴的话："我只是发出我内心的声音。"这是理解他的艺术的一把钥匙。

艾青的诗，是诚实、真率的诗。在水深火热的苦难岁月里，他用诗提醒人们正在过怎样一种生活，以自己所认识到的真理，把火种撒向人间。在红旗招展的日子里，也看到"光中有暗"，把歌颂光明同冷静的批判结合起来。在历史的新时期，在斗争的浪尖上，他和人民在一起生活和思考。

艾青的诗，渗透着他心灵的颤动，渗透着"我"的感受、发掘和思索。他坚持这样的主张："每首诗都由自己去写——就是通过自己的心去写。"而他诗中的"我"，又是集体意识和时代精神的聚光。

艾青不仅仅按照文学家的方式创作，还兼有心理学家和哲学家的方式，兼有画家的方式。他运用哲学的头脑和诗人的智慧，找到独特的角度，将真知灼见融进形象。他注重平中见奇，赋予常见的生活画面以特定的哲理内容，给人以亲切感。他还善于以画家的眼光从轮廓、线条、色彩、光泽、画面中找形象，熔铸为诗境。

艾青重视抓住个别，注意个别性的艺术表现，又善于把读者引进对于个别性相联系的规律性的思考与理解。

艾青用现代的生活语言和修辞手法写作，又不摒弃民族传统的技巧。他巧妙而突出地运用比喻，使之成为一种桥梁，在景物与情意之间找到自然的契合，让艺术形象可感可触靠近现实。他比喻的个性是：大巧若朴，据其要而总其神，多样而丰采。并注意采取博喻，反映被喻事物的丰富和充实。

他的诗，萌生于感觉，那精致、奇警、丰美的意象，是构成诗中形象的活跃的元素。他把意象作为一根神经，使人唤醒感官向主题迫近。他受过象征派诗歌的熏陶，却能剔除其神秘色彩与唯美主义倾向，吸取了暗示、影射、借喻等手法，丰富了诗歌的现实主义。

艾青诗中的语言不是蜜，却使人感到它可以黏住不少东西，浅近而深哲，有启示性，凝聚着独有的生活经验、教养和心理。他的语言不标上姓名而读者可以辨认。

他尝试过诗的各种结构形态，但特别看重诗的散文美，在自由体的实践中成绩卓著。他脱去了格律的外壳，却不抛弃诗的内核。他让诗的内在因素从格律的山岩中如活泼的山泉奔流出来，同时也反对诗的放荡不羁。

艾青的诗风是不断变化的，由"大堰河"时期讴歌劳动人民，到抗战时期燃烧着爱国主义的热情,到延安时期对民间文艺的汲取。新中国成立后以清新的曲调歌颂新生活的光明和世界保卫和平运动,既热烈又冷峻。二十年后复出,气度恢宏,胸臆舒展,更注意从哲理的角度开拓,对时代和人生的审视更深邃、概括更精湛了。

1998 年 5 月,西安谷斋

你的生命里结晶着他的心灵

胡征一生诗作不多,却在中国现代诗坛留下了自己的足音。以其诗读其人,我想说,他是一位有独创性的诗人,他是一位有自己诗美追求的诗人,他是一位有生命大痛苦而超越了生命痛苦的诗人。

他用诗预告自己的一生

我不愿在这里复叙他漫长而又坎坷的一生,倒想蒸发掉具体的人生经历,径直来看看诗人六十多年创作生命中的心灵历程。恰好有一首诗对这一精神历程做了极好的象征性表述。这首叫《初试》的诗,写于1941年,是他的早期作品,好像有什么神秘力量,预告了他一生的心迹。

这首诗描述了一位青年战士初次跨马飞奔的惊险经历。一开始是激越狂热的飞奔:

跑呵 / 追赶大风 / 跑呵 / 追赶太阳 / 追赶骄傲的云 / 不让云的影子 / 超过我的头顶

刚跨上马背的青年,精神上无羁无绊,内心充满了豪情壮志。后来,马跑得太快,这位初驭者开始萌生了恐惧,终至摔倒在大地上。

空气的嗯哨声 / 咬住我周身的神经 / 远处的山,近处的城 / 在我眼前翻滚 / 行路人惊奇地望着我 / 我的腿在颤栗 / 一只脚脱出了马镫

他发出一声惨烈的呻吟:

这世界舍弃了我呵 / 眼前爆炸金花

他浑身剧疼,但生命还在,精神没有倒。他挣扎着爬起来,继续去追那

正腾跃的骏马,决心不被马征服。于是,我们看到:

> 当我追上它 / 喘着气,抓住缰绳 / 准备给它一顿痛骂 / 但见它 / 不是我那年轻的马 / 而是一匹大骆驼 / 理想的金骆驼

时代变了,烈马变成了金骆驼。骑手也变了,由准备发泄报复,到深情地礼赞已经变成了"金骆驼"的"马"。被命运惩罚的诗人,最后却超越了命运。这种超越,又受惠于时代和个人命运深沉的变化。胡征一生的精神历程正是这样一个三部曲:青春的追索—中年的幻灭—晚秋的超越。

不幸而又万幸,这首诗像签语,竟然将诗人半个世纪命运和精神历程言中。

"独创,是天才与庸才的分水岭"

"没有独创,"胡征说,"河都直线地流,鸟都直着嗓子叫,花都按照一种模型开,世界就不像个世界。"当然也就更不像艺术。他命运虽几经曲折,艺术上却始终坚持对独创性的追求,"独创,是天才与庸才的分水岭"。即便入户于"牛鬼蛇神",他也决不当思想和艺术的庸才。

在文学史上,以诗歌吟诵战争者不谓不多,但用长诗正面反映有数十万大军参加的战略决战者不多,而用抒情体长诗来写大战者更是鲜见。《七月的战争》共十章两千六百行,《大进军》共四个篇章十七节两千五百行。两部史诗虽然将叙事和抒情相间杂、相融汇,却以抒情为依托,以抒情从结构上、情绪上组接、贯连故事,又将叙事融解于抒情之中。西部战争史诗都从战士的感觉来写战争,而不是从哲人的视点写战争,抒情主体与描绘客体同位同向同步,熔为一炉。不能说这种依托、贯连、融汇已达天衣无缝、老到精致,在诗歌创作上却是带开拓性的创造。它为以抒情长诗正面写大战踏出了路子,开辟了天地。

"五四"以来,在中国新诗创作的长河中,浪淘尽万千风流人物,披沙

拣金，出了多少的好诗人和好的诗论家。然而，身兼诗人和诗论家二任于一身的人，在诗情与形象营构和诗论与哲思开掘上花开两朵的人，以诗事入论著、以美文写哲思，以情象抒理象的人，确实凤毛麟角。艾青是一位，在他的诗集旁放着沉甸甸的《诗论》。胡征也算是一位，在他的诗集旁放着同样沉甸甸的《诗的美学》。

翻开此书，《诗问（代序）》开宗明义排出一百六十三个关于诗歌创作的"天问"，犹如天籁回响，醍醐灌顶，以充盈的真气震慑了你。那天马行空，那博大精深，特别是那命乖时背还坚执地上穷碧落下问黄泉的探究精神与思考胸襟，都不能不叫你想起楚国天穹之下行吟的屈原。开篇如此，遑论其他。

"你的生命里结晶着他的心灵"

先看他《石像》一诗的第二节——

> 古代的工人 / 劈开大山的崖石 / 用锐利的铁器 / 精细地雕出你的生命 / 于是你的生命里 / 闪着他的生命的光辉 // 你那凝视世界的 / 圆睁着的眼睛 / 你那衣服上起伏的皱纹 / 都是他心灵的结晶 / 他是你形体的创造者 / 你是他庄严的事业的标帜

这首有象征色彩的诗，无异于诗人关于艺术美的宣言，关于诗人和诗、美的创造者和美的关系的阐释。诗人呕心沥血雕出了诗句，使文字有了生命。于是诗的生命中，闪着诗人生命的光泽；诗的生命，无一不是诗人心灵的结晶。

作为一个以生命体验美的诗人，胡征毕其终生追求着自己的诗美境界。这主要体现在两方面：一是对自身抒情气质的发掘与扬厉，二是对中西诗歌传统的融汇和创新。

诗是感情之雾的露珠。抒情气质应该是诗人的精神特质，就胡征来说，是他生命和艺术的底蕴。他以自己的抒情气质去感知世界，使情与象、情与理、我与世界相交孕，产生自己的宁馨儿。

在1940年战火纷飞的年代，在圣地革命青年壮志豪情盈怀的那些年月，他却抒写了如此独特的感受：

我曾怀着稚子情思／踏着晚春的落月／将紫花藤的花朵摘来／

藏入枕边海涅的诗集……（《紫花藤》）

在《白衣女》中，他对"革命友谊""同志爱"的感受，也充满了诗人感情深处的柔鸣。

到了两部战争史诗，柔情被战火煎烤成烈焰，他主要关注的仍然是战争中人的感情世界，仍然是对战争场面的感情把握和抒情表达。他之所以采用抒情体、长诗来正面表现大战役，也许正是诗人特异的抒情气质决定的。是诗人的抒情气质选择了前人少有的路子，创造了诗美的新境界。

到了晚年，他的抒情气质又有了变化，变得洒脱，有时又尖刻，因而深刻。洒脱，为《碰杯》：

你古稀高寿／——少年的灵魂／我花甲青春／——童心未损／

举起诗海碰杯／愿重逢于最美的黎明

这是诗人在历尽苦难复出之后，送别访华的美国哈利·莱文教授时写的，花甲已过，果然童心未泯，真情依旧。

洒脱当然不是消极避世，不是半睁着眼。在晚年如秋水般的抒情中，时时有尖利的浪花飞溅而起，如《鹿角椅》，在见到清太宗坐过的鹿角椅上罩着虎皮，他写道：

人类的天子／享受的是／兽类的威风／欣赏的是／兽性的美丽

尤其是《兵马俑》，将自己人生的血泪浸透到对象之中，写得那么锐利而独特，完全没有我们听惯了的对那个皇帝统一大业的讴歌和对那个军阵横扫六合的赞颂。他偏说兵马俑是秦皇死后对老百姓部署的"一场地下战争"，

"是嫌天下的书／还未烧尽？／是嫌读书的人／没有坑杀干净？∥拳头大的心脏／狂想曲的血型……"

胡征对诗美的追求，一开始就在中西结合的路子上进行。这种结合表现在两个方面：一是将西方诗歌的象征美、散文美和中国诗歌的民歌美相结合，二是探索以现代诗歌的许多美学思维和创作原则来表现中国劳动大众的生活。

前面所引《石像》《紫花藤》和《钟声》《挂路灯的》《思想家》这些20世纪40年代的作品，都带有西方诗作常用的象征手法，但又与西方诗歌不一样。它表现的是当时中国革命者和人民大众的生活，舍弃了西方诗作中的浮华、俏丽、艰涩，而以简朴明朗的诗笔写简朴明朗的民众生活和民众感情。这也可以说是一种"中体西用"吧。

他认为，中国古典诗歌和现代格律诗所要求的过分拘束的格式与韵律，难以表现现代生活和现代人心灵的繁复，写现代生活需要更自由又更通俗化的诗体形式。但他又没有走当时（40年代）许多诗人所走的民歌体的路子，而是汲取西方诗歌中对散文美的追求，在这种追求中，使外来形式和中国大众生活的质朴内容相通，熔铸成既有现代感又是通俗化的新诗体。

生命之花"开在碾盘下"

胡征是个有生命大痛苦最终却战胜了这痛苦的诗人。他的生命之花开在碾盘下。《碾盘下的青春》这样写——

一丛鲜花，开在碾盘下／蓝的是泪，紫的是血，红的是伤疤∥不怕霜打，不怕高压／青梗峰下将有异香喷发∥迟开的花朵，晚熟的庄稼／种子埋得越深，生命强度越大

可以说这是他一生的自喻。胡征的生命没有在长达四十多年的压抑中萎缩，诗的思考、诗的激情一直如地下火在运行。我们不妨看看在《致画家》中，

碾盘底下压了近四十年的诗人对艺术炽热的倾吐和对失去光阴执着的追索：

我借给你如火的诗情／你借给我如诗的画意／／你借给我智慧的灵犀／我借给你鲜红的血液／／我借给你多棱角的头颅／你借给我传神的彩笔／／那么，你我结伴同行／向宏观宇宙出击

你爱色彩，我爱光／我爱奔驰，你爱凝聚／／光孕育爱，色哺育诗／一面奔驰，一面凝聚／／那么，你我顺色素的阶梯攀援而上／去追赶光年的足迹……

几十年的压抑、窒息，"如火的诗情""鲜红的血液""多棱角的头颅"，一切都没有变。"爱光"，"爱奔驰"，"去追赶光年的足迹"，也没有变，他以自己的坚韧战胜了大痛苦，得到大营养。这自然不只是对诗的爱，而是对生命、对激情、对思考、对多彩的生活，对光似的目标的爱，是对攀登的、奔驰的、活跃的创造性生活的爱。

这种光阴稀释不了的爱，碾盘压不碎的执着，源于何处？

我用牛犊的舌尖／吻舔母亲的肌体／围绕母亲团团转／跳跃撒欢／然后紧裹温馨的奶头／在母亲胸脯下／呼呼酣睡／让母亲灼热而厚实的卷舌／舔我毛茸茸的牴角／舔我的少年头……（《摇篮曲》）

源于对母亲——人民、祖国、革命——永不衰竭的爱。

太行握别／你送我／一轮皓月／一树诗情／我送你／手枪一支／"经书"一本／／三十年河东／三十年河西／你我天南地北／用汗水宣告／对诗的忠诚（《北行录》）

源于对诗歌——审美和生命——永不移翼的忠诚。

生命，有大痛苦始有大爱，大爱始有大超脱。这是胡征以自己的诗向我们告白的。

1995年，西安谷斋

美源和力量

——序《崛起的个性》

白渔和我其实是蜀国老乡，造化直等到五十年后才安排我们在青海高原上相遇。我们一起去撒拉族聚居的循化县，那也是班禅大师的故乡，和睦地生活着撒拉、藏、汉三大民族。长期的地质工作，使他显得结实、敏捷。看起来，容貌要比年龄小很多，名气当然又远在年龄之上了。

以后便断不了来往，只是很少读他的作品。我一生涉诗甚少，以至后来怯于涉诗。知道他不断地写着诗，出版着诗集。忽一日就送来了一厚本散文诗集，要我作序，便有幸读到了这一片洒播在草原上的露珠，而后悔读白渔作品之晚。

白渔的散文诗，比我印象中散文诗的内容要宽泛很多。他也勾勒一个生活场景，也描绘整幅自然风景，也抒发一结情思或开掘两点哲理——这都是散文诗常见的了。不过，他还铺展一段诗化了的情节，还白描一个剪影似的人物——这就很不多见。第五辑"崛起者"几乎全是人和故事的勾勒。其他各辑也散落着不少这样的篇章。《雪堆里的拉伊》只写了一个镜头：赶牦牛晚归的青年为了不惊动勘探队员的甜梦，和牦牛一起露天睡在帐篷外的雪地里。第二天清晨，勘探队员们发现雪堆上有一个小孔，轻悠悠飘着热气，接着雪丘下飞出一串拉伊（藏族民歌），站起来一个藏族青年，一声口哨，一串响鞭，周围的雪丘全动了，站起来一群黑压压的牦牛！短短的几笔，不但勾勒了人物和故事，而且融人于景，融事于情，具体的描绘化育为诗意，散文也就升腾为诗。可见，他虽然写人写事，却又不离开散文诗的要求，作为诗意的一个组成部分糅进文字之中，这便有了创造，拓展了散文诗的内容，也探索了散文诗的写法。

白渔对自己的优势很有意识。他笔下的景物，常常是高原上奇异的景物，他笔下的人事常是自己独有的人事，不但新鲜而吸引人，也往往从一个新的渠道让你和某种哲思暗通。"像喷壶里沥出最后几滴，像谁不慎抖落的几串珠子"，"像一条大河分开戈壁，左肩是阳光，右肩是雨滴"——这样的戈壁雨谁能轻易见到？采油树如同日盛一日的香火，供奉着老君庙里的老君——这样的感受你到哪里去找？天公以砂岩建造的有如龙盘、虎跳、狮吼、鹰飞、蛙鼓、鹤鸣般的世界使每一座砂岩有了生命，每一掬黄沙有了感情——这样的景致，不深入戈壁的腠理哪里又能见到？还有那住在世界最高处离天最近的七口之家，还有那钻进牛皮筏里过黄河的惊心险情，还有那胜似北极的盐湖风光，还有那江南水车般在水中缓缓转动的转经筒，还有那淘金狂特有的欲望与恐惧……这些奇景奇趣奇情都只属于白渔，只在白渔的笔下出现。每当他通过这些新奇的人事景物来阐发或点染一些哲思，尽管这哲思本身说穿了并不多么深奥，但当它们寄寓在一种异态的自然风光和生活场景中的时候，便给人以新的启迪。

也许白渔散文诗最引人注意的特点，是他着力于写雪山草原和现代世界的相通，使传统的西部之美在现代生活和现代文化格局中有了新的含义。他善于将西部的传统美和现代美结合起来描写，如《老君庙里访老君》，庙宇、香烛与油田、井架相造印、相幻化，不着一字，已见西部一日千里的发展变化。善于使雪山、草原之景与现在世界相通，如《赛马的轨迹》《晨光之子》，前者将草原赛马引入现代陆海空立体交通、现代信息社会，提出自己对草原生活新的要求、新的希望；后者站在现代科学文化的高度对牧羊少年古典的浪漫、恬静提出疑问，都是新的价值尺度对旧的价值尺度的质疑拷问，能够看出作者新的社会认识正在向新的审美认识转化。到了《雪山》一篇中，可以说这种转化已经完成。作者遗憾于人们只能以感受到西部冰山雪峰、青青林莽之美，而感受不到西部内里蕴藏的资源是新世纪的动力。他充满激情地赞叹雪山新的美质："洁白的峰峦，是你的煤海、油河掀起的巨波？耀眼的色调，是些什么元素透出微光？也许你财富太多，便筑起坚冰的墙垣；也许你含热量太大，才烤得草木不能生发？织万亩农田，仅用你一缕丝线；建一座电站，不过是你一颗钻戒闪光。""亿万年托出一张垂天的白纸，考试人类的理想和智慧。试想想，到二十一世纪，二百一十世纪，我们的雪山该是什么样的形象？"新的审美观和价值观带来新的眼光，新的笔墨，新的发现，新的表达，西部也就呈现出新的美来。

《崛起的个性》呈示出来的作家心态，是他所归属的那个文化时代，即20世纪五六十年代那种值得留恋的精神坐标、审美坐标。他爱西部的质朴和崇高，爱得纯真，爱得痴迷。他爱质朴的劳动者和劳动生活，爱质朴的奉献精神，爱象征着这种质朴的矿物、植物、动物景观，爱得纯真，爱得痴迷。这是他和世界、和人生的初恋，几十年来，恋情深藏在心间，成为白渔审视生活的一个恒定的坐标。

当然，由于不少作品是几十年前的试笔，全书各篇的参差不齐是难免的。总的看，联想发挥还可以更恢宏，哲思的开掘也不妨更深邃，表述的流利晓畅无疑是一个优长，但也要注意语言体系新的构造，以表现原有语言体系不能尽善尽美表现的感受和思考。挚友首先应该是净友——白渔与我，默契早矣。

1994 年夏，西安谷斋

反映生活中的异化现象

——谈政治抒情诗《请举起森林一般的手，制止！》

《请举起森林一般的手，制止！》。这首诗到底是写什么？当然是在控诉林彪、"四人帮"，当然是在倾诉十年浩劫给苏区群众带来的灾难，当然是在揭示一小撮佞臣如何践踏民主法制。这都是不错的，但又似乎不止这些。我在反复读了该诗之后，感到作者是力图用自己的笔来揭示一种更深的东西——社会主义社会出现的异化现象。从诗作中可以感觉到，作者从切身感受中发现一个不太好解释的社会问题：过去，革命在苏区人民心中；现在，"革命"怎么骑到苏区人民头上来了呢？昨天，苏区人民对革命寄托了那么多真、善、美的感情；为什么今天，"革命"却给他们酬之以如许多的假、恶、丑呢？年轻的作者对这种发生在社会主义时代的异化现象也许还缺乏深刻的理论思维，但他在生活中敏锐地观察到了、感受到了，并且勇敢地写到稿纸上。

于是我们在第一段就读到了由六个"难道……"排列成的诗句"难道你们当年，/用仅有的一根线/缝补红旗的弹洞，/用仅有的一把米/挽救饥饿的革命，/就只是为了/换回这千古不移的/——贫困？！""难道……"作者对社会主义时代"革命"这个词在实际生活中产生的变异，大胆地发问了。接着在第二段，作者通过三个人物的剪影（革命的母亲、一个烈士的儿子、红军老人），将他们在两个历史时期和革命的关系进行了对比，进一步把这种异化现象具象化了。作者并没有从解放前后或粉碎"四人帮"前后的角度来对比，而是从这里发现诗意的：人民群众和革命的关系，在两个历史时期出现了变异，这是为什么？又如何去克服它？这就可以感到作者的深意，不仅仅在于批判"四人帮",而在于从历史深处提出一个新的问题:社会主义社会的异化问题。

异化现象在剥削阶级社会是普遍存在的。黑格尔用异化理论解释绝对观念,费尔巴哈用异化理论解释宗教,马克思恩格斯在此基础上做了革命性的发展,通过对资本主义社会工人劳动发生异化的现象进行总结,得出了革命的结论。马克思从这种异化现象中认识到:要消灭异化,就要消灭剥削,消灭私有制。但是,并不是私有制一消灭,异化就会立即自动消失的。任何历史现象的发生、发展、消失都是一个运动过程,有着自己的惯性和惰力。因而,异化现象必然要延续到社会主义社会来,这已为许多国家的实践所证明。拿我们国家来说,政治上带有浓厚封建色彩的官僚主义和思想上的现代迷信,就都是异化的表现——公仆异化为主人,人异化为神。林彪、"四人帮"则更是产生在社会主义肌体上的异化物。十年浩劫使得我国理论界和文艺界对这个问题认识得越来越深刻了。近年来,许多文艺作品不满足于就事论事地表现浩劫,而把笔触伸向社会主义的历史进程中,去表现精神的异化和复归,心灵的伤痕和愈合,感情的丢失和寻找,而有了前所未有的历史深度和认识价值。

无须说,新社会的异化和旧社会的异化是根本不同的。在反映社会主义异化现象时,的确会遇到一个"区别"还是"混淆"的问题。不过我以为,《请举起森林一般的手,制止!》对这两种异化的区别,是大体表现出来了。

第一,诗作表现的异化,只是一种局部的、暂时的现象。虽然用主要篇幅描绘了一个县境的阴暗面,却并不是让人"只看到黑暗、倒退、痛苦、忧虑"。对黑暗的整个描写,是装在光明的框子里的。请看开篇四句:"阳光灿烂,/百花缤纷。/但是,在我们中国,/还有这样一个县境!——"这就点出这仅仅是光明的中国的一个黑斑,是局部的黑暗。再看最后:"我多么地希望/我的诗能长上/强健的翅膀,/飞到省委领导同志的/办公桌上，/飞到'中央纪检'的/公文袋里。/让我们的党知道：/中国/有这么一个县境，/党内/有这么一个小小的佞臣。"——这又点出黑斑被光明照耀的日子已经为期不远，是暂时的黑暗。采用这种框形结构来点明局部的、暂时的黑暗，艺术上自然不算上乘，却能看出作者的苦心。

就作者集中描写这块黑斑内部来看，虽然用主要的笔墨刻画了一小撮佞臣，却也正面、侧面点出了另外两股力量：一股力量是马克思主义的党的领导（如诗中明确点出的"省委"和"中央纪检"），还有一股是备受磨难的苏区人民。诗作明确无误地点出了人民群众在磨难中的思考和愤怒，至于诗中的"我"，自然不只是"小我"而是"大我"。那充满着革命精神的思考、愤怒、声讨的号召，无一不是苏区人民的心声。这种革命的、斗争的心声，不是在每行诗中都能听到它的回响吗？诗中表现的党和人民的力量，完全是积极的。

《请举起森林一般的手，制止！》在党和人民这两股力量的背景下，来写佞臣的肆虐，一方面将病菌的切片放到显微镜下，一方面却使读者感到切片之外，有强大的白细胞正在缩小包围圈，这就是作者显示出来的新、旧社会两种黑暗、两种异化的区别，就是作者的分寸。

第二，作者鲜明地指出，新社会产生异化的原因，主要不在社会主义本身。"不！/革命——/并不是忘恩负义的/薄幸儿。领导革命的共产党，/无时不在惦念/苏区的人民。"同时，又清楚地表现出"佞臣"是剥削阶级某些阴影在社会主义舞台上聚合的一个影像，思想作风上是资产阶级和封建主义的大杂烩。这里，作者告诉我们的是，社会主义异化现象的根源，来自社会主义的对立物——剥削阶级。"佞臣"之所以成为社会主义肌体上的异生物，是资产阶级、封建主义使然。新、旧社会两种异化的区别，仍然是清楚的。如果硬要以生活原型来对号入座，因为生活原型中的干部属于内部矛盾，便断定艺术作品中的"佞臣"一定是社会主义干部队伍中的一员，他的思想作风是社会主义固有的血肉,当然会发生混淆敌我界限的惊呼了。但这无论如何不是艺术评论的正确方法。

第三,全诗表明,作者相信社会主义可以依靠本身的力量克服这种异化现象,结束这场悲剧。这是新、旧社会两种异化悲剧的又一个根本区别。笔者同意这样一种观点,即恩格斯关于悲剧的定义:"历史的必然要求和这个要求实际上不可能实现之间的悲剧性冲突",不但适用于旧社会,也适用于新社会,适用于社会主义。长远地、整体地看,社会主义固然可以实现大部分"历史的必然要求",但这种实现不可能一蹴而就,是一个充满坎坷、曲折的斗争过程。在这个过程中,失败、痛苦和牺牲是不可避免的。因而,阶段地、局部地看,社会主义总是存在着历史必然要求和暂时不可能实现的悲剧冲突。不同的是,旧社会的异化悲剧,只有通过推翻旧制度才能根本解决,如马克思所说,只有消除劳动者和占有者的分离(即根除私有制),劳动的异化才能消失。而社会主义社会中的悲剧却是可以依靠自己的力量来消除的。窃居党和国家高位的林、江反革命集团给整个国家民族酿成的悲剧,不是都由社会主义本身的力量克服了吗?尽管许多像张志新那样已经铸成的具体的悲剧事件无法挽回,正义却是得到了伸张的,革命精神是取得了胜利的。《请举起森林一般的手,制止!》明确地将克服悲剧的希望,寄托于处于思考和愤怒中的人民,寄托于党组织,正是把握住了新、旧社会两种异化的根本区别。

由于从上述三方面把握了社会主义异化的特定本质,诗作揭露黑暗、描写悲剧的目的和效果,都不会是怀疑和诋毁现存制度,而是促进、激发社会主义制度固有的生命力和革命性,剿灭和克服异化现象,并使自己进一步完善和巩固。这有什么不好呢?

实践已经表明,社会主义具有巨大的优越性,而同时又必然会出现坎坷。这个道理无须多讲。但这两方面都是社会主义本质真实的题中应有之义。文艺作品真正要反映出现实生活的本质真实,就应该既表现出社会主义的历史进步，也表现出社会主义的历史局限。这后一方面，"文革"之中和"文革"以前的作品是反映不够，甚至被有意掩盖了的。这不能不影响广大读者，特别是青年读者对社会主义本质的全面认识。将社会主义描写成可以解答一切历史谜语的终极真理和理想王国，这种文艺创作以及思想宣传工作的偏颇所造成的后果是显而易见的。近年来的创作注意了描写社会主义在曲折、坎坷中的前进，应该说这是文艺对现实生活本质真实的反映逐步深入的表现，是应该得到肯定的。

1980 年，西安西楼

秋水长天般淳淡

子青写诗，产量不大，而时有新作。几十年的伏案劳作，从山南海北的来稿中发现新苗，用心血去浇灌，用笔去锄耘，编出一期期报纸副刊，眼睛由近视变得昏花。许多不为人知的作者由此而有了这样那样的知名度，哪里晓得编辑是以自己的荒芜来换取大家的收获的呢？这几年，他减少了日常工作，稍稍有了些时间，老树绽新枝，便有了新近这一批作品。

子青生长在陕北的一个山圪捞里，抗日战争的炮声让十几岁的少年投向革命的怀抱。伴着延河的水声，伴着河边的流萤，成长为一个党的新闻工作者。这一切，自然地构成他诗作的内在的调子。

子青的诗中有淳朴的感情。细析这种感情，似乎主要由三种成分交汇而成：一是经久不衰的乡情，岂但经久不衰，随着年岁的增长，对这块土地孩子似的依恋是历久弥深了。二是一位从延安出来的革命干部对延安岁月、延安精神的怀念，并且以喜悦的目光注视着新延安的变化，感叹着延安的今昔。三者，这些感情又带着五十岁而知天命的年龄特征，像秋水长天那样，淡而悠远，耐人寻味。看这样的诗句：

上了小石桥，/穿过桃花林，/念我儿时歌，/又试家乡音。/……水有情，/山也亲，这山送过那山迎。/巍巍青山噙落日，/沟壑纵横吐烟云，/涧底流水连千亩/红花绿树掩五村。(《返乡道中》，载《陕西日报》)

再看：

两腿一蹴，/摸出旱烟斗，/地头上借火/头对头/啊/怎么好面熟。//紧紧握住手/手抖话也抖/十年磨难/不堪回首/双双

白了头……（《县委书记与生产队长》，载《延河》）

那情态，那天地，都透出一股淳厚之气来。

　　子青的诗中有淳朴的民俗风情。作者对陕北现实生活中的风俗似乎偏爱，有特殊的感应能力，我想这也许是这些风俗画能够和他童年的生活衔接、鸣和的缘故吧。艺术创作者童年生活所形成的兴奋灶，往往能够在一生中潜在地起作用，暗中影响着作者的选材和构思的路子。当作者的笔进入民俗风情的表现领域，不知不觉间就带上了一点轻灵、喜悦，好像人也变得年轻了。不是吗？读着《山镇秋会》这一组诗，那像白云飘向山镇的草帽头帕，那在商店等待情人的姑娘，那散发着食品香味和烹饪音乐声的帐篷，我们感触到新生活脉搏的跃动。这种跃动是属于春天的，是可以传染的。《延安报》的编者很有眼力，不但将它推荐给读者，而且授予"我爱陕北"征文甲等奖。

　　子青同志的诗，从形式上看，好像有三个支点：陕北民歌信天游，中国古典诗歌中的古风和词曲，俄国普希金、叶塞宁和伊萨柯夫斯基的生活抒情诗。他的诗，常以其中之一为立足点，然后融化其他方面，取得一定的平衡。分开看他的诗，各有不同色彩，总地读下来，又显得统一、和谐。

　　诗人与我相交多年，常常询及对他诗作的意见，我曾提出这样两点意思与之切磋：一是有些诗在追求流畅自然的同时，含蓄凝练还嫌不够。诗意要增加密度，诗句要更重锤炼，免得影响容量，叫人感到松散。二是，在他所写的好几类诗中，比较起来，我更喜欢土风诗。他还写了一点讽刺诗，有的带着哲理性，不知怎的，也许因我与作者较熟悉，隐隐感到和他本人气质有距离吧，觉得这类诗并不是子青所长。不过，也能看出，作者写这类诗不但确有所感，也是有追求的，这就是运用民歌体的形式来写讽刺诗，类乎解放前夕的《马凡陀的山歌》。是耶非耶，望有以教我。

1984年，西安岚楼

疏松的密度

在疏松的分行中，感到一种密度。这是一本精粹的诗。

读来绝不艰涩，亦不朦胧，纤余委曲，却可测度。鱼翔清泉，于澄澈中引你寻味。写诗不浓墨重彩，诗意却很浓稠。浓浓的感受，淡淡地写出，深深地濡染着你。

作者是个心中有爱、发而为诗的女性，而不是从诗中吟出爱来的女性，她似乎很少零售感情去频频交换诗句，总是让爱雾迷布于夜的心田结而为朝露。

诗作的感受真到几可乱真的地步。她的感受在浑然一体又有微量的感情刻度。经过这种细微于别人感情刻度的文章，生活细节转换、沉积为感情细节。

"白天是爱的钉板"——她似乎主要是写那些属于夜的感情，"黑匣子"里的感情。这使得诗作的抒情主人公成为爱河的苦旅者。作者对这种感情写得曲尽其微，曲尽其妙，曲尽其苦，曲尽其乐。幸福与痛苦在她所有的诗中交织。她在所有的诗中告诉你：幸福与痛苦是爱神手里的一柄两刃刀。当它插进人心里的时候，鲜血是怎样甜蜜地流淌的。诗人力图传达一种喋血的幸福，自虐的幸福。至深的痛苦使这种幸福变得至大，同时升华为至美。读《插曲》《不敢》《影集》和《全封闭的回忆》，我们看到苦旅者那条弯弯曲曲的小路，在密林和浓雾中隐隐伸延。它使你担心抒情主人公难以承受心灵的重负，从而产生了感喟，产生了关切，产生了分担的念头——这不是别的，这是艺术共鸣，就是审美再造时的身心投入。

在有些诗中，像《小刺猬》《娇滴滴》，她捕捉到少有的纯真的欢乐，那虽属于通常理解的爱的娇嗔，不能说多么深刻，却为这苦旅平添了一丝亮色。好似夜幕中的萤火，使你不由得将苦涩的笑容换成青春的乐趣。由此我们也便略为窥见了那疲惫心灵中的某些性格侧面。在我的感觉中，作者直接抒发感情和描绘感受的诗，比寄情于物的诗写得更自如。

诗坛是比喻的赛场。作者在比喻的擂台上显示出一种奇诡的能力。"我语言的激光，永远无法穿越你沉默的防御。沉默时你眼睛便长出舌头。真想用三棱镜分解你的沉默。纵然夜的蓄水池溶化一切影像，心永远不会消磁。今天你收藏我多少泪水，来日就还我多少珍珠。彼此都是一块恒温的烙铁，徐徐熨展被思念揉皱的心灵。"新异奇诡的比喻，使熟悉的感受换装为陌生，苦涩显出机智。诗于是除了人生的意味，又有了艺术形式与语言的意味。

细微地体察人生，更细微地体察自我，是诗人应有的素质。她依托着这种自我体察去捕捉比喻、建构意象。在生活中拣到一颗两颗感受的种子，从不轻易抛撒，让它长大、开花，很充分地、很美地表现出来。自己心中的一点触动便深深地传达给了社会。读读《影集》《读你的眼睛》《十二月的夏季》《设计死亡》，你会明白她对一星半点生活的珍重，也要预防过分充分的表达可能带来的浅白。

不能要求作者去写自己不熟悉的、不擅长的。又担心作者诗路因此而狭窄，这是我的一点困窘。

1991 年 5 月 25 日，西安岚楼

历史回声的个人记录

中国新诗由 20 世纪五六十年代走向 80 年代，中间有一个驿站。他的诗大约属于这个地段。

> 我，一个不算年轻的选手
> 号码 1949
> 曾被遗忘了
> 赛场外我默默等待了许多年
>
> 命运终于开始呼唤我的名字
> 沿着奋斗的跑道
> ……
> 一纵身，从诗的踏板上起跳
> 跳向淡黄色的横竿

他是老三届，他的诗亦如他的"代"，有拼搏者的幸运，也带着迟到者的悲哀。

从《回声》这本诗集看，他实在还是理想主义的，对于历史，对于时代，对于人生，也包括种种微量的感情。这是他和后起的青年诗群深刻的不同。和老一代的歌者相比，他又有着更多的反思。超重的社会反思甚至压得他无暇更多地顾及诗创作的其他方面，比如形式探索方面。诗人以自己遗失的青春为代价，换取了对真善美的感应和追求，换取了对生活积极的肯定。这使他的歌吟带着几缕痛苦和沉郁。许多时候，诗人的理想主义在诗句中是以负态的语词、以逆向的代码来表达的。冷峻中叫你感到的却仍是热切。这是那种被称为"寂热"的东西。

亦寂亦热，寂与热在诗作的深处构成感情游流，使商子秦和上下两代诗人明显区别开来，构成自己的特点。

《我是狼孩》这首为人熟知的诗是这种特点一个很好的样品。吃狼奶长大的他，恨过百灵的歌吟，恨过鲜花的多彩。但在历史的反思中，到底恢复了人的良知，他愿做现身说法的讲解员，"讲被颠倒的我，被颠倒的时代"。"认识了丑，才能认识美的所在"，"我把恨全部都留给了狼，／对人，我献出满腔的爱"。

于是在这个段落的诗中，他唱着，要踏着"此路不通"的警告去采集药中珍品。他是愿意奔向大海的潭和云，是希望长成参天大树的种子，愿意凝成珍珠的贝壳。

和反思的社会内容、寂热的审美境界相比，这诗在形式革新和艺术探索中是否表现出某种滞后呢。有时想象的驰骋似乎受到具体的、理性的题旨和传统的形式规范的束缚。不能自如地放开，对诗情和反思的逐级强化有时被同一感情平面的对称铺排取代，和谐、均衡的形式便和失衡的思考、激越跌宕的感情产生了某种矛盾，留白不够，空间拥挤，读者再创造的积极性也容易受到影响。

我想，上面情况的出现，可能和他这一类诗作内容的容度过大，构思时理性因素更多，创作时的心态又过于隆重有关系。这恐怕有点几近苛求了。其实，总体上看，巧思妙构在他的诗中是随处可见的，请看《杠杆》：

　　　　山是支点，

　　光——一根巨大的杠杆。

　　　　黎明。是谁？

　　把太阳撬出了地平线。

> 那作用在杠杆上的力,
>
> 　　就是它——
>
> 　　黑暗!

象的联结和意的显示何等巧妙。《不倒翁》以一次次被打倒,一次次面带笑容站起,"以柔韧性的强硬,摇摆中的坚定","用一个不倒的身躯／矗起一个不倒的姓名",使不倒翁的形象翻出新意。《放风筝》写孩子在风筝上画一双眼睛,"眼珠里还有个小小的人影","啊,我把我的眼睛／送上了春天的天空","去看我丢失的气球飞进哪朵云彩／去看云彩里是否躲着夜晚的星星／去看星星是不是天上孩子的眼睛"。联想又何等新颖而富于童心。

子秦与我接触久矣,相知却不可谓深。从素常的谈吐举止,原以为他属隐秀一类。及至读他的诗,却发现以刚美为主的"西北风"一辑,特别是其中的"黄河诗"最为赢人。在这辑中,诗人由对时代和人生的社会学反思进入了历史精神、民族心理和生命流程的感悟,时空陡然扩大,境界遽有升华。伟句佳构像黄河的涛声激荡着你的心扉:

> 当黄河一步踏空
>
> 　　　　跌
>
> 　　　　下
>
> 　　　　悬
>
> 　　　　崖
>
> 粉身碎骨的水和狞笑的石头
>
> 　　便构成风景
>
>
> 　　这儿叫壶口
>
> 这儿是黄河最痛苦的表情

　　　　　　　水

　　被扭成结子、甩成珠子

　　被撕成絮片、扯成网洞

　　失重的水被悬挂于永恒

　　　　被悬挂的

　　　还有水失重时的

　惊愕、惶恐、挣扎、愤怒和激动

　　　　　这儿叫壶口

　　　这儿是黄河的噩梦

这是《河的痛苦》中的两段。(只是为什么有那么几句别扭的结尾呢？)
还有《洗礼》：

　　喷薄土黄喷薄灰黄喷薄棕黄

　　喷薄水烟喷薄水雾喷薄水滴

　　壶口喷薄黄河如喷薄岩浆

　　躺着的黄河于壶口一跃而起

　　我，在笔立的黄河中沐浴

　鞭状的、珠状的、粉状的黄河

　　　　用浓浓的土腥味

　揉搓我的身体和我的每一次呼吸

　　　　　…………

　　　　洗啊，我的周身

　　　长起了黄茸茸的地衣

　　我的胸膛如土黄色丘陵隆起

我的头发如挂满黄叶的梢林

　　我的汗毛孔伸出了白生生的根须

　　啊啊，黄河飞瀑

　　洗我成一片古老又崭新的黄土地

　　洗我成一株覆于黄土又植根黄土的

　　生命的契机

　　这样的诗句真是如霆，如电，如长风之出谷。诗人凭高视远，君临历史，鼓万众而战的襟怀，和腼腆的子秦真是判若两人。看来他的艺能是多面的。

　　一个人的诗作不可能都达到同一等高线。我相信，子秦的佳作已经达到的水平将会逐渐演变为他的整体水平。而整体水平也会不断被突破。他还年轻，而且聪颖、善思，会有什么疑问呢？

1991 年 7 月 18 日，西安岚楼

《撒拉尔的传人》序

去年秋末,翼人陪我和王贵如、白渔、赵全章诸君去了一趟循化,和热情而有远见的自治县领导商量写一本关于撒拉族的报告文学。今年初春,二十多万字一摞厚厚的原稿已经放在了我的案头。

这是第一本集中写撒拉族人物的报告文学集,也是较早地以一个民族的传人为对象的报告文学集。

在循化的街子里,我看见撒拉尔人生活如花的繁盛,而这部稿子告诉我,撒拉尔人精神鹰般的强健。"白日地中出,黄河天外来。"这是一个吟着古歌从中亚万里跋涉而来的民族,更是一个在漫长的生命历程中由回忆走向希望的民族。

大起大落的命运锻打,如火如荼的历史熔铸,撒拉尔人获得了勤劳、坚毅,获得了笃诚、素朴,获得了生命的大强韧、大智慧。我们的撒拉族兄弟以罕有的向心力、凝聚力,发掘了、创造了、维护了自己的民族精神和民族文化,在中国西部"鹰"飞草长的多民族原野上,经营了这一片独得之美的景观。又以积极的开放意识、开拓意识,广泛地汲取汉、藏、回等各兄弟民族的文化精华,不断丰富着、更新着、壮大着自身,并且将历史上流动的生存状况和现代稳定生存状况、游牧文化和农耕文化的心理投影糅进自己的民族精神,整个儿地构成了一种以本民族主体精神为基础的多维开放和动态交汇结构——这种文化心理结构和处在急速发展中、日趋走向交汇综合的现代社会,有着一种深层的迎合;这种迎合使一个民族在当代生活实践中具有了内在的活力。

不用说,社会主义制度,党的民族政策,四个现代化的宏图大业,给撒拉尔人内在活力的展示和民族精神的张扬提供了最好的历史机遇和时代舞台。社会主义事业将民族的生存发展纳入崭新的轨道。在这个轨道上，每个民族自身的发展都将对实现人类共同探求的理想境界有所贡献。民族的由是成为世界的。

这本书所描绘的二十位撒拉尔传人和积石山下的那片土地，无不有意无意地透露出上述民族的、文化的、时代的交叉信息。在这片土地上，依然时不时能看到历史的散落物，却整个换上了时代的新装，从街子的新楼到承包的果园到马文娥的歌声，社会主义生活溢彩流光。他们依然勤劳，却不再只是为了糊一家之口；他们依然坚毅，却已经是为着一个更高的目标；他们依然笃诚又有了现代商品经济社会所需要的智能和张力；他们依然把藏族昵称为"阿舅"，和所有的兄弟民族和睦共处，又更有了社会主义民族团结和繁荣的新基础。他们中有对社会做了大贡献却依然几十年默默劳作在土地上的人；有为了反对分裂，维护民族团结而毁家纾难、奋不顾身的英雄；有在艰难中起飞、改变家乡面貌的粮食状元和经营能手；有廉如清水、勤如黄牛却又组织管理才能非凡的人民公仆；有铁面无私而又平易近人的"公检法"；有冲破习惯势力最早投入社会活动的"第一巾帼"；有终生孜孜不倦研究撒拉尔文化的思想者和永远不离开这片土地的女歌手；有弘扬伊斯兰教义、给民族心灵以"真光"的大阿訇……我们从书中看到一代撒拉族社会主义新人已经成长起来，成为民族的脊骨。他们不但有保持、延续民族精神传统的能力，也有管理和发展一个民族现代经济、政治、文化的能力。这些站立在民族精神和时代精神立交桥上的撒拉族传人，把祖先留下来的事业推进到一个新的境界。希望的熹微正在变为中天的丽日。

近几年的文坛，报告文学潮音迭起，迄无减弱之势。大潮之中又有三股湍流最为引人注目：一是跨越文学与社会学、伦理学的宏观社会问题调查报告文学；一是跨越审美文化与经济文化的企业宣传报告文学；一是以传统样式承载新观念的人物命运报告文学。像《撒拉尔传人》这样集中为一个民族各方面代表人物造影写真的报告文学集，不敢说它是第一部，但的确是凤毛麟角。它给报告文学园地吹进了一股小小的新风。在一些文人以报告文学走发财捷径的今天，能够运用这种文艺样式为本民族的发展切实地做一点激励和弘扬，实在难能可贵。我愿意表示自己对循化自治县和青海省文联领导的敬重，对本书编者和作者的赞赏。以此故，我对这本并非不可挑剔的书很为珍视，也相信整个撒拉族会珍视她，文艺界会珍视她。

这个集子以《史记》"本纪"的格式，通过人物来写民族的历史和现状。写法上大致是两类：一类切切实实记叙人物命运和事迹，间以性格、心理的点染，显得细腻真实；一类则在此基础上，显出了一种跳跃和灵动。在后一类写法中，或是通过作者的眼光和感受来反观人物，显出表述上的个性；或是时空较为自由，有时在穿插组接中产生意外的色彩反差和心理对比；或是能够注意捕捉人物的性格特色和生活细节，而且和大的文化背景、时代背景做远距离联系，令人产生种种寻味；或是用宏调的议论和无姿无色的中性叙述，造成欣赏空间，以激励读者的想象；等等。这都显出了几分内容上的深刻和艺术上的机智。

可惜此类文章还不能算很多。如果更多的作者能注意从事件的叙述中跳出来，挖掘事迹中的命运因素，品质中的性格因素，并以心理和细节刻画使之丰满；如果更多的作者能够发挥自己的跨越性形象思维能力，跳出就事记事与就事论事，从大背景上来理解和使用素材，评价和描绘对象，特别是更浓重地表现撒拉族特有的民族风情、历史氛围和文化心理；如果更多的作者能够更精心于文学，更注意文字的个性特色（文字不只是作品的外衣，其实是作者思考、观察、感受的最终体现）；那么，这部作品当会更为赢人。

作为撒拉尔人忠实的朋友，在序中谈这些写作上的问题，几近于书生的迂腐。只是想着撒拉族今后创作的繁荣，言而不尽非朋友，便表示了这么一点迂腐的友谊。

1990年，西宁—西安

心　窗

——读诗集《进程》

"心灵的宝座是建立在内在世界与外在世界相遇之处，它在这两个世界重叠的每一个点上。"读刘文阁的诗集《进程》，我想起一位德国诗人的这句话。诗作者认为"心灵是世界的载体，追求缪斯的过程是不断向内心深处挺进的过程"。我还想说，诗人所要抒写的心灵，其实是一个内外世界遇合的通道，它显示的不是静如镜的平湖秋月，而是水和月动态的相交相叠。与其把心屏当作镜子，不如把它当作窗子，当作心内心外空气流通的一个口岸。这恰是他的诗给予我的感受。

文阁的诗是他和他那一代人心灵的窗口，微风过耳，可闻现实在一颗敏感的心灵中的呼吸。我虽早生他一代，许多人生的路是交叉着走过来的，许多心灵的感应共同着频率。我不是诗人，常常无暇或干脆忘却了四顾、检视自己心窗的种种掠影和回音。他的诗搅动了沉淀于我心底的许多长眠的印象和枯黄的感受，复活着它们，使之重又生出绿来。有时就不由得懊丧，一辈子急急匆匆地赶路，会使你抛却多少含纳在人生中的美好情愫和深邃哲思啊。你也许抓住了金口袋，却遗失了里面的金子。你或者捧上了金苹果，却永远也没有了那酸甜酸甜的鲜洌味儿。

他的诗不玄乎。追求向上的生活，向往新进的时代，企盼心灵的变异，一翻开诗集，这急切的心便在诗行中怦然跳动。故旧的宫阙和历史的展览，使他感到沉重。担心指南针使国人迷失，从此走不出永乐大典。唱叹紫禁城压在长城的肩上，雄性的脊梁也弯曲如蛇，"创造消失的世纪，你将丢失自己"，他这样表述自己的历史思考。

他的诗不造作。以自然之笔写自然之态，写山川、树木、自在的生命，写麦地、家乡、朴素的生活，以天籁、天伦审视造作的人生，造作的文化，造作的心态。他要弃围城的古墙而去，唱那在槐树上成串开放的欢乐。他要挑一枝长长的竹竿，将五月装满竹筐。他写炎炎夏日如何使人去浴场裸露天真，而猝不及防的夏雨又如何让人淋漓尽致，失去优雅；他写夏天将厚重的棉衣遗忘到一个永远结冰的地址，然后以黝黑的身份背叛房子，随路的诱惑去流浪天空。他神往人与自然亲善的对话、良性的循环，慨叹树诚实地养育了人而终被人砍伐的悲剧。他告诉你，"远离麦地会有许多痛苦，而仰望晴空你应该想到，是麦地的秋天，养育着你的每一个太阳"。他并不一味主张返归自然，只是提示人类断不要离开了自己的根系。

他的诗不肤浅。总是在心与形、灵与欲的反差、冲撞中开掘、铸造意象。他力图向内心深处挺进，然探寻愈深，心与形的冲突愈烈，痛苦愈多。这痛苦因为它的形而上性质，被诗化为层云之上的雪崩，壮丽而动人。他不满烦恼人生中的心为形役、灵为欲使。他宁愿以闪光的地平线丈量自己的存在，心骛八荒。他用"秋树"自喻对精神创造的追求："血片片洒落，独留建安风骨；删去最后一枚枯萎的单词，土地的沉默，成为树全部的语言。"他要学鲁迅用匕首给自己开下几百万字的药方，使更多健康的人知道自己的病。只是创造的疆场也一样是地少人多，寻一块荒地并不容易。田地都已承包，人类创造的各种庄稼充满四季。但他青春已无退路，他决心穿越许多锃亮的锄头，去远处开垦新荒。诗人用剖白自我来告白世界：在横流的物欲之上，现时代还有另一种青春的风采。

文阁的诗自然早已超越了颂歌和牧歌，也不纯写心象和意念，他的诗形神胶合，象意同步，故而益智、启思而又好读。他善于用感觉提升画面，又执于将感觉凝聚为整体意象，对形而下的世界做席卷式的横扫。似有不足的是，意象的重复仍在所难免，一些组游诗还需要挥动思考的利锄，去击穿横呈的表土。

1993 年 12 月 5 日，西安谷斋

心　影

　　20世纪60年代中期，我认识凤华时，他在空军院校搞政治工作。绷紧了的军营生活，绷紧了的思想，绷紧了的身板，胸腔里跃动的是一颗诗心。记得我去他那个部队采访，干净利落地结束了工作方面的话题，大部分便谈的是诗。谈自小对诗的神往，眼下对诗的主张，背诵自己和别人的诗句。直到用自行车带着我去火车站，那关于诗的热情的话，仍然随着路旁的小叶杨哗啦啦地响着。我不能说懂诗，却懂得了对一件事情的专注和热爱，会使一个人的心灵变得何等洁净和美好。

　　70年代初，在大家的心情都有点压抑的时候，我们在阎良相遇。他已经成为飞机城的一名企业管理人员，仍然神往于诗的话题。那时尽管已经无诗可读，无诗可写，他却在抄诗中自得其乐。他告诉我，他把五六十年代的好诗，特别是关于蓝天与飞翔的诗，空军和航空题材的诗，一首一首抄下来，体味，思考，已经一千多首，厚厚的一大本。他似乎最爱宫莹的诗，脱口就可以背几首。他说，诗光读不行，要过手，一个字一个字地往过抄，才能融在脑子里。

　　诗对凤华来说，是一种人生的需要，心灵的渴求。那真是《诗经·小雅》里唱的"中心藏之，何日忘之"。这渴求不是阴郁的时代可以窒息的，不是兵营的繁忙可以湮灭的，不是工厂的齿轮可以绞杀的。毋如说这一切反激了他心中的诗情燃得更旺。诗是凤华心中的一块绿地，他一直默默地耕耘着这块绿地。不问收获的人终于有了收获，在知命之年便有了这本《心影》公之于世。

　　上面这些话，容易给人造成错觉，似乎他的诗必然是50年代气质了，其实不然。他的诗有对自己部队、工厂生活感受的抒发，这种抒发常常和他对乡土的恋情糅在一起，又带着强烈的主观感受，有的写得很有味道，如《归队》《跑道》《窗外》，但总体上看，不能说超过了他那些直接抒发个人感受的诗。他的诗大都力求发掘人生感，将诗情和哲理熔铸在一起，其中不乏古典的悲怆和思考，如《夕阳》："倔强的头颅／在西天滚动着／喷洒漫天鲜血／为光明作证。"但是，更多的情况是，这种人生感常常带着鲜明的现代人感受，且爱用现代诗歌技巧来表达。而诗中的哲理，其中既有顺理成章的和谐表达，更有远距离意象的对接，甚至两极情思的荒诞组合。如《深夜》："深夜，我不在书房里／星星掉在桌子上／淌着泪／画出风景／是我写完的这首诗。"如《青岛印象》："国王的尖顶帽子／窗子是帽子上的耳扇／王后的拖地裙／灯是裙子上的珠翠／影子掉在镜子里／大海是宫殿。"

他的奇特感受和联想，以繁复的意象联结，使我们看到了现代工业生活的投影是如何倒置在一位土地的儿子的心中，使我们看到了活跃了三十多年的诗情至今仍然养育着一颗年轻的心。

1991 年 9 月 20 日，西安岚楼

诗情在社会操作中飞扬

——读《枫山一砾》

张永辉同志《枫山一砾》这部书，我是昨天晚上和前天晚上认真地翻了一翻，总的来说有这么几个感想：

第一个感想，这本诗集，是张永辉同志生命的另一种实现。因为张永辉同志当厅长，从公安到安全，完全生活在社会操作体系中，沉浸在规则性很强的社会操作实践当中。这是张永辉同志人生的主要一面，但只能说是他人生的一半。他是一个有血肉、有感情的人，他丰富的精神世界构成生命的另一半。应该说，他的公职生命、公职形象压抑着他精神的和审美生命的一半。读了他的诗集，我很感慨，不但了解了张永辉这个人，生命内涵丰富的这个人，也让我联想到整个公务员系统一代人生命的丰富性。社会常常只看到公务员作为社会管理代表者的那一面，没有看到他们作为个体人，他们内心生命的丰富要求。从这个角度，我认为《枫山一砾》这本诗集表现了张永辉生命的一种美丽，既有群体的责任，社会的责任，又有个体生命的发挥，一种交相辉映的美丽。

《枫山一砾》这本书从内容上、从气度上看，我感觉有两股气：浩然大气，凛然正气。他很少从小处落笔，而是直接面对人生，面对社会的一些基本问题发言。作为一个诗人，这是很不容易的，他选择了一条丰富艰难的道路。面对那些社会人生的基本问题正面用诗歌来发言，诗就有一种浩然大气，整个给人一种高山大河之感，而不是嫩花细草。再就是凛然正气。诗中阐发的许多人生信条，弘扬了我们民族文化和革命文化最基本的精神。当前，有两次浪潮冲击了我们的精神世界生活，一次就是所谓西化的冲击，一次就是商潮的冲击。两次冲击之中，张永辉同志拿出这么一本诗集，凛然地宣告对人生、对理想、对真诚、对价值的道德态度，反映了他内心世界的凛然正气，这是很不容易的。从这点，我们又看到了张永辉同志生命的第二种追求（感情的、精神的追求）和他生命第一种追求（社会理性和社会操作的追求），是一致的、表里如一的。他是形而上、形而下如一的一个人。这是第二点感想。

我觉得他诗歌创作和构思的基本路子是从人生感悟中间提炼人生信条。虽然正面回答社会的精神的各种基本问题，但不是干巴、概念地直抒人生信条。其中有很多人生内容，只有诗人这个年龄、这种经历的人才能写出来。这种感受具有独特性。有时道理是常见的道理，切入的角度却是独特的角度。

第三个感觉，就是系列化的结构和组合。我读诗很少，视野比较狭窄，不知这算不算一种创新。他在《真理》《奋斗》《成才》等的题目下，一写几十段。比如《真理》三十几段，方方面面，各个视角，各个侧面，来抒发对真理的感受，对真理的理解。《奋斗》，也是三十几段，一个一个的人生基本问题，一个问题二三十段，从各个角度观照。这种写法，虽然是短诗的组合缀连，又可以作为长诗来读，有着宏观的设想，体现了一种结构意识，有总体结构，有段落层次。我觉得这是一种新颖的写法。我们看过很多格言诗都是短句、短章；也看过很多长篇大简，像郭小川同志的《寄青年公民》，长江大河式的，很流畅的。像张永辉同志这样的诗，与上面两种情况都不同，有自己结构上的特点。

在表叙上，我觉得《枫山一砾》最大的特点，就是直白。直白、简洁，将大容量压缩到短句中，是不容易的。我觉得五言比七言难写，四言比五言又难写。张永辉诗的短句和直白有陈老总的气度。直白、通俗，甚至大白话，又包含一种哲理，这更不容易。短篇四句五句，能够把道理说得很透彻，只有提炼得很透彻，悟透了，才能做到。可以说，张永辉写诗选择了一条比较难的路子。

　　此外，还有一条值得提到的，那就是，既是格律诗，又是通俗诗。它力图对格律性进行通俗化的改造，但是又对通俗的诗歌来做格律化的尝试。其中当然有不尽如人意的地方，有的不够凝练。然而，对张永辉在两个渠道上实现自己的生命，对他从人生体悟出发提炼人生信条，发扬浩然大气和凛然正气，对他在格律诗的通俗化和通俗诗的格律化方面的尝试，都应给予充分的肯定。

1995 年冬，西安谷斋

以断裂焊接断裂

——序《晓小诗词选》

与晓小接触不多,记得那是他在西北大学学习时,因为要举办个人诗歌朗诵会来找我,就见过那么一次。知道他学的不是文学,工作也与文学无关,但是十几年来执拗地依眷于文学的门前。我劝他还是以业余爱好诗文为上策,不必过早地决定硬往这条小道上挤,并殉之以毕生。他好像当时同意了这个看法,但终于不能忘怀。这些年,在陕北之北偏僻而又喧闹的一隅,一直热衷于此道。眼前这个诗集,就是自诩为"苦力"的晓小劳作的一个收获了。

他这样描绘过自己的劳作——把握那一瞬息的灵感写诗,从开始的无意识创作到有意识的捕捉、把握。为了捕捉那一瞬间,在一片北国的雪原中都冻结了笔管里的墨水。为了感知雨,不带雨具,沿着河岸徒步寻源十几里,边走边写,全身湿透了,只有灵感没有湿。追寻故乡的古长城遗址,用上衣包了几十斤风化石拿回家,就是因为当时处于一种诗的心境。他在沙漠里躺着,奔跑着,写完了钢笔里的墨水,硬是在纸上画下字迹,就是一种内心的诗趣的驱使。在孤独、寂寞时,他总是一个人出去走,把内心沉积的一切全部写进诗中。他看着画写诗,听着音乐写诗,可以忘掉周围的一切。

他充满着青春的活力,充满着自信,"只要有一道岸 / 在燃烧 / 那我便会有 / 点燃一条河的自信 /","只要有一条河 / 在燃烧 / 那我便会有 / 引燃一道岸的自傲","只要有一条河 / 与 / 一道岸 / 在一同奔走 / 那就从我开始燃烧吧 / 我给一切以野火的记忆"。(《焚毁》)

他心里有太多的感受、太多的话,这些话高高地悬浮于实际生活的上空,悬浮于一般人生话题的上空。难于和世俗常人交流,用散文无以表达,才有诗。诗也无以明述，于是朦胧。诗所常用的话语体系往往无法表达那些没有被诗表达过的思绪情景，他便不能不破坏这个体系，去铸造新的诗体话语方式。当然这种熔造眼下还只是零部件，属于他的完整而精美的诗体语言制品，有朝一日总会诞生。他便这样在人迹罕至的精神荒原上艰难地跋涉。对一个生活在世俗环境中的青年人，这种自我超拔和悬浮是何等不容易，又是何等难于被人理解，是可以想见的。

他的诗，因而总是越过具体的生活场景的人生感受，去写一种超达的思考，一种宏大的心绪，一种遥远而又遥远的怀念。有时他完全抛开了有形之象，执着地去表现那无形之象，表现意象和情象。由于这些意象、情象的独特，带来了表现的独特。无形之象要通过有形的文字组合来传达，也就带来种种以矛盾去解决矛盾，用不和谐去和谐对立，以断裂来焊接断裂，以反差去融解反差。恰恰是在这些地方，提供了诗创造驰骋的天地。不妨引用几段诗作，稍稍体味一下——

　　飞与走的和谐／在经历了春天后／一步跨入了秋天／过渡的色彩／只在他们的眼眸里／残留下一丝温存的记忆／便让泪水同化了
　　……
　　没有翅膀的／都有土地的幻想的坚实／与梦的真诚／天生了翅膀的／都有天空的漂渺的幻想／与／深邃的梦境都出于真诚／而都追求着真实的生存／都有过虚伪／但那里有走过的相互参照／——脚步的和谐／带来的踉跄／翅膀的和谐／带来的盘旋／但，谁否认过谁／谁离开过谁／——生存的自然的美／生命的联合／生命的自由的爱（《和谐之中》）

除了这些飞翔着意绪的作品，就是写故乡，写父老乡亲，写母亲土地，写黄河长城。他将自己年轻的生命置于一个宏阔的时空背景中，置于一个博大的生命坐标中。他的生命，也包括他的诗，也就成为这由造化营构的整个有生命的创造世界的一部分。

　　青春生命的勃发，带来诗情如春潮般泛滥，这也就特别要注意诗的浓缩与精练。不是要作者压抑自己丰腴的感觉与奔腾的情景，而是要作者更注意在将这些感觉情愫纳入诗的渠道时，考虑诗的形式特点和形式规范。宏宽的想象驰骋，如果能够更多地和可视性画面，和心理性的细节结合起来，也许与读者的交流会更多。尽管作者也许不看重这种交流，交流对于诗却永远是必要的。

1994 年 11 月，西安谷斋

诗是心之烛

——宋伯航《心烛》读后

你走得蹒蹒跚跚,你走得急急促促。三步并成两步,稚真中时有惊人之举。望着你故作彷徨又不失为真彷徨,故作忧郁又不失为真忧郁,故作苦闷而又不失为真苦闷的样子,才知道在"少年不识愁滋味"的后面,未必一定是"为赋新诗强说愁"的旧句啊。

二十来岁的年纪,热烈地要去开拓面前的世界,心过切则易断裂,精力过剩便常有失落。而无论是天真还是早熟,混沌还是过敏,都带着生命在春日里舒张的魅力。那是油菜花火焰般呼啸的心绪,茵陈花哀婉唱叹的心绪。

你送我回家的时候/我看不清楚你的面容/看不清楚你/星依旧明朗/月依旧明朗/夜依旧明朗/我们的欢声笑语滋长着/更长了/你瀑布般的秀发/心中/我们升起的/属于永恒/不熄地燃烧的青春火(《分别》)

于是一串串酸涩的梅子般的阴郁爬满额头,让近来的远去的所有日子撞碎心境。迷乱的青春,茫然的青春,理也理不顺摸也摸不着抓也抓不住的青春。于是无缘由地从头顶抓起一把青草,回忆起遥远的逝去的故乡的温馨。

七月柳歪歪斜斜长成大树时/我便开始成熟/你交给我一张黑色的请柬/请我在路旁的石头下等待……你望我长成大树/绿叶前面是美丽的风景(《殷殷啼唤》)

有的人刚接触地面,就注定了日子的一半。有的人看破红尘爱上了诗,有的人爱上诗以后看破红尘。有的人钟情生命爱上了诗,有的人爱上诗以后钟情生命。有的人感应时代爱上了诗,有的人爱上诗以后感应时代。人活得多矛盾。不管怎么说，是诗化了人生，诗让人重新经历一次被诗化的人生，让人领悟到人生的意义和价值。诗让你面对方寸之地的自我，谛听到整个人生的心搏脉跳，谛听到人生最初的福音、最初的忧思、最初的向往、最初的义愤、最初的悲悯在无尽中呢喃。我懂得，这就是那无可抵挡的诗情诗绪。你的青春是敏感而忧郁的一架无弦琴，时而微弱时而激烈，感悟着触摸在你身上的每一双手，哪怕是第一缕风。我知道，这就是那未必人人都有的心灵里诗的共鸣箱。

爱的纯真以及爱的迷惘，构架为诗集的情绪基础。年轻的你触到了诗的某些重要的神经。

如同青春一样，诗是心绪不期然而然的流露。如同野生的草地一样，诗便扎扎刺刺，生生涩涩冒了出来。这里那里，构成风景线。

若只是因了青春，因了一点敏感，虽可敷衍成篇，却未可期成大器。挣扎、奔突、遗恨、蒸腾、沉淀、回味，让生命的时空将青春的血煎熬成浓稠的酒。满饮，再满饮，放下酒杯，伸左脚稳稳踏定路面，伸右脚你就跨前一步了。

我送给你一句话：

沿着诞生自己的这块土地上的小路长成你自己；沿着生长自己的这片树林中的叶脉长成你自己；你要成为你自己，同时也就成为你的土地，你的树林。

1998 年 3 月，西安谷斋

追 梦

——序《贝壳梦》

不认识军峰之前，就听陕西人民教育出版社的朋友说，他们社里有一位狂热于诗的司机，坐他的车，常常一路谈诗论文，有时禁不住在引擎的伴奏下，以车窗外流动的风景为舞台，激情地吟唱起来。经常外出，经常接受各方面审美信息的触发，便经常有诗。

说的就是他。

待认识了军峰，发现他不但于诗，于生活、于朋友都很炽热。他热心地为别人帮忙，尤其是热心为文朋诗友们效劳，成天马不停蹄。我便想，原来这是一位生命如火山般活跃、炽烈的人，诗文只是他生命的一个喷发口。只要有机会，生命便会从各个出口中喷薄而出，生命便会借各种形式实现。他在生活中表现生命的美，也在审美中表现生命的美。他生活在亦真亦幻之中，活得好忙碌、好充实、好美丽。

他的诗应该说还很稚嫩，稚嫩而敢于表达，起步便想着飞腾，表明了一种自信，也表明了他敢于向世人预约今后的丰收。恐怕这正是他的长处。

他的诗，无论纪游、纪事、纪情、纪感、纪思，浅白中有一种质朴在。他常常以平民的眼光在平民的生态中发现一点哲理，又以平民的口语来做诗的表达。《大哥大与菜篮子》，一看题目就知道，作者捕捉了现代生活两极的现象，在两极震荡中做诗意的对比渗化。有的人用大哥大在街头对讲，有的人挎菜篮子在菜市徜徉。而"我"，一面在心里盘算着油盐柴米，一面走进有空调有微机的办公楼。"我"用小诗来包容这瞬息万变的大千世界，一切便如春天般明媚。

他的诗，传达给你一个不安宁的生命。这个生命有时炽热、骚动，有时忧郁、孤独。他时时"让思念化作云彩"，而长久地在冥想中"走不出爱"，走不出一种情愫的缱绻，又常常在雪夜中，在残月下感到人生的漫长、心境的荒凉。外部世界和内部世界的比照，这一部分心情和那一部分心情的反差，便生发种种无奈。

《无奈的日子》很诗意、很哲理地表述了这种无奈的情绪。一个思绪连着一个思绪的诗人，独坐黄昏，想把思绪中的杂质过滤，让灵魂得到净化，尽管他不断将视线移动一百八十度，却总是只能看到事物的一半，在这一半中理不出个头绪。诗人在这种无奈中走向一个又一个日子，消瘦了自己。这是一首很耐人寻味的诗。

他的诗里也常有历史的风云际会。他常常在纪游、纪感诗中演化历史的兴衰和岁月的更迭。有时一个景物也会触发他去融通江山的变易。《岁月的河》，以历史的眼光来看今天；《传说》，吟叹那无数个没有注脚的传说，只能让历史凝成诗句，说给远去的大雁，读给我们的子孙。都很可读。

据说学自行车最难的是上车，学开汽车最难的是发动。军峰的车已经启动，挂上了档，大路正在眼前展开。年轻的诗人在大路上飞驰，去追逐自己心中的贝壳梦。

1996 年 2 月 26 日，西安谷斋

从长安飞向远方的大雁

西安城里的女诗人王芳闻，是从大雁塔飞向远方的丝路歌者。近年来，芳闻女士力倡丝绸之路主题文化写作和生态自然写作，是丝路文化滋养哺育下成长起来的一位丝路行吟诗人。

由周而秦汉，由秦汉而隋唐，而宋元明清，一代代辉煌的诗篇，在长安这片神奇的土地上吟诵，以长安为起点的丝路更是孕育了无数可歌可泣可吟诵的诗情之美。几千年来丝路上灿若星辰的诗词陶冶了诗人，积淀为她心中浓郁的丝路情怀。今天"一带一路"的号角吹奏出更强的时代之音，为人类增添了新的福祉。古往今来，这些文化传承和生活实践，无不潜移默化地营构着王芳闻的襟怀与气度，深深根植进她的诗行。

近几年来，芳闻一趟趟从西安出发，沿丝路奔向远方。她去了"北方丝路"上的河西走廊，"草原丝路"上的内蒙古，"冰上丝路"的黑龙江，还去了蒙古国和俄罗斯，"南方丝路"的川滇黔茶马古道，也沿"海上丝路"去了东南亚诸国以及欧洲多国。芳闻一边行走，一边吟诵，一边传播，团结了一大批有志者，努力探索丝绸之路地域文化和生态文化的诗情表达，组织各类丝路国际诗歌创作活动。

芳闻的诗深受古典诗词的熏陶，她尝试把唐宋诗词的古典美与西方诗歌现代唯美的抒情相结合，试图在新丝路的宏阔背景下探索一种浪漫唯美、清新自由的"丝路行吟诗"抒写形式。

这样，芳闻的行吟诗歌便呈现出了以下一些特点：将中国古典诗词，尤其是边塞诗与现代诗歌的技巧结合起来，形成自己的风格；将个体生命与宇宙大生命西部大旷漠熔冶一体，构造辽阔的抒写场；在国际大背景下审视中国新诗，并使之与本土诗歌相融合。

为此，芳闻曾花费十五年时间，整理注释了历代诗人颂咏周、秦、汉、唐的诗歌一千二百余首，深得古典诗词之三昧。更可贵的是，近年来，她大幅度走出个我的创作，发起、联络丝路沿线各国诗人成立了丝绸之路国际诗人联合会，先后成功举办了大大小小数十场丝路主题诗会，出版了中文、英文、西班牙文的华语诗集，创办了杂志、网站、微信平台，为弘扬丝路文化，推动丝路诗歌创作，在海内外产生了积极的影响。

热切希望芳闻能够继续以宽广的国际视野，以张骞、玄奘等先贤百折不挠的精神，抓住当下丝路诗歌创作的大好机遇，推动丝路诗歌创作的更大繁荣。

2018 年 11 月

对人生的二度把握

1998年初夏，我从广西回到西安，收到中国作协党组副书记、书记处书记王巨才先生的来信，向我推荐陕西神府煤田业余作家肖峰。信曰："陕北作家肖峰长期在基层工作，十数年来一直执着于文学创作，成绩颇为可观。"他的集成性诗集《大地之光》即将出版，从扶植新人的角度，巨才先生希望我能为序，随信寄来了《大地之光》的打印稿和肖峰的简历。

这篇序是不能不写的了。原因主要在肖峰创作的成果和为创作的奋争精神，也在巨才先生系我多年挚友。巨才长期在这块黄土地上学习、工作，到了京华胜地，对家乡的文艺事业仍然关怀有加，我辈对这块土地的炽爱，又怎敢稍有懈怠？还有一个原因，便是我在1986年神府煤田开发之初，曾经去那里采访了月余，不但跑遍了大柳塔各矿和电厂水源，而且去神府公司、华能总公司乃至秦皇岛口岸，了解了神府煤田由勘探到立项到开发的全过程，结交了这里上上下下不下五十个朋友，并且与人合作出版了长篇报告文学《黑色浮沉》在全国发行。我对肖峰笔下的这个空间早就储藏了情感，我自己有一段生命也储藏在这个空间。肖峰对这片土地的歌吟忽一下燃着了我心中的情感和与其胶着在一起的种种回忆。

大家常说，人生是一本书。每个人以自己每天、每月、每年的人生实践，缀连成自己的历史，积累成这本书。而对作家、学者和其他精神劳动者来说，人生是两本书。他们和别人一样，以社会实践写出自己那本人生的书，同时又以个人对生命的感悟和思索，通过智性、感性或灵性的眼和笔写出另一本人生的书，这是用科学理性渠道或者艺术审美渠道升华和结晶自然、生命、社会和自我的书。有两本书的人生，是双倍的人生，是富有的人生。

肖峰是自学成才的诗人，他用劳动者那种坚韧，从实践态的第一人生，拼搏进入审美态的第二人生。他是大山的儿子，诞生在黄河西岸的土石山区。十六岁那年，母亲被山洪无情地吞噬，便漂泊在苦难之中。他当过装卸工、白粉工，收过破烂，卖过花生，也贩过药材、羊皮。最后落脚在神府煤田的大柳塔矿区，成为一名工人，又成为一名国家干部。于是，我们便可以看到，肖峰的人生漂泊，其实也是一种文化漂泊，他走出了土地，进入了工矿城市，超出了封闭，收纳了社会各方面的信息，走出了传统，来到一个现代的开放的社区。这给他的创作提供了新的视点和格局。他来到了一个精神高地，用一种新的文化目光和审美目光回眸生他养他的老村故土，便有了不同于众的诗行。于是，也便可以说，肖峰的人生漂泊，其实就是由实践领域向精神领域的漂泊，由苦斗向苦思的漂泊。他在漂泊中对自己的人生做了二度把握和二度创造。

这部诗集的上下两部"黄土风情"和"黑色旋律"大致记录了肖峰人生两个阶段的感悟。在黄土地风情和黑煤层气派的深处，我们处处感受到绿色的生命力在强韧地搏动，红色的老区革命精神在新的时空中飞扬。黄、黑、绿、红构成了肖峰诗作的底色。黄与黑是他诗作的表层色彩，绿与红则是他诗作的深层色彩。这四种底色，大致呈示了陕北地区的自然风景和人文风景，也大致呈示了这个地区由新民主主义革命时期到社会主义建设时期的历史步伐和时代变迁。故而，这四种底色又决定了肖峰诗作一定的社会容量和精神容量。

肖峰的诗，诗风淳朴，现代风和民歌风做了不露痕迹的融化，白而不浅，通而不俗，可读性和启动力兼而有之。但变化少了些，许多可开掘处，匆匆过去了；有些该细腻处又没有细下去。精致的意象和智慧的比喻，还可以更下功夫锤炼。我于诗是外行，我想说一句把握不大的话：在出了两三本集子之后，肖峰可以适当控制数量，集中精力打磨精品，在精品的创造中，使自己的诗作水平有一个总体的提升。

　　我希望有一天,能重返大柳塔,在陕北高原的黑色煤层中,和肖峰握手,并读到他带着煤屑的诗页。

1998 年 8 月 30 日,西安谷斋

《回家》序

孙亚玲是在专业文学机构工作的业余作者。她在陕西作家协会大院上班，那个著名的大院出入过几代著名作家的身影，从柯仲平、柳青、杜鹏程到路遥、陈忠实、贾平凹。亚玲虽然干的是作协行政辅助工作，而有幸年深日久浸润在这种浓郁的文学创作场域之中，加之父亲孙兴盛先生坚守几十年文学创作卓有成效，天然地给她以强磁力的辐射，亚玲拿起笔，走上文学这条路几乎是必然的。

读她的长篇处女作《回家》，唤醒了我在一个甲子前，少不更事的年纪，迷醉张乐平先生漫画连环画《三毛流浪记》的记忆。张乐平借了三毛的流浪生涯，也借了三毛的眼和心，用最底层的视觉，在三毛辗转流浪的足迹中，走马灯似的展开了当时的社会长卷。有社会人生的种种况味，有贫富善恶的种种呈示。三毛是童年的我感知社会最早的窗口之一。

亚玲的《回家》也取类似的构思，透过一个孩子一段异样的经历，从一个侧面去写社会，力图写出这个社会的腠理，让读者感知到它的脉象。父母出外打工，和爷爷奶奶生活的农村少年董小龙，不堪在北山的贫困，思念在秦都的爸爸，扒火车离开家乡到了省城。但他只知父亲在"秦都机械厂"而不知确切地址，身无分文的他于是成了古城一名流浪儿。为了生存，他帮人推车，当饭店小工，在车站擦皮鞋。后来被裹挟进以"小霸王"彭大山为首的流浪儿群体，得了个"小兔子"的江湖绰号。其间一度涉足小偷小骗，也差点掉进黄色歌厅的陷阱。

无论在何种境遇下，无论有过怎样无奈的失足，作者的笔墨始终不忘却的，是这孩子内心的向善，以及环绕着"小兔子"的社会风气的向善。这就使严酷的人生有了相当的温度。小说着意描写了有次孩子们能够自己付钱吃饭、打的时，那种作为正常人的愉快和尊严感，这更让我们窥见了他们一心向善的潜在心理追求。

"小霸王"欺压他们，裹挟他们去干坏事，但在坎坷路上他们得到了多少人的救助和同情。老头，扫地阿姨，老婆婆，还有也是进城打工的小吃店老板。而住在老城墙洞窟中的这群流浪孩子之间，小兔子和刘亚丽、黄香蕉、绿苹果之间的友谊和关爱，出诸自然却分外感人。作者尤其着重写了代表社会管理部门的民警和车站工作人员对这些孩子的关爱和保护，其潜藏着深沉的信息：她将社会对流浪儿童的爱护，由民众个人的爱心提升为全社会自觉的善行。

从所有这些背后，我们常常能感觉到一位女性作者母亲般的慈爱之心。作为母亲，作者和笔下的孩子有着一种来自生命深处的关切、理解和爱。这对于作家何等可贵。

从小说艺术来要求，亚玲应该还处在尝试、摸索、逐步提高的阶段。小说有着少年文学的单纯明丽，但从头到尾单人、单线浅白的进展，在长篇小说所要求的线索纠缠和结构交织方面让人略感遗憾。几位少年主人公的性格当然不好要求多么复杂，不过处在命运坎坷中的他们，应有的内心冲突与情绪展开，如果写得更细腻，人生感、文学感便会大不一样。个人命运与社会发展的深层关联，似乎有更深广的可以开掘的天地。而对小说语言的文学化、审美化更为执着的追求，一定会给年轻的作者带来无穷的创造乐趣。

在我的印象中，当前写农村留守儿童流落城市的作品不是很多，唯其不多，对《回家》我们应该倍加珍视、爱护。

2017 年 7 月 26 日，西安不散居

浩 然 蔚 蕃

——序《正气集》

蔚蕃是我的老兄，年长我好几岁，那充盈于体内的活力，却远胜于我。他写诗，一写就能出版三大本诗集。写字，一写就能在西安西城门楼上搞个人书法展览。他还正在筹办一个学会，学会还要出版一个刊物。当然，他还要上班，负责政治处工作，管组织人事。这不是那种自由度很大的单位，需要一天两晌名副其实的"坐班""盯班"。正像他在诗中所自况的："书法创作两相宜，晨楷夕草夜日记，意会集中笔高悬，坚持到底必成器。"

你可以想到他的忙碌，又怎么都想象不出他怎么个忙法，怎么能把这么多成果忙出来——他到底是迈过五十五这个坎儿的人了。

我和他相识于晚近，却相投于迅捷，恐怕和他这种老而弥盛的生命力有关。

蔚蕃的第一本诗集《东方集》，敢以韵文直言真理，敢以诚挚揄扬传统，敢以炽情褒贬时弊。快人快语，痛快淋漓，时有佳联警句直透丹田。

蔚蕃的第二本诗集《迟迟的爱》，完全是另一番风景，另一池感情，几乎叫人怀疑不是同一位诗人所写。作者在自序中这样介绍他的第二本诗集："这本诗集……从一见钟情和令人晕眩的初恋，到激情似火、感人心弦的热恋；从刻骨铭心的相思到动人魂魄的给予和柔情如水的奉献；从夫妻如胶似漆、温馨缠绵的生活到对家庭、子女、事业未来幸福的憧憬；从夫妻恩爱、父母与子女的相爱，到正确的爱情观等等方面，阐发得淋漓尽致。"诚为斯言。我想，这是一位成长于20世纪五六十年代的人，情爱领域长期被滞涩而在这个新时代一下子得到贯通所出现的井喷吧？这也是他旺盛生命力被压抑的一方面终于可以宣泄而不知所措的激奋吧？这真是"迟迟的爱"。唯其爱而又爱，却又迟而又迟，才会显出些许的绮丽而不是绚丽来。——恐怕只能这样解释，否则不知如何解释。

到了第三本诗集，也就是这一本《正气集》趴在正题、反题之后，出现了合题。我们又在一定程度上看到了那位《东方集》作者的重现。

一、二、三本诗集合起来看，体现了一位中国当代革命者忠诚的信仰与被压抑的生命之间的某种错位。这种错位，正是诗的丰富，正是诗的复杂，正是诗的诗外意义。

蔚蕃给我说过，是柯老柯仲平引他走上了写诗的路。虽然有文野、高下之别，在激情的喷薄上，在胸臆的直抒上，他是有那么一点狂飙味的。

敢以真情、真性、真感、真理、真话入诗，特别是敢说在现在可能被人讥为是套话而其实是好话的话。这是他写诗的一个特色。

手法和语句的明快、直白、简洁，并在明快、直白、简洁中不时跳出机智和哲理，有民谣风，是他写诗的又一个特色。比如"党好在于人，人好在于本，本好在于心，治本要清心"。比如"五十年代，人穷，穷得稳当。九十年代，求富，富得心慌"。直白而经得起玩味。

思路开阔，大至社会、自然、政治、爱情，小至一鸟一石，都有同感共鸣，是他写诗的第三个特色。尤其不容易的是，他喜欢写政治题材的诗作，并且敢于写政治讽刺诗。这需要勇气，当然更需要智慧。有些政治讽刺诗切中时弊，很是难能可贵。也有的显得平淡浅白，由于此类诗的难写众所周知，也就可以理解了。

蔚蕃不是专业诗人，不是"吃诗饭"的。他只是以写诗来倾吐内心的种种感受、感悟和感情，不好以纯艺术诗作的种种要求来苛责他。不过既是评诗，也就不能不点出，在意蕴、意象、意境和诗情上，还需要更严格地要求自己。作为老弟，有些不恭了。

1993年3月14日望城楼，西安谷斋

白 发 绿 荫

——序《感受生命》

　　人在任何形态的创造性艺术劳动中，在文学或艺术作品，在美容服饰、房间布置，乃至一些论理的文字中，都免不了留下自己生命鲜活的信息。我读《感受生命》，既感受梁澄清感受到的生命，也感受梁澄清自己的生命。

　　可以说，收在这个集子里的全部文章，包括那些理性色彩很强的艺术品鉴文章，都可以作为澄清生命的印记来读。有的直接地、具体而细微地记录了他的人生，他的感情，有的在对亲人和友人的描述中，在对艺术问题的见解中，显示自己的精神质地和感情操守。字里行间处处能感受到生命在跃动，能感受到生命真美好，生命真可贵。

　　我和澄清相识有年，君子之交淡如水，谈不上相知。阅读像一座桥，使我们由相识走向相知。我长他几岁，却都是知命之年，受着大体一致的20世纪五六十年代教育，干着大体一致的文化艺术工作，也便有着大体一致的价值坐标和文化心理。

　　令人称奇的是，我和他经历迥然相异，个性和血质却惊人相似。那种在一切形而下现象中追索形而上解读的迂腐嗜好，那种忧患到忧郁的悲怆心态，那种在感情世界里的充盈，在思考天地中的活跃和在操作层面上的苍白所造成的喜剧效果，那种善良度人、热情交人、宽厚处人和自律、自省、自谴的尴尬反差，那种自安清贫又自嘲安贫却又在自嘲中自足自炫的文人毛病等等，都在我心里引发共鸣，引发认同的笑。

　　看来，我与作者不但是同一代人，用眼下的时髦话来说，还是同一族人。不过不是追星之族、网上之族，而是在盐水里渍过、滚水里烫过、碱水里泡过,从漫长的苦难历程中走过来的那一族。

这本散文集分三辑。"岁月风景"写自己的人生,"学苑耕读"写自己的事业旁及事业圈中的友人。"故土情深"写自己的亲人。他说他是身在城市的乡间的孩子。他所写的亲人都是乡土中人。他的事业是民间文化、民间艺术的创作和研究,也可以说是乡土文化事业。我眼前便看见一棵挂了果的树:澄清的生命是青枝绿叶的红果,乡土百姓和他们创造的乡土艺术是支撑着生命之果的主干。树根深深地扎在黄土地中。这本集子几乎没有一篇不是抒写乡土乡亲乡情乡俗的,流贯着作者对乡土文化浓得化不开的感情。就像他说的,"没有土地,也要开垦心中永恒的绿色"。这本集子又相当集中地记录了作者如何将乡土生活提升为理性精神照耀下的乡土文化,他以这种辛勤劳作回报养育了他的地母。这也如他说的,"假如身边还有一块山坡,我要她飘起一片金黄色的云"。

这样,就感受到了澄清散文写作的一个很清晰的特色,这个特色,我得用连环套式的句子来表达——作为文化载体的澄清,是一个双子星座,精英文化和乡土文化的双重坐标、双重信息、双重共鸣腔构成他那些散文佳品内在的精神构架。在这些文章(当然不是全部文章)中,他文人散文的诗性(可归入精英文化范畴),浸溶在乡土文化之中,他散文中的乡土文化内容,又被文人散文的诗性,亦即精英文化,炼蜜为丸;而活跃在乡土文化中的原始生命冲动和活跃在精英文化中的现代生命意识则在散文的诗性中回旋交融,弥漫为一种文化氛围,一个欣赏气场。谓予不信,恭请各位读一读《尿布》《启蒙三章》《写意咸阳牛拉鼓》《想像"压车娃"》《俗眼望莲》,多少会有感觉的。

从散文写作看,澄清属于那类既有哲理之思,更有灵悟之性的人。他以自己对民间文艺和乡土文化多年的收集、整理、研究为后盾,进入散文,理性的烛照自不待言了。特别要说的是,多年理性化的劳作并没有挤兑和破坏了他的灵气和悟性。他善于捕捉、感知物象之中那种似有若无、说不清道不明的情绪，用不往清里说、不往明理道的文句传达给读者。在这种传达中，他不用理性去肢解物象，而重视物象给予写作者浑然一体的感受，以及这种感觉所引发的感情、情绪。比如《望雪的心情》，写到这程度，便很不容易。

澄清的散文，在写法上，思维开，路子宽，构思和手法多样，叙事、写人、抒情、鉴赏、论理的都有，也有札记、随笔、杂感。叙事的文章，质朴平易，有原汁原汤味，能从文化根性上去展开。写人的文章，知人论世，有沧桑人生的感叹，又流于真情之中，记人如记自身。最后那篇记父亲的长篇散文，简直画出了一幅关中农民的人格图。抒情的散文，或激情充盈，或捕捉一种心态，表述一种意绪。说理的散文，常能以新兴科学的思维和语言解读日常生活和民俗现象。鉴赏文字不书生气，由审美而社会而人生而生命。当然，要练就十八般武艺，很难样样精通、精到、精致。二十多万字的集子，有那么几篇稍差一点的，在所难免，本是情理中事。澄清以这本书，将满头的白发换得了满心的绿荫，值！

1995 年，咸阳

笔 记 沣 河

——《沣河笔记》序

见智勇之前，如临大敌，他的名字吓着我了。亦智亦勇，文武双全，何等了得，还不够，还有如花的俊美度和审美力。便先自在心里怯下了，准备送上满满一百分。接触了一段，果然男子汉一个，思路新颖，办事干练，表达清晰，统筹力、执行力皆强，又总是与谦和亲切相伴。活脱脱是一节挺拔而见不到枝枝蔓蔓的树杆，一段可做梁柱之才的树，一个靠得住的人。不过我还是忍痛扣了些分，因了比他年长许多，得显摆一点长者的严厉，扣了两分；因了防止他的得意，又扣两分。最后得分：九十六分。妥耶不妥耶，只能这样了。

退休之后，在一所大学与智勇共事有年，在一汪静静的湖水和湖心岛周边，拂开柳枝，踏着花经，来来往往地忙着，接触可真不少。

两个人本来都挺性情，惜乎少有机会敞开性情，总是走不出工作层面。倒是这本书，在我俩都离开那所学校之后，让我多少走进了智勇的生命。那天他将这部《沣河笔记》书稿交给我，手里一沉，心头又是一吓：从未听说他爱写，能写，并且在写着呀，这人怎么不出手时不出手，出手便是一本书呢！

写这本书的缘起，是他在微信中发了一些游记文字，不料广受关注，赞声不绝。称赞是什么？精神雷管呀，轰地引燃了他心中写作的欲焰和审美的自信。这便再刹不住车了，一路写下来。先让你看他眼中的外部世界，中国和外国的风光、风俗、风情之美，那是满世界的美好；接着让你看他眼中的三人世界，小家庭中那些粘连着国内国外的小日子，多有温度的美好；再躬下身在土地上刨开根系，让你看小镇小村小院，看爷爷奶奶父亲母亲，看七姑子八姨子老师老同学，看自己在泥土里滚出来的童年，看自己当生产队长、改河造田、上学当干部、办教育，是那种奋斗中的美好。

在展示这些人生风景的时候，智勇也便一页一页翻开了自己的人生、命运、性格、种种苦乐，况味皆在字里行间。有坎坷而永有欢悦，有辛劳而永有获得。从写作顺序上看，《沣河笔记》由外而内，由游于世到游于亲、游于心；从编辑顺序上看，《沣河笔记》由内而外，由根祖而当下，由乡土而都市，由家国而世界。

一部散章汇成的集子，本可不讲究篇什之间的结构，作者却在《沣河笔记》的编排中，让我们感受到了一种内在的结构关系——这便是一个人与他的世界，这便是一个人走向他的世界。作者在稿纸上展开他眼中的世界，我们眼中也便聚焦了这个世界中的他。

《沣河笔记》，笔记着沣河，也笔记着沣河水映照的人生与世事。

行文皆白描，叙事尚质朴，你可以说少了一点细腻的铺排和描绘，却正好与作者的简明、干练风格相谐和。——非不能也乃不为也，你看他写自己父亲，故事、性格、细节无不俱全、无不充分，直写得父亲跃然于纸上，镌刻于心中，你就知道他是有潜力的。

2018年3月11日，夜，西安不散居

《碑林故事》序

西安作为中华文明的重要发祥地之一，所有生存体验，尤其是周秦汉唐时期的社会实践经验，全都沉淀在了它巨大的城市肌体里，形成了丰富而深刻的城市记忆。承载这些记忆的既有城市街道、建筑文玩、民俗民艺等形态性的文化遗产，也有思维方式、精神志趣之类的神态性的文化遗产。正是这些屋、楼、塔、墙、风土人情和致思方式，汇就了西安这座城市独有的文化身份。

碑林地区历史上处于隋唐长安城的中心地带。杨坚灭北周，建立隋王朝，弃汉长安故城，在龙首原南坡另辟新址，建立新都大兴城。唐王朝建立后，仍以大兴城为首都，改名为长安城。起初为宫城、皇城和外郭城三进式的目字形布局，后又经宋、元、明、清几代的修建，最终形成了如今西安的城市格局。碑林地区位于原皇城的中东部和靠近皇城南墙的外郭城一带，系隋唐时期的行政中心和达官显贵的官邸宅舍，地理位置至为重要。一千多年以来，此处驻足过的文臣武将无以计数，留下了大量的逸闻轶事和诗词华章。这里在后世的不断传唱中，逐渐形成了浓郁的皇城文化氛围，一颦一笑，一嗔一怒，一嗟一叹，一言一行，无不尽显皇城气息。

盛唐之盛，主要源于中国数百年的分裂和内战结束之后，唐朝在文化、经济、社会各方面对外大幅度开放，将黄帝时代奠定的"融汇－创造"这一民族文化心理结构推向极致。而面向世界、兼容并蓄的"盛唐之音"，由是就成为"盛唐读本"和"中国声音"，传遍了各地，传遍了世界。那个时代中国人的心声和热情、想象和智慧，既沉淀在了构筑十三朝帝都的秦砖汉瓦上，也渗透在唐代诗人穿透日月的吟诵之中，成为一代代炎黄子孙心里燃烧着的"中国情绪"。"长安一片月，万户捣衣声"，声声都是历史的回响。

《碑林故事》这本书，通过对西安历史文化中碑林部分的挖掘，以"那时""那些""那城"和"那样"四个部分，分别介绍了这个区域的历史沿革、文化传承、物质遗存和今日新风等内容，呈现了这个地区所富有的远古文明底蕴，以及现代文明的今天和未来。它在彰显这个区域的历史特征，构建强大、厚重的记忆系统的同时，也必将对碑林地区的今天乃至未来，发挥精神启示和文化引领的作用。

城市是个独特的生命体，它有自己的呼吸，也有自己的记忆。忽视一个地区的历史文化，整个城市将会伤感，市民也将淡漠了自己的历史认同和人生与感情归属。《碑林故事》给读者提供了一个深度打开碑林的机遇，能够促进读者在文化层面上更加广泛和深刻地了解这块宝地，也让碑林人自己能够找到文化和精神的支撑，自觉地为历史承担，为当下立意，为未来奉献。我想，这就是这本书的价值所在吧。

2018 年 3 月 12 日，西安

邢小俊的土地审美

我在邢小俊的新作《拂挲大地》的封底上写了这么几段话。

"小俊从他老家那块地球最老最厚的黄土地上,捧起一坨土坷垃,拂挲它,凝视它,嗅它,亲它,原来根脉不在远古,历史不在远方,文化也不在诗中,竟然都在手心这块土坷垃中。

"从乡土日常生活中号出大地脉象,从乡村家长里短中谛听历史回音,从细得总被忽略的细节中开采阳光。就这样,他用一些土得掉渣的笔墨,从家门口写到目不能及的地方,从大愚生智的古代写到大智若愚的现代。

"世间一切的宏大和深奥,原本不都是储在我们那些世代抟土为业的父老乡亲身上吗?"

书中所写的让礼村,是他的家乡陕西耀州老土上的一座老村,却又在中国每一块土地上,每一个人心里,每一个人尤其是下一代的文化记忆和基因里。

小俊在这本书里,采用了一种两极对接、两极震荡的构思和写法。其实,我理解的让礼村,既是在中国大地那一个具体的地方,更在中国的每一个乡村,在每一个土坷垃里。随便抓一把土,你就能在这把土里寻找到中国文化的根脉。邢小俊用两极震荡的方法来写我们的文化我们的土地。他分明要写远方,要写一个很宏大的对我们民族文化的思考,但却从一个很近的地方写起,从身边写起,从家长里短写起;他分明是要写天空,写我们精神宇空中的东西,但却是从脚下的土地写起;他分明是要写诗,写这片土地蕴含的诗意,但却坚持写实,逼真地展示了那个世俗的农村世界。

他把中国大地内里的土地气息,中国家族文化种种的内在关系,中国社会精神的种种沉疴和新变,在这块土坷垃的切片中一一验证和揭示出来,这是很不容易的。

当他把这种大地图像展示得最细腻充分的时候，处在城市化进程中的现代人心中却产生了一种遥远的、神秘的幻觉。我们在书中能够体味、把玩人生的许多哲理。这些哲理，现在我们已经习惯用理性的、科学的语言来表述了，但是其实在我们古老的土地上，早已有民间话语做过传神而生动的表述。我们于是感受到了土地的伟岸和神奇。

这神奇中又有一种说不清的遥远的亲近感。那是漫长的农业文明种植在我们心中的基因。这种对故土老村的眷恋和现代都市生存的现实，在我们这些阅读者的心中混杂着、搅拌着，既有时代变迁造成的歧义和断裂，又有我们心灵中最美好的那份眷恋之情。能够举重若轻地写出时代在不变和大变中的这种复杂性，让这部书很有"嚼头"。

让礼村实际上是作者给我们配备的一块文化芯片，它带着丰富的传统和现代信息。在对这个芯片中的传统文化进行审视过程中，又带着强烈的现代人的气息。现代化进程中，我们可能会离开土地，但离不开深植在土地中的美善。在美善的记忆中，又会伴和着离开土地以后的些许伤感。到了后城市化时期，人们开始不仅在心里，而且在行为上回归土地，投资乡村。这都构成了作品的可读性和可思性。

《拂挲大地》另一个值得我们重视的地方，是对生态观念的重新诠释。一般来说，在谈到"生态"这两个字的时候，我们主要会从环境和人的关系上去思考，小俊力图开掘"生态"的更深的含义，这就是：生态其实是人对生命的态度，是对于人的生命和自身之外的一切生命整体生存状态的态度。生态即生命状态，是天、地、人生命良性循环的综合追求。书中写到，在农村，节令就是命令。春种秋收、夏管冬藏是种庄稼的规律，也是大自然对庄稼人起居行止的命令。何止气候，人生不也是按节气运行的吗？少年、青年、壮年、老年不正是生命的四季吗？我们对于生态主义必须做文学的、文化的、人文主义的解释才好。

以书香味儿将土香味儿转化成心香味儿，这是一种高贵的土地美学。当你力图用一块土坷垃来开垦一方土地的信息，解释多方面的历史-现实问题的时候，当你力图用土地审美方式和语言来对冲书面化的、城市人的乡愁，构建文本的新结构的时候，一切便有了陌生感。

我们现在正奢谈着诗与远方。是的，诗在远方，在梦幻、理想之地，但诗也在身边，在我们脚下，在我们脚下这块最其貌不扬的土地中。而这块土地，又在我们心里，在我们的感情里。土地因此也就深化为诗。土地既是可居可恋的家乡，也是不可触摸的文化氛围、人生境界，那么它又成了远方。

土地审美是对诗与远方最好的诠释。

2018 年 7 月 20 日，西安

花 开 长 安

——评长篇小说《花落长安》

在长篇小说《花落长安》中，有一种东西吸引着我一路读下来，是情节的勾画，是人物命运的起落，是语言的流畅自如，更是书中描写的新题材、新人物、新生活的魅力，是蕴藏其中的这个时代独有的新的生命状况和生存方式，以及流动其中的鲜活的生命力。这让我感到，随着时代新生活和新人物的成熟，它们的文学代言人正在诞生，正在走向成熟。

这些年的长篇创作，掀起过一轮一轮的热潮，有过乡土的、村社文明的展示，有过家族文化的长卷，有过更多的社会变迁和政治变革的题材，还有一茬又一茬青春的、轻奢的、女性的小夜曲。像《花落长安》这样揭橥市场经济密码，展示商场、情场交织中人物的苦乐和无奈的作品，也从东南向西北渐次多了起来，但到了内陆的西部和历史厚重的陕西，依然是凤毛麟角。读这部出自陕西作家的作品，不能不有点春风扑面的感觉。它让你听到了新生活在这块古朴大地上不可遏阻的脚步声。

这是许许多多新生活创造者的脚步声，其实也交响着作者王洁自己的脚步声——《花落长安》中有着王洁这些年创业的身影，她是新时代创业的亲力亲为者，也是新时代创业生活的艺术再现者，这种合二而一的身份，使作品有了一种逼真的写实感和亲历的亲切感。从这个意义上，即从生活中这样的人物和文学上这样的作品终于诞生在古都长安，终于在这块古老的土地上风生水起，我们不妨说，是完全可以将《花落长安》读为"花开长安"的。

《花落长安》走出了言情小说和职场小说的层面，亦即走出了以感情的纠结缠绵和职场的斗智争利层面，开始进入对市场经济生活内在规律及其心灵、感情波澜的深层剖析。整个故事能放到国内外经济走向的大趋势中展开，能够很自然地写出市场起伏中主人公的命运和感情折光，以及在性格、心理层面引发的变化，很自然地写出在波谲云诡的市场生涯中，潜藏在各种细微言行、表情之下复杂的心理争斗、心理暗示、心理默契。人与时代，命运与性格，遭遇与感情，是那样圆融无碍地浑然一体。

秦幽若的形象真实、多彩而有精神内容。她的市场拼搏与感情波澜相交织又相区别，在冲撞中互证互激。她不满在原单位上班下班的庸常生活，内心有一股青春的创造激情，想去更有挑战性和创造性的时代潮头实现自我。向上拼搏的初衷使她毅然辞职下海测试自己的能力，但商场的沉浮又使她面临向上与向善能否得兼的考验。历史的市场化趋势某种程度上纵容着道德自律的松弛。历史和经济的发展与道德的坚守，二律背反地拷问每个人，也严峻地拷问着秦幽若。她在向上的商业竞争和向善的道德自律中沉浮、挣扎，终于在美善的生命追求中救赎了自身。她是商场中的胜利者，情场中的失败者，文化人格的坚守者，因而，事业上的胜利并没有能够挽回她在精神上逃离的孤独命运。

秦幽若感情生活的几度幻灭，是和她命运的几度变异及其人生追求的不断提升相匹配、相同步的。最初是为了生存，为了在这个城市立足，和刘江组成了家庭。但两人人生志趣的差异，尤其是男方缺乏搏战商场所需要的勇毅和气质，使他俩无法牵手前行，而悄悄容纳了一直爱慕她的老同学孙德浩的感情，却又严格地控制在底线允许的范围内。在容纳与控制的旋涡中，两人的关系徒增了许多曲折迷离。感情与道德像海浪与堤坝的颉颃，考验着女主人公在事业发展与精神执守之间的驾驭能力。之后她与郑秉国的感情，则更多具有生命共鸣色彩。两个在商场中搏浪而行的弄潮儿在感情的交往中，终于由追求事业成功，进入了追求生命适意的境界。但郑秉国的突然出走，使这一段感情戛然中断而成了"谎花"。最后，她对欧阳明的接纳，虽然感情依据和内涵开掘稍嫌不够，显得突兀，总体上倒也符合女主人的价值追求，即向往文化的情调的人生境界，读者还是能够接受的。

从秦幽若的人生经历中，可以看到一个否定之否定的辩证过程。由最初朴素的本色生存，到拼搏创业，追求人生的成功；在以成功验证了自己的生命能力之后，又回归到高层次的本色生存中来，这是一种悟觉了的本色生存，有文化思考垫底的气质性生存。

《花落长安》整部作品写得很放松，这很不容易的。不故求华丽，不故作深刻，也不故显萌态，一路流畅地写下来。作者让自己对这一段生活的感觉和思考，自然而然地从生活的流动和人物的行动中显示出来。放松是好作品和好的写作状态的一个标志。情节的布设不密实拥堵，人物的性格不浓墨重彩，文字也多少在流畅中显得疏朗。放松的原因，我想：一是因为这部作品的自叙传色彩，你以你笔写你心，焉能不放松？二是与作者所追求的（也是秦幽若最后所追求的）稍显恬淡的人生境界有关。这种人生追求当然会折射到她的文学追求中来。三是，恐怕也多少反映了当下青春和网络群体的审美和阅读偏好。

放松不等于松弛散漫。你能清晰地感受到整部作品的内在节奏。言行、情景与内心世界交错，疏与密穿插，商场与情场二重协奏。作者能把握长篇创作的一个秘诀，那就是"断开"：一个场景写到当写之处，断于当断之时，然后转到另一个场面、另一条线索上去。情节在许多"断开"的连缀中延伸，情绪在许多"断开"中接续，却又从不同角度聚焦于女主人公的命运和内心世界。作者善于铺排商业聚会的大场面，以很简约的笔墨将人群交流聚散的气氛勾勒出来，更能够以女性的细腻来描绘人物心理，恋情中的种种暗示默契和潜台词写得尤好。运用现代生活的一些元素，例如手机短信来穿插人物的内心语言，也让人耳目一新。

作为一部长篇，目前的文本线条还嫌单一，故事也略显单纯，基本上是围绕着对秦幽若一个人的"跟摄"展开,这多少影响了长篇小说对当下变革时期社会生活复杂性和深刻性的展示。另外,秦幽若对郑秉国的拒绝和对欧阳明的接纳,也可以在心理感情上做更充分的描绘。

2018 年 4 月 21 日,西安

养玉于心　乃成大器

——《薛养玉新闻作品集》序

薛养玉是陕西上一代记者中著名的人物，是我大学高一年级的老同学，陕西日报社的老同事，几十年的老朋友，一辈子的老兄长。文章开篇就说这个，当然是以他自豪、有点夸人而自夸的意思。的确，此公我素以兄长待之，内心暗藏着十分的敬重。

养玉乃陕西人氏，去京城由北京大学转到人民大学，装了一肚子新闻学的墨水，又回到陕西来当记者，一辈子耕耘于《陕西日报》，一辈子写他的家乡，写他的父老乡亲。

收到他这部上、下两册的书稿，开卷尽是亲切。我们这一代共同经历过的那半个世纪的时代万象，百姓苦乐，人生风景，挚友情谊，一一储藏于文字之中。更有我们这些曾经的同道者所交织着的记者生涯，那些挥之不去的熟悉的人、熟悉的事和熟悉的场面，无不被养玉的文字裹挟着，像长河般鲜活跳脱地在眼前展开。这哪里是易逝而又速朽的新闻？这是一段跃动着脉搏的人生和历史，被他的文字镌刻在了我们的心里。

可叹我们这一代都已垂垂老矣，尤其是看到书中有些篇什最后注出的养玉的好些合作者的名字都打上了黑框，不由悲从中来，生出千般愁绪、万端感慨。回忆起我们曾一道为这张报纸殚精竭虑，熬眼跑腿写酸了手的种种情景。国家在发展，世界在变化，传媒业在更新换代。一代老新闻工作者身体都还健旺吗？人生顺畅吗？生命还鲜活吗？养玉的文字引发我多少剪不断的牵挂！

这部作品集，从内容上看可分两部分：一部分是他自己的新闻作品，通讯、消息、评论，还有一些有分量的内参；另一部分是对新闻写作的研究和评论。这样，作者在书中便有了双重角色，前半部分是《陕西日报》记者、新闻作品的优秀写作者，后半部分是《新闻知识》杂志的主编和主笔，新闻作品的优秀评论者和研究者。这部书也就成为新闻实践和新闻研究的一个美妙的二重奏。

书的这个结构也正是他人生的两个段落：前半生"名记"，后半生"名编"，成功的实践加成熟的理论；既有理论（指大学学到的专业知识）指导下的多年实践，又能将自己和他人的实践提升到新的理论层面（指在新闻业务刊物的研究和评论），用理论回馈实践。这对一个新闻工作者来说，实在太难得了。

他的新闻作品，姚文华先生有一些附于作品后面的评论，做了很中肯的评价，无须我再赘述。总的看，养玉的新闻写作和研究给我印象最深的是两点：一是求新求变，一是气象开阔。

求新求变，从新闻题材的捕捉，到新闻视角的选取，再到观点的提炼，细节和场面的铺排，直至表述的细斟慢酌，都可以看出养玉是个不满足于生产大路货的人。他写每一篇稿子都很动脑子，不抓到新闻内容和新闻对象内在的特质不轻易下笔，不找到自己的角度和写法不轻易下笔。这使他成为一个一读稿子便知道作者是谁的风格记者、个性记者，一个有创新精神的记者。

尽管新闻类写作以陈述事实为第一要务，养玉却不是那种止于就事论事的人。他常能以较为开阔的眼界、辐射性的思维坐标和理论观照，将所报道的新闻事实置放到一个更大的时空中来描述，也便启发读者在更开阔的境界中来接收，从而引发阅读中触类旁通的感受。任何事物都存在于众多的关系之中，内里又常常呈现类型性的结构。一个记者须臾不离开事物的真实状态，却努力通过对事实的描述，去揭示事物的关系性存在和结构性存在，可以称为新闻写作的典型化手法。这种大空间大情怀使养玉的新闻写作透出一种大气。没有相当功力是做不到的。

坚定地弘扬正能量，播扬真善美，是我们时代所有新闻工作者的追求，尤其是老一代新闻工作者终身的执守和坚持。养玉这一代记者致力于继承发扬延安时期《群众日报》与人民群众那种"铁关系"和创新精神，与新时期改革开放的现实相结合，在新闻理论与实践的结合上进行了许多新的探索。例如，要从改革开放全局出发来改进经济报道，从人民群众的福祉出发来改进民生报道。要用新观念写好新闻人物，反映他们的精神世界。例如，提倡探索预测性报道；要有组合传播意识；要写好社会新闻，反映鲜活的社会行为；要重视横切面写法和现场目击；提倡刀下见菜的短新闻；甚至于提倡在新闻中尝试一下老百姓日常生活中那种幽默的情趣；等等。这些无不表现出充沛的创新激情和创新自觉。

这位新闻战线的老兵，在职业岁月的后半段，通过自己主编的《新闻知识》，简直是手把手地在帮着一代又一代新闻新兵的成长。他主笔的佳作评论和评奖综述，总是结合具体作品，从选材、标题、导语到背景、内容、结尾，不厌其烦地分析点评，恰如一位乡村老教师对自己的弟子念兹在兹的唠叨叮咛，耳提面命的悉心指导。所有这些，都会点点滴滴地润泽到年轻人的文心和文笔中去。

养玉在自己的新闻评论和新闻写作中敢于提问题，敢于直抒己见，敢于提出也可能不是所有人都能赞同的见解。评论别人的作品，谈优点谈得切实，能帮助作者提高；谈缺点谈得诚恳，能感觉到内心的温度。他的各类题材的新闻写作，不干巴，少套话，有个人生命的投入。在准确、简洁的白描中，有时渗入些许文学元素和生命情趣，让读者感受到了一位老记者的综合功力。

总之，这本书虽然不是专著，却可以当作新闻写作的教科书来读，甚至于比一般的教科书更给力，更有实际运用的效益。因为书里所有的内容，都是一个人乃至许多人从多年的亲自实践、亲自体验中涓涓滴滴蒸馏、结晶出来的。

养玉兄集切实、勤奋、才气于一身，好令我羡慕。若有遗憾，可能倒是种种外在的原因使他还没有得到最大的发挥和实现。对于他这种认准了目标便穷其一生往前奔的人，我是畏惧着也尊敬着。

回想自己的一生，跨行太多，摊子太大。但不管在什么岗位上、什么行当里，早年那一段新闻工作的影响常常萦怀于心。我离开新闻岗位很久很久了，离它已经很远很远了。但那些岁月给予我的勤奋、快捷、敏锐，还有对完美的追求，都让我终生受用。就在写这些文字的时候，心头仍有余音，手上仍有余香。

有一种看法是，新闻敏感常常与老年人无缘，记者不是老年人的职业。读了养玉的书，我想你会悟到：其实记者才真正是个不老的职业。由于它终生与新闻同在，与新生的事、新生的人、新生的情绪同在。养玉兄以这本书、以其一生告诉我们，正是记者这个不老的职业，让他有了不老的生命，让他永葆对新生事物的敏感。

祈愿养玉和我们这一代永远年轻，永远像新闻那样鲜活。

2018 年 8 月 4 日，西安酷暑

室雅何须大

——贺《星期天》四百期

《星期天》已出满四百期,友人告诉我,这个报纸最近被评为全国文化艺术报纸十佳,位居第四。作为她的老朋友,我很想表示一点祝贺。

一个周刊,四百期意味着什么?意味着编者八年的辛苦劳作。在各类副刊性的小报林立的今天,第四名又意味着什么?意味着她已经站在了行业排头兵的位置上,成为我国读者最喜爱的报纸之一。真是谈何容易。

记得在一次聚会上(报纸出刊三百期前后的时候),我给《星期天》写一个题词:"室雅何须大,花香不在多"。前句说报纸只要好不在版面大小,后句说文章只要好就能以质取胜。又一百期过去了,喜幸被我言中。为《星期天》自豪,也很有点为自己骄傲哩。

一张报纸既要有单打冠军,更要有团体冠军。单打冠军表现了作者、记者的水平,团体冠军则表现了编报人的水平。——而有水平的作者、记者能汇聚到报纸周围,那实在又还是编报人的本事。《星期天》就是这样的报纸。小小的花圃,让我感到一种精神的繁盛,一种创造和活力。这繁盛的活力,体现在版面上,其实来源于编者心间。

案头的一厚叠读物中,《星期天》是在手头留驻时间比较长的一种。每期总有令人欣赏的版面,每版总有需要细读的文章。便断不了将她从一叠读物中挑出来,由案头带到床头,以便有暇时再读一番。真有点另眼看待了。

舆论手段和社会传媒当然要教育、激励、引导民众,却绝不是指令性甚至不完全是指导性的手段。她要比民众站得高,又不能高踞民众之上。她是将自己深深地埋藏在老百姓之中的社会传感器。她需要将社会领导力量的指令、指导，或者说她引导，转化为民众觉悟的自引导，将意识形态的灌输教育转化为社会自身的情绪调节和精神营养。这才是党性和人民性在舆论传媒，尤其是副刊报纸上应该提倡的结合方式。公平地说，《星期天》做得够不错了。

《星期天》抓住了不少老百姓关心的社会热点问题，以快捷的、精练的文笔做饶有兴趣的传播和剖析，既满足了读者的新闻追索欲，又帮助他们在一个正确的视点视角上，对层出不穷的社会新动向做正确的感知。

《星期天》尽量说一些老百姓想说的话，又尽量用老百姓爱听的方式来说。杂文、随笔、各类专栏文章，举重若轻，寓教育、指导于朋友的娓娓相谈之中。你能排拒挚友的劝导吗？

《星期天》像一个大拼盘，每周日端上你的饭桌，各种口味的人都可以来一筷子爱吃的东西，哪一筷子都给身体提供养分。几年读下来，你发现自己在认识、教育、审美、娱乐各方面的需求都得到一点满足，精神肌体得到了综合性的营养。

《星期天》培养了一批新人——新作者、新记者、新编辑。我是新闻界一名退役的老兵，许多优质高产的青年作者、记者、编辑，算来都是子侄辈。他们的文章，使我经受一次次意外的惊喜。一代新秀在《星期天》的苗圃中成长起来，欣慰无以言表，逼我不得懈怠。

《星期天》也有不足，经常照镜子的编辑恐怕比外人了解得还清楚。第四名到底不是第一名，四百期之后还有若干四百期要编。拼智拼力拼快拼好的日子还在后头。精神产品市场的压力将会更大。《星期天》当会更加努力。华夏之邦有致贺不言丑的乡俗，我也姑且入乡随俗一回，免谈了。

1992年9月24日，西安岚楼

絮语《周末版》

那天晚上，赵良陪作家史铁生的爱人陈希米来家，为出一本书的事。赵良刚挑上《陕西日报·周末版》的担子，三句话便进入他的社会角色。他说《周末版》到9月份便出满百期了，希望各方帮衬，办得更有味道些。说话间，有片树叶贴在了窗上，一个难得的有风的夏夜。

那天早上，车轰在上班前拐到我办公室，也是专门来聊《周末版》一百期的。我的这位长得很像外国人的老同学，在陕报一干就是三十三年。他是负责筹办《周末版》的元老之一。我们兴致很浓地聊到了好多当年报社的老朋友。阳光从玻璃反射过来，他的脸因为生动而年轻了。一个难得的热而不闷的早晨。

三十三年前的那时候，《陕西日报·秦岭》副刊是文教部里的一个组，只有四个人，吕震岳、杨子青、毛琦和我，记得震岳是组长。杨田农是文教部主任。现在，陕报有了文艺部，又有了《周末版》和《星期天》，三流归一，总共不下四十人吧？由四个人到四十个人，三十年河东，三十年河西。

几年前，当面孔肃然的报纸被电视挤出周末、周日这些文化的黄金市场时，报纸的扩版热由酝酿而陡然升温。报人在自己被挤走的地方发现了一个天地，在自己被挤走的时刻反激起一股动力。正如母腹中的胎儿，《周末版》在压力的助产下降临人世。

电视以它的足不出户，它的无价传播，它的家庭亲群欣赏环境，战胜了有价的集群欣赏的电影。其实报纸和电视比，也有自己的优势。它无须购买电视机、录放机的大宗投资，又是个体的、无声的阅读，可以按自己的时间间断地安排时间。传播接受的这种个体性和主动权，使它有一万条理由收复失去的黄金领地，而没有一条理由在新的竞争中败北。不是不能竞争，而是没去竞争。竞争使竞争者强大，放弃了竞争便放弃了胜利。

现代报纸自产生以来就具有商品性，但在相当程度上并没有真正进入市场。何况社会主义的现代市场经济体制只是近一半年才正式确立，一切还处于探索和初创阶段，报社便更谈不上进入现代市场经济的动态运转。很长一个时期里，市场的各种属性，如竞争性、选择性、风险性并没有成为报纸的实践品格；适应这些属性的竞争意识、随机意识、风险意识，也并没有演化为报人的现实能力。眼下不一样了，原先报纸通过指令选择读者，已经逐步转化为读者通过市场选择报纸。《周末版》《星期天》便以它们的大众性、可读性、娱乐性，成为报业挺进现代传播市场的前锋。它们满足了群众日益宽泛的阅读要求，打开了阅读市场一直被抑制的那方天地，也为中国报业在市场经济中的改造和发展探了路。

《周末版》为改革时代的读者，也为改革时代的报纸立了汗马功劳。

内容宽阔而宽松，风格明快、平易又温馨。或聚焦生活或侧写人情，或捕捉心态或炒卖热点。也有启思之论，也有益智之文，也有娱心之作。总而言之，煞有介事站在讲台上的教师总算走下来了，厚重密实的文字大氅总算脱下来了，法度森严的美声唱法总算容许以情带声的通俗唱法同台演出了。像天那般蓝、海那般蓝，开阔舒展的新闻文艺和蓝色文体终于诞生了。

也许在追星之外还应该发现属于自己的星座。影星、歌星、文星当然都在可追之列，到底是别一行当的绅士和淑女。《周末版》应该有一批自己的有影响的报纸专栏作家，作为自己的明星推向社会。鲁迅、梁实秋、曹聚仁、林语堂、郑逸梅都是光耀报史的星座，他们有助于报纸以一种人格形象留驻在读者心中。专栏作家可以使一些栏目主持人化，可以使报纸一部分社会化论评转化为个性化感受。用"我感到"取代"我们认为"，也就能和读者建立那种心心相印的沟通。

而三百六十行中更有多少星座,默默地发着光,等待着采集。他们才是宇宙,才是银河。

上说种种,《周末版》都已初现端倪,只是有待于成熟和完善。这篇文字,便既说的是感受,也说的是希望了。

1993年8月5日,西安谷斋

一朵小烛花

——写给《陕西日报·周末版》二百期

记得《陕西日报·周末版》一百期，我曾经给贵版写过一篇评贺结合的小文。今天下午，读到了《周末版》第一百九十九期，蓦地又萌动了为你们出刊二百期写点什么的念头。

这些日子，停电停水，空气凝固成燠热的铠甲，汗水结成盐霜堵住了毛孔，想写又难于提笔。想到前一段报社户外接水的艰难，想到你们也是在这样缺风、缺水的燠热中为版面奔忙，感同身受的理解和长期阅读建起的友谊，终于忍不住还是拿起了笔，铺开稿纸，秉烛夜书。

烛光在昏暗中晕出一圈亮色，偶尔一两朵灯花爆跳出炫目的光弧。我就想，这多么像你们的职业，像编辑、教师以及一切用生命去点亮别人灵魂而自己却隐没在暗中默默工作的人们。这样的职业，这样敬业的人们，太值得领受烛光下的祝贺。请收下一位老读者送上的小烛花。

二百期，我想可以这样解读：你们耗费了二百个六天（这是整整一千二百天），为读者精心烹饪了二百次周末的精神晚餐。不能说这二百次晚餐顿顿丰盛精美，但许多人、几十万人，包括我和我的家庭，周末生活是和这张对开四版报纸联系着的。你们版面上许多引人入胜的纪实文学，许多快人快语的议论，许多家庭生活的素描，许多知识趣闻和文坛苑坛掠影，都或多或少成了老百姓的假日话题，或深或浅进入社会舆论、家庭舆论，转化为生活中特有的温馨。融入社会生活的程度，融入老百姓日常生活的程度，是报纸发挥作用的一个前提，也是检验报纸质量优劣和影响大小的一个尺度。

就我断断续续的阅读和丢三落四的记忆，你们采写编发的社会写真，大都能引发读者的阅读兴趣，又有相当的力度。《博士后夫人是诗人》《张谋儿之谜》《中国版权一号》《谎言岂能当饭吃》《中国记者首拍北极》以及关于惠娟的连续报道等等，读过去很有些日子，还在脑海中萦回不去。正像尹维祖社长在关于党报《周末版》的品牌形象讲演中说的，这些文章"能从思想性与可读性的结合上切入，从读者对社会热点的关注上引导和深化"。它们在一种松弛的阅读中给你真、善、美的陶冶和向上的激励。我同时读过写画家秦惠浪全家遇害的好多篇纪实文章，你们发的《11·28血案侦破纪实》和《文化艺术报》发的另一篇，是写得最为细致并在细致中出景出情的。最近，围绕纪念抗日战争胜利五十周年编发的几篇纪实文学，像《半个世界的呻吟与呐喊》《李向阳是咱陕西人》，都能从宣传中心生发出去，四面开花，使宣传中心和社会兴趣自然而又巧妙地融接起来，在饶有兴趣的阅读中受到爱国主义和民族精神的激励和默化。这些，都叫我感到背后有一双深谙报纸《周末版》编辑艺术的巧手在操作。《社会写真》你们大多放一版头条，是读者最先看到的。"领衔主演"有了神儿，整个《周末版》形象就大不一样了。

《周末版》的许多文章，好像榴花开放的五月，脱掉了思想和语言沉重的大氅，简洁、明快、轻灵、跳脱。开门见山，信息密集，有话直说，又不忘记巧说为妙。拿文艺批评方面的文章来说，《热点电视你我他》《反弹琵琶》栏目中的群众评论，敢批评，批评言之成理，也敢表扬，表扬得实实在在。《收获跳蚤》一文批评电视界的某些弊病，归纳得何等准确明快：《黄金时间不播黄金戏》《大明星不出轰动戏》《传媒竞相拍马屁》真是见解犀利又有秦人的痛快。《名人列车》不写光荣榜、表扬信，专写名人的个性和气质，有的入木三分。名人之外，专列《艺林平民志》，让平常人的艺术才能得到社会承认，功德无量。《记者行动》和《周末音乐卡座》从现实生活中选题，夹叙夹议，写得悠游自如。《人生如茶》，尔尔千字，浸透了人生的真感受。

能看出你们很注重在选题中发挥地方优势和特点。你们"历尽沧桑寻巧儿",发现"李向阳"的原型原来是陕西人,写陈云在延安时的保姆,写定居国外的陕西回民——东干族,都是独此一家,别无分店的好文章,也为全国传播网络输入了三秦的主特产。

有位老报人说,党报的《周末版》要办出政治高度、思想高度、情感高度、人性高度。你们正在朝这些高度攀登,从二百期中可以清晰地看到一个一个执着的脚印。

在实行双休日后,中国人开始有了两个周末,这给《周末版》提出新的要求。当舆论从最开始更多地关注双休日的消闲需求,到逐渐转向关注双休日的学习需求、精神营养需求,将会有许多新领域有待《周末版》去开发。双休日不但是待开发的经济资源、文化资源,同时也是待开发的新闻传播资源、副刊资源。四年二百期是一个路标。这之前,你们从没有路的地方踏出了路;这之后,就要在已有的路上做新的伸延、拓宽了。几十万读者等待着你们克服不足(比如和外报比,有些信息的滞后和重复),更上一层楼。

好像在今年春节,你们在一版上登出了编辑室的合影和每个人简短的寄语。一个个读者熟悉的名字和一张张年轻而充满活力的面庞对上了号。我不由得感慨,这是报刊大潮中一个多么能干的群体,这是编辑记者大军中一个多么青春的团队。

庆贺《陕西日报》成立五十五周年时,我写过一首七律,中间的四句是:"神州神采溢纸流,秦地秦韵竞日阅。笔驰诗心一寸丹,案伏皓首千茎雪。"这是感怀那些一起共过事的老编辑的。岁月也将在你们头上溢满霜雪,而事业,而《陕西日报·周末版》,将会永远年轻。

1995 年 8 月 6 日晚,西安谷斋

上林有华章　《西岳》笔如椽

一年来，眼看着《西安日报》文艺副刊由破土奠基到张灯结彩，成了古都文艺界的一个橱窗，成了西安人每日必看的"大屏幕"，别说心里有多么高兴。我曾办报多年，知道一张报纸、一个版面由初创到产生社会影响，到深入社会舆论，意味着多少人日日夜夜的操劳，多少难以计数的心血的投入、智力的投入。报纸在短期内立住脚，且有了这样大的影响，实在表现出编辑良好的敬业精神和群体素质。想到这一点，心里就更是高兴。

《西安日报》文艺副刊给我印象深刻的有四点。一是初步体现了党报副刊的特色，突出主旋律，提倡多样化，坚持严肃、高雅的格调。二是编辑思路清晰而又丰满，有文学园地《西岳》，有艺术园地《上林苑》，有娱乐休闲园地《乐游原》，三园并举，分工合作，使《西安日报》文艺副刊部的编辑工作在色彩的斑斓中显出结构的完整和均衡。三是勇于向全国文艺界发言，几个重点战役打得漂亮。譬如关于当前诗歌创作的笔谈，旅游散文的研讨，都舍得篇幅，也造成了声势。四是较快发现、培养、组织起了自己的作者队伍。在这支队伍中，既有有影响的专业作者、重点作者、老作者，更可贵的是还有相当多新发现的业余作者、青年作者。需要提到的是，由于《西安日报》文艺编辑大多从《西安晚报》调整过来，他们很重视移植、发挥《西安晚报》文艺部多年积累起来的优势，并且能够结合日报新的要求和特色，有效地发展、更新这种优势。

万事开头难，要坚持发展下去也并不容易。《西安日报》文艺部已经成功地踢出了头三脚，今天开这个研讨会，表明他们已经开始转向思考、安排今后长期的发展蓝图。这里提供几点建议，供编辑部参考——

增强实用意识。20世纪五六十年代《西安日报》就是西北地区一家有影响的报纸，后来易名为《西安晚报》，整个编辑方针，包括文艺编辑方针，当然随之有所调整。90年代，《西安日报》恢复出刊，编辑、记者又大多从晚报调整过来，这就提出了一个从晚报编辑意识中突围的问题。这次《西安日报》复刊和三十年前不同，仅西安地区有文艺副刊的报纸就有十几家，各类文艺性、娱乐消闲性刊物更是琳琅满目。《西安日报》文艺副刊处在一个剧烈竞争的环境中。我想，她一开始就应该找准自己在性质、任务、对象、风格各个方位上的坐标，定好位，使自己和兄弟报刊区别开来。这种区别，在起始阶段，首先要走出晚报副刊的覆盖，继而一步步从各不相让的报刊中杀出一条路，突出重围，鹤立于世。着眼于区别，着眼于突围，才不会亦步亦趋尾随人后，才能求新求异，避人之长，发人之未发，抢占属于自己的高地，后来居上。

增强精品意识。报纸副刊周期快、篇幅短、方面宽、容量大，常常容易疲于填充版面，流于应付日常的编务。这是必要的。但切莫忘记忙里偷闲，腾出精力抓精品。一旦抓住重点，抓住好稿，便不惜人力、不惜篇幅拿下来。最好还能组织相关的评论和读者反应，甚至较长时期的讨论。并不是要大轰大嗡，最好是下毛毛雨，淅淅沥沥，在一段时间里似断若续发一批稿子，以延长精品稿件在读者心中的影响。

增强社会意识。副刊是日报的有机组成部分，是四个版中不可分割的一个版，和专业文艺报刊、娱乐报刊大有不同，她要更深地切入社会生活和社会心理，要在更充分、更直接的意义上成为反照社会的镜子和感应社会的神经。她更强调反映社会关注的各类问题和干部、百姓的精神状态。就这个意义上讲，以文艺手段为中心服务，对报纸副刊来说是天经地义的。当然要服务得巧，服务得美，服务得有艺术特点。当然在服务中心这个问题上不能单打一，不能形而上学。但报纸副刊不能脱离现实生活和社会文化中心，不能办成纯文艺、纯消闲的副刊，恐怕异议不大。以此故，副刊似可更充分地发挥杂谈、随感、散文、纪实文学的作用。真正深入了解当前社会生活，提出组稿设想，使副刊上的文章不但能满足读者的审美需求，而且能走进街谈巷议，成为社会舆论的一部分，成为群众生活的兴奋点、关注点。

增强服务意识。近年来，各报刊在编辑工作之外，大都组织了各类社会性服务活动。编辑在做好作者的组织联络工作之外，甚至以更大的精力投入组织联络读者的工作。这是30年代邹韬奋办《生活》周刊的传统，也是群众办报路线在新情况下的发展。《西安日报》复刊不久，我以为要特别注重这方面的工作，通过各种和社会和读者息息相关的活动，增加副刊的社会知名度，将成千上万的读者吸引在自己周围。市场经济是一个以销定产、以销促产的时代，文化商品虽然和其他商品不尽一样，却也不能不受到这个规律的影响。"促销"有多种渠道，首先是把报纸办得赢人，再就是抓好发行。而抓各项社会活动，抓读者服务，也是必不可少的一环。何况，开展社会活动、加强读者服务本身，也是精神文明建设的一部分，是报纸职责的题中应有之义。这样，"功夫在版外"和"功夫在版内"便可相得益彰。不知是不是这样？

1995年11月3日，西安谷斋

大思路　宽领域　多信息

在每月来的成堆杂志中,《各界》一直是在我手中留驻时间较长的一种。

我阅读报刊的习惯,大约是"三步淘汰"。先是快速浏览一遍标题,将油水不多的汰去。再在留下的中间,拣短而精的先读,一般一两日内完成。这两步阅读,总是在沙发前的茶几上边看电视边进行。只有那些分量重、篇幅长的好东西,被留下来,作为保留节目慢慢消受。所谓慢慢消受,是在睡前的那一两个小时的阅读中进行。还有的需要圈圈点点,做点眉批、札记,便又留下来,待什么时候伏于案前,正襟危坐地读。

几前—床前—案前,在这三步阅读中,《各界》总是榜上有名。几前,她是秀色可餐的一位,常常和电视争夺你的目光;床前,她是令你依依不舍的一位,往往让你推迟入睡;案前,她又以充实牵住你,深沉启动你。这大约可以证明,《各界》是一本信息价值、文化价值和观赏价值都达到一定水平的刊物吧。也是在这个愈来愈珍视时间的时代,许多读者愿意为她付出一部分生命、一部分感情和思考的原因吧。

《各界》是陕西政协主办的社会综合刊物。记得在1996年正式公开发行的座谈会上,各方面的专家都强调,这个刊物应该办成一个具有政协参政议政特点的,有广阔辐射力和涵盖面的,既高雅又通俗的刊物。两年多来,他们在贯彻"鼓吹改革、宣扬民主政治"的办刊方针,落实"时事政治聚焦,风云人物报道,历史事件揭秘,国外热点扫描"的组编重点方面,做了精心的工作。

《打工群落心系何方?》《广厦千万,百姓几何?》《大学生择业面临窘境》《失业者敢问路在何方?》《我愿跪着拨亮烛光》《离婚自由是否应该减速?》《高考制度是否应该改革?》《透析当今中国富人层》《三千职工告倒渎职厂长》《谁能保证自己不失业？》《三株：真药还是假药？》……把近一年来《各界》的重磅文章排列出来，你可以鲜明地感受到编辑的大视野、大思路和刊物的大领域、大气度。

《各界》的编辑思想有一个重要特点，这便是善于发掘、提炼、伸延、包装各类稿件中有信息资源、文化资源和观赏资源的素材，使潜在资源转化为现实价值，转化为刊物内在的精神价值、阅读价值。他们注重从五个方面来实现这种转化。

第一，注重对未知信息（即新闻）的发掘传播。举凡社会最新的热点、难点、疑点、动情点、趣味关注点，诸如大学生的文明水平和择业动向，由下岗到下海到探出海面，点子大王引出的知识有价，金三角的华人部落，范徐丽泰动人的亲女之情，美国的集体自杀，韩国的多事之秋，莫不纳入视野。

第二，注重刊物和报纸的区别，不在抢时间上和如潮的报纸中争风吃醋，而是发挥刊物周期长、篇幅大的优势，在综述全局、追踪报道、背景分析、深度开掘上做文章。读者即便已经先在报纸、广播电视上知道了新闻，也能从这里获得新的内容和新的感触思考。

第三，对于旧闻，甚至陈年老事，也能和时下新的社会背景、新的阅读期待和新的文化心理结合起来，找到新的信息价值，新的卖点。譬如《清末五大臣访问考察欧洲》，就紧紧抓住了中国人走向世界、寻求现代化发展的时代心理。《金三角的华人部落》在叙述这个绵延了半世纪的故事时，字里行间流淌着对这些流落异国的华人后裔的同胞情谊，曲折地传达了广大读者对海峡两岸统一的呼唤。

第四，确定选题，处理素材，注意提炼其中的文化内涵。在新闻眼光中糅进文化眼光，一般的信息报道便在某种程度上转化为文化传播。《美国圣地亚哥集体自杀揭秘》，可以猎奇地写，猎奇地读，而《各界》刊登时则突出了这次集体自杀的宗教文化背景，进而开掘出宗教组织深处透露出来的现代西方社会的心理危机和信仰危机。揭秘揭到了文化层，文章的信息性便由第一层面的事实信息，进入了第二层面的思考信息。

尤为可贵的是，《各界》十分注重对现实生活中各种社会文化心理新动向的展示。网络族、独身族、职业转型族、城市贫民族等等新人群、新社区、新文化圈丛的出现和他们对社会结构、思维方式、价值坐标的影响，得到了连续、集中的反映，使我受益匪浅。这可以赢得青年读者的青睐，也密切了政协和青年一代的联系。

第五，处处注重发掘、提炼稿件的观赏价值。从内容上看，《各界》注重发表反映社会重大问题和文化动向的文章，不同于一般的通俗刊物，但又能将严肃甚至严峻的内容，通俗、浅白地表达出来。仔细品味，这种通俗浅白又不同于一般通俗刊物的文字风格。一些主要栏目的文章，都有一定文学品位。平朴的叙述中，有的相当智慧，有的独具表现力，有的带点哲诗味儿（如写周国平和吴冠中的文章）。

可读性、观赏性不只在于文字表达，也许更重要的是编辑对读者爱好的深知，而宽阔的视野和信息来源又使得他们能一一满足读者的爱好和期待。还有，便是在专有信息（适合某些人读的信息）基础上，对大量共有信息（适合各种人读的信息）的掌握。内容的丰富切实，辐射面的广阔宽泛，使各个界别各个层次的人都能在这个精神拼盘中挑到自己需要吃的和爱吃的东西，吃饱吃好，自然顾客盈门。

我建议《各界》在体现参政议政职能方面把文章做得更足，做得更漂亮。譬如选择全国政协和各地政协一些社会性、群众性较强的议案，真正解决了问题的委员视察或其他活动，来一个揭秘或追踪报道，用文艺笔法写出它的曲折过程和实践成果，想是很吸引人的。政协的作用，政协委员的风采，也就会通过这种生动的形式传播到社会中去。编辑诸君不妨一试。

1998年4月，西安谷斋

用"套中人"写窒息的时代

契诃夫的短篇小说《套中人》,通过对"套中人"的描写,写了一个时代。

"套中人"别里科夫,与众不同的地方是:喜欢严严实实地把自己装在一个有形无形的套子里。不论什么时候出门,天气很好也得套着雨靴,带着雨伞,穿着暖和的棉大衣。他戴黑眼镜,穿绒衣,耳朵里塞棉花,坐车要支起车篷,随时把脸藏在竖起的衣领里。就连他的雨伞、怀表、铅笔刀,都无一不装在这样那样的套子里。他胆小、保守,吹不进一丝新鲜空气,还时不时要伸出头来,"诚恳地"、恶狠狠地扼杀正在萌动的新思想、新生活。这是个从思想言行,到生活习惯,直到选择职业、处理婚事,都被封建专制的石蜡密封起来的人,是一个名副其实的"套中人"。

卢那察尔斯基曾经指出:"契诃夫对他那个时代来说是个独特的和解的人。"讽刺,笑,是他作品中经常出现的。可是他的笑难得是谢德林式鞭挞的笑,也难得是果戈理式的带刺的笑,他的笑多半属于幽默,用宽容态度去缓和道义上的愤怒。悲伤,也是他作品中经常出现的,这悲伤虽然不是安德烈夫式的绝望,或法朗士式的厌世,也是一种真正深沉的悲伤——既认识到生活可以变得华光灿烂,又感到未来可望而不可即,眼下人们在迷雾中。契诃夫的公式是:看清了一切,又感到没有什么办法,只好将这些猥琐事物嘲笑一番,或者唱上几支悲苦的小调。这便是契诃夫对现实清醒而又和解的笑和悲伤。

但是,《套中人》不一样了。这是他的后期作品,写于逝世的前六年。在作家生命快结束的时候,开始显示出他对革命(指1905年那种资产阶级民主革命)的预感和同情的迹象。因比,《套中人》里的笑,虽然仍然有点无可奈何——就像小说里写的,别里科夫这种人,竟能把整个中学,以至全城都抓在他的手心里,弄得全城人什么都怕,不敢大声说话、寄信交朋友、读书,不敢周济穷人、教人识字,而周围的人又竟然能和这个统治阶级的奴才和平共处十五年之久,就是这种无可奈何的表现。但是,这里,在无可奈何的嘲笑之中,已经响着希望的呐喊了。我们能够看到,在铅一样沉重阴霾的天际,竟然出现了一抹亮色。作者在含泪的嘲笑中迸发出"不能再照这样生活下去啦"的呼号,表达了他要求改变不合理的社会制度的愿望,又以别里科夫"大快人心"的死亡暗示反动势力的必将崩溃。尽管在别里科夫死后,小说写了玛芙拉的脚步声,点出生活中还有许多"套中人"在活动,但作者还是以热情的笔调,描绘了人们在初步感觉到"一点点自由的影子""一线希望","人的灵魂就会长出翅膀来",高兴得想"到花园里去跑一两个钟头"的欢愉心情。如此种种,就使得我们在《套中人》中,不但实实在在"看"到了沙皇专制制度严密控制下,被称为萧索时期的沉滞和压抑的气氛,"看"到了那个黑暗时代对人的心灵和感情的残害和窒息,更使我们"听"到了作家在这令人发怵的沉寂中,渴求新生活的心灵跃动。

《套中人》对一个时代的本质真实和发展趋势做如此深刻的概括,竟完全是通过一个人,通过别里科夫独特的命运和性格来完成的;而描写有着这么大容量的典型人物,作者只花了不足万字的篇幅!这真是叫我们高山仰止了。

在俄国文学史上,契诃夫是第一个以短篇小说为主要创作体裁而登上世界文学高峰的。他以对生活挖掘的准确、深刻,对典型形象概括的鲜明、集中,对语言运用的简洁、娴熟,而成为短篇小说的有数的几个"世界圣手"之一。他善于将简明与丰富、吝啬与从容熔冶一炉,以极有限的篇幅去容纳最大限度的内容,使得洗练成为他作品的最大特点。作为契诃夫的晚期作品,《套中人》在艺术技巧上则更显得驾轻就熟,既体现了作者总的艺术特色,又有以下几点特别值得我们学习。

一是选取"衔接人物"。

契诃夫从小生活在贫困、屈辱、虚伪、庸俗的小市民习气的包围中。祖父是赎身的农奴，父亲开一家小食品杂货铺，兄弟几个从小就得站柜台，学会应付顾客，还要无休无止地在教堂唱诗、做祷告。他上的中学则是一所制造奴才的工厂，气氛比家里更沉闷。他对封建农奴制统治下的旧俄国的专制、落后、闭锁，和反映这种专制、落后、闭锁的人与人之间的畸形关系，以及各种人物病态的奴性心理，是洞若观火的。但是，要集中表现出这一点，偌大的社会，从哪里取人、取景，典型的概括幅度更大呢？在这篇小说里，他既没有从统治者、压迫者群里取一个毒菌，也没有从被统治、被迫害者群里取一棵莠苗，而是从这两个阶层中间，两大人群交叉衔接的地方，选出了别里科夫这个标本进行艺术解剖。

别里科夫说主非主，说奴非奴。从他缩在套里终生爬不出来，连已经扣响心扉的爱情也无福消受这个角度看，他是沙俄封建奴化教育的受害者；从他不断伸出手来，拼命将别人往套子里拉，连自己钟情的人也不放过这个角度看，他又是传播奴化思想的害人者、封建制度的卫道士。一般说，平民出身的知识分子，是比较难于和封建专制同流合污，而更容易接受新思想，然而那个时代的黑暗是这样漫无边际而又无孔不入，就连这个中学教员也中毒颇深、病入膏肓，成为毒害社会的细菌。他甚至将自己的文化知识专长——希腊古代语言，也当作套靴和雨伞，借以逃避现实生活。作为奴才，他又不同于契诃夫笔下的另一个典型——普里希别叶夫中士，象征着沙皇专制的军警统治，一味横蛮愚昧地干涉社会上一切"越轨"言行。别里科夫主要象征着沙皇专制的思想文化统治，他钳制、扼杀的是人们心灵中刚刚露头的生气和春意。因而，从统治者和被统治者之间、知识阶层和小市民的衔接点上选择的这个"套中人"形象，便既概括了统治者害人之深广，又概括了被统治者受害之深广。丰富的社会容量，装进了别里科夫的套子，"这一个"人也就成为"这一个"时代的凝聚点。

二是采用"反差描写"。

叙事性文艺作品塑造人物的一个主要方法，是通过人物的言行——做什么和怎样做，来表现思想性格的。恩格斯曾经说过，比之"做什么"来，表现人物"怎样做"更为重要。别里科夫思想性格的特点，是全力阻止周围的人们和整个社会前进的步伐，他在生活中所做的全是消极的、破坏性的活动。可以说，他的言行方式，亦即"怎么做"，主要表现为"什么都不做"。根据人物这一特点，契诃夫在《套中人》里不是描写人物这样那样的行动，而是表现人物不干这不干那，也不让别人干这干那的"反行动""不动之动"，来达到对人物思想性格深入腠理的剖析。用摄影的术语说，就是用"反差"的描写方法。

细节描写主要是"反差"的。别里科夫按照政府的告示和报纸文章，对规定之外的一切事物，都表示反对；对上面批准和允许，他却感到可疑的事物如城里批准成立戏剧小组、阅览室、茶馆，他也摇头；一切破坏、偏离规章的行为，虽然同他毫不相干，他也垂头丧气；做祈祷有人迟到，女学监同军官在一起，他激动；不敢吃素，因为对健康有害，也不敢吃荤，怕别人说他在斋期不持斋；更不敢请女仆。多么精彩的一系列"反差"细节！小说主要的情节也是"反差"：先是不敢，后是不愿担着风险去和那个爱笑爱闹、善思多语的小俄罗斯女人结婚；尽管他喜欢她，也知道"人人都非结婚不可"，却不想违背专制制度铸就的做人模式。别里科夫的个性，就在这种"反差"描写中得到了实现。

三是设置"心灵试纸"。

上化学课用的试纸，可以测试出某种溶液是酸性的还是碱性的。事物固有的性质，在通常情况下不能得到鲜明的显示时，常常在引进一种可以和它起某种化学变化的物质后，便迅速鲜明地显示出来。文学创作也可以采取这种方法来塑造人物。当你所描写的人物在通常情况下，思想性格不容易显示得很鲜明充分，特别是不能在很简短的篇幅和很简洁的语言中显示出来时，如果将他引入一个特殊的生活环境，或在他的生活环境中引进一个能够激起性格冲突的人或事，效果马上不一样了，就好像加进了化学试纸，人物立即脱颖而出。契诃夫是精于此道的。别里科夫这类装在套子里的人，比较难写。如前所述，他们很少有行动，要靠一般的在行动中刻画人物的方法显然不行。所以，契诃夫在对别里科夫的生活细节做了若干描写之后，突然笔锋一转，说出一句惊人的话来："后来这个希腊语教员，这个套中人，您猜怎么着，差点结了婚！"读者和那位听故事的人一样，简直以为作者在开玩笑。岂不知高明的作者这是在"套中人"的生活中放进了一张"心灵试纸"——这便是三十岁的姑娘瓦连科。瓦连科从外到内都和"套中人"截然相反，她修长活泼，思想开放，谈笑风生，能歌善舞。作者极有胆识地将这张"试纸"深深地浸入别里科夫几乎冻结了的生活溶液——要周围的人撮合他俩恋爱、结婚。于是，别里科夫的心灵发生了剧烈的"化学"反应。还没有完全泯灭的人的天性，使他流露出想接近这姑娘，享受爱情和婚姻乐趣的些微愿望。他承认喜欢瓦连科，又害怕："她和她弟弟的思想方式有点古怪，他们讲起道理来，您知道，有点古怪，她的性情又很活泼。一旦结了婚，以后说不定就会惹出什么麻烦来"。结婚的想法对他起了像是一种害病的影响，他瘦了，脸色苍白了，似乎越发深地钻进套子里去了。终于，一幅讥笑他们恋爱的漫画和瓦连科姐弟开风气之先地骑自行车郊游，这两件爆发性事件，完成了"套中人"心灵的"化学"反应，强大顽劣的封建专制反人性的力量，"中和"了微弱的人性渴念。他恢复了鹰犬的意识，"脸色发绿，比乌云还要阴沉"，义正词严地去训诫瓦连科姐弟，并宣告这一段短暂的爱情的破灭。心灵的剧烈的"化学"反应使他病倒了，死去了，也毫无悔悟之意——本来，用试纸测定溶液，它的任务只是使溶液显示出自己的特性，测试本身并不能改变溶液的特性。而这，正是契诃夫的本意。

《套中人》所描写的那个社会已经成为过去，但是，封建思想的残余在现实生活中并没有绝迹，抨击这些旧的尘土、霉斑和毒菌，仍然是我们新文学的一个重要任务。从这个意义上，契诃夫和他的《套中人》，无论是思想和艺术，都可以给我们以营养。

1981 年 1 月，西安西楼